1,10

Christine Thomas

ROCK MY WORLD – Ein heißer Sommer

Foto: © A. Zeldler

DIE AUTORIN

Christine Thomas ist verrückt nach Latte Macchiato und American Football. Sie liebt Lakritz, lange Spaziergänge und das Meer. Eine Sache gibt es allerdings, die sie noch mehr mag, und das sind Happy Endings. Da es im wahren Leben oft zu wenig davon gibt, schreibt sie ihre eigenen. Ihre Romane handeln von Freundschaft, Leidenschaft, Familie und der großen Liebe. Zusammen mit ihrem Schatz und einem albernen Goldfisch lebt sie abwechselnd in Köln und Frankreich.

Christine Thomas

ROCK MY WORLD

Ein heißer Sommer

cbt

cbt Kinder- und Jugendbuchverlag
in der Verlagsgruppe Random House

»Die Verlagsgruppe Random House weist ausdrücklich darauf hin, dass im Text enthaltene externe Links vom Verlag nur bis zum Zeitpunkt der Buchveröffentlichung eingesehen werden konnten. Auf spätere Veränderungen hat der Verlag keinerlei Einfluss. Eine Haftung des Verlags für externe Links ist stets ausgeschlossen.«

MIX
Papier aus verantwortungsvollen Quellen
FSC® C014496
FSC www.fsc.org

Verlagsgruppe Random House FSC® N001967
Das für dieses Buch verwendete
FSC®-zertifizierte Papier *Pamo House* liefert
Arctic Paper Mochenwangen GmbH.

1. Auflage
Originalausgabe Mai 2015

Umschlaggestaltung: Carolin Liepins, München
Umschlagfoto: © shutterstock (Viorel Sima)
mi · Herstellung: kw
Satz: KompetenzCenter, Mönchengladbach
Druck: GGP Media GmbH, Pößneck
ISBN: 978-3-570-30992-6
Printed in Germany

www.cbt-buecher.de

Prolog

Könnt ihr euch an einen Tag in eurem Leben erinnern, der etwas ganz Besonderes war? Einen, der sich unvergessen in eure Festplatte gebrannt hat und an den ihr selbst Jahre später mit einem Lächeln auf den Lippen denken müsst?

Für mich war dieser Tag, als mein Bruder sein erstes großes Rennen gewonnen hat. Zugegeben, es war nicht die Formel 1, sondern Formel 10, und er saß auch nicht in einem Ferrari, sondern bloß in einem Kart. Aber für Lukas war es, als sei er Schuhmacher, der gerade den Grand Prix gewonnen hat.

Das schiefe Lächeln, mit dem er mich nach dem Rennen geblendet hat, werde ich wohl nie vergessen. Das feuchte Haar klebte an seiner Stirn, den Helm hatte er unter den Arm geklemmt, während er mit langen Schritten auf mich zukam. Im Gesicht dieses unverschämte Grinsen, als wüsste er, dass er mit seinen vierzehn Jahren nicht nur der beste Fahrer ist, sondern auch der bestaussehende.

Ich war unfassbar stolz auf ihn. Ich glaube, ich habe sogar geweint. Nicht weil er gewonnen hat, sondern weil es ihm so viel bedeutete. An diesem Tag vor fast drei Jahren sah Lukas aus, als sei er unbesiegbar – buchstäblich. Und es war das letzte Mal, dass ich ihn so glücklich gesehen habe.

In den vergangenen Monaten spielen mir meine Träume allerdings einen Streich. Sie vermischen diesen Tag mit einem anderen, dunklen Kapitel in meinem Leben. Ich sehe Lukas in seinem Wagen Kurve um Kurve nehmen, feuere ihn an und schreie mir die Seele aus dem Leib, obwohl ich weiß, dass er mich nicht hören kann. Nach einer Weile verändert sich der Traum. Pechschwarze Wolken schieben sich vor die Sonne und verdunkeln die Rennbahn. Plötzlich schüttet es aus Kübeln. Ein paarmal gerät Lukas' Wagen ins Schlingern, doch er fängt ihn immer wieder ab, bis er von einem anderen Fahrzeug gerammt wird, das ihn aus der Bahn wirft. Lukas überschlägt sich, und mit einem Mal bin ich keine Zuschauerin mehr, sondern sitze neben ihm im Wagen. Ich höre Knochen brechen, als wir mit ungeheurer Kraft gegen Metallfässer geschleudert werden. Ihr Inhalt ergießt sich über das Fahrzeug, das sofort Feuer fängt.

An dieser Stelle fahre ich normalerweise aus meinem Albtraum hoch und versuche mich daran zu erinnern, was an diesem Tag wirklich geschehen ist. Doch selbst in wachem Zustand fange ich mehr und mehr an, die beiden Tage zu vermischen – den schönsten und den schrecklichsten in meinem Leben. Vor meinem inneren Auge sehe ich Lukas, gleichzeitig hängt der beißende Geruch verbrannter Haare in meiner Nase. Ich spüre den Schmerz in der Brust, meine Hilflosigkeit und die wachsende Panik.

Je öfter der Traum wiederkehrt, desto mehr Details von Lukas' großem Tag entfallen mir. Seine Bärenumarmung nach dem Sieg ist mir in klarer Erinnerung geblieben. Das Strahlen seiner blauen Augen. Aber wonach roch er, und was hat er mir ins Ohr geflüstert? Worüber haben wir gelacht?

Nach dem Rennen gab es eine Feier in unserem Garten. Zumindest glaube ich, dass sie dort stattfand. Haben wir gegrillt? Oder hat es an diesem Tag irgendwann doch zu regnen begonnen, sodass wir ins Haus gehen mussten? Ich weiß es nicht mehr.

Jedes Mal nach dem Aufwachen wünschte ich, dass ich meinen Bruder nach der Siegerehrung ein bisschen länger umarmt hätte. Dass ich ihn gehalten und nie wieder losgelassen hätte. Ich meine, er wusste, wie sehr ich ihn geliebt habe, so wie ich immer wusste, dass er mich liebt.

Aber verdammt noch mal, warum habe ich es ihm nie gesagt?

01

Die schrille Melodie von Chris Browns »Don't Wake Me Up« reißt mich wie ein Kübel Eiswasser aus meinem Schlummer. Normalerweise braucht es einen Vorschlaghammer von einem Wecker, um mich aus dem Bett zu treiben, doch das Gejaule von Rihannas Ex hat die gleiche Wirkung auf mich. Allerdings hat mich nicht mein Wecker in die Vertikale befördert, es ist ein Anruf, war ja klar. Ein Blick auf die Nummer lässt mich stöhnend zurück in die Kissen sinken.

»Hast du sie noch alle?« Für gewöhnlich begrüße ich meinen besten Freund nicht so, aber um diese Uhrzeit mache ich eine Ausnahme.

»Dir auch einen sonnigen Morgen, Süße – und alles Gute zum Geburtstag!«

»Leon, du bist zwei Jahre jünger als ich. Du kannst mich nicht Süße nennen.« Pause. »Und, ähm, danke.«

Ich kann sein Lächeln eher fühlen als hören und muss ebenfalls schmunzeln. Leon und ich sind beste Freunde, seit er und seine Eltern vor sieben Jahren ins Nebenhaus gezogen sind. Trotz des Altersunterschieds haben wir uns auf Anhieb verstanden, wobei Leon den Jungs unserer Schule weit voraus ist. Aus diesem Grund hat er zuerst eine Klasse, ein Jahr später eine weitere übersprungen, sodass wir nun in die gleiche Stufe gehen. Wie ihr euch denken könnt, macht ihn das bei unseren Mitschülern nicht gerade beliebt. Es hilft auch nicht, dass er wie ein Nerd aussieht und sich wie einer kleidet. Zum Teufel, er ist ein Nerd. Gebt dem Typen ein Notebook und einen Internetzugang, und er zeigt euch, was man damit machen kann. Oft genug ist das nicht legal.

»Ich nenne dich so, seit wir uns kennen, warum sollte ich jetzt damit aufhören?«

»Weil dich meine Freunde für meinen perversen Nachbarn halten werden, wenn du heute Abend auf meiner Party aufkreuzt und mich Süße nennst.«

»Ich *bin* dein perverser Nachbar, wo ist das Problem?«

Typisch Leonard. Er schafft es immer, mich zum Lachen zu bringen, und heute ist keine Ausnahme.

»Ah, das ist mein Lieblingsgeräusch«, zieht er mich auf, was mich einmal mehr auflachen lässt.

»Chris Brown?«, frage ich, um das Thema zu wechseln. »Wann hast du dir diesen Klingelton verpasst?«

»Ich wollte sichergehen, dass du rangehst«, sagt er, ohne auf meine Frage einzugehen, was eine Macke von ihm ist. »Hast du Zeit, vor deiner Shoppingtour bei mir vorbeizukommen?«

»Frag mich noch mal, wenn ich meinen Kaffee intus habe«, gebe ich zurück und unterdrücke ein Gähnen.

»Aus dir wird nie ein Morgenmensch.«

»Wie scharfsinnig du bist, Sherlock.«

Darauf schnaubt er. »Dann bis heute Abend?«

»Jep, bis heute Abend, Leon.«

Schmunzelnd lege ich auf und schwinge die Beine aus dem Bett.

Ich habe ein Morgenritual, an dem ich seit zwei Jahren eisern festhalte. Zu der Zeit war ich ziemlich durch den Wind und auf dem besten Weg in eine faustdicke Depression. Kaum zu glauben, aber ich stand kurz davor, Antidepressiva einzuwerfen. Um das zu vermeiden, ist dieses Ritual so wichtig für mich, eine emotionale Krücke, die mir Halt gibt. Dazu setze ich mich im Schneidersitz auf die Dielen, schließe die Augen und atme tief ein. Dann halte ich den Atem einen Moment an und lasse ihn mit einem langen Zug aus. Das wiederhole ich ein paarmal, fühle dabei in meinen Körper und sage mein Mantra auf: *Ich bin noch hier. Ich bin noch hier. Ich bin hier.* Das hilft nebenbei bemerkt auch bei Panikattacken und Angstzuständen. Nicht dass ich in letzter Zeit so etwas gehabt hätte. Zumindest nicht oft.

Ich bin übrigens Jasmin Winter und bis vor zwei Jahren war ich eine lebenshungrige Partymaus. Ich liebte es, zu lachen, zu trinken, und ich mochte Jungs. Und sie mochten mich. Meine Jungfräulichkeit habe ich mit vierzehn verloren, und gegen den allgemeinen Trend – von wegen das erste Mal ist für die Tonne und so – hatte ich eine tolle Zeit. Sex hat mir eine ganz neue Welt eröffnet, und, oh Mann, das wollte ich keine Minute länger versäumen.

Dann kam der Tag, der mein Leben, und das meiner Familie, unwiderruflich verändern sollte, denn nach einem verheerenden Unfall war nichts mehr wie vorher.

Obwohl es uns allen dreckig ging, hat es meine Mutter am schlimmsten getroffen. Ich kann nicht sagen, dass ich es nicht verstehe, dennoch ist es beängstigend, wie sie sich in den Wochen und Monaten danach vor meinen Augen aufgelöst hat und zu etwas Monströsem geworden ist. Ich erkenne sie nicht wieder, und allmählich habe ich Schwierigkeiten, mich an die Frau zu erinnern, die sie einmal war. Die mich großgezogen hat und trotz ihres zeitraubenden Jobs für mich da war.

»*Jas-min!*«

Das ist der Grund, warum ich eine halbe Stunde früher als nötig aufstehe. Ich brauche die Ruhe, bevor der Tag starten kann. Bevor ich meiner Mutter gegenübertreten kann, um genau zu sein.

Ein letztes Mal atme ich tief aus, lasse die Beklommenheit raus, die mich beim Klang der schrillen Stimme meiner Mutter befällt, und stehe auf.

»JASMIN!«

»Ich bin wach!«

»Frühstück ist fertig.«

Na toll, dem entkomme ich heute wohl nicht. Normalerweise schaue ich morgens im Coffeeshop vorbei, bestelle einen extra starken Latte inklusive Muffin und nehme mit Leon den Bus zur Schule. Heute ist allerdings Samstag, von daher muss ich mich mit meiner Mutter rumschlagen.

Ich mache das Dusch-Ding, das Anzieh-Ding und das Schmink-Ding, ein bisschen Mascara und Lipgloss. Dann gehe ich in die Höhle des Löwen alias unsere Küche, in der meine Mutter im seidenen Bademantel auf mich wartet. Und Max, der Mann, der mich großgezogen hat.

Als ich die Küche betrete, schweigen beide gleichzeitig, was bedeutet, dass sie über mich geredet haben. Keine große

Sache, immerhin habe ich heute Geburtstag. Allerdings hasse ich meinen Geburtstag, und beide wissen das. Nichtsdestotrotz hat mich meine Mutter gezwungen, eine Riesenparty im »Mandala« zu schmeißen, einem überkandidelten Designerhotel am Potsdamer Platz. Und alles nur weil wir in knapp vier Wochen in die Staaten ziehen und ich mich in großem Stil von meinen Freunden verabschieden soll. Dass ich kaum noch Freunde habe, ist meiner Mutter dabei entgangen. Die Umzugsbombe hat sie am Weihnachtsabend losgelassen. In ihrer unnachahmlichen Art hat sie sogar ein Geschenk daraus gemacht – als ob ich mich darüber freuen würde. Mittlerweile habe ich mich an den Gedanken gewöhnt, aber ein bisschen gruselig ist die Vorstellung immer noch.

Meine Mutter ist Elisabeth Winter – *die* Elisabeth Winter. Schauspielerin und Gewinnerin der Goldenen Palme in Cannes. Das ist allerdings zweieinhalb Jahre her, seitdem stagniert ihre Karriere. Sie bildet sich ein, dass sie in den Staaten mehr Erfolg haben wird als in Deutschland. Als Mittdreißigerin werden ihr hier nur noch Rollen frustrierter Tatortkommissarinnen angeboten. Oder sie soll die betrogene Ehefrau spielen, die durch eine jüngere Geliebte ersetzt wird. Wenn man eine Leinwandkarriere anstrebt kommt das nicht gut.

»Alles Gute zum Geburtstag, Liebes!« Max nimmt mich in den Arm und drückt mich fest an sich. Ich finde, er sieht traurig aus, aber vielleicht bilde ich mir das auch ein. Von wegen Übertragung und so. Möglicherweise haben die beiden wieder gestritten, was keine Überraschung wäre. Es gab eine Zeit, da lagen sie sich ständig in den Haaren, doch in den letzten Monaten ist es besser geworden.

Ich schmelze in Max' Umarmung und atme seinen sauberen Seifengeruch ein. Max alias Maximilian Brenning ist Drehbuchautor und schreibt Serien für ARD, ZDF, Sat.1 & Co. Er und meine Mutter haben sich bei einem Dreh kennengelernt, als ich fünf Jahre alt war. Mein richtiger Vater hatte sich zu dem Zeitpunkt schon lange vom Acker gemacht, hatte nicht mal den Anstand, meine Geburt abzuwarten. Keine Ahnung wie meine Mutter das Leben als alleinerziehende Schauspielerin auf die Reihe bekommen hat, denn ihr Job hält sie ständig auf Trab. An einem Tag dreht sie in Budapest, am nächsten in Italien. Seltsamerweise habe ich nur wenige Erinnerungen an die Zeit vor Max, doch mit ihm kam Ordnung in unser bis dahin chaotisches Leben.

»Geht's dir gut?«, flüstert er mir ins Ohr.

Eher nicht, aber das behalte ich für mich. Habe ich schon erwähnt, dass ich meinen Geburtstag hasse? Um der Antwort zu entgehen, zucke ich mit den Schultern, doch Max kennt mich und drückt mich noch einmal an sich. Genau das brauche ich, ich wünschte meine Mutter würde das verstehen. Statt mich zu umarmen, stellt sie eine gigantische Schokotorte mit siebzehn brennenden Kerzen auf den Esstisch.

Das hier wird immer besser. Ich kann Kuchen nicht ausstehen, erst recht keine Schokolade. Wer ist diese Frau und was hat sie mit meiner Mutter gemacht?

Max ist meinem Blick gefolgt. Er seufzt und küsst meine Stirn.

»Blas die Kerzen aus, du musst nichts davon essen«, flüstert er, bevor er mir mit einem Zwinkern einen prall gefüllten Umschlag zusteckt. »Viel Spaß beim Shoppen.«

Mein dankbarer Blick spricht Bände. Ich brauche ein Kleid für die Feier heute Abend, und da ich zusammen mit meiner Freundin Alex losziehe, wird das vermutlich ein teurer Spaß.

Einmal tief Luft geholt, dann puste ich die tanzenden Flammen aus. Innerhalb weniger Sekunden liegt Kerzenrauch in der Luft.

»Happy Birthday, Liebes!«, trällert meine Mutter und zückt ein Tortenmesser.

Die Türklingel rettet mich davor, mich diesem Theater weiter aussetzen zu müssen.

»Ich muss los!«, rufe ich über die Schulter und stürme aus der Küche. Bevor ich aus dem Haus fliehe, schnappe ich mir meine Handtasche, die Schlüssel und einen dünnen Kurzmantel. Für Juni ist es ungewöhnlich kalt in Berlin. Außerdem nervt der ständige Regen. Dennoch weigere ich mich, einen Schirm einzupacken. Dafür ist Alex zuständig, Miss Ich-bin-auf-alles-vorbereitet, ein Kontrollfreak, der zudem meine beste Freundin ist. Obwohl ich mir nicht sicher bin, ob wir wirklich Freundinnen sind. Nach meinem Zusammenbruch vor zwei Jahren haben sie und Nicci so getan, als würden sie mich nicht kennen. Ich kann es ihnen nicht verübeln, vermutlich hätte ich mich auch nicht zurückgerufen, ich war in keiner guten Verfassung.

Vor ein paar Monaten standen die zwei wieder bei mir auf der Matte, um unsere Freundschaft zu erneuern. Möglicherweise hatte das etwas mit Conall Davis zu tun, dem Neuzugang am Amalienhof. Das ist meine Schule, eine internationale Streberanstalt, an der Englisch gesprochen wird. Ideale Voraussetzungen für Conall, der aus der Nähe von London stammt und für ein halbes Jahr seinen Vater in Berlin besucht.

Irgendwie hat Conall mich aus meiner Schockstarre geholt. In seiner Nähe konnte ich seit Monaten wieder durchatmen, vermutlich auch weil er die Sache mit dem Unfall nicht wusste. Außerdem sieht er hammermäßig aus und hat eine Stimme zum Niederknien. Wenn er mir etwas vorsingt, schmilzt etwas Hartes in meiner Brust. Ich bekomme wieder Luft und kann mich sogar entspannen. Kein Wunder, denn er ist Leadsänger von »Nightmares«, einer Londoner Indie-Band. Ursprünglich haben sie als Schülerband angefangen, doch das ist Conalls Abschlussjahr, von daher war's das mit Schule für ihn. Dass er seine Stücke selbst schreibt, finde ich ziemlich cool, denn ich schreibe ebenfalls Songs, aber das ist eine andere Geschichte.

Fragt mich nicht, was er in mir gesehen hat, denn ich bin nicht gerade ein Sonnenschein. Trotzdem hat er ein Auge auf mich geworfen und in den ersten Wochen nach seiner Ankunft hemmungslos mit mir geflirtet. Vielleicht lag es auch daran, dass ich mich ihm nicht an den Hals geworfen habe, wie der Rest der weiblichen Schülerschaft.

Irgendwann habe ich seinem sexy Lächeln nachgegeben, denn es ist verdammt schwer, Conall Davis zu widerstehen. Der Typ weiß, was er will, und er weiß auch, wie er es bekommt.

Jedenfalls gab es uns danach nur noch im Doppelpack, bis wir auf Stufe zwei unserer Beziehung angekommen sind. Und jetzt ratet mal, was heute ist? Genau, der Abend, an dem es passiert! In vier Wochen fliege ich über den großen Teich, ich weiß sowieso nicht, worauf ich so lange gewartet habe.

Oder doch. Ich schätze, dass ich die Zeit mit ihm gebraucht habe. Nachdem ich eine Ewigkeit unter dem Radar geflogen bin, war es nicht gerade leicht, wieder jemanden in meine Nähe zu lassen. Mich zu öffnen. Ich meine, Vertrauen ist schließlich nichts, was man auf Bestellung bekommt, oder? Deswegen bleibt uns bloß ein lausiger Monat, die neue Nähe zu genießen. Mitte Juli bin ich in Los Angeles und Conall muss zurück nach London. Aus diesem Grund habe ich beschlossen, dass wir *es* heute tun, ich hoffe ich muss nicht deutlicher werden.

»Erde an Jasmin!« Alex schnippt mit zwei Fingern vor meiner Nase und reißt mich aus meinen Gedanken. Sie sieht sauer aus.

»Also ehrlich, ich hab dir gerade zum Geburtstag gratuliert, was ist los mit dir? Brauchst du ein neues Antidepressivum oder was?«

O-kay, manchmal bin ich mir nicht sicher, ob wir überhaupt Freundinnen sind. Wahrscheinlich meint sie es nicht so … oder doch. Keine Ahnung. Im Grunde weiß ich bei Alex nicht, woran ich bin, aber weiß sie das bei mir? Davon abgesehen, dass ich mich anderthalb Jahre mental abgemeldet habe, bin ich seit dem Unfall nicht mehr dieselbe.

Alex wartet meine Antwort nicht ab. Sie packt mich am Mantel und zieht mich in den kühlen Berliner Junimorgen. Von der Haltestelle Heerstraße sind es gut zehn Minuten mit der Bahn zum Kurfürstendamm. Eigentlich bin ich eher der Kastanienallee-Typ, aber Alex hat eine Shopping-Allergie gegen die alternativen Boutiquen am Prenzlauer Berg. Da die Fahrt dahin eine Dreiviertelstunde dauert, lasse ich mich von ihr zur überteuerten Edelmeile im Zentrum schleppen. Dank Max' Geburtstagskohle sollte ich mir ein Kleid leisten können. Und Schuhe, und, ähm, vermutlich auch eine Handtasche. Und neue Ohrringe … So viel zu meinem Vorsatz, sparsam zu sein.

»Oh mein Gott, was sagst du zu diesen Heels?«

Im Gegensatz zu mir lässt Alex es richtig krachen. Vor dem Gucci-Schaufenster kriegt sie praktisch einen Orgasmus. Und ja, ich sehe die Pumps. Sie sind aus rotem Lack mit einem zwölf Zentimeter hohen Absatz. Zu was soll man bitteschön korallenrote Plateauschuhe tragen, außer zu einem Kleid in der gleichen Signalfarbe? Was mich betrifft habe ich nicht vor, im Schlampen-Look zu meiner Geburtstagsfeier zu erscheinen. Alex anscheinend schon. Unsere Partykleider haben wir bei Miu Miu im KaDeWe bekommen, wer hätte gedacht, dass das so einfach wird? Während ich dort meine gesamte Montur erstanden habe, bestand Alex darauf, zu Gucci am Kurfürstendamm zu marschieren, die angeblich eine bessere Auswahl an Schuhen haben als der Schwesternshop im Kaufhaus des Westens. Aber klar doch.

»Brezelst du dich für jemand Bestimmten auf?«, frage ich, während wir das Geschäft betreten.

»Ja. Das heißt nein. Das heißt … was meinst du mit aufbrezeln?«

Super, sie versucht das Thema zu wechseln. »Damit meine ich, dass du drei Kleider und zwei Paar Schuhe gekauft hast.« Nicht zu vergessen den Schal von Kenzo, der mehr gekostet hat als mein Abendkleid, oder die Roberto-Cavalli-Abendtasche, die fast doppelt so teuer war.

»Manchmal muss man kurzfristig umdisponieren. Was soll ich deiner Meinung nach tun, wenn ich nichts zum Anziehen habe?«

Alex und nichts zum Anziehen? Ihr Schrank ist größer als mein Zimmer. Das sage ich jedoch nicht laut, sonst darf ich mir einen Vortrag darüber anhören, dass man nie genug Klamotten haben kann und dass meine Garderobe dringend aufgemotzt werden muss. Nein danke. Davon abgesehen ist Alex bildhübsch und würde selbst in einem ausgebeulten Trainingsanzug sexy aussehen. Das Haar muss sie nicht mal glätten, so ist es von Natur aus. Dank ihrer mandelförmigen Augen wirkt sie exotisch, kein Wunder wenn die Eltern aus Singapur stammen. Die beiden sind Botschaftsangestellte, mit wenig Zeit und viel Geld.

»Raus mit der Sprache, wer ist der Glückliche?« Etwas unmotiviert probiere ich ebenfalls ein Paar Schuhe, obschon ich nicht vorhabe sie zu kaufen. Aber die Frage soll beiläufig rüberkommen, ich möchte wissen, wen sie sich angeln will.

Alex bewundert die feuerroten Heels an ihren Füßen, dann sieht sie auf und seufzt theatralisch.

»Also schön, da wäre jemand, und ich hoffe heute Abend den Sack zuzumachen.«

»Reden wir von Sex?« Dann hätten wir endlich etwas gemeinsam. Doch sie rollt mit den Augen.

»Den hatten wir schon. Ich will, dass er seiner Freundin den Laufpass gibt. Wenn ich ihn heute Nacht nicht dazu bringe, wird es vermutlich nie passieren.«

»Wer ist es?«

»Das kann ich dir nicht sagen.«

Als ich fragend die Brauen hebe, verdreht sie abermals die Augen.

»Falls es nicht klappen sollte, stehe ich wie eine Idiotin da. Und wenn er anbeißt, wirst du es als Erste erfahren.«

Etwas an ihrem Lächeln gefällt mir nicht, obwohl ich nicht sagen kann, was.

Zum Essen treffen wir uns mit Nicci im Faustus, einer Edelkneipe am Wittenbergplatz. Unser dritter Musketier hat den Vormittag in einem Spa verbracht, um auf der Party zu glänzen. Wenigstens eine, die sich auf den Abend freut. Jedenfalls müssen wir die zwei Kilometer zum KaDeWe zurückwandern – keine schöne Aussicht. Allein bei dem Gedanken an den Marsch spüre ich Blasen an den Füßen.

Glücklicherweise ist Alex hungrig und macht es kurz. Sie kauft die Pumps und eine weitere Handtasche, dann machen wir uns, beladen wie zwei Mulis, auf den Rückweg.

Kaum haben wir das Faustus betreten, kreischt Nicci wie eine Besessene, als sie unsere Lacktüten entdeckt.

»Ihr wart bei Miu Miu?«

Da, und in zweihundert anderen Shops, zumindest fühlen sich meine Füße so an.

»This Love« von Maroon 5 trällert aus meiner Handtasche und erspart mir die Antwort. Das ist Conalls Klingelton. Lächelnd nehme ich das Gespräch entgegen und entferne mich von Alex und Nicci.

»Hi!«

Erst höre ich nichts, dann stimmt er mit der E-Gitarre einen Akkord an, eine rockige Version von »Happy Birthday«. Jetzt grinse ich, während ich den Hörer gegen das Ohr presse, um nichts zu verpassen. Seine rauchige Stimme geht mir durch Mark und Bein. Verzaubert schließe ich die Augen und halte mich an der Theke der Bar fest. Dieser Junge gehört mir. Er singt für mich. Vielleicht besteht ja doch noch Hoffnung auf ein bisschen Glück.

Als er fertig ist, muss ich tief durchatmen. Meine Knie sind weich, deswegen setze ich mich auf einen der Hocker.

»Alles Gute zum Geburtstag, Honey.«

Manchmal glaube ich, dass er mir das Berliner Telefonbuch vorlesen könnte, und ich wäre auch dann hin und weg. Seine Stimme, gepaart mit diesem süßen britischen Akzent, ist wie ein Geschenk, das nur mir gehört.

»Hi Conall.« Ich räuspere mich. »Äh, danke. Das war …« wundervoll, sexy, heiß, … »Cool.«

Das ist das Problem. Auf dem Papier bin ich eloquent, wenn ich den Mund aufmache … nicht. Conall lacht und mir laufen kleine Schauer über den Rücken.

»Ich meine …«, setze ich an, um zu retten, was zu retten ist.

»Cool klingt cool«, unterbricht er mich, und ich atme erleichtert auf.

»Hast du etwas Schönes zum Anziehen für deine Feier gefunden?«

»M-hm«, mache ich und nicke, obwohl er es nicht sehen kann.

»Ist es sexy?«

Oh ja. Ein praktisch nicht vorhandenes kleines Schwarzes. Klassisch, aber verdammt heiß. Zum Glück bin ich mit langen Beinen gesegnet, in dem Kleid sehen sie kilometerlang aus. Vermutlich auch, weil das Teil so kurz ist.

»Das musst du entscheiden.«

»Ich kann es kaum erwarten, dich darin zu bewundern.«

Wem sagst du das, denke ich und unterdrücke ein Seufzen. Ich meine, der einzige Sinn und Zweck des Fummels besteht darin, dass er ihn mir auszieht.

Als hätte er den Gedanken gehört, ergänzt er im nächsten Moment:

»Hast du auch sexy Wäsche gekauft?«

Oh, Shit! Warum habe ich nicht an Dessous gedacht? Ich weiß, dass Conall mich nur aufzieht, er hat keine Ahnung, was ich nach der Feier mit ihm vorhabe. Er deutet mein geschocktes Schweigen als Verlegenheit, und ich kann sein dunkles Lachen hören, obwohl er versucht, es zu unterdrücken.

Verdammt, ich muss gleich noch mal los in die Wäscheabteilung, aber bestimmt nicht mit Alex und Nicci im Kielwasser. Doch zuerst muss ein Themenwechsel her.

»Weißt du schon, wann du heute Abend kommst?«

»Ich muss vorher noch die Technik überprüfen, deswegen werde ich früh im Hotel sein.«

Stimmt, das hatte ich vergessen. Es fällt mir schwer, mich in seiner Gegenwart zu konzentrieren. Sein dunkler Bariton lullt mich ein, umfängt mich wie ein warmer Mantel.

Als ich auflege sind meine Wangen gerötet. Alex nimmt mich in Augenschein, dann werden ihre Lippen schmal.

»Meine Herren, Jasmin, heute Abend solltest du endlich Nägel mit Köpfen machen, du bist so was von überfällig«, sagt sie und verzieht den Mund zu einem spöttischen Lächeln.

Nicci kichert über den Scherz – ich nicht. In einem schwachen Moment habe ich Alex gestanden, dass Conall und ich noch keinen Sex hatten. Seitdem lässt sie keine Gelegenheit aus, mir diese Tatsache aufs Brot zu schmieren. Keine Ahnung, was ich mir dabei gedacht habe. Vermutlich wollte ich ein bisschen Nähe zeigen, nachdem ich mich monatelang zurückgezogen habe. Ich würde allerdings eher Rasierklingen schlucken, als noch einmal intime Details meines nicht vorhandenen Liebeslebens mit ihr zu teilen.

Während Nicci vom Guerlain-Spa schwärmt, gehe ich in Gedanken meine Möglichkeiten durch. Erstens will ich allein sein, um in Ruhe Dessous auszusuchen. Das KaDeWe ist gleich um die Ecke, und meine Freundinnen sehen so aus, als könnten sie sich stundenlang über die Konsistenz von Schlämmkreide unterhalten.

Mich von den beiden zu trennen, ist einfacher als ich dachte. Nach dem Essen gebe ich vor, etwas Superwichtiges für die Party klären zu müssen, und verabschiede mich mit einem falschen Lächeln. Letzteres macht mich ein bisschen traurig, denn ich kann den beiden nicht schnell genug entkommen, was mir einmal mehr zeigt, wie kaputt ich bin. Als ob ich daran erinnert werden müsste.

Das Drehbuch für die Stunden nach der Party im Kopf ziehe ich los und kaufe provozierend heiße Wäsche. Danach brauche ich einen Latte, um mich zu beruhigen, denn allmählich spüre ich das Gewicht meiner Entscheidung. Nähe zuzulassen, gehört nicht zu meinen Stärken. Vermutlich sollte ich auch etwas gegen den Schmerz in meiner Brust unternehmen, der sich wie ein glühender Bleiklumpen anfühlt. Heute ist es ganz besonders schlimm – klar, ist ja auch mein Geburtstag. Alle Jahre wieder.

Die Richtung meiner Gedanken gefällt mir nicht, deswegen stelle ich mir Conall vor, wie er mit mir tanzt, und sofort fühle ich mich besser. Einatmen. Ausatmen. Ich schaffe das.

Zu Hause angekommen, habe ich noch Stunden Zeit, bevor ich losmuss. Meine Mutter ist im Hotel, wo sie vermutlich mit letzten Änderungswünschen das Personal in den Wahnsinn treibt. Max hat sich wie immer in seinem Arbeitszimmer eingeschlossen. Kurz überlege ich zu Leon rüberzugehen, doch ich verwerfe den Gedanken. Stattdessen breite ich meine Beute auf dem Bett aus und lächle.

Obwohl das schwarze Etuikleid kurz ist, strahlt es eine schlichte Eleganz aus. Klassisch mit genügend Sexappeal. Schuhe und Clutch sind ebenfalls ohne Schnickschnack, perfekt. Zufrieden gehe ich in die Küche, wo ich mich mit Koffein versorge, um mich danach meinem Haar zu widmen. Ich entscheide mich, es zu glätten, da ich es offen tragen werde. Es ist kastanienbraun mit natürlichen Highlights, die es im Sonnenlicht mal goldbraun, mal rotbraun schimmern lassen.

Während des Glättens stelle ich mir vor, meine Haare wären meine Nerven, und tatsächlich werde ich ruhiger. Vermutlich hätte ich den Espresso nicht trinken sollen, doch ich liebe den Duft gemahlener Bohnen. Irgendeine Zauberformel darin bewirkt, dass ich mich sofort besser fühle, sobald ich das Aroma frisch aufgebrühten Kaffees rieche.

Was ich im Moment allerdings am dringendsten brauche, ist Ordnung. Also sortiere ich meine Gedanken und versuche mein emotionales Durcheinander einzudämmen.

Vor ein paar Monaten hatte die Aussicht, Berlin und den

Erinnerungen zu entkommen, etwas Erlösendes. Von wegen Neustart und so. Ich bin mir nicht sicher, wie lange es dauern wird, bis meine Mutter durchdreht. Allein dafür, dass sie mir diese Party aufgezwungen hat, könnte ich sie erwürgen. Nur weil sie der Ansicht ist, dass ich mich angemessen von meinen Freunden verabschieden soll, muss gefeiert werden. Sie hat die ganze verdammte Stufe eingeladen, also die Leute, die mich nach dem Unfall wie eine Aussätzige behandelt haben. Dass sie kommen, wundert mich nicht, immerhin wird Conall da sein. Das macht diese Zwangsparty für mich jedoch nicht schmackhafter.

Versteht mich nicht falsch, meine Mutter hat die besten Absichten. Allerdings hat sie keine Ahnung, was ich brauche. Und das ist das Traurige daran, denn meine Mutter ist kein schlechter Mensch. Sie glaubt, mir einen Gefallen zu tun, dabei rammt sie das Messer bloß tiefer in die Wunde.

Was mich daran so wütend macht, ist die Tatsache, dass ich nichts dagegen tun kann. Wenn ich ihr sage, wie ich mich fühle, bricht sie in Tränen aus, dann komme ich mir wie ein Monster vor. Mache ich ihr Vorwürfe, bricht sie zusammen, das hatten wir schon. Einmal habe ich sie angeschrien – das war keine Sternstunde unserer Beziehung, das könnt ihr mir glauben. Deswegen hatte der Gedanke, woanders noch einmal von vorn anzufangen, sogar etwas für sich.

Das war allerdings, bevor mir Conall über den Weg gelaufen ist. Jetzt habe ich Angst, den einzigen Menschen zu verlieren, der mich gesehen hat, als ich am Boden war, und der sich nicht von mir abgewandt hat wie der Rest meiner Freunde. Also abgesehen von Leon.

Auf der anderen Seite wäre Conall ohnehin diesen Sommer zurück nach London gegangen. Allerdings würden uns nicht zehntausend Kilometer und ein gigantischer Ozean trennen, sondern bloß ein Zwei-Stunden-Flug und der Kanal. Zumindest wäre es machbar gewesen. Aber jetzt?

Nachdem ich meine Mähne gezähmt habe, verputze ich eine Fertigpizza, danach kommt das Make-up.

Passend zu meiner Garderobe entscheide ich mich für einen schlichten Look, mit Ausnahme der Smokey Eyes. Hier klotze ich ein bisschen, schließlich kenne ich meine Stärken, und das sind neben meinen Beinen definitiv meine großen grünen Augen.

Als ich das nächste Mal auf die Uhr sehe, muss ich feststellen, dass die Schonzeit vorbei ist. Showtime.

02

Das Mandala ist ein Designerhotel im Bauhausstil. Mir ist das minimalistische Styling zu ungemütlich, aber mich hat schließlich niemand gefragt, wo ich feiern möchte. Oder ob mir nach Feiern zumute ist, wo wir schon dabei sind.

Als ich ankomme, ist die angemietete Bar bereits rappelvoll, was mich ein bisschen wundert. Normalerweise läuft das so, dass die ersten Gäste mindestens eine halbe Stunde nach offiziellem Partybeginn aufkreuzen. Wer sich für wichtig hält, erscheint sogar noch später, nach dem Motto: »Ich hatte keine Ahnung, dass es so früh losgeht!« Ja, klar.

Dann begreife ich, was die Meute so zeitig auf meinen Geburtstag treibt beziehungsweise wer. Er ist eins fünfundachtzig groß, hat dunkelblondes, struppiges Haar, blaue Augen und eine Stimme die uns Weiber dazu bringt, Stringtangas auf die Bühne zu werfen. Darf ich vorstellen, mein Freund Conall Davis. Als er mich sieht, zwinkert er mir zu und gibt den Bandmitgliedern ein Zeichen. Mein Herz macht einen Salto rückwärts. Er hat Mitch und Paul einfliegen lassen, seinen Bassisten und Drummer. Die »Nightmares« sind hier, und sie spielen nur für mich, ist das zu fassen?

Als Conall mit der E-Gitarre eine soulige Happy-Birthday-Version anstimmt, drehen sich einige Köpfe in meine Richtung. Kurz darauf steigen Bass und Drum mit ein. Der Song klingt jetzt mehr nach Linkin Park und nimmt rasch an Fahrt auf, bis die Band die komplette Bar rockt.

Während ich mir einen Weg zur Bühne bahne, schlägt mein Herz bis zum Hals. Am Podium angekommen, reicht Conall mir die Hand und zieht mich zu sich auf die Empore. Das schwarze Hemd klebt an seinem Oberkörper, anscheinend spielen sie schon eine Weile. Unter den aufgekrempelten Ärmeln kriechen polynesische Tattoos seine muskulösen Arme entlang, ineinander verschlungene Muster und Zeichen, die ich schon oft mit den Fingern nachgezeichnet habe. Dann drückt er mich an sich und küsst mich, und wie durch Zauberhand fällt die Anspannung des Tages von meinen Schultern. Als sei das ihr Stichwort, springen Nicci und Alex zu uns auf die Bühne. Letztere hat sich für das rote Kleid entschieden, das so eng sitzt, dass es aufgesprüht wirkt. Sie schenkt Mitch, Conalls Bassisten, ein verführerisches Lächeln während ihre Hand seine Schulter entlangfährt. Schmunzelnd zwinkert er ihr zu. Mehr braucht es nicht, denn einen Moment später klebt sie wie eine Briefmarke an ihm. Wie er dabei spielen kann, ist mir ein Rätsel.

Ich beschließe, Alex zu ignorieren, und konzentriere mich auf meinen Freund. Irgendwoher taucht eine Flasche Tequila auf, darum bittet Conall die aufgekratzte Menge um Zitrone und Salz, was die Leute in Gelächter ausbrechen lässt.

Für einen Moment halte ich inne und nehme die überschäumende Atmosphäre in mich auf. Früher hat es mir einen

Riesenspaß bereitet, auf der Tanzfläche Dampf abzulassen. Zum Teufel, Alex, Nicci und ich haben auf Tischen getanzt. Heute brauche ich dazu Hochprozentiges, reichlich davon. In diesem Sinne kippe ich die ersten beiden Gläser ohne nachzudenken hinunter. Nach dem dritten Glas tanze ich mit Nicci, nach dem vierten werden wir ausgelassener. Die Arme in der Luft, hüpfen wir auf und ab und kicken unsere Heels in die grölende Menge. Schließlich schüttet sich Nicci Tequila ins Dekolleté, den Paul, Conalls Drummer, bereitwillig abschleckt.

Ähm, okay, für so was bin ich nicht besoffen genug. Das dunkle Glühen in Conalls Augen verrät mir allerdings, dass ihm die Show gefällt. Nach dem sechsten Glas werde ich mutiger, drücke meinen Rücken gegen sein Sixpack und rutsche provozierend seine Brust auf und ab. Conalls Grinsen ist unbezahlbar. Er reicht die Gitarre an Erik weiter, der zwar nicht zu den Nightmares gehört, dafür in unserer Schulband spielt.

Mein Rücken fährt Conalls Bauchmuskeln entlang und ich schließe die Augen und lächle. Genieße den Druck seiner Hände, als er mich von hinten umfängt und an sich zieht. Pfiffe werden laut, die Jungs auf der Tanzfläche johlen.

Als ich den Kopf drehe, um Conall zu küssen, verschlägt mir der Hunger in seinem Blick für einen Augenblick den Atem. Langsam fahren seine Hände die Außenseiten meiner Schenkel entlang, bis sie den Saum des Kleides erreichen. Seine Daumen bewegen sich kreisend auf meiner Haut, und ich muss mich an ihm festhalten, denn meine Knie werden mit einem Mal butterweich, während mein Puls in den Ohren hämmert.

Dieser heiße Typ gehört mir, und dass er mich will, ermuntert mich, mehr zu wagen. Also drehe ich mich um und knöpfe ihm im Zeitraffer das Hemd auf, woraufhin die Meute unter uns tobt. Dank meines Alkoholpegels habe ich Koordinationsschwierigkeiten, deswegen reiße ich das Hemd kurzerhand auf, sodass die Knöpfe wie Popcorn in alle Richtungen fliegen. Die Mädels in den ersten Reihen flippen beim Anblick von Conalls Waschbrettbauch aus, doch ich bin noch nicht fertig. Ich beuge mich vor und fahre mit der Zunge über seine skulptierte Brust. Dann setze ich die Flasche Tequila an meine Lippen, nehme einen großen Schluck und träufle anschließend Zitronensaft auf Conalls Lippen, bevor ich ihn küsse. Wenn die Leute schon vorher aufgepeitscht waren, drehen sie jetzt komplett durch. Der weibliche Teil meiner Gäste macht es mir nach, und in Nullkommanichts steht der männliche Teil oben ohne da – nicht dass sich jemand beschweren würde. Die Jungs lieben es, vor allem den Teil, als die Mädels ihnen das Salz von der Brust schlecken, Zitrone über ihre Lippen träufeln und sie nach einem kräftigen Schluck Tequila küssen.

Alex setzt noch einen drauf. Sie quetscht sich das Tequilaglas in ihren Ausschnitt und fordert Mitch auf, zu trinken. Kein Scherz. Da er dem anderen Geschlecht angehört, lässt er sich nicht zweimal bitten und vergräbt das Gesicht in ihrem Dekolleté.

Glücklicherweise komme ich nicht dazu, mir den Rest anzusehen, denn Conall wirbelt mich herum und presst seine Lippen gegen meine.

Ich weiß nicht, wie viel Zeit vergangen ist, doch als ich von der Bühne springe, um den Waschraum aufzusuchen, lande ich beinahe auf dem Hintern. Zu sagen, ich sei knülle, wäre die Untertreibung des Jahres. Irgendwo zwischen dem achten und zehnten Glas habe ich aufgehört zu zählen, zumal wir danach direkt aus der Flasche getrunken haben. Ich bedanke mich bei … keine Ahnung, wer mir auf die Beine geholfen hat, das Gesicht ist irgendwie verschwommen, und wanke Richtung Toilette. Kurz bevor ich mein Ziel erreiche, legt mir jemand den Arm um die Taille und ändert die Richtung. Ich wehre mich nicht, denn obwohl mein Blick verzerrt ist, würde ich den Geruch nach Minzkaugummi und gemähtem Gras überall wiedererkennen.

Leon hat sich an meiner Seite materialisiert und führt mich in den ruhigen Innenhof des Hotels.

Im ersten Moment bin ich dankbar, denn die frische Luft fühlt sich gut in meinen Lungen an. Ich ändere meine Meinung, als der Würgereiz einsetzt und ich mich lauthals übergebe. Ausgerechnet heute trage ich meine Haare offen, kann ich gerade noch denken, danach übernehmen die Instinkte.

Nach einer gefühlten Ewigkeit beruhigt sich mein Magen und ich nehme etwas anderes außer dem Brennen meiner Kehle wahr. Leon redet leise auf mich ein. Seine linke Hand streicht über meinen Rücken, während seine rechte – Gott segne ihn! – meine Mähne zurückhält. Ich knie auf dem Kiesboden und warte, dass es wieder losgeht, aber außer Schleim kommt nichts mehr.

Es dauert weitere Minuten, bis ich mich aufrichten und Leon in die Augen sehen kann. Oder auch nicht, denn ich komme mir wie ein Vollpfosten vor. Soweit ich mich erinnere, habe ich ihn nicht mal begrüßt. Bevor ich mich bei ihm entschuldigen kann, legt er mir sein Sakko um, und jetzt bemerke ich, dass meine Zähne wie Kastagnetten klappern. Kein Wunder, denn die Nacht ist kalt und ich bin schweißgebadet. Vermutlich haben sich meine Smokey Eyes über das ganze Gesicht verteilt, sodass ich wie ein Panda aussehe. Darum werde ich mich später kümmern, erst mal muss ich auf die Beine kommen.

Leon hilft mir auf, doch ich möchte einen Moment allein sein.

»Geh schon mal vor«, sage ich und deute mit dem Kinn zur Hoftür. »Ich brauch 'ne Minute.«

Er sieht nicht begeistert aus. »Bist du sicher?«

»Muss den Geschmack aus dem Mund bekommen.«

Darauf nickt er. »Ich besorg dir ein Glas Wasser.«

Ich versuche ein Lächeln, das wahrscheinlich wie eine Grimasse rüberkommt.

Als er die Tür erreicht, rufe ich seinen Namen.

»Leon?«

»Ja?«

»Danke.«

Wie dankbar ich bin, werde ich ihm später noch sagen. Jetzt muss ich mich erst mal einkriegen.

Er schenkt mir ein mattes Lächeln, nickt noch einmal und verschwindet über die Terrasse ins Hotel.

Mit wackligen Beinen schaffe ich es zu einem Korbsessel und krieche hinein. Abermals versuche ich zu rekonstruieren, wie viel ich getrunken habe, doch es ist zwecklos. Warum musste ich mich so volllaufen lassen? Okay, es ist mein Geburtstag, und der ganze Mist, der damit zusammenhängt. Aber heute sollte die Nacht der Nächte werden und im Moment fühle ich mich so sexy wie eine Nacktschnecke.

Als ich Schritte auf dem Kies höre, denke ich im ersten Moment, es ist Leon. Bis das Gekicher losgeht.

Oh nein, bitte nicht. Niemand darf mich in diesem Zustand sehen, sonst geht das Gerede wieder los.

Ich halte die Luft an und sinke tiefer in den Sessel. Vorsichtig ziehe ich die Beine an, bis mich der Korb vollständig umgibt. Als ich bekannte Stimmen höre, halte ich in meiner Bewegung inne.

»Mach schnell.«

»Immer diese Eile. Warum können wir uns nicht *ein* Mal Zeit nehmen?«

»C'mon, sie kann jeden Augenblick zurückkommen.«

Ich erstarre, das muss ein Traum sein.

»Ich hab gesehen, wie sie zum Waschraum gewankt ist, wo sie sich wahrscheinlich gerade die Seele aus dem Leib kotzt.«

»So viel hat sie auch wieder nicht getrunken.«

»Hallo? Sie hat fast eine halbe Flasche Tequila intus.«

»Bist du sicher?«

Ich bilde mir ein, Sorge in seiner Stimme zu hören, doch um ehrlich zu sein, fehlt mir für diese Feinheiten momentan der Sinn. Meine Gedanken laufen Amok – Alex und Conall?

»Selbst wenn sie wieder aufkreuzt, wird Nicci uns wie immer decken, wo ist das Problem?«

Hat sie gerade *wie immer* gesagt?

Als Nächstes höre ich Geräusche, die ich nicht sofort zuordnen kann, doch mein Kopfkino nimmt die Sache in die Hand. Küsse. Leidenschaftliche Küsse, um genau zu sein.

»Shit, du bist so heiß!«

Darauf kichert Alex und ich muss würgen.

Schräg hinter mir knarzt ein Korbsessel, als Conall sich stöhnend hineinfallen lässt. Dem Geräusch nach kniet Alex sich in den Kies. Ein Reißverschluss wird geöffnet und mir wird wieder schlecht.

»Honey, du machst mich fertig …«

Honey? So nennt er sonst nur mich. Mein Magen rebelliert, doch ich bringe meine ganze Willenskraft auf, den Würgreiz zu unterdrücken.

Das kann nicht sein, darf nicht sein. Ich will aufstehen und flüchten, aber meine Beine gehorchen mir nicht. Also mache ich mich ganz klein, rolle mich zu einem Ball ein und presse die Lider fest zusammen.

»Was zum Geier …«

Oh Mist, Leon hatte ich ganz vergessen.

Als ich die aufsteigende Magensäure spüre, springe ich aus meinem Versteck und übergebe mich ein weiteres Mal.

»Fuck!« Das kommt von Conall. Alex schreit. Warum schreit sie, sollte sie nicht lachen? Im nächsten Moment höre ich ein fürchterliches Knacken. Gegen meinen Willen wende ich mich um und sehe gerade noch, wie Conalls Kopf von Leons Faust getroffen zurückfliegt.

»Du schmieriger Wichser!«

Komischerweise schockiert mich der Anblick nicht. Alles was ich denke ist: Wow, klasse Schlag, was ein bisschen merkwürdig ist. Ich meine, das ist Leon, mein sanfter Freund. Normalerweise traktiert er nur seine Tastatur, aber gerade hat er Conall eine reingehauen.

Und dann werde ich ganz ruhig. Keine Ahnung, warum, aber das Zittern lässt nach, und ich kann wieder richtig atmen. Es ist verrückt. Mein schlimmster Albtraum ist wahr geworden, doch statt auszurasten, fühle ich mich seltsam erleichtert.

Ist das der Schock? Oder ich drehe gerade durch und das ist eine neue, unbekannte Form. Andererseits habe ich immer befürchtet, dass so etwas passieren würde. Ich meine, Conall ist Conall, und ich bin … ich. Alles an mir schreit Durchschnitt, während Conall der geborene Star ist.

Möglicherweise liegt es auch daran, dass ich schon einmal jemanden verloren und deswegen einen Teil von mir zurückgehalten habe. Etwas, das verhindert, dass ich beim nächsten Mal komplett abstürze und jeden Halt verliere.

In jedem Fall spüre ich neben dem Schock eine seltsame Entspannung. Verlustängste können verdammt anstrengend sein, ich weiß, wovon ich rede. Beim letzten Mal hätte es mich fast ruiniert. Ich meine, irgendwann werden wir alle verlassen, Menschen kommen und gehen. Manchmal sterben sie, dagegen ist man machtlos. Dann muss man sehen, wie man damit zurechtkommt, und ich bin nicht besonders gut darin, geliebte Menschen gehen zu lassen.

Ich weiß nicht, wie ich auf die Beine gekommen bin, aber plötzlich ist das Glas Wasser in meiner Hand, und ich kippe den Inhalt in Alex' Gesicht.

»Du Miststück!«, brüllt sie.

Überrascht lache ich auf. Ich bin das Miststück? Ohne nachzudenken, hole ich aus und gebe ihr eine schallende Ohrfeige, die sie zurücktaumeln lässt. Mein Blick sucht Conall, der mit ausgestreckter Hand auf mich zukommt. Mit der anderen hält er sich das Kinn, anscheinend hat Leon einen Volltreffer gelandet. Bevor er etwas sagen kann, ergreift Leon meinen Ellbogen und führt mich durch den begrünten Innenhof der Hotelanlage zu einer Seitenstraße. Conalls verzweifelten Blick werde ich wohl nie vergessen. Als er meinen Namen ruft, stolpere ich, doch Leons Griff verstärkt sich, und ich widerstehe dem Drang, umzukehren und mich in seine Arme zu werfen. Denn obwohl ich diejenige bin, die verschwindet, hat er mich verlassen. Er hat unsere Beziehung verraten, und das schmerzt mehr, als ich sagen kann.

Ich hatte schon einige beschissene Geburtstage, aber der hier toppt alles.

03

Fragt mich nicht, wie wir nach Hause gekommen sind. Leon muss ein Taxi gerufen haben, denn ich erinnere mich daran, dass ich den ganzen Rückweg an seiner Schulter geweint habe. Außerdem hat mein Handy ununterbrochen geklingelt, bis er es abgestellt hat. Irgendwann standen wir vor seiner Haustür und ab da ist meine interne Festplatte wieder hochgefahren.

Leons Eltern haben sich nach dem Unfall rührend um mich gekümmert. Linda, seine Mutter, hat es zwar nie ausgesprochen, aber ich glaube, dass ich für sie so etwas wie die Tochter bin, die sie nie hatte. In jedem Fall war sie für mich da, auch als ich niemanden an mich heranlassen konnte. Sie und Leon haben mir sogar ein Zimmer eingerichtet, für den Fall, dass mir zu Hause die Decke auf den Kopf fällt, was oft genug der Fall war.

Leons Vater ist ein hohes Tier der Deutschen Bank und hält dieses Wochenende in Zürich einen Vortrag mit unaussprechlichem Namen. Irgendwas mit Lombardsatz und Wertpapieren. Fragt lieber nicht, darüber kann der Mann stundenlang dozieren. Linda begleitet ihn diesmal, ich meine, es ist die Schweiz, da wäre ich auch mitgeflogen.

Das bedeutet, dass Leon und ich unter uns sind, was mir recht ist. Allein bei der Vorstellung, dass mich seine Mutter mit verschmiertem Gesicht und vollgereihertem Kleid sieht, stehen meine Haare zu Berge.

Nach einer brüllend heißen Dusche fühle ich mich wieder wie ein Mensch. Fehlt nur noch Kaffee. Als Leon mir in der Küche einen dampfenden Becher reicht, geht mir das Herz auf. Was würde ich ohne ihn tun?

Schweigend nippe ich an meinem ultimativen Muntermacher, doch es nützt nichts, ich fühle mich schwer wie Blei. Leon kennt mich gut, er weiß, dass ich im Begriff bin, dichtzumachen. Das ist vermutlich der Grund, warum er kurz verschwindet und mit Papier und Bleistift zurückkommt. Außerdem hat er seine Gitarre dabei.

Er drückt mir den Stift in die Hand und legt die Blätter in meinen Schoß.

»Hier«, sagt er und nickt zu den Papierbögen. »Ausdrücken, nicht unterdrücken. Lass es raus.«

Als wäre damit alles gesagt, schwingt er sich auf die Küchentheke und schlägt ein paar Akkorde an, ohne mich weiter zu beachten.

Nach dem Unfall hat mir mein Therapeut geraten, ein emotionales Tagebuch zu führen. Zuerst wollte ich nicht. Ich meine, es reicht ja wohl, dass ich mich wie ausgekotzt fühle, wozu es aufschreiben, um es für die Nachwelt zu dokumentieren?

Eines Tages hat Leon mein Tagebuch in die Finger bekommen. Also schön, ich habe es in einem Wutanfall aus dem Fenster geworfen, aber das ist eine andere Geschichte. Jedenfalls landete es vor seinen Füßen und er hat darin geblättert. Nachdem er meinen Senf gelesen hat, meinte er, dass sich der Kram wie Rap-Texte anhört. Aus Jux hat er sich seine Gitarre geschnappt, sich unter mein Fenster gestellt und meine Hasstexte in Verse gefasst. Um ehrlich zu sein, klang das gar nicht so übel.

Am selben Abend haben wir meine Tagebücher feierlich verbrannt, und ich hab angefangen meine Wut in Songtexte zu wandeln. Außerdem hat Leon mir beigebracht, auf der Gitarre zu spielen. Erst ein paar Akkorde, dann Dreiklänge, schließlich ganze Lieder. Leon meint, ich sei ein Naturtalent, da ich es mühelos schaffe, den Kern eines Songs in eine stimmige Melodie zu bringen und mit Text zu unterlegen.

Anfangs war das eine Möglichkeit, meine angestauten Gefühle rauszulassen, eine Art Ventil. Obwohl wir es nicht direkt vereinbart haben, wurde die Musik zu einer Sache zwischen Leon und mir, unser Geheimnis.

Manchmal nimmt er mich auf und stellt das Video bei SoundCloud und YouTube unter meinem Künstlernamen »JAZZmin« ein. Er nennt mich so, weil er der Ansicht ist, dass meine Stimme jazzig klingt.

Ich war oft kurz davor, es Conall zu erzählen, immerhin wäre es ja möglich, dass ihm der ein oder andere Song gefällt. Aber was, wenn er mich auslacht? Das könnte ich nicht so einfach wegstecken. Nach meinem Absturz habe ich seine Aufmerksamkeit zu sehr genossen, um seine Ablehnung zu riskieren.

Der Gedanke an meinen Freund löst meine Ruhe in Rauch auf und ein neues Gefühl hält Einzug. Destillierter Zorn.

Bin ich wirklich so ein Niemand, dass mich meine Freunde nach Strich und Faden verarschen können? Wie oft müssen sie sich hinter meinem Rücken über mich kaputtgelacht haben?

Und Conall? Wie konnte er mir das antun? Ausgerechnet er, dem ich mich geöffnet, dem ich vertraut habe! Wieso hat er das getan?

Kein Wunder, dass Alex und Nicci wieder aufgekreuzt sind. Sie wollten sich in seinem Licht sonnen und das ging nur über mich. Was ich nicht begreife, ist, warum Conall so getan hat, als seien wir zusammen, während er heimlich mit Alex rummacht – und wer weiß mit wem sonst noch. Ich meine, wenn er nicht mit mir zusammen sein will, soll er gefälligst Schluss machen und es sauber beenden, statt mich zu hintergehen und in dieser Weise zu verletzen.

Bei diesem Gedanken wird mir wieder schlecht, deswegen renne ich ins Bad, doch es war falscher Alarm. Trotzdem schließe ich hinter mir ab, ich muss nachdenken. Meine Clutch liegt neben der Dusche, den Rest des Outfits habe ich weggeworfen. Mit zwei Fingern ziehe ich mein Handy aus der schmalen Abendtasche und gebe die PIN ein. Kaum habe ich ein Netz, spielt das Teil »This Love«. Ohne nachzudenken, nehme ich das Gespräch an, bereue es jedoch, als ich die raue Huskystimme höre.

»Honey, bitte leg nicht auf«, fleht er, und mir schießen Tränen in die Augen. Ich bin nicht mehr sein Honey, das war einmal.

»Ich weiß, ich habe Riesenscheiß gebaut, aber wirf deswegen nicht alles weg.«

Riesenscheiß, ja? Tränen und Wut vermischen sich zu einer

Melange aus Schmerz und Raserei, doch ich kann mich nicht für ein Gefühl entscheiden. Was ich jedoch nicht bin, ist gesprächsbereit. Mein Daumen schwebt bereits über der Beenden-Taste, als er in beschwörendem Ton fortfährt:

»C'mon Honey, rede mit mir! Beschimpf mich, schrei mich an!«

Vielleicht später, denke ich, im Moment fühle ich mich wie erschlagen.

»Gib mir die Chance, es zu erklären, aber leg nicht auf!«

»Ich kann nicht«, flüstere ich und beende das Gespräch. Wobei ich nicht sicher bin, ob ich nicht reden kann oder mir seine Erklärung nicht anhören will. Vermutlich beides.

Zurück in der Küche, schnappe ich mir Stift und Papier. Meine Erschöpfung ist wie weggeblasen und ich schreibe wie eine Besessene. Erst macht nichts davon Sinn. Aneinandergereihte Emotionsworte wechseln sich ab, doch nach einer Weile ergeben sie einen Rhythmus, deswegen brauche ich die Gitarre. Leon reicht sie mir wortlos und setzt eine zweite Kanne Kaffee auf. Das wird eine lange Nacht und sie hat gerade erst begonnen.

Es dauert eine Weile, doch irgendwann sitzt der Text, der sich in meinem Kopf formt, verschmilzt mit einer Melodie, die aus meinem Bauch kommt. Ein letztes Mal gehe ich über die Verse, dann reiche ich Leon die Blätter, der beim Lesen ein fettes Grinsen aufsetzt. Gemeinsam glätten wir den Text, diskutieren, was sich auf Schlampe reimt, streichen am Ende jedoch die ganze Passage.

Als ich anfange zu gähnen, schüttelt er den Kopf und zückt seine Digitalkamera.

»Jetzt ist Showtime, Süße, keine Müdigkeit vortäuschen.«

»Bist du sicher?« Zweifelnd blicke ich an mir herab. Mein langes Haar ist mittlerweile an der Luft getrocknet, aber es sieht wie Sauerkraut aus, und kein bisschen sexy. Ich trage Boxershorts und eines von Leons XXL T-Shirts, das wie eine Fahne bei Flaute an meinem Körper hängt.

»Du siehst toll aus!«

Das muss man ihm lassen, die Lüge geht ihm glatt über die Lippen. Kopfschüttelnd lache ich auf, dann sehe ich mir Leon genauer an. Obwohl er Ringe unter den Augen hat, strahlt er wie ein Honigkuchenpferd. Das dunkelblonde Haar ist zerwuselt und steht in alle Richtungen ab, die grau-grünen Augen blitzen, wobei sie in diesem Moment eher grün als grau aussehen. Und seine Haut … Meine Augen verengen sich zu Schlitzen. Die Haut in seinem Gesicht wirkt straffer, die Schultern sehen kräftiger aus. Hat er trainiert? Seine Shirts, die er normalerweise zwei Nummern zu groß kauft, passen nur noch mir nicht, bei ihm sitzen sie wie angegossen.

Bei meinem Laserblick verrutscht sein Lächeln.

»Stimmt was nicht?«

»Äh, nein, alles in Ordnung«, sage ich schnell und stehe auf.

Wir haben einen festen Ort für die Aufnahmen, die Garage. Sein Vater hat sich dort vor Urzeiten eine Werkstatt eingerichtet. Später hat Linda dort nach und nach Krempel abgeladen, der eigentlich auf den Sperrmüll gehört. Unter anderem einen Tisch, der aussieht, als hätte ihn ein Blinder aus Treibholz zusammengehämmert. Ich liebe diesen Tisch, er ist meine Bühne. Also nehme ich im Schneidersitz Platz, die Gitarre im Schoß und warte auf Leons Zeichen. Der Song heißt *»Sorry Ass«* und handelt – Überraschung! – von einem verlogenen Drecksack, der seine Freundin nach Strich und Faden verarscht.

Die Kamera macht Kling Klong, das rote Licht geht an, ich bin bereit, es kann losgehen.

* * *

Als wir die Garage verlassen, geht die Sonne auf. Leon ergreift meine Hand und zusammen betrachten wir das Spektakel. Plötzlich schießen mir Tränen in die Augen und zum ersten Mal seit einer Ewigkeit fühle ich so etwas wie Frieden in mir. Ich drehe mich zu Leon, der einen halben Kopf größer ist als ich, und nehme ihn in den Arm.

»Danke«, flüstere ich. »Ohne dich hätte ich diese Nacht nicht überstanden.«

»Jederzeit, Prinzessin«, flüstert er und erwidert meine Umarmung.

So hat er mich schon lange nicht mehr genannt. Lächelnd denke ich an unsere erste Begegnung, da saß ich auf einem Baum fest. Keine Ahnung, was ich dort zu suchen hatte, vermutlich hatte das etwas mit einem Federball zu tun. Er muss mich von seinem Fenster im ersten Stock gesehen haben, denn kurz darauf kam er mit einer Aluleiter an. Ein Ende hat er auf die Fensterbank gelegt, das andere auf den Ast, auf dem ich festsaß. Obwohl ich zehn und er acht Jahre alt war, hat er mich Prinzessin genannt, was ich selbst damals albern fand. Dennoch war er in gewisser Weise an diesem Tag mein Ritter. Seitdem hat er mich immer wieder aus misslichen Situationen gerettet. Fragt mich nicht, wie er das anstellt, aber er scheint immer zu wissen, was zu tun ist.

»Was soll ich da drüben ohne dich anfangen?«

Natürlich weiß er, dass ich Los Angeles meine. Wir haben oft darüber geredet und sind zu dem Schluss gekommen, dass ich das Jahr bis zu meiner Volljährigkeit irgendwie überstehe und zum Studium nach Berlin zurückkehre. Außerdem hat er mir bei Skype ein Konto eingerichtet. Auf diese Weise können wir in Kontakt bleiben, uns sogar sehen, was mich ein wenig beruhigt. Die Sache mit der Zeitverschiebung sollten wir hinkriegen, immerhin hat Leon einen wasserdichten Zeitplan ausgearbeitet. Und, na ja, es ist bloß ein Jahr, das ist machbar, oder?

04

Nach einem späten Frühstück schneidet Leon das Video und stellt es bei YouTube und SoundCloud ein. Ich finde, es ist gut geworden. Der Meinung scheinen auch andere zu sein, denn am Nachmittag habe ich bereits zweihundert Likes. Wow, das ging schnell. Möglicherweise liegt es auch daran, dass Leon mich bequatscht hat, den Link in einer Massenmail an meine Mitschüler zu senden. In einem Anfall von Wahnsinn habe ich zugestimmt, obwohl ich nicht mehr sicher bin, wie es dazu kam.

Die Diskussion dazu lief in etwa so ab:

Ich: »Bist du bescheuert? Die wissen nicht mal dass ich Texte schreibe.«

Darauf er: »Genau das ist das Problem. Du hast das geniale Talent, Texte mit Melodien zu verweben. Deine Stimme ist sexy und du sieht klasse aus. Warum versteckst du das?«

Darauf ich wieder (die Sache mit dem tollen Aussehen habe ich erst mal vorgespult, um mich auf die Sache mit der Musik zu konzentrieren): »Ich kann das nicht machen, zumindest nicht jetzt, wo Conall mich abserviert hat.«

Er: »Eben weil er dir das angetan hat, solltest du mit einem

Knaller reagieren. Was glaubst du, welche Show Alex deswegen abziehen wird? Sie hat dir den Mann ausgespannt, das wird sie für sich ausschlachten und dich wie den letzten Loser aussehen lassen.«

Damit hatte er mich an der Angel. Am Montag muss ich mich in der Schule sehen lassen, was soll ich denen sagen? Wird überhaupt jemand mit mir reden oder lachen sie mich aus? Vielleicht werde ich auch ignoriert, das hatten wir ja schon. Keiner dieser Gedanken muntert mich auf. Irgendwie hat Leon schon recht. Ich sollte hoch erhobenen Hauptes durch die Gänge schreiten, nicht mit hängenden Schultern und gesenktem Blick.

Er redet noch ein bisschen weiter auf mich ein, doch im Grunde habe ich mich bereits für seinen angriffslustigen Vorschlag entschieden. Was kann mir schon passieren? Ich muss nur noch dreieinhalb Wochen durchhalten, danach fliegen wir in die Staaten. Keine große Sache, oder?

Also geht die Massenmail raus. Leon schreibt jeden an, und damit meine ich wirklich JEDEN. Er scheint echt sauer auf Conall zu sein. Das wird mir klar, als er den Song auf Facebook und studiVZ verlinkt. Gerade als ich ihn bremsen will, klingelt sein Telefon.

Er linst auf die Nummer und reicht mir den Hörer.

»Wir versuchen dich den ganzen Tag zu erreichen, warum hast du dein Handy abgestellt?«, fährt Max mich an. Verdammt, er ist echt wütend.

»Ähm, ich glaube, ich hab vergessen es anzuschalten«, gebe ich kleinlaut zurück. Normalerweise schnauzt Max mich nicht an, es sei denn ich habe wirklich Mist gebaut.

»Hast du eine Ahnung, wie es deiner Mutter geht? Sie steht kurz davor, die Polizei einzuschalten.«

Wie war das?

»Sie ist ins Hotel gefahren, wo sie erfahren musste, dass du gegen Mitternacht sang- und klanglos verschwunden bist. Niemand wusste, wo du bist.«

Oh Shit, jetzt hab ich echt ein Problem. Seit dem Unfall muss ich immer erreichbar sein, sobald ich einen Fuß vor die Tür setze, das musste ich meiner Mutter versprechen. Allerdings war ich gestern Nacht zu betrunken, um mich daran zu erinnern. »Max, es tut mir leid«, sage ich schwach und fühle mich mit einem Mal grässlich. Weder er noch meine Mutter haben es verdient, meinetwegen Ängste auszustehen.

»Conall und ich hatten einen Streit, und ich wollte nur noch weg.« Was nicht wirklich eine Lüge ist.

»Was ist passiert?«, erkundigt er sich besorgt, worauf ich mich noch mieser fühle.

»Ich bin bei Leon, da muss es mir doch gut gehen«, weiche ich der Frage aus.

Er lacht, was genau die Wirkung ist, die ich bezweckt habe.

»Ich hätte früher darauf kommen müssen, dass du bei ihm bist, aber wir waren ziemlich durch den Wind.«

Verdammt!

»Ich komme gleich rüber, okay? Es tut mir wirklich leid, das habe ich nicht gewollt. Soll ich Mama anrufen?«

»Lass mich das lieber machen, sie ist in keiner guten Verfassung.«

Ich schlucke einen Kloß herunter. Hat sie getrunken? Es

wäre nicht das erste Mal, dass sie ihren Kummer in einer Flasche Wein ertränkt.

»Dann sollte sie sich nicht hinters Steuer setzen«, bemerke ich niedergeschlagen.

»Mach dir keine Sorgen, ich hole sie ab. Bis nachher.«

Er legt auf und ich reiche Leon das Mobilteil.

»Ärger?«

»Könnte man sagen.«

»Soll ich mitkommen?«

Lächelnd schüttele ich den Kopf. Leon, mein Ritter.

»Danke, aber diesen Mist habe ich mir selbst eingebrockt.«

»Du weißt, wo du mich findest.«

Mit diesen Worten bringt er mich zur Tür und bleibt im Rahmen stehen, bis ich im Nachbarhaus verschwunden bin.

Eine halbe Stunde später rauscht meine Mutter in die Küche. Sie sieht furchtbar aus, und bevor sie mir die Hölle auf Erden bereiten kann, gehe ich auf sie zu und schließe sie in die Arme. Das habe ich ewig nicht mehr getan, deswegen verschlägt es ihr für einen Moment die Sprache. Als ich das Zittern ihres viel zu dünnen Körpers spüre, schießen mir Tränen in die Augen. Das ist meine Schuld. Meinetwegen ist sie in diesem Zustand, den Horror der Vergangenheit im Hinterkopf.

»Es tut mir leid«, flüsterte ich in ihr Haar, und sie nickt stumm. Dennoch kann ich ihr leises Weinen hören und schäme mich entsetzlich.

»Geh auf dein Zimmer und ruh dich aus«, sagt sie schließlich. »Wir essen in einer Stunde, danach müssen wir reden.«

Ich zögere keine Sekunde. Dass ich so glimpflich davongekommen bin, grenzt an ein Wunder und ist zweifellos Max' Werk. Hoffentlich will sie mit mir nicht über Hausarrest reden.

Eine Stunde später finde ich Max mit versteinerter Miene am gedeckten Esszimmertisch vor. Zwei Dinge passen nicht ins Bild. Erstens: Wir essen nie hier, sondern in der Küche. Das Esszimmer ist für Besucher oder festliche Anlässe. Zweitens: Max ist nicht nachtragend. Wenn ich mich für eine Sache entschuldigt habe, ist sie vergessen. Spätestens als meine Mutter mit einem gezwungenen Lächeln den Raum betritt, weiß ich, dass etwas im Busch ist. Und das hat nichts mit meinem Verschwinden zu tun.

Niemand rührt das Essen an, ich weiß nicht mal, was es gibt.

Max räuspert sich und sieht erwartungsvoll zu meiner Mutter, die mit der Serviette spielt. Himmel, sie ist nervös. Je länger sie nach den richtigen Worten sucht, desto mehr überträgt sich ihre Anspannung auf mich. Schließlich schiebe ich meinen Stuhl zurück und sage:

»Wisst ihr was, eigentlich bin ich nicht hungrig«, und stehe auf.

»Jasmin, setz dich!« Das kommt von Max, und seine Stimme klingt barsch, eine dritte Sache, die nicht stimmt. Sein Blick liegt allerdings auf meiner Mutter. »Entweder du sagst es ihr oder ich übernehme das. Deine Entscheidung.«

Okay, jetzt bin ich wirklich nervös.

Meine Mutter legt die Serviette zur Seite und sieht mich an. »Spätzchen, Max und ich ...« Hilfe suchend blickt sie zu ihm, doch er schweigt. »Also wir ...«

Und endlich fällt bei mir der Groschen. »Ihr wollt heiraten? Das wird auch höchste Zeit, ich hab mich immer gefragt, warum ihr es nicht schon längst getan habt«, plappere ich munter drauflos.

Wenn es überhaupt möglich ist, verdüstert sich Max Miene noch mehr, während meiner Mutter die Gesichtszüge entgleiten. Sie ist entsetzt. Langsam komme ich nicht mehr mit. Was zum Teufel ist mit den beiden los?

»Spätzchen, wir werden uns trennen.« Das kommt von meiner Mutter, und nun bin ich diejenige, die den Mund nicht zubekommt. Trennen? Im Sinne von ein paar Wochen oder Monaten für einen Dreh?

»Wie lange?«, hake ich nach. Max fährt sich mit einer Hand durchs Haar, ein Zeichen, dass er frustriert ist. Ich kenne diesen Mann mein ganzes Leben, er ist wie ein Vater für mich. Korrektur: Er *ist* mein Vater. Er war immer für mich da, hat mich in jeder Hinsicht gefördert. Von ihm habe ich mein Talent für das Schreiben, ich meine, er ist Drehbuchautor. Er weiß, wie man mit Worten arbeitet, das hat er mir beigebracht.

»Liebes, Max wird nicht mit uns nach Los Angeles kommen«, holt mich meine Mutter zurück in die Gegenwart.

»Wir leben mehr oder weniger schon seit einer Weile getrennt, wollten es dir aber erst sagen, wenn wir uns sicher sind.«

Mehr oder weniger getrennt? Was soll das denn bitteschön heißen? Entweder man trennt sich oder man lässt es bleiben. Und warum habe ich nichts davon mitbekommen? Das ganze letzte Jahr haben sie sich gestritten, das ging bis Ende Januar. Danach war plötzlich Ruhe. Hätte mich das stutzig machen sollen? Bisher bin ich davon ausgegangen, dass sie ihre Probleme bereinigt haben, aber damit lag ich wohl falsch.

Mir schwirrt der Kopf, als Max mich an der Hand berührt.

»Alles in Ordnung?«, fragt er. Das ist nicht sein Ernst, oder?

»Ich verstehe das nicht«, beginne ich. »Wir wollten doch nach L.A.«

»Daran wird sich nichts ändern«, schaltet sich meine Mutter ein.

»Ohne Max?«

Als sie nickt, dringt allmählich die Wahrheit zu mir durch, und meine Eingeweide krampfen sich schmerzhaft zusammen. Das kann nicht sein! Die beiden wichtigsten Menschen in meinem Leben dürfen sich nicht trennen, ich brauche beide, nicht bloß einen.

»Ich verstehe das nicht«, wiederhole ich. »Warum wollt ihr nicht mehr zusammen sein?«

Abermals wandert Max' Blick zu meiner Mutter und ich folge ihm. Sie sieht weg.

»Moment mal, hast du dich von Max getrennt?«

»So einfach ist das nicht«, murmelt sie, kann mich dabei aber nicht ansehen. Was daran kompliziert sein soll, leuchtet mir nicht ein.

»Wir haben uns nur noch gestritten«, beginnt sie lahm.

»Weil du ihm die Schuld an dem Unfall gegeben hast, dabei war er nicht mal in der Nähe!«

Keine Ahnung, woher das kommt, aber es ist draußen, bevor ich es aufhalten kann. Wie immer, wenn wir dieses Thema berühren, steht sie wortlos auf und verlässt das Esszimmer, doch mir reißt der Geduldsfaden.

»Weglaufen ist auch keine Lösung!«, rufe ich ihr nach, in der Absicht, sie zu verletzen. Sie soll wissen, wie sich das anfühlt. Wie ich mich fühle. Und wie bei jedem Streit komme ich mir danach wie ein Miststück vor. Natürlich weiß sie, wie sich der Schmerz anfühlt, vermutlich mehr als jeder andere in diesem Raum. Aber dieses Totschweigen bringt mich mehr und mehr auf. Ich will jemandem wehtun, und da Max schon genug unter den stummen Vorwürfen meiner Mutter gelitten hat, wendet sich mein Zorn gegen sie.

Mein Blick sucht Max, der aussieht, als hätte ihm jemand mit Anlauf in den Magen getreten.

»Warum?«, frage ich ungläubig. Er schüttelt den Kopf, wie um zu sagen, dass er es selbst nicht weiß. Dann steht er auf und sagt leise:

»Am besten du redest mit deiner Mutter darüber, sie war noch nicht fertig.«

Keine Ahnung, was er damit meint, doch die Frage bleibt mir im Hals stecken, denn im nächsten Moment ist er verschwunden, und ich sitze allein am Esstisch. Das Ganze kommt mir wie ein Déjà-vu vor. Vor zwei Jahren saß ich dauernd allein beim Essen, weil meine Mutter regelmäßig weinend zusammengebrochen ist und Max sich um sie kümmern musste. Nur dass sie seine Hilfe nicht wollte. Alles was sie wollte, war, ihn zu bestrafen, für etwas, an dem er keine Schuld trägt.

Der Schmerz in meiner Brust fühlt sich an, als hätte mir jemand einen glühenden Schürhaken ins Herz gerammt. Ich kann mich nicht bewegen, deshalb bleibe ich wie paralysiert am Tisch sitzen und versuche der aufkommenden Panik Herr zu werden. Was soll ich noch mal tun, wenn das passiert? Ich versuche mich an die Tipps meines Therapeuten zu erinnern, doch in meinem Kopf herrscht blankes Chaos. Ein Wirbel, der sich zu einem Sturm aufbaut und jeden bewussten Gedanken wegfegt, bis ich beinahe hyperventiliere.

Nicht schon wieder, denke ich, dann übernimmt mein Körper. Er weiß, was zu tun ist, also beuge ich mich vor und atme in meine Armbeuge. Ich halte den Atem einen Moment fest, dann lasse ich ihn in einem langen Zug raus.

Alles wird gut, sage ich mir immer und immer wieder. Es wird alles gut. Mein Mantra schießt mir durch den Kopf, also lege ich los: *Ich bin noch hier. Ich bin noch hier. Ich bin hier.*

Es hilft. Nach einigen Minuten fühle ich mich zwar schwach, aber besser. Die Panikattacke ist vorübergezogen, diesmal hatte ich Glück.

* * *

Am Montag gehe ich nicht zur Schule. Ich schreibe Leon eine SMS, doch kaum ist mein Handy an, hört es nicht auf zu vibrieren. Ich habe sage und schreibe neunzehn SMS und acht Voicemails. Gerade will ich sie durchgehen, als ich Demi Lovatos »Heart Attack« höre – Alex' Klingelton. Automatisch nehme ich an und bereue es sofort.

»Das wurde auch Zeit!«, blafft sie. »Ich habe dir das ganze verfickte Wochenende Nachrichten hinterlassen, vielleicht rufst du mal zurück!«

»Warum sollte ich?«

»Weil wir Freunde sind, deswegen.«

Soll das ein Witz sein?

»Du bist nicht meine Freundin«, sage ich und atme tief durch. »Freunde tun sich so etwas nicht an.«

»Und was soll ich dir angetan haben?«

»Äh … Du hast mich benutzt, um an Conall heranzukommen?«

»Ich habe nichts getan, was dein Freund nicht wollte!«

Vielen Dank, dass du mich daran erinnerst.

»Außerdem bist du in drei Wochen weg, also was soll das Drama? Die Welt dreht sich nicht nur um dich!«, schnauzt sie in den Hörer.

Einen Augenblick lang bin ich sprachlos, doch ich erhole mich schnell.

»Keine Ahnung, warum du überhaupt anrufst, Alex. Das Letzte, was ich im Moment gebrauchen kann, ist eine illoyale Schlampe, die Empathie für ein Schimpfwort hält.«

Damit schalte ich das Handy aus und atme tief durch. Ich muss allein sein, allmählich wird mir das zu viel. Doch anstatt mir Raum zu geben, um die aktuellen Ereignisse zu verdauen, setzt meine Mutter noch einen drauf. Gegen Mittag kommt sie in mein Zimmer und hockt sich auf die Bettkante. Ich liege zusammengekrümmt auf der Seite, den Kopf ins Kissen gedrückt.

»Ich habe in der Schule angerufen und dich krank gemeldet.«

»Danke«, sage ich, ohne mich umzudrehen.

Als sie mich an der Schulter berührt, möchte ich ihre Hand abschütteln. Doch ich kenne die Konsequenzen und einen ihrer Zusammenbrüche kann ich jetzt wirklich nicht gebrauchen. Vielleicht habe ich Glück und sie beeilt sich, damit ich wieder allein sein kann. Doch Glück ist heute Mangelware, und bevor ich weiß, was sie vorhat, liegt sie in meinem Rücken, einen Arm um mich geschlungen. Ich versteife mich und presse die Lider zu, doch es ist zu spät. Die Tränen kommen und ein stummer Weinkrampf schüttelt mich. Ich möchte diese Frau hassen, doch ich weiß, was sie durchgemacht hat, darum ist es so schwer. Ich habe allerdings andere Mittel, mich ihr zu widersetzen.

»Ich komme nicht mit«, presse ich hervor. Was das heißt, ist klar. Ich bleibe bei Max.

»Du weißt, dass er nicht dein Vater ist«, entgegnet sie mit ungewöhnlich ruhiger Stimme. Ist sie jetzt im Schauspiel-Modus?

»Ist mir egal.«

Ich spüre, wie sie hinter mir den Kopf schüttelt. »Jassi, du bist der wichtigste Mensch in meinem Leben. Ich würde dich nie zurücklassen.«

So hat sie mich schon lange nicht mehr genannt. Bei dem Kosenamen kommen gleich noch mehr Tränen, doch ich weigere mich, nachzugeben.

»Aber ich soll deinetwegen alles zurücklassen?«

»Wir brauchen diesen Neuanfang, das musst du doch spüren.«

Was ich spüre, ist Schmerz, der mich in diesem Augenblick zu überwältigen droht.

Jetzt drehe ich mich doch zu ihr um. Ist mir egal, dass sie die Tränen sieht.

»Wir wollten gemeinsam neu anfangen. Stattdessen lässt du Max wie ein altes Paar Schuhe zurück. Glaubst du, er hat keine Gefühle? Was er durchmacht, ist dir schnurzegal, immer geht es nur um dich und was du brauchst.«

Sie nickt, was mich aus dem Konzept bringt.

»Ich weiß, dass ich dir in den letzten beiden Jahren keine gute Mutter war.« Sie streicht mir eine Strähne hinters Ohr, und ich muss die Augen schließen, um die Tränenflut einzudämmen. Doch einmal angefangen bricht der Damm, und ich weine hemmungslos, während sie mich vorsichtig in den Arm nimmt.

»Ich weiß, wie du dich fühlst«, flüstert sie. »Auch deswegen müssen wir hier weg.«

»Und was wird aus Max?«

»Er ist stärker als ich. Er wird es schaffen.«

»Warum tust du ihm das an?«

Sie legt ihre Stirn gegen meine und seufzt. »Wenn wir weiter zusammenbleiben, zerstören wir uns.«

»Aber wieso gibst du ihm die Schuld?« Sie weiß, worauf ich anspiele, denn plötzlich wird ihr Körper stocksteif. Ich öffne die Augen und diesmal weicht sie meinem Blick nicht aus.

»Er hätte da sein müssen.«

Das stimmt. Max hätte am Steuer sitzen sollen, doch er hatte mich vergessen. Deswegen hat er den Unfall aber nicht verursacht. Das ist ja das Tragische an Unfällen, manchmal gibt es keinen Schuldigen. In unserem Fall gab es einen, doch diese Tatsache hat uns nicht gefallen. Darum sucht meine Mutter die Schuld bei Max, damit sie jemanden zur Verantwortung ziehen kann. Mein Therapeut hat es Psychohygiene genannt. Sie möchte ihren Schmerz auf jemanden übertragen, weil sie das Gefühl hat, daran zu zerbrechen. Dass wir alle damit leben müssen, ist ihr dabei entgangen.

»Er hat einen Fehler gemacht. Das hätte jedem passieren können.«

»Ich weiß«, flüstert sie und schließt kurz die Augen. Als sie sie wieder öffnet, sind sie von Tränen verschleiert.

»Aber das Wissen ändert nichts an meinen Gefühlen, Jassi. Ich wünschte, es wäre anders. Ich habe es versucht, aber es geht nicht.«

Als sie mich diesmal an sich drückt, wehre ich mich nicht. Das ist das erste echte Gespräch, das wir seit zwei Jahren geführt haben. Ich weiß ihre Ehrlichkeit zu schätzen, auch dass sie sich für mich zusammenreißt.

»Ich brauche dich«, wispert sie so leise, dass ich nicht sicher bin, ob ich richtig gehört habe. »Bitte komm mit. Wenn du ein Jahr durchhältst, finanziere ich dein Studium, selbst wenn du nach Berlin zurückmöchtest.«

Überrascht hebe ich die Brauen, doch sie ist noch nicht fertig.

»Die Schule in L.A. ist ausgezeichnet, jede Uni in Europa wird dich nach dem Abschluss mit Kusshand nehmen. Außerdem wäre das eine einmalige Erfahrung für dich. Denk doch mal, ein Jahr im Ausland!«

Das ist ja alles schön und gut, aber …

»Was ist mit Max?«

»Ich habe es versucht. Wir hätten uns so oder so getrennt. Außerdem …« Sie atmet tief durch und stößt einen tiefen Seufzer aus. Als sie sich aufsetzt, weiß ich, dass sie noch etwas in petto hat.

»Was?«, hake ich nach und setze mich ebenfalls auf.

»Ich habe jemanden kennengelernt.«

Ich brauche einen Augenblick, um zu verstehen, was sie damit sagen will.

»Du hast einen Neuen?«

Darauf nickt sie.

Jetzt bin ich diejenige, die tief durchatmet. Beide Arme um mich gelegt, schließe ich die Augen.

Ich bin noch hier. Ich bin noch hier. Ich bin hier.

Aber nicht mehr lange. In weniger als vier Wochen bin ich weg. Mit meiner Mutter in L.A., wo ihr Neuer bereits auf sie wartet. Ich glaub's nicht.

»Das sagst du mir jetzt?«, frage ich ungläubig, nachdem ich meine Stimme wiedergefunden habe. Wie kann sie mir das kurz vor dem Abflug auftischen?

»Jassi«, beginnt sie und greift nach meinen Händen. Ich lasse sie, vermutlich stehe ich unter Schock. Schon wieder.

»Ich habe so lange damit gewartet, weil ich hundertprozentig sicher sein wollte, bevor ich diesen Schritt wage.«

»Heißt das, du ziehst das durch?«

»Es tut mir leid, Spätzchen. Ich habe alles versucht, die Beziehung zu retten. Am Ende hat es nicht gereicht. Wir haben uns zu einem Zeitpunkt getrennt, wo es noch möglich war, auseinanderzugehen, ohne einander zu hassen.«

»Wie konntet ihr euch vor meiner Nase trennen, ohne dass ich etwas davon bemerkt habe?«

»Max schläft in seinem Arbeitszimmer, ansonsten haben wir nichts verändert. Außerdem hast du zu der Zeit Conall kennengelernt und warst endlich wieder glücklich«, sagt sie, als sei damit alles klar.

Heißt das, nur weil ich auf Wolke sieben war, habe ich

nichts davon mitbekommen, was sich bei mir zu Hause tut? Nicht mal, dass Max im Büro schläft? Zugegeben, das Arbeitszimmer ist heilig, da ist Zutritt verboten. Als Kind habe ich mich mit Vorliebe unter seinem Schreibtisch verkrochen und Skripte mit Wachsstiften bemalt. Irgendwann hat Max den Raum abgeschlossen, was sich bis heute nicht geändert hat, aber trotzdem … Wie konnte mir das entgehen?

Seufzend rubbele ich mir mit beiden Händen über die Stirn. Das darf alles nicht wahr sein. Am Freitag war meine Welt noch in Ordnung. Heute ist Montag, und ich weiß nicht, wo mir der Kopf steht. Am liebsten würde ich die ganze Woche nicht zur Schule gehen. Was zum Henker soll ich den Leuten sagen? »Meine Mutter und Max trennen sich. Sie und ich fliegen allein in die Staaten. Ach ja, Conall hat mich mit Alex betrogen. Und wie war euer Wochenende?«

Plötzlich fällt mir etwas ein.

»Kenne ich ihn?«

Meine Mutter blinzelt überrascht. Als sie begreift, dass ich ihren Neuen meine, huscht ein Lächeln über ihr Gesicht. Oh Mann, sie ist total verliebt.

»Wir waren Ostern zusammen im Adlon essen, erinnerst du dich?«

Da klingelt was bei mir. Meine Mutter und ich hatten einen Spa-Tag im Hotel und waren anschließend im Felix essen. Kurz nachdem wir die Bestellung aufgegeben haben, hat sich ein hünenhafter Amerikaner zu uns gesetzt.

Angestrengt versuche ich die bruchstückhafte Erinnerung an den Typen aufzurufen, immerhin liegt die Begegnung ein paar Monate zurück. Das Auffälligste war seine Größe. Breite

Schultern, kurz geschnittenes Haar im Salz-und-Pfeffer-Look, guter Anzug. Er hat mich ein bisschen an Hugh Jackman erinnert, besser gesagt, an seinen älteren Bruder. Ich mochte seine dunklen Augen, sie waren warm und von Lachfältchen umgeben. An mehr kann ich mich nicht erinnern.

»Sein Name ist James Marshall.«

Jetzt fällt es mir wieder ein. Er ist Produzent in Hollywood und hat Blockbuster wie Spiderman, Iron Man und Marvel's Avengers finanziert. Nicht gerade die Kategorie von Filmen, in denen meine Mutter bisher gespielt hat – und vermutlich nie spielen wird. Seien wir ehrlich, für Mitte dreißig sieht sie zwar extrem gut aus, aber für Actionfilme ist sie zu alt.

Und dann sehe ich diesen Tag wieder klar und deutlich vor mir. Meine Mutter war in ungewöhnlich guter Stimmung. Ich wäre allerdings nie auf die Idee gekommen, das mit James in Verbindung zu bringen. Zu dem Zeitpunkt müssen Max und sie bereits Wochen voneinander getrennt gewesen sein.

Plötzlich komme ich mir wie ein Vollidiot vor. Die Menschen, die mir am meisten am Herzen liegen, ziehen einen Schlussstrich unter ihre Beziehung, und ich bekomme es nicht mit. Bin so mit Conall und mir beschäftigt, dass mir Max' Umzug ins Arbeitszimmer entgeht, und das über Monate. Ich schäme mich fürchterlich.

Mein Gesicht muss meine Gedanken widerspiegeln, denn meine Mutter beugt sich vor und zieht mich in die Arme. Widerstrebend lasse ich es zu. Es ist so lange her, dass wir uns nahe waren, und in diesem Moment spüre ich, wie sehr ich sie vermisst habe. Abermals rollen die Tränen, während sie mich wie ein Kind in den Armen wiegt.

»Es ist nicht deine Schuld«, flüstert sie, und ausnahmsweise hat das nichts mit dem Unfall zu tun. Sie meint die Trennung.

Gab es wirklich nichts, was ich hätte tun können? Die Antwort darauf werde ich wohl nie erfahren, denn meine Mutter ist fest entschlossen, Berlin den Rücken zu kehren.

Ein Neuanfang klingt selbst in meinen Ohren gut, allerdings mit Max. Dass er nicht mitkommt, ist ein unerträglicher Gedanke – ich kann mir das nicht mal vorstellen. Auf der anderen Seite frage ich mich, warum er meine Mutter nicht vor Monaten verlassen hat, immerhin hat sie alles dafür getan, ihn zu vergraulen. Das kann nur bedeuten, dass Max sie trotz allem immer noch liebt, und dieses Wissen schmerzt sogar noch mehr als die Vorstellung, ihn zurückzulassen.

Einen geliebten Menschen zu verlieren, kann einen brechen, das habe ich in den letzten beiden Jahren gesehen. Ich weiß nicht, ob ich zerbrochen bin, meine Mutter ist es in jedem Fall. Max und ich haben versucht sie zu kitten, doch egal wie wir die Einzelteile zusammengesetzt haben, am Ende fehlte immer ein Teil.

05

Der Montag kommt und geht. Das gleiche Spiel am Dienstag. Am Mittwoch entscheide ich mich, wieder zur Schule zu gehen, immerhin schreiben wir eine Matheklausur. Wenn ich die verpasse, ruiniere ich mir die Note. Im Stillen frage ich mich, warum mir das so wichtig ist. Doch während ich mich in meinem Zimmer umsehe, beantwortet sich die Frage von selbst. Umzugskisten stapeln sich in ordentlichen Reihen entlang der Wand. Meine Schulbücher stehen alphabetisch sortiert im letzten verbliebenen Regal, Hefter kampieren in akkuraten Haufen auf meinem Schreibtisch. In meinem Zimmer liegen keine Klamotten auf dem Boden, keine Schuhe, über die man stolpern könnte. Alles ist aufgeräumt und an seinem Platz. Das gleiche Bild im Bad. Die Hälfte unserer Möbel wurde bereits verschickt, der Rest wird eingelagert. Nach dem Chaos der letzten Monate ist die äußere Ordnung wichtig für meine innere Stabilität geworden. Ich brauche verlässliche Größen und gute Noten gehören dazu. Seltsam, da alle Welt davon ausgegangen ist, dass ich abstürzen würde, aber das war nur innerlich der Fall.

In Gedanken schüttele ich den Kopf und bereite mich auf

den ersten Schultag nach Tag X vor. Leon ist am Montag nach dem Unterricht vorbeigekommen, nachdem ich mich nicht bei ihm gemeldet habe. Fragt mich nicht, wie er mich ertragen kann, diese Woche kennt er mich nur mit roten Augen und aufgequollenem Gesicht. Allerdings hatte er Neuigkeiten, die mich aufheitern.

Wie er vorausgesagt hat, hat Alex am Montag versucht das Ende von Conalls und meiner Beziehung für ihre Zwecke auszuschlachten. In der Cafeteria haben Erik und seine Freunde über sie gelacht, was sie zur Weißglut gebracht hat. Sie muss etwas gefragt haben, wie: »Hast du ein Problem?«, woraufhin Erik meinte: »Darauf kannst du deinen *Sorry Ass* verwetten.«

Als Leon mir das erzählt, kann ich es kaum glauben. Auch dass Erik mehr Rückgrat zeigt, als ich ihm zugetraut hätte. Wie es aussieht, hat mittlerweile jeder an meiner Schule das Musikvideo gesehen und weiß, was Alex getan hat. Und mit wem.

Jedenfalls ist nach Eriks Bemerkung die halbe Pausenhalle in schallendes Gelächter ausgebrochen, was nicht dazu beigetragen hat, Alex' Laune zu verbessern.

Conall hat ein paarmal nach mir gefragt, doch Leon zeigt ihm die kalte Schulter. Er ist jetzt ein Held, da er kein Geheimnis daraus macht, wem Conall die violette Färbung am Kiefer zu verdanken hat.

Im Gegensatz zu ihm höre und sehe ich nichts von meinem Exfreund. Ob er angerufen hat, weiß ich nicht, denn ich wage es nicht, mein Handy einzuschalten. Noch bin ich nicht dazu bereit, mit ihm zu reden. Vor der Tür stand er jedenfalls nicht, um mich um Verzeihung zu bitten, so viel steht fest.

Obwohl er mich furchtbar verletzt hat, wird der Beziehungsschmerz durch mein aktuelles Familiendrama gedämpft. Das ist wie bei einer Überreizung. Mutet man seinen Sinnen zu viel zu, schaltet sich das System irgendwann ab. Diesmal hat sich mein System nicht abgeschaltet, dennoch sind die Datenkanäle verstopft. Anscheinend kann ein Mensch nur eine bestimmte Menge Mist ertragen, danach stumpft er ab. So zumindest fühlt es sich im Moment an.

Im Bus versucht Leon mich aufzuheitern. Er erzählt mir von den vielen Klicks auf meinem YouTube-Konto und kriegt sich über die rasante Verbreitung des Musikvideos gar nicht mehr ein. Ich will kein Spielverderber sein, deswegen heuchele ich Interesse. Aber ehrlich gesagt könnten mich die aktuellen Likes kaum weniger interessieren.

Was mich beschäftigt, ist die Frage, ob ich Conall je wieder ins Gesicht sehen kann. Oder Alex. Oder dem Rest der Schule, wo wir schon dabei sind.

Unwillkürlich muss ich an den Tag vor fast genau zwei Jahren denken, als ich mich nach zwei Wochen Schonfrist in der Schule sehen lassen musste und noch vor der Pause zusammengebrochen bin. Danach war ich für die Leute ein Psycho. Von Leon abgesehen wussten meine Freunde, nicht was sie sagen oder tun sollten, denn was sie auch sagten oder taten, es war immer verkehrt. Ihre Verurteilung tat weh, ihre Anteilnahme hat mich wütend gemacht, weil sie keinen Schimmer hatten, was in mir vorging. Und ich tat alles, um meinen Schmerz vor ihnen zu verbergen. Irgendwann haben sie angefangen in meiner Gegenwart zu flüstern, oder die Gespräche brachen ganz ab. Das war der Zeitpunkt, an dem ich dichtgemacht habe und endgültig zur Außenseiterin wurde.

Heute bin ich nicht mehr fünfzehn, und was letztes Wochenende passiert ist, kann man nicht mit dem Unfall vergleichen. Trotzdem ist das Déjà-vu-Gefühl nahezu greifbar, sodass mir schlecht wird, als ich die Schulauffahrt betrete.

Die gute Nachricht ist, dass ich Conall den ganzen Tag nicht sehe. Dafür werde ich mit meinen Freundinnen konfrontiert. Bis Samstag habe ich zu ihnen gehört, war glücklich, wieder Teil der Gemeinschaft zu sein. Aber das ist Geschichte. Alex, Nicci und der Rest der Gruppe starren mir bei jeder Gelegenheit nach und werfen mir giftige Blicke zu, als hätte ich ihnen den Freund ausgespannt. Zugegeben, mein Video hat dafür gesorgt, dass jeder weiß, was Alex sich geleistet hat, und die Reaktion in der Pausenhalle lässt keinen Zweifel darüber aufkommen, dass alle Bescheid wissen. Obendrein ist die einzige Person, die sie in Schutz nehmen könnte, nicht anwesend, denn Conall taucht den ganzen Tag nicht auf.

Dafür ist mein Song allgegenwärtig. Immer wieder höre ich Teile daraus, für gewöhnlich den Refrain. Manche summen ihn, einige kennen dank Leon den Text:

»Tell you what: you can kiss your ass goodbye
Kiss your sorry ass goodbye
Just say goodbye-aye«

Am Freitag ändern Alex & Co. ihre Taktik, nun lachen sie jedes Mal, wenn sie mich sehen. Zu diesem Zeitpunkt habe ich Conall noch immer nicht zu Gesicht bekommen. Als Leon mich dabei erwischt, wie ich die Gänge nach ihm scanne, sagt er leise:

»Er ist nicht da.«

»Hm?«

»Dein Loverboy fehlt seit Mittwoch.«

Oh. Okay, das ist gut, oder? Oder ist er krank? Diese und ähnliche Fragen beschäftigen mich das ganze Wochenende, doch meine Gedanken werden immer wieder vom Packen unterbrochen.

Die nächste Woche läuft ähnlich wie die letzten drei Schultage ab. Obwohl mich die angesagten Leute ignorieren oder wahlweise auslachen, sind nicht wenige auf meiner Seite. Die Mädels in einer Beziehung stehen nicht auf Zicken, die anderen den Freund ausspannen.

Die Jungs vom Basketballteam lieben meinen Song. Patrick und Nils, beide sind eine Stufe über mir, haben in der Mittagspause eine Strophe aus *Sorry Ass* angestimmt:

»She sucked your face went on her knees
Opened the zipper, started to please
The view of it kinda makes me sick
She and you – thinking with your dick …«

Dabei hat Patrick vielsagend mit den Brauen gewackelt und quer durch die Cafeteria gerufen: »Hey Alex, hast du Zeit?«

Das wiehernde Gelächter vom Team hat Alex und ihre Anhänger aus der Pausenhalle getrieben. Seltsamerweise habe ich mich danach kein bisschen besser gefühlt. Deswegen habe ich den Song nicht geschrieben.

Anfangs hat mir das Schreiben geholfen, meinen unterdrückten Zorn zu kanalisieren und ihn mir später anzusehen.

Mithilfe der Texte konnte ich meine Gedanken sortieren, in jedem Fall war das ein Katalysator für mich. Es war nicht meine Absicht, jemanden bloßzustellen, mir ging es darum, auszudrücken, was in mir brodelt. Bisher bin ich nie mit meinen Texten konfrontiert worden, und um ehrlich zu sein, bin ich in diesem Moment hin und hergerissen. Einerseits ist es ein tolles Gefühl, wenn jemand meinen Kram singt. Andererseits sind meine Songs nicht als Instrument gedacht, damit Typen wie Patrick, die alles vögeln, das nicht schnell genug weglaufen kann, auf Alex rumhacken. Ich war lange genug auf der anderen Seite und weiß, wie sich das anfühlt, wenn sich die Leute plötzlich gegen einen stellen. Mit welchem Recht spielen sich diese Typen plötzlich als Richter auf?

Ich habe keine weitere Gelegenheit, mich über unsere Sportskanonen aufzuregen, denn schon bald schluckt mich der Schulalltag. Ausgerechnet kurz vor den Sommerferien schreiben wir eine Prüfung nach der anderen, was stressig ist, aber in gewisser Weise auch gut, denn es lenkt mich von meiner aktuellen Misere ab.

Davon abgesehen muss ich für den Führerschein büffeln, denn in den USA kann man ohne fahrbaren Untersatz gleich wieder zurück nach Hause fliegen. Die öffentlichen Verkehrsmittel in L.A. nutzen nur dann etwas, wenn man zentral wohnt. Da wir ein Haus in Santa Monica beziehen werden, sind wir ziemlich weit ab vom Schuss – der nächste Supermarkt ist mehrere Kilometer entfernt. Wenn ich schon zwangsauswandern muss, möchte ich zumindest so viel Bewegungsfreiheit wie möglich genießen. Die Übungsbögen habe ich mir online runtergeladen, und da ich nachts mit so wichtigen Dingen beschäftigt bin, wie ins Kissen zu heulen, kann ich die Zeit auch nutzen, den Kram auswendig zu lernen. Max hilft mir mit der Praxis, auf diese Weise schlage ich zwei Fliegen mit einer Klappe. Einerseits lerne ich Fahren, anderseits sind Max und ich endlich mal allein.

Während er mir geduldig dabei zusieht, wie ich den Wagen abwürge, erzählt er mir von seinem neuen Projekt, einer Kriminalkomödie für SAT1, die in sechs Monaten ausgestrahlt wird. Wegen des Drogenthemas läuft die Serie erst nach 21:00 Uhr, was bedeutet, dass in L.A. gerade die Sonne aufgeht, wenn in Deutschland der Vorspann läuft. Max verspricht, mir die DVD zu schicken.

Ansonsten versuchen wir das L.A.-Thema zu vermeiden. Auch das Elisabeth-Thema, denn dass ihm die Trennung zusetzt, ist nicht zu übersehen. Jetzt, da die Katze aus dem Sack ist, fallen mir tausend Kleinigkeiten auf, die ich vorher nicht bemerkt habe. Wie oft sich Max zurückzieht, um an seinen Projekten zu arbeiten. Wie gezwungen sein Lächeln in Gegenwart meiner Mutter wirkt. Dass er weniger isst als üblich. Dass er stiller geworden ist. Wie konnte mir all das entgehen?

Es kommt mir falsch vor, dass wir immer noch gemeinsam frühstücken und zu Abend essen. Andererseits bin ich froh über jede Minute, die mir mit Max bleibt. Meinetwegen machen sie auf gute Stimmung, doch je näher unsere Abreise rückt, desto weniger kann ich ihre Heuchelei ertragen.

***

In der Schule lässt sich Conall weiterhin nicht blicken. Als meine letzte Woche in Berlin anbricht, bin ich kurz davor, ihn anzurufen. Dann steht er plötzlich vor der Tür, gerade als der Schulbus anrollt. Leon zieht eine Grimasse, doch er lässt Conall und mich allein. Mein Ex könnte schlechter aussehen. Ich hatte mir vorgestellt, dass er Ringe unter den Augen hat, und eingefallene Wangen, weil er seit Tagen nichts essen kann. Nicht zu vergessen einen reuigen Welpenblick, der mich stumm um Verzeihung bittet. Nichts davon trifft zu. Er sieht so unverschämt gut aus, dass ich ihm ins Gesicht schlagen möchte. Müde, ja, aber mitgenommen wirkt er nicht.

Zögernd öffnet er die Wagentür und wirft mir einen fragenden Blick zu. Ich schlucke meinen Stolz hinunter und nehme auf dem Beifahrersitz Platz. Ein halbes Dutzend beißender Bemerkungen liegen mir auf der Zunge, doch ich schweige, weil ich keinen Streit vom Zaun brechen will. Es reicht, dass bei mir zu Hause eine vergiftete Atmosphäre herrscht und ich in der Schule durch ein Minenfeld hüpfe.

Zur Schule ist es nicht weit, deswegen kommt Conall gleich zur Sache.

»Es tut mir leid«, sagt er ruhig, und im Stillen stimme ich ihm zu. Mir tut es auch leid, obwohl ich nichts getan habe.

»Warum?«, frage ich leise. Warum hat er es getan? Weshalb musste er mich so verletzen? Wieso hat er unsere Beziehung wie ein benutztes Kleenex weggeworfen? Und warum zum Teufel Alex?

Seufzend schüttelt er den Kopf.

»Es gibt keinen Grund. Ich war ein Idiot, noch dazu sturzbesoffen.«

Na, dann ist ja alles in Ordnung, oder was? Ich blicke aus

dem Seitenfenster, damit er nicht sieht, welch verheerenden Effekt seine Nähe auf mich hat. Und dann riecht er auch noch so gut, Gott stehe mir bei.

»Das macht es nicht besser«, schickt er schnell hinterher.

Da kann ich ihm nur beipflichten. Das macht es kein bisschen besser.

»Warst du die anderen Male auch ein besoffener Idiot?«, frage ich, ohne meinen Blick von den vorbeiziehenden Häusern abzuwenden. Meine Augen brennen, doch ich dränge die Tränen zurück. In den letzten beiden Wochen habe ich mehr als genug geweint.

»Es tut mir leid«, wiederholt er heiser, was keine Antwort auf meine Frage ist. Jetzt drehe ich mich doch zu ihm und lasse den Blick über seine angespannten Züge wandern. Da ich nicht weiß, wann ich ihm noch einmal so nahe sein werde, nehme ich mir Zeit.

»Jasmin«, beginnt er leise, und mein Herz quetscht sich beim Klang seiner Stimme zusammen. Das hier war vielleicht doch keine so gute Idee.

»Als ich hier ankam, wusste ich, dass die Uhr tickt. Es war als Auszeit gedacht, weil Mitch und ich uns nicht über die Richtung der Band einigen konnten und dauernd aneinandergeraten sind. Ich wollte die Monate dazu nutzen, den Kopf freizubekommen und an neuen Songs zu arbeiten.«

Wenn das seine Art ist, sich bei mir zu entschuldigen, entgeht mir gerade die Pointe. Außerdem weiß ich das alles längst. Bevor er gekommen ist, hatten er und sein Bassist einen Riesenkrach. Dabei ging es unter anderem um die Ausrichtung der Songs. Mitch und Conall texten zusammen, doch

Mitch ist Conalls Art zu populistisch. Er will eine Indie-Band bleiben, Conall möchte die Masse erreichen.

»Ich wollte mich hundertprozentig auf meine Musik konzentrieren«, fährt er fort. »In London wartet das Studio auf uns, dort haben wir keine Zeit für große Änderungen. Da ist jede verdammte Minute getaktet.«

Das ist ja alles gut und schön, aber was hat das mit mir zu tun? Als ich den Mund öffne, um ihn das zu fragen, biegt er in den Reimerweg ein und parkt – wir sind da. Da keiner von uns Anstalten macht, den Wagen zu verlassen, schweigen wir eine Weile, bis er meine Hand ergreift und sie in seine legt.

»Was ich damit sagen will, ist: Als ich hier angekommen bin, hab ich mich darauf eingestellt, dass wir die Band auflösen. Ich habe versucht an neuen Texten zu arbeiten, um allein weiterzumachen, war aber nicht mit dem Herzen dabei. Ich war wütend und frustriert, weil ich feststellen musste, dass ich ohne Mitch keinen einzigen Song schreiben kann. Ich habe alles versucht, doch selbst im Suff kam nichts dabei raus.«

Meine Hand in seiner fühlt sich gut an, sodass es mir schwerfällt, mich auf das Gespräch zu konzentrieren. Gegen meinen Willen frage ich mich, ob es richtig war, ihn zu verlassen. Ich meine, es war bloß ein Blowjob … oder zwei …

Mist, so funktioniert das nicht. Ich versuche meine Hand aus seinem Griff zu winden, damit er seine geheimnisvolle Magie nicht auf mich anwenden kann, seine Stimme. Wenn er noch länger mit mir redet, pfeife ich auf meinen Stolz und werfe mich ihm an den Hals.

»… ich hatte nicht vor, mich in dich zu verlieben, und als es passiert ist, habe ich versucht mir einzureden …«

Mitten in seiner Erklärung, wie er von Ängsten gepackt mit dem erstbesten Flittchen rumgemacht hat, um sich zu betäuben, fällt mir eine Reisetasche auf, die auf dem Rücksitz liegt.

»Fährst du weg?«, unterbreche ich seinen Redefluss.

Conall fährt sich mit der freien Hand durchs Haar und seufzt.

»Ja, ich meine …«

»Was?«

»Meine Band braucht mich in London, Honey. Mitch und ich haben uns zusammengesetzt und in den letzten zehn Tagen mehr auf die Reihe bekommen als im gesamten letzten Jahr. Dein Song war eine Offenbarung für mich, hat mich zu neuen Liedern inspiriert. Plötzlich fließen die Texte aus meinen Fingern und ich muss nichts dafür tun. Nachts hab ich geschrieben, tagsüber haben wir die neuen Sachen ausprobiert. Zum ersten Mal seit einem Jahr waren Paul, Mitch und ich wieder ein Team – eine Band –, und das habe ich dir zu verdanken.«

Am liebsten würde ich seinen Mund mit meiner Faust stopfen. Einen Moment lang habe ich tatsächlich geglaubt, dass er meinetwegen so erschöpft aussieht. Dass er mich mindestens so vermisst hat, wie ich ihn. Dass er hundertmal meine Nummer gewählt und ebenso oft wieder aufgelegt hat und Abend für Abend vor unserem Haus stand, ihm aber der Mut fehlte, zu klingeln. Von wegen! Statt einen Liebesbrief nach dem andern zu formulieren, hat sich dieser Arsch mit seinen Kumpels volllaufen lassen und nebenbei getextet. Und alles, was dieser narzisstische Dreckskerl zu meinem Song sagt, ist, dass er ihn inspiriert hat. Ich bin eine solche Idiotin!

Von meinem inneren Aufruhr kriegt er offensichtlich nichts

mit, denn er erzählt mit leuchtenden Augen von den neuen Songs, die er und Mitch in den letzten Tagen produziert haben.

Plötzlich reißt mir der Geduldsfaden. Wer bin ich, dass er glaubt, mich mit seinem Egotrip zumüllen zu können?

»Das interessiert mich einen Scheiß!«, fahre ich ihn an und greife nach meiner Büchertasche. Zu meiner nicht geringen Befriedigung sehe ich, dass er zusammenzuckt. Solche Töne ist er nicht von mir gewohnt.

»Du hast mir das Herz rausgerissen und meine Freunde gestohlen, und alles wovon du redest, bist du, du und nochmals du.« Mit diesen Worten öffne ich die Tür und mache Anstalten, auszusteigen. Nicht einmal jetzt schießt seine Hand vor, um mich aufzuhalten.

»Warte, Honey, das wollte ich nicht ... verdammt!«, flucht er, doch bevor er es aus dem Wagen schafft, bin ich bereits am Tor. Mein gequältes Herz fühlt sich wie ein Kaugummifleck auf dem Asphalt an. Ich kann mich nicht entschließen, vor Wut zu platzen oder vor Kummer in Tränen auszubrechen, darum entscheide ich mich für den Mittelweg und weine vor Wut, während ich in den Waschraum der Mädchen stampfe.

Was für ein Mistsack, denke ich, putze mir ein letztes Mal die Nase und beschließe in Zukunft einen Bogen um Jungs zu machen.

Conall läuft mir nicht hinterher, er schafft's nicht mal in die Schule. Das Nächste, was ich höre, ist, dass er sich in den Flieger nach England gesetzt hat, um an seiner Karriere zu arbeiten. Wie es aussieht, ist darin kein Platz für mich.

06

Damit wir in Kontakt bleiben, hat Leon mir das Skype App aufs iPad geladen. Mein Username ist JAZZmin, sehr witzig.

Dass der Abschied schwer wird, war mir klar, doch in Wahrheit ist er unerträglich. Max zurückzulassen, ist das Schwerste, das ich je getan habe. Ganz zu schweigen von Leon, meinem allerbesten Freund auf dieser Welt. Meinem einzigen, wie sich herausgestellt hat.

Meine Mutter sitzt neben mir im Flieger und quatscht mich voll. Von James, seinen Söhnen, seinem Job, seiner Hütte und Plänen, die sich geändert haben … Ich bin an der Stelle ausgestiegen, als sie mir offenbart hat, dass sie ab sofort nur noch Englisch mit mir reden würde. Wenn ich eine Antwort von ihr erwarte, soll ich das Gleiche tun.

Also ehrlich, was soll denn das? Ich meine, ich hab kein Problem damit, schließlich wurde an meiner Schule ausschließlich Englisch gesprochen. Wir haben englische Bücher gelesen – manchmal träume ich sogar in Englisch. Aber das ist nicht der Punkt. Wenn meine Mutter und ich unter uns sind, ist es schnuppe, in welcher Sprache wir uns unterhalten, warum also nicht auf Deutsch? Aber erzählt ihr das mal. Sie ist der Ansicht, dass ich mich nur dann integrieren kann, wenn ich die Sprache spreche. Damit hat sie vermutlich recht, aber wer hat gesagt, dass ich mich integrieren will? Ich habe nichts dergleichen vor. Um ehrlich zu sein, habe ich keine Ahnung, was ich drüben machen will. Obwohl seit einem guten halben Jahr feststeht, dass wir übersiedeln werden, trifft mich der Umzug seltsam unvorbereitet. Ich schätze, das liegt an dem emotionalen Gepäck, mit dem ich nicht gerechnet habe. Je mehr Ozean wir hinter uns lassen, desto stiller werde ich.

Am schlimmsten war der Abschied von Max. Ehrlich, ich wollte nicht heulen, aber kaum lag ich in seinen Armen, hat es mich geschüttelt. Da er sich ebenfalls ein Skype-Konto eingerichtet hat, werden wir uns so oft sehen, wie es die Zeitverschiebung zulässt.

Leon war beim Abschied ziemlich still. Er und Linda haben uns zum Flughafen begleitet. Leons Vater musste nach Frankfurt, deswegen konnte er nicht mitkommen. Trotzdem hat er an mich gedacht. Er, Linda und Leon haben mir zum Abschied eine Gibson gekauft, was mich abermals in Tränen ausbrechen ließ – Linda ebenfalls. Leon dagegen ist cool geblieben, war ja klar. Er hat sich die Gitarre geschnappt und mit einem breiten Grinsen die Melodie von *Sorry As* angestimmt. Natürlich hab ich ihm das Teil aus der Hand gerissen. Zusammen haben wir die wartenden Passagiere schockiert und zwei Strophen des Songs geschmettert:

The day you lied, the day I died
Cheating's a perfect way outside

You really think I'd take you back?
After what you did – realitycheck!

Though you want another try
Why don't you kiss your ass goodbye
Kiss your sorry ass goodbye
You can kiss your ass goodbye-aye

Weder meine Mutter noch Max wissen, dass der Song von mir stammt, Linda dagegen schon. Sie hat mir verschwörerisch zugezwinkert – vielleicht hatte sie auch nur etwas im Auge.

Obwohl uns James einen Erste-Klasse-Flug spendiert hat, war es eine harte Nuss, die Gitarre als Handgepäck in den Flieger zu bekommen. Normalerweise drückt das Personal bei First-Class-Passagieren beide Augen zu, wenn es um Extrawünsche geht. So viel Glück hatte ich allerdings nicht. Erst nachdem Max der Mitarbeiterin einen Schein in die Hand gedrückt hat, war keine Rede mehr von Sperrgepäck.

Jedenfalls sitzen wir jetzt im Flieger und mit jedem zurückgelegten Kilometer geht mir der Arsch auf Grundeis.

Deswegen atme ich alle paar Minuten tief durch und sage mein Ich-bin-noch-hier-Mantra auf, obschon genau das Gegenteil der Fall ist. Ich bin weg. Lasse mein Leben hinter mir, um auf einem neuen Kontinent neu anzufangen, wenn auch nur für ein Jahr. So zumindest lautet der Plan.

Dank des First-Class-Services bin ich bei der Landung hackevoll. Wie in einem Coffeeshop habe ich mir nach dem Start mein Glas füllen lassen, danach wurde immer wieder eingeschenkt. Anfangs hat der Champagner meine Nerven beruhigt, später den Schmerz betäubt, darum habe ich das Zeug wie Limo geschlürft. Keine Ahnung, wie viel ich getrunken habe, doch mein verschwommener Blick am Gepäckband, der mindestens fünf Trillionen Koffer ausmacht, die sich noch dazu in verschiedene Richtungen bewegen, sagt mehr als tausend Worte. Jemand ist so freundlich, meine Reisetaschen auf den Kofferkuli zu wuchten, während ich mich an meine Gitarre klammere sowie an den Gedanken, dass ich noch hier bin. Was eine faustdicke Lüge ist, denn ich bin ziemlich weggetreten.

Das ändert sich bei der Passkontrolle, bei der meine Fingerabdrücke genommen werden, als sei ich ein gesuchter Schwerverbrecher. Nicht genug, kopieren die auch noch die Festplatte meines Notebooks, ich glaub's nicht. Der Alkohol hat meine Zunge gelockert, was in diesem Fall nicht von Vorteil ist. Der Beamte und ich geraten aneinander, als ich ihm mitteile, dass sie auf der Festplatte nichts Illegales finden würden, da ich die Bauanleitung für die Bomben auf meinen Hintern tätowiert habe.

Betrunken zu sein war schon mal lustiger, denn es fehlt nicht viel und ich muss mich ausziehen. Und damit meine ich nicht die Schuhe, sondern bis auf die Haut. Doch meine Mutter erklärt den Uniformierten, dass ich wegen meiner Flugangst zu viel getrunken hätte, entschuldigt sich ohne Ende, und irgendwann dürfen wir den Zollbereich verlassen.

In der Ankunftshalle kämpfe ich plötzlich gegen Panik, denn die Aufregung beim Zoll hatte eine ernüchternde Wirkung auf mich. Die Watte in meinem Kopf ist verschwunden, und in der harten Realität wird mir bewusst, was ich zurückgelassen habe.

Hier ist alles fremd: Die Menschen, die Sprache, selbst die Luft riecht sonderbar. Wie in einem Albtraum kämpfe ich gegen die vielen Eindrücke an, während ich das Gefühl habe, mich nicht bewegen zu können. Trotzdem schaffen wir es in die Tiefgarage. Ich bekomme noch mit, dass wir in einen dunklen Wagen steigen, eine Limousine mit getönten Scheiben. Danach fallen meine Augen zu, und ich erwache erst, als mich meine Mutter an der Schulter rüttelt.

»Wir sind da«, sagt sie atemlos.

Wen interessiert's, denke ich und rutsche tiefer in den Sitz. Wenn es nach mir ginge, würde ich meinen Rausch in der Limo ausschlafen, doch das kann ich vergessen. Einen Moment später wird die Tür zu meiner Linken aufgerissen und abartig helles Sonnenlicht verbrennt meine Netzhaut. Stöhnend bedecke ich die Augen mit dem Unterarm. Jemand räuspert sich, deswegen versuche ich mich zu fokussieren, blinzele ein paarmal, bis sich meine Augen an die Helligkeit gewöhnt haben.

Ein Mann in Uniform hockt vor meiner Tür, vermutlich der Chauffeur. Er hat olivfarbene Haut, scharf geschnittene Gesichtszüge und pechschwarzes Haar. Hispanier nehme ich an. Sein Lächeln ist freundlich, als er mir die Hand reicht.

»Alles klar, Miss?«, fragt er.

Nicht wirklich. Seit wann lasse ich mich derart volllaufen? Das ist jetzt das zweite Mal innerhalb weniger Wochen, dass mein Kopf brummt, und irgendwie ist mir auch schlecht, aber das behalte ich für mich. Stattdessen nicke ich knapp und ergreife die dargebotene Hand. Nicht aus Höflichkeit, denn ich bin mir nicht sicher, ob ich aus eigener Kraft stehen kann. Im Freien ist es sogar noch heller, deswegen ziehe ich mit zitternden Händen meine Sonnenbrille aus der Handtasche und atme erleichtert auf, als die stechende Sonne hinter schwarzen Gläsern verschwindet.

Plötzlich stürzen tausend Fragen auf mich ein. Eine davon lautet: Wo zum Henker sind wir? Im Flugzeug hat meine Mutter von Planänderungen gesprochen, hat eine Villa erwähnt, in der wir wohnen werden. Villa? Ich stehe vor einem Anwesen, das Neuschwanstein wie eine armselige Scheune aussehen lässt. Vor mir befindet sich die Mutter aller Herrenhäuser, ein Prachtbau aus Sandstein und Sprossenfenstern, verbunden mit modernster Technik, wie die gigantische Satellitenanlage vermuten lässt. Nebengebäude gruppieren sich um das Haupthaus, inklusive einer gigantischen Garage, deren offenes Tor einen beeindruckenden Fuhrpark präsentiert. Dem Geräusch nach befindet sich der Ozean gleich hinter dem Haus, denn im Hintergrund höre ich die Brandung. Endlich mal eine gute Nachricht. Als ich mich umdrehe und zurückblicke, sehe ich eine lang gezogene Auffahrt, die in einem Park verschwindet.

Hinter mir höre ich meine Mutter lachen, wende den Kopf und entdecke sie in den Armen eines Mannes. James, wie ich annehme, denn in Jeans und T-Shirt erkenne ich ihn kaum wieder.

Der Fahrer nimmt meine Taschen und trägt sie ins Haus, sodass ich mit meiner Mutter und diesem James allein bin. Mir war nicht klar, dass wir bei ihm leben werden. Auch wusste ich nicht, dass die Sache zwischen den beiden so weit fortgeschritten ist. Ich meine, sie kleben aneinander, als wären sie an der Hüfte zusammengewachsen. Sein Arm ist um ihre Taille geschlungen, während meine Mutter das Gesicht gegen seine Brust drückt. Diese Intimität ist ungewohnt für mich, normalerweise ist meine Mutter nicht der Schmuse-Typ, schon gar nicht in der Öffentlichkeit. Wie von selbst gleitet mein Blick zu ihren ineinander verschlungenen Händen und innerhalb eines Wimpernschlags weiß ich Bescheid.

Es ist, als hätte mich eine Raum-Zeit-Blase verschluckt. Sekunden dehnen sich zu einer Ewigkeit aus, und wie in Trance zähle ich eins und eins zusammen und lasse das vergangene Jahr Revue passieren.

Meine Mutter und James, wie lange läuft das schon? Wenn sie ihn in Venedig kennengelernt hat, muss es letzten Sommer losgegangen sein, denn die Filmfestspiele finden immer im August statt. Zu dem Zeitpunkt fing sie an, die Staaten zu preisen. Im Herbst war sie zweimal hier, im Winter redete sie davon, dass wir einen Tapetenwechsel gebrauchen könnten. Dabei ging es auch um ihre stagnierende Karriere. Die Angebote blieben aus und Rosamunde-Pilcher-Verfilmungen, die das Serienpublikum von ARD und ZDF bei der Stange halten soll, waren nichts, wovon eine Schauspielerin vom Format einer Elisabeth Winter träumt.

Der Schmerz der letzten Jahre hat ihr den Stempel der Trauer ins Gesicht gepresst. Als sie sich schließlich zumindest äußerlich von dem Schlag erholt hat, hatten sich Jüngere ihre Rollen geschnappt, und sie wurde immer seltener gebucht.

Was für ein Segen muss James für sie gewesen sein, den sie

auf einer Gala in Venedig kennengelernt hat. Dieser angegraute Hugh-Jackman-Verschnitt mit seinem Hollywood-Charme, der zudem über die richtigen Kontakte verfügt ... Mit Sicherheit hat er ihr den Umzug schmackhaft gemacht. Zugegeben, meine Mutter sieht immer noch fantastisch aus: Blasse Haut, weizenblonde Haare, blaue Augen. So jemand spielt nicht die Rolle enttäuschter Ehefrauen oder alternder Richterinnen.

Aber zurück zu James. Nach Italien müssen sie in Kontakt geblieben sein, denn Weihnachten kam sie mit dem Umzug an. Danach haben sie und Max sich nonstop gestritten. Ende Januar hörten die Streitereien auf, deswegen dachte ich, dass sie sich versöhnt hätten. Wie das geendet hat, wissen wir ja, denn der Grund für das Strahlen ihrer Augen steht vor mir, und mir wird klar, dass meine Mutter diesen Umzug von langer Hand geplant hat. Und Max kam darin zu keinem Zeitpunkt vor.

Woher ich das weiß? Das funkelnde Teil am Finger meiner Mutter ist ein Verlobungsring.

Sie hat Max in zwölf Jahren nicht geheiratet, und ich weiß, dass er es vorhatte. Das hat er mir in einem schwachen Moment gestanden. Doch meine Mutter wollte nichts davon hören, hielt an ihrer Freiheit fest mit der Begründung, dass man nicht heiraten müsse, um zusammen zu sein – das ganze Bla, wenn man sich nicht binden will. Aber von diesem Kerl lässt sie sich nach ein paar Monaten einen Klunker an den Finger stecken, der so groß ist wie Ayers Rock?

Anscheinend steht mir der Schrecken ins Gesicht geschrieben, vermutlich bin ich weiß wie eine Wand, denn meine Mutter öffnet den Mund, dann folgt sie meinem Blick und schluckt – hart. Ich mache genau das Gegenteil. Vornübergebeugt stütze ich mich an der offenen Wagentür ab und kotze James Marshall vor die Füße.

Willkommen in Hollywood.

* * *

Als ich aufwache, stehen zwei Dinge fest. Erstens: Ich werde im Leben keinen Tropfen Alkohol mehr trinken, und zweitens: Ich werde nie wieder mit meiner Mutter reden.

Auf dem Weg ins Bad scanne ich mein Zimmer, in dem eine sechsköpfige Familie Platz finden würde. Der Dielenboden ist mit hellen Teppichen bedeckt, die bodenlangen Sprossenfenster bieten einen spektakulären Blick auf den Ozean. Vor dem Fenster befindet sich eine Sitzgruppe. Auf dem Sofa kann man Pyjamapartys schmeißen, es ist riesig, wie der Rest des Hauses. Der zwanglose Vintagestil der Einrichtung gefällt mir, er lockert den Protz der Hütte auf. Alles ist in creme und weiß gehalten und wirkt ziemlich edel.

Im Badezimmer stelle ich fest, dass ich mich nicht nur fühle, als hätte mich ein Truck überrollt, ich sehe auch so aus. Alkohol werde ich für eine lange, laaaange, lange Zeit nicht mehr anrühren, das steht mal fest. Ich kann es mir nicht leisten, mein Hirn auszuknipsen, was das gebracht hat, sehe ich im Spiegel. Gegen den Schmerz habe ich ein besseres Mittel, das Texten und meine Musik. Außerdem kann ich meine Wut an meiner Mutter auslassen, ich finde, das hat sie verdient.

War alles bloß gespielt? Die Nähe, die wir in letzter Zeit hatten, ihr Geständnis, dass sie mich braucht. Wie viel davon war gelogen oder hat sie mich die ganze Zeit für dumm verkauft? Gibt es nicht ein Gesetz gegen so etwas, immerhin hat sie mich unter falschen Voraussetzungen hierhergelotst. Und nun sitze ich am Arsch der Welt in diesem Palazzo Prozzo fest, der über einen Ost- und einen Westflügel verfügt, kein Witz.

Während ich meinen weinerlichen Gedanken folge, beschließe ich, dass mit dem Selbstmitleid Schluss ist. Also durchsuche ich meine Handtasche nach Stift und Papier und liste all die Dinge auf, die sich ab sofort ändern werden.

Ganz oben stehen die bereits erwähnten Punkte, also meine Mutter ignorieren, keinen Alkohol, und das Herumgejaule muss ebenfalls aufhören. Wo, wenn nicht hier, kann ich das durchziehen? Neues Spiel, neues Glück, ihr wisst, was ich meine. Das hier ist meine Chance. Und ich werde neu anfangen, selbst wenn das bedeutet, dass ich mich an den eigenen Haaren aus meinem Jammertal ziehen muss.

Punkt vier auf meiner Liste lautet: Keine Jungs! Die sind wie Tequila und vernebeln einem das Hirn. Außerdem habe ich genug Drama in meinem Leben. Da ich gerade dabei bin, setze ich weitere Punkte dazu und begutachte meine Vorhaben.

Mama ignorieren
Keinen Alk
Hör auf zu jammern!
Keine Jungs!!!!
Hab Spaß
Gönn dir jeden Tag etwas Gutes
Führerschein!!!
Job suchen!!!!

Die letzten beiden Punkte sind essenziell, um mir ein Stück Freiheit zu sichern. Solange ich finanziell abhängig bin, kann ich meine Mutter nicht ignorieren. Und Kohle ist etwas, das man überall braucht. Hier vermutlich mehr als anderswo. Zu Hause haben Max und Mama jeden Monat mein Taschengeld überwiesen, keine Ahnung, wie das hier läuft. Am besten, ich richte mir in den nächsten Tagen ein Konto ein. Das setze ich ebenfalls auf die Liste und steige zufrieden unter die Dusche. Es ist nicht viel, aber es ist ein Anfang, genau das, was ich brauche.

Das heiße Wasser entspannt meine verkrampften Muskeln, und als ich aus der Dusche steige, fühle ich mich zum ersten Mal seit Langem wieder wie ein Mensch.

Meine Koffer stehen vor einem begehbaren Schrank, der so groß ist wie mein Zimmer in Berlin. Wie es aussieht, hätte ich nichts einpacken müssen, denn auf den Bügeln reiht sich ein Designer an den nächsten. Angefangen von A wie Aigner über Chanel, Marc Jacobs bis Versace ist alles dabei. Und wir haben noch nicht über die Schuhe geredet. Alex würde einen Schreikrampf bekommen, wenn sie das Zeug sehen würde. Der Gedanke an meine ehemalige Freundin tut weh, doch ich drücke den Schmerz fort. Die neue Jasmin hat keine Zeit, diesem verlogenen Biest nachzutrauern.

Da mein Magen seltsame Geräusche von sich gibt, schlüpfe ich in ein Paar Shorts und ein hellblaues Top mit Spaghettiträgern und mache ich mich auf die Suche nach der Küche. Ich stehe kurz davor, aufzugeben, als sich der Chauffeur vor mir materialisiert. Diesmal trägt er keine Uniform, sondern Jeans und T-Shirt. Das steht ihm gut, finde ich und schenke ihm ein scheues Lächeln.

»Kann ich dir helfen?«, fragt er. Seine Augen lächeln, und ohne eine bewusste Entscheidung zu treffen, weiß ich, dass ich diesen Mann mag.

Nach meinem gestrigen Auftritt bin ich mir nicht sicher, wie ich mich verhalten soll. Das Ganze ist mir tierisch peinlich, und ihm habe ich nicht mal die Schuhe vollgereihert. Verlegen zupfe ich an meinem Ohrläppchen, als sich mein Magen abermals meldet. Das Lächeln des Mannes wird breiter, und mir fällt auf, dass seine Haut ledrig wirkt. Er muss viel Zeit im Freien verbringen, was mich bei seinem Beruf wundert. Vielleicht war er nicht immer James' Fahrer.

Vorsichtig legt er mir eine Hand zwischen die Schulterblätter und führt mich den Gang entlang.

»Du musst hungrig sein«, stellt er das Offensichtliche fest. Ich nicke und versuche mir den Weg einzuprägen, doch er biegt so oft ab, dass ich mein Vorhaben über Bord werfe.

»Mein Name ist Martinez«, sagt er, als wir endlich die ersehnte Küche erreichen. Anders als mein Zimmer hat sie nichts Landhausstilmäßiges, sondern sieht eher wie das Cockpit von Raumschiff Enterprise aus. Glas und Stahl, so weit das Auge reicht, und in der Mitte ein Küchenchef, der mir einen gereizten Blick zuwirft, während er in irrem Tempo eine Zwiebel zerkleinert.

»Das ist die Personalküche«, klärt Martinez mich auf. »Oben gibt es noch eine.«

Wow. Zwei Küchen in einem Haus und ein Chef, der wie der Smörrebröd-Koch der Muppet-Show aussieht. Ich kann es kaum erwarten, Leon davon zu erzählen. Um das Klischee abzurunden, spricht der Typ, den mir Martinez als Antoine vorstellt, nur Französisch. Er kommt allerdings aus Montreal in Québec, nicht aus Paris, was mich ein bisschen beruhigt.

Da er zum Fahrer genauso unfreundlich ist wie zu mir, nehme ich seine schroffe Art nicht persönlich. Statt ganz normal zu reden, zetert er die ganze Zeit, seine Fragen klingen wie Beleidigungen:

»Qu'est-ce que vous voulez manger?«, schnauzt er mich an.

Ich hatte Französisch, deswegen weiß ich, dass er wissen will, was ich essen möchte. Doch bei dem Ton, den er draufhat, möchte man annehmen, dass er mich bezichtigt, das Filet mignon an den Hund verfüttert zu haben.

Martinez' leises Lachen verrät mir, dass er den Koch witzig findet. Ich bin mir da nicht so sicher. Dennoch breitet sich etwas Warmes in meiner Brust aus, als mir der Fahrer zuzwinkert. Vielleicht habe ich gerade meinen ersten Verbündeten gefunden.

07

Meine erste Woche in den Staaten verschlafe ich – buchstäblich. Keine Ahnung, warum ich so monstermäßig müde bin. Meine Mutter meint, das wäre die Zeitumstellung. Sie komplett zu, ignorieren, hat leider nicht funktioniert, doch ich beschränke unsere Gespräche auf ein Mindestmaß und gebe die knappsten Antworten aller Zeiten. So schwer ist das gar nicht, ich sehe sie nämlich kaum. Während sie mit James unterwegs ist, liege ich im Bett, erkunde den Strand oder lasse mir von Martinez Fahrstunden geben.

Mittlerweile kenne ich den Grundriss des Hauses besser und verlaufe mich kaum noch, wenn ich von A nach B gehe. Martinez ist James' zweiter Fahrer – ihr habt richtig gehört, der Mann hat mehrere. Jedenfalls soll er mich rumkutschieren, bis ich meine Führerscheinprüfung bestanden habe, die übrigens auf nächste Woche angesetzt ist. Martinez sei Dank bin ich in der Praxis richtig gut geworden … Okay, abgesehen vom rückwärts einparken, das ist wie ein rotes Tuch für mich. Keine Ahnung, wie er es gedeichselt hat, aber weil er professioneller Chauffeur ist, werden mir die Fahrstunden mit ihm als Praxis angerechnet. Davon braucht man in Kalifornien nicht weniger als fünfzig. Sollte ich den Lappen tatsächlich bekommen, erhalte ich eine uneingeschränkte *Full Licence* und kann fahren, wohin ich will – ein volles Jahr, bevor ich in Deutschland die Straßen unsicher machen darf.

Nachdem ich mich für meine letzte Fahrstunde mit Martinez umgezogen habe, taucht James in meinem Zimmer auf. Abgesehen von »Hallo« und »Auf Wiedersehen« haben wir bisher so gut wie nichts miteinander geredet. Das scheint ihm auch gerade klarzuwerden, denn er kratzt sich verlegen den Nacken. Während er nach Worten sucht, nutze ich die Zeit, den Mann zu begutachten, der Max die Frau gestohlen hat.

Obwohl seine Miene verrät, dass ihm die Situation unangenehm ist, strahlt er Kraft und Autorität aus. Kein Wunder, immerhin finanziert er millionenschwere Filme, da muss man einiges auf dem Kasten haben. Entschlossenheit geht von ihm aus, die sich in seinem Erscheinungsbild widerspiegelt. Damit meine ich die Art, wie er im Türrahmen steht, eine Hand in der Tasche seiner Anzughose, die Lippen leicht geschürzt. Selbst das kurze Haar, das palisadengleich nach vorn absteht, strahlt Nachdrücklichkeit aus, was ihm nebenbei bemerkt einen militärischen Touch verleiht.

Ich habe keinen Schimmer, wie ich ihn einschätzen soll, deswegen schweige ich und lasse ihn die Arbeit tun. Langsam wandern seine dunklen Augen über mich und ich muss ein Lächeln unterdrücken. Er hat auch keine Ahnung, wie er mit mir umgehen soll. Ich bin allerdings nicht so blöd, den Fehler zu begehen, ihn zu unterschätzen. Nur ein Hohlkopf würde die beißende Intelligenz hinter den Augen übersehen, die während unserer stummen Musterung aufblitzt. Der Mann hat es faustdick hinter den Ohren, das steht mal fest.

Wie bei unserem ersten Treffen trägt er einen teuren Designeranzug und sieht Hugh Jackman ähnlicher denn je.

»Jazz«, beginnt er und reibt sich abermals den Nacken. Hatte ich erwähnt, dass in den Staaten so gut wie jeder Name abgekürzt wird? Elisabeth ist jetzt Liz, und ich bin Jazz. Letzteres ist sogar witzig, denn ohne es zu wissen, haben sie meinen Internetnick übernommen.

»Das alles muss schwer für dich sein, aber ich möchte, dass du dich hier wie zu Hause fühlst.«

Darauf verziehe ich einen Mundwinkel, was spöttisch rüberkommen soll. Es gibt auch eine herablassende Variante, bei dem die Brauen nach oben und die Mundwinkel nach unten wandern. Solche Feinheiten muss man draufhaben, wenn man mit niemandem reden will oder seine Umwelt wissen lassen möchte, wie wenig sie einen berührt.

»Deswegen habe ich etwas für dich, das deinen Aufenthalt erleichtern soll.« Damit zückt er eine Black-American-Express Karte plus ein originalverschweißtes iPhone. Letzteres brauche ich dringend, denn meinen deutschen Vertrag kann ich hier vergessen. Es sei denn, ich bin scharf darauf, fünfzig Dollar pro Tag zu blechen, um Leons Stimme zu hören. Bisher hatte ich noch keine Gelegenheit, mir einen neuen Anbieter zu suchen. Umziehen ist anstrengend, ich sag's euch.

Das Miststück in mir will den Mann vor mir verletzen, und zwar tief und gründlich. Er hat mir meine Mutter gestohlen und sie hierhergelockt. Zugegeben, sie ist nicht direkt unzurechnungsfähig, aber es ging ihr schon mal besser. James hat ihre Schwäche ausgenutzt und unsere Familie auseinandergerissen. Und jetzt versucht er mich mit seiner Kohle und Designertechnik zu beeindrucken. Glaubt der, ich wäre von gestern, oder was? Ich hab den Film gesehen, das T-Shirt gekauft – so läuft das nicht.

»Danke«, sage ich zuckersüß und nehme Karte und Handy entgegen.

»Damit werde ich Max jeden Tag anrufen«, ergänze ich, halte das Smartphone kurz in die Höhe, bevor ich es aufs Bett werfe. Die Kreditkarte knicke ich in der Mitte durch und schmeiße sie in den Papierkorb.

»Wirklich, sehr freundlich von dir.«

Ein falsches Lächeln ins Gesicht gepflastert, warte ich auf seine Reaktion. Statt mich anzumachen, nickt er, als hätte er nichts anderes erwartet.

Als er seufzend das Zimmer verlässt, rufe ich ihm hinterher:

»Meine Mutter hat Max mit dir betrogen. Du weißt doch, was das bedeutet, oder?«

Er hält inne und dreht sich zu mir um.

»Sie wird dich auch betrügen, Ehebrecher werden nicht plötzlich treu. Wie wirst du dann vor deinen Freunden im Country-Klub dastehen?«

Ein trauriges Lächeln umspielt seinen Mund. Fast tut es mir leid, dass ich eine dicke Lippe riskiert habe. Fast.

»Sie waren nicht verheiratet«, sagt er leise, worauf ich schnaube und mit ausgefahrenem Zeigefinger auf ihn zugehe.

»Sie waren zwölf Jahre ein Paar!«

»Und nicht verheiratet«, wiederholt er, als sei ich schwer von Begriff.

»Meine Mutter wollte nie heiraten«, schnappe ich.

»Mich schon«, erwidert er ruhig und lässt mich stehen.

»Nicht wenn ich es verhindern kann!«, rufe ich ihm nach, hauptsächlich um seinen Abgang zu versauen, bemerke jedoch zu spät, dass mein Pokerface gerade den Bach runtergegangen ist. Mir doch egal, am liebsten würde ich ihm noch ganz andere Dinge an den Kopf werfen. Doch in diesem Moment betritt Martinez mein Zimmer und hebt eine Braue, was ziemlich cool aussieht. Anscheinend hat er unsere kleine Auseinandersetzung mitbekommen, denn er versucht erfolglos ein Grinsen zu unterdrücken.

»Was?«, motze ich halbherzig und kralle mir meine Handtasche. Er hebt defensiv beide Hände und bemerkt kopfschüttelnd:

»Nichts, pequeña mia, nichts.« Dass er mir dabei zuzwinkert, straft seine Worte Lügen. Dummerweise kann ich diesem Mann nichts übelnehmen, sein mexikanischer Charme hat auf mich eine ungewöhnliche Anziehungskraft. Selbst wenn ich den Motor zwanzigmal in Folge abwürge, zeigt er keine Anzeichen von Ungeduld oder Genervtheit. Er muss ein Heiliger sein oder so was, anders kann ich mir sein Verhalten nicht erklären.

Aber genug davon, morgen ist der große Tag! Martinez musste mir versprechen, niemandem ein Sterbenswörtchen von meiner Fahrprüfung zu verraten. Was, wenn ich durchfalle? Dann würde ich wie ein Trottel dastehen und nach meinem heutigen Auftritt käme das nicht gut.

Doch Martinez hat nicht vor, mich so einfach von der Angel zu lassen.

»Mr Marshall respektiert dich«, sagt er, nachdem ich hinterm Steuer Platz genommen habe. In den Staaten erhalten Fahrschüler eine sogenannte *Learner's Permit*, mit der sie einen Wagen lenken dürfen, wenn sie von einem erwachsenen Fahrer begleitet werden.

»Und woher weißt du das?«, frage ich und starte den Motor.

»Du bist loyal zu deinem Vater. Loyalität steht für die Marshalls an erster Stelle.«

Nur dass ich ihnen gegenüber nicht loyal bin und es auch nicht vorhabe.

»Max ist nicht mein leiblicher Vater.« Keine Ahnung, warum ich das sage, denn ich habe Max noch nie meinen Stiefvater genannt. Er *ist* mein Vater, daran ändert auch die Trennung nichts. Wer immer der Samenspender war, der mich in diese Welt gesetzt hat, hatte offensichtlich kein Interesse, lange genug zu bleiben, um herauszufinden, ob er einen Sohn oder eine Tochter gezeugt hat. Oder beides.

»In deinem Herzen schon«, bemerkt Martinez und lächelt. Der Mann sieht mehr, als mir lieb ist.

Die schriftliche Prüfung ist ein Klacks. Von den sechsundvierzig Fragen beantworte ich fünfundvierzig korrekt. Vor der Praxis dagegen habe ich einen Riesenbammel. Nachdem ich wieder und wieder mein Mantra aufsage, Atemübungen auf dem Rücksitz absolviere und mich auf das Hier und Jetzt konzentriere, fühle ich mich zwar besser, doch mein Magen veranstaltet noch immer komische Sachen. Es ist, als würden tausend Ameisen darin herumkrabbeln und mir wird furchtbar schlecht. Doch sobald ich auf dem Fahrersitz Platz nehme, geschieht etwas Merkwürdiges. Ich werde ganz ruhig. Martinez und ich haben das schon hundertmal geübt, im Grunde kann ich das alles im Schlaf, selbst das Anfahren am Berg. Bei Letzterem verreckt mir zweimal der Motor, doch der Prüfer beachtet mich nicht, sondern sieht etwas Superwichtiges auf seinem Klemmbrett nach, als interessiere ihn meine Schlappe nicht die Bohne. Danach geht es besser, und ich schaffe es sogar, rückwärts in eine Parkbucht zu setzen, in der ein Jumbojet hätte landen können. Besonders schwer macht es mir der Prüfer jedenfalls nicht. Am Ende habe ich den Lappen und falle dem Typen kreischend um den Hals, was er mit einem gutmütigen Lächeln quittiert.

Danach falle ich so ziemlich jedem auf dem Parkplatz um den Hals und hüpfe wie verrückt auf und ab. Erst jetzt wird mir klar, wie wichtig diese Sache für mich war. Der Führerschein bedeutet ein Stückchen Unabhängigkeit und Bewegungsfreiheit, sodass ich aus dem Haus komme, weg von den Marshalls und meiner Mutter, die ich jeden Tag weniger erkenne.

Nachdem ich mich ein bisschen eingekriegt habe, legt mir Martinez eine Pranke auf die Schulter und sagt:

»Das müssen wir feiern.«

Wo er recht hat.

»Wohin möchtest du fahren?«

Bei der Vorstellung, dass ich nun ohne Aufpasser überall hinkann, macht mein Herz einen Satz. Da ich dringend Koffein brauche, weiß ich genau, wohin ich möchte.

»Gibt es hier einen Coffeeshop?«

Darauf lacht er. »Einen? In diesem Viertel findest du ein Dutzend, wenn das mal hinkommt.«

»Und wer von denen macht den besten Kaffee?«

»Das wäre der Starbucks am Crenshaw Boulevard in Lomita.«

»Dann nichts wie hin!«

Mit einem breiten Lächeln gibt er die Richtung an. Zum ersten Mal fahre ich nicht planlos durch die Gegend, sondern habe ein konkretes Ziel. Wenn ich das auf mein Leben übertragen könnte, wäre ich einen Schritt weiter. Aber eins nach dem anderen.

Viel zu schnell erreichen wir den Parkplatz, wo ich fast fünf Minuten brauche, bis der Wagen einigermaßen gerade eingeparkt ist, doch das ist mir schnuppe. Martinez lädt mich auf einen Karamell-Macchiato ein, was echt nett von ihm ist. Ich bin so dermaßen gut drauf, dass ich auf einen der Tische klettern und »Yippieyayay!« rufen möchte.

Während ich mit Martinez in der Warteschlage stehe und über meine nicht vorhandene Einparkfähigkeit scherze, entdecke ich ein Schild hinter der Theke:

Barista Wanted!

Ich glaub's nicht! Das ist exakt, was ich brauche. Ich liebe den Duft von Kaffee, außerdem weiß ich, wie man mit den professionellen Maschinen umgeht. Leons Familie hat sich eine schweineteure WMF geleistet, die nur Leons Vater und ich bedienen dürfen. Alle anderen kommen mit dem Teil nicht klar. Das Herz schlägt mir bis zum Hals, als ich nach vorn gehe und mir die Papiere geben lasse. In Rekordzeit fülle ich den Kram aus und reiche die Bögen Marc, dem Manager, der aussieht, als sei er in meinem Alter.

»Du bist Deutsche?«, fragt er mit gerunzelter Stirn. Ich

nicke und schlucke dabei so laut, dass ich fürchte, er könne es hören.

»Und wie lange bleibst du?«

»M-mindestens ein Jahr.«

»Woher aus Deutschland stammst du?«

»Berlin?« Habe ich das wirklich als Frage formuliert?

»Das kenne ich! Brandenburger Tor und so.« Er strahlt mich an, als erwarte er von mir ein Leckerli für die richtige Antwort.

Wieder nicke ich, was soll ich auch dazu sagen? Allein die Erwähnung des Brandenburger Tors führt dazu, dass sich meine Eingeweide zusammenziehen. Anscheinend ist Marc kein Dummkopf, denn er bemerkt meinen veränderten Gesichtsausdruck.

»Hast Heimweh, was?«

»Ein bisschen«, murmele ich. Vielleicht war das mit dem Nebenjob doch keine so gute Idee. Womöglich habe ich mir zu viel auf einmal vorgenommen. Ich meine, den Führerschein und einen Job an einem Tag, wer hat schon so viel Glück?

»Kennst du dich mit den Maschinen aus?«

»Klar, das ist kein Problem!« Himmel, bin ich enthusiastisch. Aber ich will diesen Job, genauso wie ich meinen Führerschein wollte. Damit wäre ich nicht nur mobil, sondern hätte auch finanziell mehr Möglichkeiten.

»Wann kannst du anfangen?«, fragt er und reicht mir die Hand. Statt sie zu schütteln, falle ich Marc um den Hals, bis mich Martinez' Räuspern aus meinem Freudentaumel holt.

»Ich habe einen Job!«, platze ich heraus.

»Glückwunsch«, bemerkt Martinez lächelnd und hält mir meinen Latte entgegen.

»Komm morgen um zwei Uhr vorbei, dann kann Brandon dich einweisen.«

»Kein Problem. Und, äh, danke!«

Freudestrahlend lasse ich mich in einen Sessel am Fenster fallen und schlürfe den süßen Karamell-Macchiato. Endlich passiert mal etwas Gutes. Vor Aufregung kann ich kaum stillsitzen, deswegen plappere ich munter drauflos.

»Wenn ich das Leon erzähle, flippt er komplett aus«, sage ich und schenke Martinez ein Megawatt-Lächeln.

Tatsächlich kann ich es kaum erwarten, Leon mit meinem neuen Smartphone anzurufen. Die letzten Male mit meinem alten Handy waren eine Katastrophe. Die 3G-Verbindung mit dem iPad hat auch nicht funktioniert, deswegen haben wir uns auf SMS beschränkt. Aber das ist, als würde man sich auf einen Grillabend freuen, und dann gibt es nur Tofu-Würstchen.

Auf der Rückfahrt erkundigt sich Martinez nach Leon, wer er ist und was er macht. Nachdem ich Leons Loblied gesungen habe, erklärt er mir, dass das gesamte Haus Wi-Fi-Empfang hat. Bei dieser Nachricht fahre ich beinahe meinem Vordermann auf. Ich muss bloß mein iPad von 3G auf W-LAN umstellen, dann können Leon und ich chatten, bis der Akku leer ist.

Ratet mal, was ich gleich machen werde.

* * *

»Du hast WAS?«

»Meinen Führerschein!«, trällere ich und halte das Teil, das wie eine Scheckkarte mit Foto aussieht, in die Kamera.

»Genial!«, sagt Leon und schenkt mir ein warmes Lächeln. Nicht zum ersten Mal muss ich mich daran erinnern, dass er erst fünfzehn ist. Da er Mopeds hasst, ist er gezwungen, noch drei Jahre zu warten, bis er die Straßen unsicher machen darf. Zumindest ohne die vorgeschriebene Begleitperson.

Damit wir uns nicht verpassen, bin ich früher als üblich aufgestanden, denn während wir in L.A. acht Uhr am Morgen haben, ist es in Berlin fünf Uhr nachmittags.

»Und einen Job hast du auch an Land gezogen? Wie hast du das angestellt, mit dem Boss geschlafen?«

»Mit dem und dem Rest der Belegschaft«, gebe ich grinsend zurück. Natürlich meint er kein Wort davon ernst, das ist seine Art, mich hochzunehmen.

»Süße, dein Strahlen blendet mich, hab Erbarmen«, gibt er grinsend zurück. Ich öffne den Mund, um etwas zu erwidern, dann bemerke ich, dass seine Augen vom Lächeln unberührt bleiben. Langsam atme ich aus und lege die Hand auf das iPad.

»Ich vermisse dich auch«, flüstere ich.

Leon schluckt hart, sein Blick wird verschwommen, doch er reißt sich zusammen.

»Na ja, es geht so«, bemerkt er, was lässig klingen soll. Das würde es auch, wenn er nicht immer wieder schlucken müsste, als würde ihm etwas im Hals stecken.

»Endlich hab ich Zeit, meinen Datenkram aufzuräumen, das war ja nicht zum Aushalten.«

Dass er Programmierer werden möchte, ist kein Geheimnis. Ein Cracker ist er bereits und gehört einer Hackergruppe an, die sich Grey-Hats nennt. Fragt mich nicht, was das bedeutet, für mich sind das Böhmische Dörfer.

»Übrigens hat jemand versucht dein YouTube-Konto zu knacken«, wechselt er das Thema.

»Echt jetzt?«

Er nickt. Wer zur Hölle würde mein Konto hacken wollen?

»Er hätte es auch fast geschafft, wäre ich nicht zufällig online gewesen, darum hab ich ihn bemerkt.«

Danach erzählt er mir in aller Ausführlichkeit, wie er Passwörter geändert, Backdoors benutzt und mithilfe eines Keyloggers irgendwas aufgezeichnet hat. Ihn zu fragen, was das bedeutet, wäre Zeitverschwendung, da ich null Ahnung von der Materie habe und jedes zweite Wort nachschlagen müsste. Doch der Themenwechsel tut uns beiden gut, deswegen lasse ich ihn reden. Übersetzt heißt seine Fachsimpelei, dass er den Hacker mit seinen eigenen Waffen geschlagen und aus dem System geworfen hat.

»Wenn der glaubt, mich mit seinen lausigen Rootkits-Tricks verarschen zu können, hat er den Falschen erwischt«, beendet Leon seine Litanei über den ach so stümperhaften Versuch, bei mir einzubrechen.

So richtig schlau werde ich aus dieser Aktion nicht, zumal das in meinen Ohren nicht wie ein Schülerstreich klingt, auch wenn Leon es anders darstellt. Jemand mit nicht unerheblichem Knowhow hat versucht, meinen Account zu übernehmen und Videos hochzuladen. Das Technikgequatsche habe ich nicht wirklich verstanden. Jedenfalls ist mein YouTube-Konto jetzt sicher, aber wohl fühle ich mich dabei nicht.

»Könnte Conall dahinterstecken?«, frage ich, ohne nachzudenken.

Leon schnaubt. »Machst du Witze?«

Eigentlich nicht. Als er meinen Gesichtsausdruck sieht, schüttelt er den Kopf.

»Keine Chance, so was hat der nicht drauf. Außerdem kam das Signal aus Deutschland, und wir beide wissen, wo sich Conall aufhält.«

Und wie wir das wissen.

»Und jetzt?« Diesmal bin ich diejenige, die das Thema wechselt.

»Wenn er das nächste Mal seinen Flash Player updatet, macht er Bekanntschaft mit Oscar, einem Virus aus meiner eigenen Züchtung.«

Will ich wirklich wissen, was er damit meint?

»Der kann sich warm anziehen, ich lass mich doch nicht von einem lausigen Anfänger vorführen«, fährt er angepisst fort, bis er mein Unbehagen bemerkt. Als hätte jemand den Hebel umgelegt, sagt er ohne Überleitung:

»Hast du schon die neusten Besucherzahlen für ›Sorry Ass‹ gesehen?«

»Eher nicht«, gebe ich zu, dankbar für die neue Richtung des Gesprächs.

»Dein Song ist so oft verlinkt worden, dass er mehr Klicks als der neue Superman-Trailer hat.«

Scherzkeks, denke ich, doch Leon ist in seinem Element. Er erzählt mir von den aktuellen Retweets meines Liedes und wie oft es im Netz erwähnt wurde, was ziemlich aufregend klingt.

Nachdem wir den Chat beendet haben, rechne ich ein bisschen. In Berlin ist es sieben Uhr abends, da müsste Max zu Hause sein. Ich habe Glück. Nachdem er abgehoben hat, schalten wir von Telefon auf Skype um. Böser Fehler. Kaum sehe ich ihn live und in Farbe, ist meine gute Laune dahin und Tränen schießen mir in die Augen.

»Nicht weinen, Kleines«, sagt er, was nicht dazu beiträgt, dass ich mich besser fühle. Max sieht müde aus, abgenommen hat er auch.

»Wie geht es dir?«, frage ich und hätte mir am liebsten eine Kopfnuss verpasst. Nicht besonders, das steht mal fest.

»Es ist okay«, sagt er. Er hat mich noch nie angelogen, das weiß ich zu schätzen. Keine blöden Sprüche, kein Rumgequatsche, Max war immer ehrlich zu mir. Na ja, bis auf die Sache mit der Trennung, aber ich verstehe, warum er es mir nicht gesagt hat. Es war nicht seine Entscheidung, er hat sich lediglich den Wünschen meiner Mutter gefügt. Dafür hasse ich sie in diesem Moment umso mehr. Dass sie ihm das aufgezwungen hat – uns, um genau zu sein. Während Max Höllenqualen gelitten hat, plant sie den Umzug zu ihrem Neuen. Wie gestört muss man sein, um so eine Nummer durchzuziehen?

08

In diesem Jahr war Berlin eines der Schlusslichter in Sachen Sommerferien, was bedeutet, dass mir nach meiner Ankunft in L.A. bloß vier Wochen bis Schulbeginn bleiben. Um den Papierkram hat sich James' Assistentin gekümmert, Anfang September geht's los. Wie im Amalienhof müssen wir Uniform tragen. Das weiß ich aus den Prospekten, die mir meine Mutter in die Hand gedrückt hat. Nachdem ich die Schulwebpage unter die Lupe genommen habe, wurde schnell klar, dass an meiner neuen High School die Kleiderordnung eher locker ausgelegt wird. Den Mädels bleibt jede Menge Spielraum, die Klamotten mit Accessoires, High Heels und Netzstrümpfen aufzumotzen. Viele kürzen die Röcke und lassen sich die sackähnlichen Blazer umschneidern, sodass sie tailliert sind.

Glücklicherweise hat sich jemand von James' Leuten um diese Dinge gekümmert. Als ich vor meiner ersten Schicht bei Starbucks eine Expedition in den Kleiderschrank unternehme, stoße ich auf eine ansehnliche Kollektion brandneuer Schuluniformen mit dem Wappen der Brentwood High.

Im Amalienhof haben wir überwiegend Blau getragen, hier ist es Rot. Gottseidank kein Signalrot, sondern ein warmes

Burgunderrot mit einem Stich ins Braune. Die Jungs müssen Khakis und rot-braune Sakkos tragen. Arme Schweine.

Für den Coffeeshop wähle ich Jeansshorts und ein weißes T-Shirt aus. Im Grunde ist es egal, was ich trage, am Ende kommt sowieso eine grüne Schürze drüber. Aber ich bin ein bisschen nervös und will an meinem ersten Arbeitstag keinen Fehler machen. Meine Mähne bändige ich in einem hohen Pferdeschwanz, ein bisschen Mascara, Lipgloss, fertig.

Brandon, mein Kollege, ist ein arroganter Vollpfosten, der fest davon überzeugt ist, dass er der nächste Johnny Depp wird. Ein Depp ist er schon jetzt, aber das sage ich ihm nicht. Gut dass er nicht weiß, unter wessen Dach ich wohne. Obwohl James derzeit keinen Piratenfilm produziert, sondern etwas Klassisches. Das habe ich von meiner Mutter erfahren, die er zu wichtigen Events wie Frühschoppen auf der Rennbahn, Ausstellungseinweihungen und exklusiven Abendveranstaltungen in Museen schleppt. Dort führt James sie wie einen neuen Maserati vor und macht sie mit Regisseuren, Co-Stars und anderen Produzenten bekannt. Anscheinend kommt sie gut an, denn sie wurde zu Probeaufnahmen für James' aktuellen Historienfilm eingeladen. Ein Familiendrama – wie passend.

Das Kaffeezubereiten stellt sich als Kinderspiel heraus. Schwierig wird es bei dem anderen Kram. Habe ich erwähnt, dass ich Frappuccinos hasse? Ich hasse sie! Es gibt ja nur ungefähr zweitausend verschiedene Sorten, trotzdem haben die Kunden dauernd Extrawünsche. Extra dies und extra das. Und die Sahne bitte nicht obendrauf, sondern untendrunter. Oh, hatte ich das nicht erwähnt? Dann machen Sie mir bitte einen neuen – natürlich auf Kosten des Hauses … Grrrrrr! Das wäre vermutlich alles nicht so nervig, wenn mich dieser Brandon-Depp nicht dauernd damit volllabern würde, wie er seine Haare frisiert, ob ihm ein Dreitagebart besser stehen würde und wie viele Stunden er im Fitnessstudio verbringt. Voll interessant. Wie soll ich mich bei seinem Gefasel auf die ganzen neuen Sachen konzentrieren? Und dann die Namen! *Caramel Ribbon Crunch Frappuccino, Mocha Cookie Crumple Frappuccino, Caffè Vanilla Frappuccino* … Wer soll sich das alles merken?

Aber das ist nichts gegen die Tees. Wer hätte gedacht, dass Starbucks nicht weniger als zwanzig verschiedene Teesorten anbietet, das ist doch krank!

Die ersten beiden Tage waren also ein ziemlicher Reinfall, doch ich gebe nicht so schnell auf. Mein Lichtblick ist Martinez, der mich jeden Tag in seiner Mittagspause besucht und eine volle Stunde bleibt. Dieser Mann hat eine erstaunlich beruhigende Wirkung auf mich. Sobald er geht, fehlt er mir, ist das zu fassen? Gestern durfte ich mir einen Wagen aus James' umfangreichem Fuhrpark aussuchen. Da der Lover meiner Mutter mehr als ein Dutzend Sportwagen besitzt, wird es ihm kaum auffallen, wenn ich mir einen davon leihe, zumal ich mir einen klitzekleinen ausgesucht habe. Ein Mini Cooper Cabrio um genau zu sein. Kaum zu glauben, dass James meinen Traumwagen in seiner Garage stehen hat. Ich meine, das Teil macht als Statussymbol nicht viel her, oder? Ich bin jedenfalls im siebten Himmel. Einen Mini will ich fahren, seit ich ihn vor Jahren das erste Mal gesehen habe.

Am Ende meiner ersten Starbucks-Woche kenne ich die

Grundlagen und kann den ganzen Kram mehr oder weniger zubereiten, ohne in Schweiß auszubrechen. Ein dreizehnjähriger Klugscheißer knallt mir täglich einen Schein auf die Theke und bestellt einen »Very Berry Hibiscus Refresher«. Ich geb dir Very Berry, denke ich und packe ihm das Glas voll Eiswürfel, weil er sich jedes Mal über zu wenig Eis beschwert. Diesen Bengel kann ich nicht ausstehen, obwohl – verglichen mit seiner Schwester ist er ein Heiliger.

Ihr Name ist Sandy, Candy oder Mandy, und sie sieht wie der fleischgewordene Traum eines pubertierenden Fünftklässlers aus. Glattes blondes Haar, blaue Augen und Möpse, die kurz davorstehen, aus ihrem kaum vorhandenen Oberteil zu hüpfen. Ihre Shorts sind so kurz, dass die Pobacken rausschauen. Und nein, aus mir spricht nicht der Neid. Ich würde eher Spülwasser trinken, als jeden Morgen zwei Stunden früher aufzustehen, um mein Haar zu glätten und mein Gesicht bis zur Unkenntlichkeit mit Make-up zuzupflastern. In zwanzig Jahren wird die gute Sandy/Candy/Mandy aussehen wie Inge Meisel auf Crack. Versteht mich nicht falsch, ich habe nichts gegen Make-up, aber alles zur richtigen Zeit – und nicht so dick aufgetragen. Wenn sie sich tagsüber so zukleistert, wie will sie sich am Abend steigern? Falsche Wimpern und aufgespritzte Lippen?

Doch Sandy-Mandy ist keine Ausnahme. Es ist irritierend, wie viele Mädels hier reinspazieren und aussehen, als kämen sie vom Straßenstrich. Dabei passt ihr Aussehen nicht zu ihrem gehetzten Gesichtsausdruck. Diese Mädchen spielen eine Rolle, und das nicht mal besonders gut. Hinter ihrem aufgesetzten Lolita-Look steht nichts weiter als der Wunsch nach Aufmerksamkeit. Um die zu bekommen, verkleiden sie sich so lange, bis Papi und Mami sie endlich wahrnehmen.

Woher ich das weiß? Nach dem Unfall haben sie mich in eine Selbsthilfegruppe gesteckt, damit ich über alles reden kann. Hingegangen bin ich allerdings nur, um mit Leuten zusammen zu sein, denen es schlechter ging als mir. Wenigstens wollte ich das glauben.

Jedenfalls hatten wir in unserem selbst betroffenen Klub einige dieser Kandidatinnen. Das dahinterliegende Prinzip ist immer das Gleiche. Sie werden von ihren Eltern ignoriert, dabei wollen sie im Grunde bloß ein bisschen Anteilnahme oder zumindest Interesse. Nicht wenige warten umsonst und landen am Ende an Orten, wo sie weder hingehören noch hinwollten.

Nach den Gruppentreffen habe ich angefangen, genauer hinzusehen. Dass ich an meiner Schule zum Außenseiter erklärt wurde, hat mir eine Beobachterperspektive gestattet, die vorher nicht möglich war, da ich zu dem Zeitpunkt selbst im Mittelpunkt stand. Ich habe gelernt, Menschen zu beobachten und hinter die Fassade zu blicken. Mädchen wie Sandy tun mir leid. Die Art, mit der sie verzweifelt versucht, Aufmerksamkeit zu erregen, erinnert mich an Alex.

Je mehr Abstand ich zu meinem Leben in Berlin bekomme, desto schwerer fällt es mir, mich daran zu erinnern, warum ich Alex in meine Nähe gelassen habe. Oder doch. Wir waren beide Partymäuse, haben getrunken, getanzt und gevögelt – und bis zum Unfall habe ich es genossen. Der Schock sitzt immer noch tief, aber der Schmerz nimmt ab. Wenigstens an manchen Tagen.

Während mein Schmerz von Verlust geprägt ist, leiden die Sandys dieser Welt an der Lieblosigkeit ihrer Umgebung. Zum Glück hatte ich bis zu meinem fünfzehnten Lebensjahr eine relativ normale Kindheit. Außerdem habe ich Leon, einen Pfeiler in meinem Leben. Vermutlich ist das komplett egoistisch von mir, aber ich brauche ihn, ohne ihn bin ich nur ein halber Mensch. Wenn ich mir diese verlorenen Girlies im Coffeeshop ansehe, schätze ich mich glücklich einen Freund wie ihn zu haben. Und Max, der immer für mich da ist.

So viel Glück hat nicht jeder. Nach dem Unfall dachte ich, mein Leben wäre vorbei, aber das stimmt nicht. Das Leben, das ich kannte, ist vorbei, dafür habe ich ein anderes bekommen. Nein, besser, ich habe mich neu entschieden. Für das Leben – für mich. Was ich überlebt habe, hätte andere vielleicht zerstört. Aber ich bin noch hier. In den Staaten, habe meinen Führerschein und einen Job. Mein Leben ist nicht so verlaufen, wie ich es geplant habe, falls ich überhaupt einen Plan hatte. Aber ich lebe noch, und obwohl ich bereits eine Liste angelegt habe, wird mir in diesem Moment klar, wie wichtig es ist, zu leben. Wirklich zu leben und nicht so zu tun, als ob.

Ich entschuldige mich bei Brandon, gehe zum Waschraum und ziehe die Liste aus meiner Shortstasche. Was ich bereits erreicht habe, streiche ich durch und sehe mir Punkt vier genauer an.

Hör auf zu jammern!
Keine Jungs!!!!
Hab Spaß

Gönn dir jeden Tag etwas Gutes
~~Führerschein!!!~~
~~Job suchen!!!!~~
~~Eigenes Bankkonto~~

Jeden Tag etwas Gutes für mich tun, wie schwer kann das sein? Es muss ja nichts Spektakuläres sein, ein Strandspaziergang wäre für den Anfang genug. Ich meine, ich bin jetzt seit drei Wochen im neuen Haus und war bloß ein paarmal am Meer. Meistens habe ich den Blick aus meinem Fenster genossen, aber das ist nicht das Gleiche, wie mit nackten Füßen im Sand zu stehen.

Also, ab sofort kein Selbstmitleid mehr und keine faulen Ausreden. Es gibt genügend Gründe, herumzumaulen, aber einer reicht, es zu lassen – nämlich der, weil ich es will. Heute Abend nach meiner Schicht gehe ich runter zum Strand, da kann ich mir dann auch gleich andere Sachen überlegen, die mir guttun würden.

Einmal angefangen, kann ich den restlichen Tag an nichts anderes denken. Meine Schicht ist ratz-fatz vorüber, und ehe ich michs versehe, bin ich in meinem Zimmer und ziehe mich um. Weiße Shorts, pastellblaues T-Shirt, Flip-Flops.

Etwa zweihundert Meter rechts von James' Anwesen ist ein anderer Wohnsitz, dessen Besitzer – oder seine Kids – pausenlos Beachpartys veranstalten, mit Lagerfeuern, Barbecues und allem was dazu gehört. Deswegen nehme ich den linken Weg durch die Dünen. Ich muss nachdenken, dazu brauche ich Ruhe. Tausend Sachen gehen mir durch den Kopf, ich will schreiben, texten, besser Gitarre spielen lernen. Außerdem möchte ich anfangen zu joggen, denn so unsportlich wie in den letzten beiden Jahren war ich noch nie. Ich bin ganz schön aus der Form, und wo, wenn nicht hier am Strand, könnte man besser laufen?

Also kicke ich die Flip-Flops in den Sand und verbringe die nächste Stunde mit Joggen, bis sich meine Beine anfühlen, als würden sie in Flammen stehen. Dafür habe ich jede Menge Ideen und Anregungen im Kopf sowie einen neuen Song. Er wird »I'm still here« heißen, allerdings fehlt mir noch die Melodie.

Auf der Treppe zu James' Hütte sitzen zwei Typen und rauchen – dem Geruch nach einen Joint. Früher haben Alex und ich auf Partys öfter mal gekifft. Nach dem Unfall hat mir das Gras geholfen, meine Nerven zu beruhigen, bis Max mich in der Garage erwischt hat. Die Sache blieb unter uns. Anstatt mich zur Schnecke zu machen, hat er mir versprochen, mir mit achtzehn ein Auto zu kaufen, wenn ich bis dahin nicht rauche. Ich sollte die Finger von Drogen lassen, nicht weil sie so böse und schrecklich sind, sondern weil sie einem das Gefühl geben, sorgenfrei zu sein. Ein tolles Gefühl, das ist ja die Gefahr bei Drogen. Man ist entspannt, Grenzen verschwimmen und man glaubt, alles wäre möglich … also theoretisch. Aber im wahren Leben läuft das nicht so. Freiheit muss man sich erarbeiten, und obwohl sich das damals wie die totale Spaßbremse angehört hat, weiß ich heute, was er damit sagen wollte. Erst wenn du durch den Scheißekanal gekrochen bist, weißt du frische Luft wirklich zu schätzen.

»Hi«, sage ich und mache Anstalten, mich zwischen den Jungs, die die Holztreppe blockieren, durchzuquetschen. Sie sehen gut aus. Von der Sonne geküsst, vom Leben verwöhnt und alles von Papi bezahlt. Der linke ist ein Strahlemann, der mir ein Tausendwattlächeln schenkt. Doch es ist an mich verschwendet. Sein Hemd ist mir zu gebügelt, das Haar zu blond, die Zähne zu weiß.

»Hey, hey, hey!«, sagt er und stößt seinem Kumpel den Ellbogen in die Seite. Der schenkt mir einen Schlafzimmerblick, der mir vermutlich das Panty ausziehen soll. Ob er dafür lange vor dem Spiegel geübt hat? Im Gegensatz zu seinem Freund macht er auf Rebell. Seine Mähne ist dunkel und wild, er trägt schwarze Klamotten inklusive Lederjacke. Im Sommer. Bei 30 Grad.

»Ich bin Brady, das ist Jeff«, sagt Blondi, dessen Lächeln bei meinem gelangweilten Ausdruck ein wenig verrutscht.

»Schön für euch«, sage ich und dränge mich an ihnen vorbei. Jeff schnaubt, Brady bricht in hysterisches Gelächter aus.

Um ehrlich zu sein, hätte ich selbst gern ein bisschen Gras. Vor zwei Jahren hätte ich mich zu ihnen gesetzt und einen Joint geschnorrt. Vielleicht hätten wir ein wenig rumgemacht, aber mehr wäre nicht passiert. Danach wäre ich nach Hause gegangen und hätte stundenlang mit Alex telefoniert und so getan, als *wäre* etwas passiert.

Heute gehe ich in die Küche, belege ein halbes Baguette mit Salat, Tomatenscheiben und Käse und ziehe mich in den Fernsehraum zurück. Eigentlich heißt er Mediaraum, weil er neben der Großbildleinwand zahlreiche DVD-Rekorder enthält und Spielekonsolen wie Playstation & Co.

James hat zwei Söhne in meinem Alter, Drake und Nash, die an der Ostküste bei ihrer Mutter leben. Anfangs waren sie bei James, sind dann allerdings so oft von der Schule geflogen, dass er sie zu seiner Ex nach Boston geschickt hat. Jetzt muss sie sich mit den beiden Nervensägen herumschlagen. Ursprünglich sollten sie in den Sommerferien nach L.A. kommen, dann ist ihnen ihr Footballcamp dazwischengekommen, für das sie zunächst gesperrt waren, dann aber doch mitkommen durften. Scheint, dass die zwei ziemlich viel Mist bauen, anders kann ich mir dieses Hin und Her nicht erklären. Jedenfalls kommen sie nun doch nicht, was mich nicht gerade in Tränen ausbrechen lässt. Wo ihre Zimmer sein sollen, ist mir schleierhaft, aber das ist in diesem Palast auch kein Wunder.

Ein friedliches Abendessen ist mir leider nicht vergönnt, denn meine Mutter schneit in einem schwarzen Abendkleid herein, umgeben von einer Thierry-Mugler-Wolke. Ob sie kommt oder geht, weiß ich nicht, ich habe die Frau seit zwei Tagen nicht gesehen. In den ersten Wochen haben wir wenigstens zusammen gefrühstückt, doch James hat sie mehr und mehr zu seinen Events mitgenommen: Brunch hier, Gala dort. Anscheinend ist das die übliche Beschäftigung der Superreichen. Dass meine Mutter auf so etwas abfährt, entfremdet sie mir mehr als ihre körperliche Abwesenheit.

Anfangs hat sie mich noch gebeten, sie zu begleiten. Hat behauptet, es sei gut für mich, rauszukommen und über meinen Tellerrand zu blicken. Dabei wissen wir beide, dass sie in der Öffentlichkeit bloß auf heile Familie machen will, um ihr Image aufzubauen. In Wahrheit hat sie unsere Familie vor Monaten aufgegeben und dieses verlogene Getue ist echt nicht mein Ding.

Jetzt ist sie jedenfalls hier und nimmt sich fünf Minuten Zeit, um Mutter zu spielen. Ohne mich, die Schonzeit ist vorbei.

»Was willst du?«, frage ich, nachdem sie aufgekratzt meinen Namen trällert. So ein Mist, hat sie getrunken?

»Warum machst du so ein Gesicht, ist es hier nicht fantastisch?«

»Spektakulär«, sage ich mit monotoner Stimme, ohne den Bildschirm aus den Augen zu lassen. Die Hände in die Hüften gestemmt, verstellt sie mir den Blick auf eine angesagte HBO-Serie, deren Namen ich mir nicht merken kann. Ist sowieso egal, ich hab den Quatsch ohnehin nicht geschaut.

»Warum bist du so?«, fragt sie und macht auf empört.

Echt jetzt?

»Was willst du von mir?«, wiederhole ich meine Frage.

»Dass du glücklich bist, natürlich!«

»Ja, klar.« Ich stehe auf, dieses Theater muss ich mir nicht antun.

Meine Mutter packt mich am Oberarm und hält mich mit unerwartet festem Schraubstockgriff an Ort und Stelle.

»Wie redest du eigentlich mit mir?«, zischt sie, ihre Heiterkeit wie weggeblasen.

»Das hast du dir verdient«, sage ich ruhiger, als ich mich fühle. Dennoch, ich habe eine Entscheidung getroffen, und tief in mir fühle ich, dass sie richtig ist.

Erschrocken lässt sie mich los, als hätte sie sich verbrannt.

»Was hast du gesagt?«

»Hast du in den letzten Monaten mal an jemand anderen gedacht außer an dich? Du bist nicht die Einzige, die jemanden verloren hat. Glaubst du, Max ist das leichtgefallen, oder mir?«

»Willst du etwa Max' Verlust mit meinem vergleichen?«

»Gibt es da einen Unterschied? Lukas war wie ein Sohn für ihn.«

»Er war *mein* Sohn!«, ruft sie plötzlich außer sich. Tränen zerstören ihr professionelles Make-up, als schwarze Schlieren über ihre Wangen laufen.

»Er war auch mein Bruder«, sage ich leise. Mein Zwillingsbruder, um genau zu sein.

»Für dich ist er nie gestorben, oder? In dir ist er so lebendig, als wäre nichts passiert.« Auch mir kommen Tränen, doch ich drücke sie mit geübter Routine fort.

Ich war dabei. Saß auf dem Beifahrersitz, als wir ins Rutschen kamen. Habe das entsetzliche Krachen gehört, das Quietschen sich verbiegenden Metalls, den Geruch verbrannter Haut eingeatmet – den Gestank von Blut.

Ich habe Lukas' letzten Atemzug gehört. Ich saß neben ihm, eingeklemmt zwischen Airbags, Armaturenbrett und der Leitplanke. Ich war da und konnte nichts weiter tun, als ihm beim Sterben zuzusehen. Nicht mal Hilfe rufen konnte ich.

»Wie kann eine Mutter ihr Kind begraben?«, holt mich meine Mutter zurück. »Das ist gegen die Natur.«

»Doch wenn es geschieht, muss es getan werden. Aber du weigerst dich, ihn loszulassen, und hast alles zerstört.«

»Zerstören nennst du das?« Mit einer Hand macht sie eine Geste, die den ganzen Raum einschließt. »Dass wir hier sind, zeigt, dass ich dieses Kapitel abgeschlossen habe.«

»Du verdrängst es«, sage ich leise und gehe einen Schritt auf sie zu. »Du bist ja nicht mal zur Therapie gegangen.«

»Ich bitte dich!«, ruft sie aufgebracht. »Die sieben Phasen der Trauer? Wer will so etwas hören?«

Na schön, der Punkt geht an sie, aber sie hat es nicht mal versucht.

Der Kern des Problems ist, dass wir nicht trauern konnten, es immer noch nicht können. Wir durften nicht. Keine Tränen, bloß ein stilles Begräbnis. Bis heute fühle ich mich schuldig, weil ich meinen Bruder so sehr vermisse, dass mir alles wehtut.

»Du hast nie zugehört«, sage ich leise. »Und tust es immer noch nicht.«

»Liz?« James betritt den Mediaraum und rettet meine Mutter vor einer Erwiderung, war ja klar.

»Alles in Ordnung?«

Meine Mutter nickt knapp. »Gib mir eine Minute, Darling, ich bin gleich bei dir.« Damit stöckelt sie aus dem Raum, vermutlich um ihr verlaufenes Make-up aufzufrischen.

James sagt nichts, sondern sieht mich bloß an. Nicht vorwurfsvoll, sondern fragend. Da ich ihm nichts zu sagen habe, nehme ich meinen leeren Teller und lasse ihn stehen.

***

Die Nachbarn zu unserer Rechten feiern immer noch – oder schon wieder, so genau kann ich das nicht sagen. Obwohl ich jeden Tag am Strand bin, geselle mich nicht zu ihnen. Ich bin sowieso nicht eingeladen. Brady und Jeff sehe ich ein paarmal von Weitem, einmal winkt Brady mir sogar zu, was man als

Einladung deuten könnte, doch ich ignoriere ihn. Mein Kopf ist voller Worte, ein Rhythmus formt sich in meinem Innern, während ich im Takt einer unsichtbaren Melodie am Wasser entlangjogge.

I'm still here
I'm still here
And you are somewhat near,
So near

All the pain inside of me
but I'm here
Still here, still here

Without the doubts and ugly fear
I'm stronger now, I faced the truth
Sometimes it's more than I can bear …

Während ich laufe, wird mir klar, dass dieser Song nichts mit Conall zu tun hat. Es geht um Lukas. Conall war der Auslöser, das Tor, das den Damm geöffnet hat, der irgendwann gebrochen wäre. Mein angestauter Schmerz, die Trauer, gepaart mit Wut, bahnen sich einen Weg in die Freiheit. Die Worte sprudeln aus mir heraus, ich muss sie bloß aufschreiben. Am Ende der Woche habe ich drei neue Songs und keine Ahnung, wie ich sie aufzeichnen soll. Was wie ein schlechter Witz klingt, immerhin wohne ich im Haus eines erfolgreichen Hollywood-Produzenten. Aber mal ehrlich, wen sollte ich fragen – Martinez?

Wie durch Zauberhand hat eine neue Kreditkarte den Weg in mein Zimmer gefunden. Dank Alex weiß ich, was man mit einer Black Amex anstellen kann. Diese Karte hat kein Limit. Wenn mir danach ist, kann ich mit dem Stück Plastik die Schlossallee inklusive der Hotels kaufen. Was James damit bezweckt, ist mir schleierhaft. Meine Position habe ich klargemacht, also was soll das? Die Kreditkarte wie ihren Vorgänger zu entsorgen, hat ohne Publikum keinen Effekt, also werfe ich sie für Notfälle in meine Handtasche. Zwar habe ich nicht vor, das Teil zu benutzen, aber falls ich spontan entscheiden sollte, zurück nach Berlin zu fliegen, ist es gut, eine Rückversicherung im Ärmel zu haben.

Im Moment bin ich zufrieden. Ich habe einen Job, einen Führerschein und ein Auto. In einer Woche fängt die Schule an, und um ehrlich zu sein, bin ich deswegen ein bisschen nervös. Die Brentwood High hat Anfang August Unterlagen geschickt, einen Test, den ich ausfüllen muss, damit sie meinen akademischen Wissensstand einschätzen können. Erst wenn der ausgewertet ist, erhalte ich meinen Stundenplan.

Am nächsten Morgen weckt mich eine Nachricht auf WhatsApp von Leon. Er ist wegen irgendwas total aus dem Häuschen. Ich soll ihn sofort anrufen. Doch ich lasse ihn warten, mein neues Morgenritual ist mir heilig. Schnell schlüpfe ich in Shorts und Tanktop, trinke in der Küche ein Glas Wasser und gehe anschließend barfuß an den Strand. Dank Leons Weckservice bin ich früher dran als üblich, sechs Uhr, was mich jedoch kein bisschen stört. Ich liebe den Morgen am Meer, hier ist es so ruhig und friedlich. Niemand ist am

Strand, ich habe ihn ganz für mich allein. Mit jedem Schritt atme ich den Frieden ein, bis ich irgendwann laufe, dann renne, während ich den Einklang der Natur wie Sauerstoff aufnehme und volltanke. Zum Schluss sprinte ich zum Haus, und falle beinahe über Bradys Füße, der ausgestreckt gegen eine Düne lehnt und aufs Meer blickt, auf mich, um genau zu sein.

»Du bist ein Morgenmensch?«, fragt er und kreuzt die Arme hinter dem Kopf, während er zu mir aufschaut. Nach Luft schnappend, stütze ich mich auf meine Knie und versuche zu Atem zu kommen.

»Erzähl mir nicht, dass du noch nicht im Bett warst«, sage ich schließlich, doch es kommt stoßweise heraus. Darauf lacht er, und es klingt echt, nicht aufgesetzt.

Himmel, wie kann man so früh am Morgen so gute Laune haben?

»Erwischt!« Sein Zahnpastalächeln blitzt auf, dann beugt er sich vor, ergreift mein Handgelenk und zieht mich zu sich in den Sand.

»Shit!«, fluche ich, doch sein Arm liegt bereits um meine Taille und er drückt seine Nase in mein Haar.

»Mmmmhhhh«, macht er und atmet tief ein. Was für ein Freak, ich bin total verschwitzt.

»Aprikose. Ich wusste, dass du fruchtig riechst, Jeff hatte unrecht.«

»Du hast mit ihm gewettet?«

»M-hm«, macht er und grinst. Ich hätte gerne auf Miststück gemacht, um diesen Spinner zu vergraulen. Aber was soll ich sagen, ich bin ein Mensch aus Fleisch und Blut, und hier ist Mr Sonnyboy, der seinen ganzen Charme auffährt, um mich zu beeindrucken.

»Stalkst du mich oder was?«

»Wir sind Nachbarn. Ich hab ein Recht, hier zu sein.«

»Das ist unsere Strandtreppe«, sage ich und klinge dabei wie eine Dreijährige.

Immerhin bringt ihn das zum Lachen. »Du bist Gast bei den Marshalls?«, fragt er und dreht mich auf den Rücken.

»Ich wohne hier, außerdem geht dich das nichts an.« Als ich Anstalten mache, aufzustehen, beugt er sich breit grinsend über mich.

»Hey, dann musst du die Tochter seiner Neuen sein!« Stirnrunzelnd fügt er etwas leiser hinzu: »War das nicht eine Schauspielerin aus Europa?« Jetzt dreht er voll auf und knipst ein Strahlemannlächeln an. »Das erklärt deinen Akzent, der ist süß. Bist du aus England?«

Nein, du Blitzbirne, ich war auf einer englischen Ganztagsschule. Ich kann es nicht ab, wenn man mich ausfragt, aber entweder bemerkt Brady meine säuerliche Miene nicht, oder er beschließt sie zu ignorieren.

»Du musst mich unbedingt in Marshalls Palast einschmuggeln, der Typ lädt nur seine engsten Freunde in diese Festung ein. Selbst seine Arschloch-Söhne haben uns nicht ins Haus gelassen, weil wir nicht in der gleichen Football-Liga spielen.«

Mit liegt schon eine Erwiderung auf der Zunge, doch etwas, das er gesagt hat, ist in meinen Gehirnwindungen hängen geblieben.

»Hatte James bisher viele Frauen?«

Darauf erscheint wieder das Frecher-Junge-Grinsen.

»Auf dem roten Teppich kreuzt er jedes Mal mit einer anderen auf. Frischfleisch für die Kamera.« Abermals runzelt er die Stirn, als versuchte er sich an etwas zu erinnern. »Etwas Ernstes war bisher nie dabei. Schätze mal, das waren bloß Betthäschen für ihn.« Er wackelt vielsagend mit den Brauen und ergänzt:

»Ein Mann braucht, was ein Mann braucht, du verstehst schon.«

Während er das sagt, lehnt er sich zurück und lässt seine Augen über mein durchnässtes Tanktop wandern.

Ich verdrehe die Augen und stoße ihn rücklings in den Sand.

»Wie alt bist du, zehn?«, frage ich, stehe auf und klopfe mir den Sand von den Beinen. Brady macht sich nicht die Mühe, aufzustehen. Er bleibt liegen und beobachtet mich. Der Blick, den er mir zuwirft, ist gelinde gesagt heiß.

»Ich hab so ein Gefühl, dass wir gute Freunde werden«, sagt er mit einem breiten Grinsen. Ich kann nicht anders, als es zu erwidern. Seine Augen blitzen triumphierend auf. Dieser Bastard hat soeben erkannt, dass ich für seinen Charme nicht unempfänglich bin.

»Gehst du auf die Brentwood oder die Carlton Academy?«, fragt er, als ich kopfschüttelnd die Treppe hochsteige.

»Finde es heraus«, rufe ich über meine Schulter.

»Du kannst ruhig zugeben, dass du mich magst!«

Ohne mich umzudrehen, zeige ich ihm den Stinkefinger.

Sein aufgekratztes Lachen verfolgt mich bis zur Terrassentür.

09

Nachdem ich geduscht und umgezogen bin, verbringe ich eine Stunde mit Leon auf Skype. Wie es aussieht, ist mein Song auf der YouTube-Startseite gelandet, und zahlreiche Blogger haben sich mit mir verlinkt.

»Zweihunderttausend Klicks!«, Leon kriegt sich nicht mehr ein. »Und das innerhalb von acht Wochen. Allerdings hat die exponentielle Steigerung erst in den letzten drei Wochen stattgefunden.« So und so ähnlich fährt er die nächsten zwanzig Minuten fort. Wenn Leon in den Nerd-Modus geht, darf man ihn normalerweise nicht unterbrechen, obwohl …

»Woher weißt du das mit den Verlinkungen eigentlich?«

»Google-Alert!«, ruft er, als würde mir das etwas sagen. Als er meinen leeren Gesichtsausdruck sieht, seufzt er. Schon klar, ich bin ein hoffnungsloser Fall.

»Jedes Mal, wenn dein Name oder dein Song im Netz erwähnt werden, bekomme ich eine E-Mail-Benachrichtigung. Was glaubst du, woher ich so gut darüber Bescheid weiß, was im Netz los ist?«

Wow, wie cool ist das denn?

»Kannst du mir die aktuellen Klicks per Messenger schicken?«, frage ich, um ihn zu versöhnen. Das interessiert mich nicht wirklich, aber da er sich so viel Mühe gibt, möchte ich nicht undankbar sein.

Wie erhofft strahlt er, und ich mache mich darauf gefasst, von nun an alle fünf Minuten auf den neusten Stand gebracht zu werden.

In meiner Schicht im Coffeeshop erfahre ich eine gute Nachricht und eine schlechte. Die gute ist, dass Brandon gekündigt hat. Angeblich hat ihn jemand für einen Film vom Fleck weg engagiert. Wer's glaubt. Vermutlich ist er Statist in einem Werbespot oder muss das Mikro halten, etwas in der Art. Letzteres ist übrigens ein Scheißjob. Die Typen verbringen den kompletten Dreh mit erhobenen Armen und halten das fusselige Mikrofon an Ort und Stelle, das nebenbei bemerkt gefühlte hundert Kilo wiegt. Irgendwann kriegen diese armen Schweine einen Krampf und am Abend sind die Arme taub.

Woher ich das weiß? Max hat Lukas und mich seit unserem fünften Lebensjahr zum Set unserer Mutter mitgenommen. Später hat Lukas mit den Kartrennen angefangen, aber bis dahin gehörten wir praktisch zur Crew. Den Drehplan kannte ich in- und auswendig. Manchmal hat der Regisseur sogar mich gefragt, welche Szene als Nächste kommt, und seine Assistentin samt Skriptgirl ignoriert.

Jedenfalls lautet die schlechte Nachricht, nun ja, dass Brandon gekündigt hat. Für mich bedeutet das mehr Arbeit und mehr Stress. Denn obwohl er genervt hat, hatte er die ganzen Frappuccinos drauf und konnte selbst zickigste Kundinnen um den kleinen Finger wickeln. Ich … eher nicht.

Marc muss einspringen, denn meine Co-Arbeiter weigern sich ans Telefon zu gehen. Kein Wunder. Es ist ein sonniger Dienstag, und der Strand ruft – nächste Woche um diese Zeit sitzen wir in stickigen Klassenräumen. Dann arbeite ich auch nicht mehr jeden Tag, sondern bloß an drei Nachmittagen in der Woche. Außerdem bin ich Springer fürs Wochenende. Letzteres hat Marc mir wie eine bittere Kröte verkauft, die er mir mit einem Bonus versüßt hat. In Wahrheit macht mir das nichts aus. Ich habe Jungs abgeschworen, und die sind schließlich der einzige Grund, irgendwohin zu gehen, oder?

Sandy-Mandy ist auch heute wieder mit ihrer Clique anwesend. Die Mädels stecken die Köpfe zusammen und stoßen ab und zu ein bühnenreifes Kichern aus. Als meine Augen den Grund ihres affektierten Gelächters suchen, bleibe ich an einem Jungen hängen, der sich mit seinem Kumpel auf dem Starbucks-Parkplatz unterhält. Als würde er meinen Blick spüren, sieht er plötzlich auf und schaut mich direkt an. Sofort befinde ich mich in seinem Traktorstrahl und kann mich nicht bewegen. Mein Herz trommelt gegen meinen Brustkorb, ich wage nicht zu atmen. Das ist der vermutlich bestaussehendste Typ, dem ich bisher begegnet bin. Mit lässiger Pose sitzt er ganz in Schwarz gekleidet auf seinem Bike: schwarzes T-Shirt, schwarze Jeans, schwarze Boots. Selbst das Bandana, unter dem die Spitzen seines pechschwarzen Haars hervorspähen, ist dunkel. Es ist gerade lang genug, dass er es sich hinters Ohr streichen kann. Beide Arme sind mit dunklen Tattoos übersät, die seine Muskeln betonen. Wenn er wie jetzt den Arm spannt, sieht es aus, als würde sein Bizeps jeden Moment den Saum seines Ärmels sprengen. Eigentlich stehe ich nicht auf die muskelbepackten Typen, aber bei ihm sieht das ganz natürlich aus.

Seine Haut hat die Farbe von Latte Macchiato, das Gesicht ist scharf geschnitten mit hohen Wangenknochen. Was mich am meisten fesselt, sind seine Augen. Selbst aus der Entfernung kann ich erkennen, dass sie sein Bad-Ass-Aussehen Lügen strafen, denn es sind die wärmsten Haselnussaugen, die mir je untergekommen sind. Und ihnen scheint nichts zu entgehen.

»Mexikaner sind gut fürs Bett, aber sie taugen nicht als Freund«, reißt mich eine Kundin aus seinem Kraftfeld. Ich komme mir vor, als wäre ich zu lange unter Wasser gewesen, und muss erst mal Luft holen.

»Was?«, frage ich, als mir eine meiner Stammkundinnen den Blick verstellt. Ihren Namen kenne ich nicht, aber sie kommt meistens gegen vier Uhr und bestellt einen Chai Latte für sich und einen Vanille Frappuccino für ihre rothaarige Freundin.

»Er fickt gut«, beantwortet die Rothaarige meine Frage. »Aber sehen lassen kannst du dich mit dem nicht.«

Für einen Moment verschlägt es mir die Sprache. Um meine Hände zu beschäftigen, bereite ich automatisch ihre Getränke zu, dann siegt die Neugier.

»Und warum nicht?«, bringe ich schließlich heraus.

»Ist das nicht offensichtlich?«, fragt die Dunkelhaarige, die ich im Geiste »Vier Uhr Chai Latte« getauft habe.

»Weil er …«, starte ich, doch mir fällt beim besten Willen nichts ein, warum der Typ kein Boyfriend-Material sein sollte. Dann fällt mir Conall ein und meine Miene verdüstert sich.

»Weil er durch fremde Betten springt?«

»Das auch«, sagt Vanille Frappuccino.

Chai Latte zieht eine Schnute, beugt sich vor und flüstert: »Er ist Hispanier, Dummerchen.«

»Das sehe ich selbst«, erwidere ich tatsächlich etwas dümmlich. »Und das ist ein Problem, weil …«

Jetzt seufzt sie theatralisch und Miss Frappuccino stimmt mit ein.

»Du kommst aus England, oder?«, sagt sie und wirft ihrer Freundin einen vielsagenden Blick zu.

»Hier bei uns«, fährt sie fort, ohne meine Antwort abzuwarten, »sind Hispanier ein absolutes No-go. Wenn du überleben willst, schreibst du dir das hinter die Ohren.«

»Außerdem«, ergänzt die Rothaarige, »ist er in einer Gang.« Dabei nickt sie wissend, was ein bisschen lächerlich aussieht, als sei sie ihre eigene Karikatur. Ich komme mir vor wie in einem schlechten Blondinenwitz und warte auf die Pointe. Die kommt jedoch nicht, denn diese Spatzenhirne meinen jedes Wort ernst.

»Und woher willst du das wissen?«, hake ich in der Hoffnung nach, etwas Brauchbares herauszuholen, bevor ich ihnen den Milchbehälter über die Rübe ziehe.

»Siehst du das Tattoo auf seinem rechten Oberarm?«

Ich sehe Hunderte Tattoos.

»Ähm, klar.«

»Das ist das Zeichen der MS-13.«

»MS-was?« Klingt in meinen Ohren wie ein Office-Programm oder ein Schiffstyp.

Frappuccino seufzt erneut, das kann sie gut. »Die Mara

Salvatrucha ist Teil der Mexikanischen Mafia. Die schießen erst und fragen dann. Halt dich von denen fern.«

Okay, das ist ein Argument. Doch ich kann das nicht glauben. Dieser Hottie soll der Mafia angehören? Eine lokale Gang würde ich ja noch durchgehen lassen, aber Mafia?

Mit kantigen Bewegungen presse ich die Deckel auf die Pappbecher, reiche den beiden die Getränke und kassiere ab. Die Schlange ist endlos, deshalb flüchte ich mich in meine Arbeitsroutine und versuche nicht mehr an den Typen zu denken. Doch nicht an ihn zu denken, ist so einfach wie einen rosa Bi-Ba-Butzebär zu ignorieren, der mitten im Raum steht und mich anstarrt.

»Ich sagte Karamell Frappuccino, nicht Vanille, bist du taub?«

Als ich aufsehe, steht mir niemand Geringeres als Sandy mit ihren beiden Klonen gegenüber.

»Ups«, sage ich, versuche ein Lächeln und fange noch einmal von vorn an.

»Engländer verstehen nichts von Kaffee«, sagt ihre Freundin, die etwas kleiner als Sandy ist. »Die kennen sich mit Tee aus.«

»Warum um alles in der Welt lassen die immer mehr Ausländer ins Land?«, lamentiert sie und wirft mir einen abfälligen Blick zu. »Müssen wir jetzt schon Europäer importieren? Haben wir nicht genug Latinos in L.A.?«

»Die kennen sich wenigstens mit Kaffee aus«, sinniert Sandy. »Das müssen die auch, kommt da nicht das ganze Bohnenzeug her?«

Mein Mund steht leicht offen, während ich mich frage, ob jemand ernsthaft so beschränkt sein kann.

Eben will ich den Betrag nennen, um zu kassieren, als eine tiefe Stimme mir eine Gänsehaut beschert.

»Lateinamerikaner kennen sich auch mit Waffen aus, da kommt nämlich das ganze Kugelzeug her.«

Ich werfe den Kopf in den Nacken und breche in helles Gelächter aus. Der war gut.

Sandy knallt die Kohle auf die Theke, schnappt sich ihren Frappuccino und macht sich mit ihren beiden Claqueuren vom Acker. Nachdem sie aus meinem Blickfeld verschwunden sind, steht Mr Superheiß vor mir. Von Nahem sieht er sogar noch besser aus, nicht bloß wie ein Hottie, sondern wie der Gott aller Hotties. Ich schlucke einen Kloß herunter und sage meinen Spruch auf: »Hi, was bekommst du?«

Ein Lächeln huscht über seine Züge. Er stützt die Unterarme auf den Tresen und beugt sich vor, als wolle er mir etwas Vertrauliches mitteilen.

»Was ich gerne hätte, kann ich dir nicht sagen.« Pause. »Zumindest noch nicht.«

Meine Brauen ziehen sich fragend zusammen, darum fährt er leiser fort: »Später vielleicht.«

Muss ich das verstehen?

»Für den Moment reicht mir ein doppelter Espresso.«

Um meine Verwirrung zu verbergen, mache ich mich an die Arbeit, doch statt wie alle anderen Kunden brav vor dem Ausgabetisch zu warten, umrundet er die Theke und schaut mir bei der Arbeit zu.

Ihn aufzufordern, sich wieder in die Schlange zu begeben, kommt mir ein bisschen blöd vor, aber irgendwas muss ich sagen.

»Mit Zucker?« Die Frage ist natürlich Schwachsinn, die Kunden nehmen sich ihren Zucker selbst. Aber dieser Typ macht mich total nervös.

»Die Aussicht reicht vollkommen.«

Die Aussicht? Jetzt sehe ich doch zu ihm auf, was eindeutig ein Fehler ist. Seine dunklen Augen verschlingen mich, ich komme mir wie sein Nachtisch vor. Zu allem Überfluss merke ich, wie ich rot anlaufe, und sehe schnell weg. Doch ich kann ihn in meinem Rücken spüren, Hitze geht in Wellen von ihm aus, und ich habe das irrationale Bedürfnis, die Augen zu schließen und mich gegen seine breite Brust zu lehnen. Wie seine Haut wohl riecht?

Stopp! Jungs sind Dreckschweine, schon vergessen? Mir ist egal wie er riecht, aussieht oder was sein Lächeln mit mir anstellt.

»Hi Jazz, alles klar bei dir?«

Marc umrundet mit einem breiten Lächeln die Theke und reißt mich aus meinen widersprüchlichen Gedanken.

»Jazz?«, wispert Mr Macho an meinem Ohr. Als wüsste er von meinem Tagtraum, legt er mir einen Arm um die Taille und drückt mich an sich.

»Jasmin«, zische ich und löse mich aus seiner Umarmung. Fantasie ist eine Sache, aber die Realität sieht anders aus, immerhin kenne ich den Kerl nicht.

»Ist das ein Freund von dir?«, fragt mein Boss und klopft dem Typen im Vorbeigehen auf die Schulter. Dann greift er sich eine Schürze und nimmt die nächste Bestellung entgegen.

»Das ist …« Ein Kunde? Ein Ganove? Der Gott aller Hotties? Keine Ahnung, was ich sagen soll, doch das muss ich auch nicht.

»Ich bin Raoul«, sagt er und reicht Marc die Hand.

»Marc«, erwidert mein Chef und nickt ihm zu. »Falls du einen Job suchst, wir haben gerade einen Personalengpass.«

Normalerweise habe ich eine gute Vorstellungskraft, doch Raoul in grüner Schürze kann ich mir beim besten Willen nicht vorstellen.

»Verlockend«, sagt Raoul. Seine Augen glitzern vor Belustigung, während sie meinen Körper entlanggleiten. »Ich überleg's mir.« Er hat seinen Spaß, keine Frage.

Ich versuche cool auszusehen, verziehe einen Mundwinkel und drücke ihm seinen Espresso in die Hand.

Er beugt sich vor, als wollte er mich auf die Wange küssen. Kurz vor dem Ziel hält er inne und ich spüre seine Lippen an meinem Ohr.

»Das ist aber kein Doppelter.«

Wie war das? Erschrocken blicke ich auf die Tasse. Er hat recht, das ist ein einfacher Espresso. Wo bin ich heute mit meinen Gedanken?

Bevor ich mich erhole, zwinkert er mir zu und drückt mir einen Schein in die Hand.

»Schönen Tag, Jasmin.«

So wie er meinen Namen ausspricht, klingt er wie warmer Honig. Ich öffne den Mund, um etwas zu sagen, ganz egal was. Etwas Schlagfertiges, Cooles, Witziges ... doch es kommt nichts, war ja klar.

Einen Moment später steht die leere Tasse auf dem Tresen und er sitzt auf seinem Bike und ist weg. Als würde ich aus einem Traum erwachen, sehe ich auf die Geldnote in meiner Hand, einen Zwanzig-Dollar-Schein mit seiner Telefonnummer.

Kaum bin ich zu Hause, kicke ich meine Schuhe in den Flur und renne über den warmen Sand zum Strand. Raoul ist mir den ganzen Tag nicht aus dem Kopf gegangen. Jedes Mal wenn ich an ihn denke, bekomme ich feuchte Hände und mein Herz rast, ist das zu fassen?

Nachdem ich mich schweißgebadet auf den Rückweg mache, lässt mich ein durchdringender Pfiff innehalten. Als ich mich umsehe, entdecke ich Brady und seine Freunde im Wasser. Jeff befindet sich ebenfalls unter ihnen, doch er beachtet mich nicht. Kein Wunder, er sitzt mit zwei Blondinen auf einem Surfbrett und die drei trinken abwechselnd aus einer Flasche.

Brady liegt bäuchlings auf einem Boogie Board und lässt sich von einer Welle Richtung Strand tragen.

Als er auf mich zutrabt, stemme ich die Hände in die Hüften.

»Du stalkst mich ja doch!«

»Da ich zuerst hier war, ist das unwahrscheinlich«, bemerkt er mit einem Zwinkern in den Augen. Gott, dieser Typ ist ekelhaft gut gelaunt.

»Außerdem bin ich nicht derjenige, der mit einem Fernglas im Gebüsch liegt.« Während er das sagt, nickt er zu den Dünen. Ich folge seinem Blick und sehe gerade noch einen Schatten verschwinden. Ist Raoul mir etwa gefolgt?

»Jetzt ist er weg«, sagt er irritiert und sucht mit den Augen die Dünen ab.

»Hast du Lust, dich abzukühlen? Du siehst … erhitzt aus«, wechselt er das Thema und schenkt mir ein freches Grinsen.

Warum eigentlich nicht, denke ich und springe in voller Montur in die nächste Welle. Brady lacht sein Hyänenlachen und folgt mir auf dem Fuße.

Es wird ein überraschend schöner Abend. Gegen neun entfachen die Jungs die Lagerfeuer, die sie aus Treibholz aufgeschichtet haben. Anschließend machen Alko-Pops die Runde. Da ich mir vorgenommen habe, nicht mehr zu trinken, nippe ich sporadisch an meiner Flasche. Trotz der entspannten Atmosphäre breche ich zeitig auf, denn ich habe morgen die Frühschicht. Davon abgesehen möchte ich noch an meinem »Still here«-Song arbeiten. Brady begleitet mich bis zur Treppe, und um ehrlich zu sein, schätze ich seine Eskorte. Dass mich heute jemand am Strand beobachtet hat, gefällt mir nicht, und die Vorstellung, von jemandem angefallen zu werden, jagt mir kalte Schauer über den Rücken.

Das heißt allerdings nicht, dass ich Brady erlaube mich zu küssen, was eindeutig auf seiner Agenda steht. Schnell gebe ich ihm einen freundschaftlichen Klapps auf die Schulter, und sage:

»Das war schön. Sollten wir wiederholen«, und renne die Treppe rauf, ohne mich noch einmal umzudrehen.

»Angsthase!«, ruft er mir hinterher. Dafür kassiert er einmal mehr den Mittelefinger, was er mit hysterischem Gelächter quittiert.

* * *

Raoul taucht nun täglich zu unterschiedlichen Zeiten bei Starbucks auf. Er kommt, unterhält sich mit mir, trinkt seinen

Espresso und fährt wieder. Am Freitag trifft er auf Martinez, der mich wie üblich in seiner Mittagspause besucht. James' Fahrer scheint alles andere als glücklich über Raouls Anwesenheit zu sein. Offensichtlich kennen sich die zwei. Er packt ihn am Oberarm, zieht ihn Richtung Waschräume und redet in schnellem Spanisch auf ihn ein. Ich finde es irritierend, dass sich Raoul diese Behandlung gefallen lässt. Ich kann mir nicht vorstellen, dass er vielen Leuten erlaubt, ihn so anzufassen, geschweige denn, ihn in der Öffentlichkeit zur Schnecke zu machen. Gebannt beobachte ich, wie sich Raouls Pranke um Martinez' Hand legt und sie wie im Zeitraffer von seinem Arm löst. Dann tippt er mehrmals mit dem Zeigefinger gegen Martinez' Brust, während er leise auf ihn einredet. Dem scheint nicht zu schmecken, was Raoul zu sagen hat, doch als er widersprechen will, macht Raoul eine wegwischende Handbewegung, die ihn verstummen lässt. So gerne ich ihrer Auseinandersetzung gefolgt wäre – ich habe Kunden, und der Kaffee brüht sich nicht von selbst auf.

Ich nehme mir vor, Martinez darauf anzusprechen, doch weder er noch Raoul bestellen etwas. Als ich das nächste Mal aufsehe, sind beide verschwunden und ich habe ein komisches Gefühl in der Magengegend.

Am Samstag bekomme ich endlich eine neue Kollegin, ihr Name ist Pam. Sie ist das genaue Gegenteil von Alex: wildes rotes Haar, helle Haut und Sommersprossen, so weit das Auge reicht. Sie redet zu viel, trinkt gern und lacht zu laut. Ich mag sie auf Anhieb. Sie ist ein bisschen übergewichtig, doch das stört sie nicht die Bohne. Wenn man sie darauf anspricht, kommen Sprüche wie:

»Baby, Jungs stehen auf Kurven. Nimm dir ein Beispiel an mir und leg ein paar Pfund zu.«

Ach ja, sie sagt zu jedem Baby, eine Marotte von ihr, an die ich mich schnell gewöhnt habe. Marc scheint es ihr nicht übel zu nehmen. Wenn ihr mich fragt, ist ihre freche Art genau das, was wir brauchen. Damit lockert sie nicht nur die Atmosphäre auf, sondern unterhält nebenbei die Kunden. Ihre bloße Anwesenheit hilft mir, besser atmen zu können, wofür ich ihr ausgesprochen dankbar bin.

»Hi Baby, willst du was Heißes oder Kaltes?«, begrüßt sie den nächsten Kunden. Während mir die Gesichtszüge entgleiten, füllt Raouls tiefes Lachen das Café.

»Ich hab schon etwas Heißes entdeckt«, gibt er zurück, während sein Blick auf mir liegen bleibt. Ich laufe wie eine Drittklässlerin rot an und gebe vor, etwas Wichtiges im Kühlschrank zu suchen. Wie macht er das? Ein Satz von ihm bringt mich komplett aus dem Konzept.

»Aber wenn es dir nichts ausmacht, kannst du mir einen doppelten Espresso bringen.«

»Für dich immer, Schätzchen!«

Abermals lacht er und verursacht mir eine Gänsehaut.

Plötzlich beugt er sich über die Theke und sagt so leise, dass nur Pam und ich ihn hören können:

»Du kannst deinen Kopf jetzt da rausnehmen, cariño, wir sind fertig.«

Pams glockenhelles Gelächter erklingt, dann sagt sie gut gelaunt:

»Du gefällst mir, Kleiner.« Sie wirft mir einen Blick zu und ergänzt: »Guter Geschmack, die ist echt süß.«

»Könnt ihr bitte aufhören so zu tun, als wäre ich nicht da!«, motze ich und stampfe mit dem Fuß auf. Die beiden sehen mich an und lachen gleichzeitig. Idioten!

»Ich dachte, nur Prinzessinnen stampfen mit dem Fuß auf«, sagt Pam und wischt sich die Lachtränen aus den Augenwinkeln.

»Ah, da ist sie ja«, bemerkt Raoul lächelnd. »Ich hatte schon befürchtet, dass du deine Mittagspause im Eisfach verbringst.«

Dass mein Gesicht in diesem Moment die Farbe reifer Tomaten annimmt, hilft nicht wirklich, diese Scherzkekse zu bremsen.

»Hast du heute Morgen einen Clown verschluckt oder was ist los?«, frage ich und kreuze die Arme vor der Brust.

Diesmal fällt Marc in Pams Lachen ein. Obwohl ich mich um eine ernste Miene bemühe, giggel ich am Ende mit ihnen.

Plötzlich liegt Raouls Arm um meine Taille – wie hat er so schnell die Theke umrundet? Bevor ich Piep sagen kann, zieht er mich an sich.

»Kommst du kurz allein zurecht, ich muss mir Jasmin einen Moment ausleihen.«

Seit wir hier angekommen sind, ist er der Einzige, der meinen Namen nicht abkürzt. Außerdem sprich er ihn aus, als würde er auf der Zunge schmelzen.

»Äh …« Hilfe suchend sehe ich zu meinem Boss, der den nächsten Kunden begrüßt. Da Pam bereits bei Starbucks gearbeitet hat, musste sie nicht eingewiesen werden. Kaum gibt Marc die Bestellung weiter, taucht sie eine Schaufel in die Eisbox und bereitet einen Iced Skinny Mocha.

»Ich räum die Tische ab«, sage ich zu niemand Bestimmtem und lasse mich von Raoul in den hinteren Teil des Cafés ziehen.

»Was soll das?«, zische ich und befreie mich aus seinem Griff. Zur Sicherheit trete ich einen Schritt zurück. Zu viel Nähe in zu kurzer Zeit. Das ist nichts für mich.

Raoul hebt defensiv beide Hände. Mit dem Stiefel zieht er einen Stuhl zurück und bedeutet mir, Platz zu nehmen. Dann setzt er sich mir gegenüber und kreuzt die Arme vor der Brust. Bei Brady wäre ich mir sicher, dass er mit dieser Geste versucht seinen Bizeps besser zur Geltung zu bringen. Raoul hat das nicht nötig. Er lässt mich nicht aus den Augen, bis ich mich setze und ihn argwöhnisch betrachte. Zu meinem Bedauern gibt es überhaupt nichts an ihm, was mich nicht anzieht. Selbst die kleine Lücke zwischen den Schneidezähnen rührt mich. Als würde ihn diese Unregelmäßigkeit noch attraktiver machen.

Das ist auch ein Grund, warum ich Abstand halte. Einen Tiefschlag wie Conall kann ich im Moment nicht gebrauchen, ich bin gerade dabei, mich zu erholen. Davon abgesehen … trotz meiner Wut auf Conall bin ich noch lange nicht über ihn hinweg – sein Verrat hat mich tief verletzt. Die Tatsache, dass sich meine Mutter von Max getrennt hat, plus der Umzug haben bisher verhindert, dass ich mich meinen Gefühlen für Conall gestellt habe. Das heißt aber nicht, dass ich das ewig vor mir herschieben kann. Irgendwo da draußen warten ein Nervenzusammenbruch und literweise Tränen auf mich. Doch aktuell hat das eine das andere überlagert, das muss ich erst mal in Ruhe aufdröseln. Falls ich jemals zur Ruhe kommen sollte, versteht sich.

Ich spiegle Raouls Haltung, kreuze die Arme und lehne mich zurück. Als hätte er mich erwischt, grinst er plötzlich, rückt vor und streckt ein Bein aus, sodass ich zwischen ihm und dem Tisch eingeklemmt bin. Auf einmal ist er gar nicht mehr defensiv, sondern beugt sich vor und nimmt meine Hände in seine.

»Hast du Lust, heute Abend eine Kleinigkeit mit mir zu essen, cariño?«

»Ähm, entschuldige, aber ich kenne dich überhaupt nicht.« Ich ziehe an meinen Händen, doch er hat sie fest im Griff. Nicht brutal, einfach nur … na ja, eben fest. Mit etwas mehr Druck könnte ich mich befreien, doch ein bisschen fühlt sich das auch gut an. Also schön, es fühlt sich toll an. Seine Hände sind ein wenig rau, aber auch warm. Meine Handinnenflächen prickeln von seiner Berührung. Als sein Daumen über meine Haut fährt, muss ich meine ganze Konzentration aufwenden, um ihm zuzuhören.

»Deswegen will ich ja mit dir essen. Jemandem beim Kochen zuzusehen, hilft, einen Menschen besser kennenzulernen, meinst du nicht?«

Dieser Chauvi-Arsch!

»Du willst, dass ich dir Essen koche?«, frage ich empört und ziehe nun fester an meinen Händen. Darauf verfällt er in ein tiefes Lachen. Er lässt mich los und ich spüre seine Hände um meine Mitte. Im nächsten Moment sitze ich auf seinem Schoß. Wie hat er das gemacht? Ich sitze echt auf seinem Schoß, jeder kann uns sehen. Auch mein Boss.

Geschockt schnappe ich nach Luft. Meine Hände verkrampfen sich, keine Ahnung, woher die Panikattacke plötzlich kommt.

Ich bin noch hier, bin noch hier, noch hier.

»Shhhhh«, macht Raoul und drückt mich so vorsichtig an sich, als wäre ich ein rohes Ei, das jeden Augenblick zerplatzen kann.

Kapiert er nicht, dass seine Nähe es nur schlimmer macht?

»Idiota!« Plötzlich sitze ich wieder auf dem Stuhl. Martinez kniet vor mir und redet beruhigend auf mich ein. Mein Kopf steckt zwischen den Knien und endlich bekomme ich wieder Luft.

»Langsam ausatmen, querida«, sagt er und streicht mir beruhigend übers Haar. Seine freie Hand umfängt meine zitternden Hände. Mir ist das Ganze schrecklich peinlich. Die Vorstellung, dass der ganze Laden inklusive Pam und Marc meinen Zusammenbruch beobachtet, lässt mich tiefer zusammensinken. Mein Blick huscht durch das Café, doch außer der Warteschlange kann ich nicht wirklich etwas erkennen. Sieht jemand zu uns rüber? Werden wir angestarrt?

»Keine Sorge«, sagt Martinez beruhigend. »Dein Chef und deine Kollegin sind beschäftigt. Für jeden anderen sehen wir aus, als würden wir die Köpfe zusammenstecken, okay?«

Das hilft, und endlich kann ich mich entspannen.

»Wo ist Raoul?«, frage ich schwach.

»Draußen.«

Stöhnend vergrabe ich das Gesicht in den Händen. Was wird er jetzt von mir denken?

»Es ist in Ordnung, er versteht das.«

Wie kann er etwas verstehen, dass ich selbst nicht schnalle?

»Woher kennst du Raoul?«, frage ich und setze mich vorsichtig auf.

»Wer kennt ihn nicht?«, weicht er der Frage aus. In meinen Ohren klingt er bitter, aber vielleicht bilde ich mir das auch ein.

»Geht's wieder?«, fragt er besorgt, als ich aufstehe und die leeren Tassen abräume.

»Alles im grünen Bereich«, erwidere ich, doch ich kann ihn nicht ansehen. Gerade als ich denke, ein bisschen taffer zu sein, passiert so etwas.

»Kann ich dir einen Kaffee bringen?«, frage ich und sehe auf die Uhr. Überrascht stelle ich fest, dass er noch keine Pause hat, warum ist er so früh hier?

Er scheint meinen Gedanken gefolgt zu sein, denn er bemerkt leise:

»Ich war in der Nähe und dachte, ich schau kurz vorbei.«

Das hat er bisher noch nie getan.

»Du bist ein miserabler Lügner«, sage ich kopfschüttelnd und bringe das schmutzige Geschirr in die Küche. Als ich zurückkomme, ist er verschwunden.

10

Am Ende meiner Schicht finde ich Raoul mit vor der Brust gekreuzten Armen gegen meine Autotür gelehnt. Als ich ihn entdecke, stocke ich kurz in meinem Gang. Ansonsten lasse ich durch nichts erkennen, wie unangenehm mir diese Begegnung nach der Panikattacke ist. Weder Marc noch Pam haben ein Wort darüber verloren. Ob aus Rücksicht oder weil sie wirklich nichts gesehen haben, weiß ich nicht.

Er beobachtet mich den ganzen Weg, dann stößt er sich ab und steckt die Hände ich die Taschen seiner Jeans. Macht er das, um zu signalisieren, dass er nicht vorhat, mich zu berühren? Ich komme mir ziemlich verkorkst vor und durchforste mein Hirn nach etwas Unverfänglichem, das ich sagen kann. Doch sein Anblick reicht, mich durcheinanderzubringen. Wie kann ein Mann so gut aussehen, und das auf so eine nachlässige Art? Als wäre ihm sein Look egal.

Nachdem ich ihm gegenüberstehe, legt er den Kopf schräg und seufzt leise.

»Ich hab's vermasselt, oder?«

Er hat es vermasselt? Soweit ich mich erinnere, war ich diejenige, die ausgeflippt ist.

»Hör mal«, fährt er fort, bevor ich Gelegenheit habe, ihm das zu sagen. »Ich wollte dich nicht erschrecken. Ich hatte vor, für dich zu kochen, das ist alles.«

»Du kannst kochen?« Das überrascht mich, was ihn zu amüsieren scheint.

»Ich mache die beste Gazpacho Manchego der Stadt«, sagt er stolz und hebt einen Mundwinkel, was ein bisschen arrogant aussieht, aber auch süß. Obwohl ich keine Ahnung habe, was das sein soll, nicke ich. Dann gebe ich mir einen Ruck und sage:

»Das vorhin …« Ich suche nach den richtigen Worten, doch sie wollen mir nicht einfallen. Raoul kommt einen Schritt auf mich zu, zögert und verschränkt wieder die Arme, als wollte er sie auf diese Weise daran hindern, nach mir zu greifen.

»Das tut mir leid«, sagt er und kratzt sich die Schläfe. »Ich wollte das nicht.«

»Das war nicht deine Schuld, okay? Das passiert manchmal.«

Er stößt den Atem aus.

»Wirklich, es tut mir leid, ich war ein Idiot.«

Idiota! Das waren Martinez' Worte.

»Woher kennst du Martinez?« Mein Themenwechsel bringt ihn aus dem Konzept, denn er runzelt die Stirn und sieht mich wachsam an.

»Und woher kennst du ihn?«

»Ich hab zuerst gefragt.«

»Das ist kompliziert.«

»Ich bin ein kluges Mädchen, stell mich auf die Probe.«

Darauf lächelt er und ist mir plötzlich näher, als mir lieb ist. Keine Ahnung, wie er das anstellt, aber das Anschleich-Ding hat er echt drauf.

»Das könnten wir doch bei einem Essen besprechen, was meinst du?«

Dass er sich nach der Nummer von vorhin noch mit mir treffen will, wundert mich.

»Warst du gestern am Strand?«, frage ich, ohne nachzudenken. Meine Sprunghaftigkeit scheint ihn zu irritieren. Er runzelt die Stirn und fragt:

»An welchem?«

»Unten am Bluff Cove.«

»Bei den Snobs?« Jetzt lächelt er und stupst mich mit der Hüfte an. »Erzähl mir nicht, dass du Mitglied im Palos Verdes Beach Club bist, dann ziehe ich meine Einladung zurück«, scherzt er.

Tatsächlich bringt er mich zum Lachen und meine innere Spannung löst sich ein wenig.

»Äh, nein.« Ich wohne da.

»Dann ist es ja gut. Was ist mit morgen?«

»Morgen?«

»Für das Gazpacho.«

Das geht zu schnell, ich muss Zeit gewinnen, um nachzudenken. Das ist in seiner Gegenwart unmöglich.

»W-wie wäre es mit nächster Woche?«

Sein Lächeln blendet mich fast.

»Ist das ein Ja?«, fragt er und fährt mit einem Finger über meine Wange. Dabei beugt er sich über mich und mit einem Mal komme ich mir winzig vor. Mit eins siebzig bin ich nicht klein, aber er überragt mich um eine Kopflänge. Ich schätze ihn auf eins fünfundachtzig.

Ich umfange mich mit beiden Armen, um nicht vor ihm zurückzuweichen. Nähe und ich haben seit dem Unfall kein gutes Verhältnis. Mein Psychoheini nennt es Kontrollverlustängste, ich nenne es Panik. Mit Conall stand ich kurz vor dem Durchbruch, aber der Schuss ist ja wohl nach hinten losgegangen.

»Vielleicht«, beantworte ich seine Frage.

»Das ist nicht genug«, sagt er und hält plötzlich mein iPhone in der Hand.

»Was …?«, starte ich, doch seine Finger fliegen bereits über die Tasten. Sein Handy klingelt und er grinst breit. Jetzt hat dieser Gauner meine Nummer, ist das zu fassen? Wann hat er mir mein Smartphone gemopst, ich hab nicht das Geringste bemerkt.

»Du solltest dein Gesicht sehen«, sagt er, um eine ernste Miene bemüht.

»Hmpf!«, mache ich, schnappe mir das Telefon und stopfe es in meine Tasche

»Tut mir leid, aber du hast ja nicht angerufen«, sagt er, als sei damit alles geklärt.

Der röhrende Motor eines Offroaders unterbricht uns. Das Fahrzeug biegt auf den Parkplatz ein und rollt langsam auf uns zu.

Als hätte jemand den Schalter umgelegt, verdüstert sich Raouls Miene. Leise fluchend tritt er einen Schritt vor und schiebt mich hinter sich, als der Wagen neben ihm stehen bleibt.

»Tenemos un problema!«, ruft der Fahrer durch das heruntergelassene Seitenfenster. Sein Blick wandert von Raoul zu mir und wieder zurück.

Ich spreche kein Spanisch, aber *problema* ist nicht wirklich schwer zu übersetzen.

»Wir sehen uns nächste Woche«, ruft Raoul über die Schulter und nimmt auf dem Beifahrersitz Platz. Kurz darauf verschwindet der Wagen, als hätte ich mir das Ganze bloß eingebildet. Nicht der Abgang, auf den ich gehofft hatte. Stellt sich die Frage, was zum Teufel ich erwartet habe?

Jungs bedeuten Komplikationen, etwas, das ich nicht gebrauchen kann, schon gar nicht jetzt. Aber jedes Mal wenn Raoul aufkreuzt, lösen sich meine Barrieren in Luft auf, und ich komme mir nackt und entlarvt vor. Das wiederum verwirrt mich.

Zu Hause ziehe ich mich um und laufe meine sporadische Runde am Strand. Von Brady & Co. ist Gott sei Dank nichts zu sehen. Nachdem ich geduscht habe, überprüfe ich die Zeit und rufe Leon über Skype an. Wir haben sechs am Abend, also ist es in Berlin neun Uhr morgens. Er sieht verpennt aus, das hellbraune Haar steht in alle Himmelsrichtungen ab. Ohne seine Brille blinzelt er wie ein Maulwurf. Ich kann mich nicht daran erinnern, wann er das letzte Mal wie ein Fünfzehnjähriger ausgesehen hat. Normalerweise wirkt er viel älter.

»Hey, Süße«, sagt er und grinst verschlafen in die Kamera.

»Hab ich dich geweckt?« Blöde Frage, ich weiß.

»Nee, ich war wach.«

Schon klar.

»Gibt's was Neues?« Eigentlich frage ich nur, um seine Stimme zu hören. Ich meine, es sind Ferien, was soll groß passiert sein?

»Darauf kannst du deinen süßen Hintern verwetten – liest du deinen Messenger nicht mehr oder was ist los?«

Äh …

»'tschuldige, ich hatte in letzter Zeit einiges um die Ohren. Am Montag fängt die Schule an, deswegen habe ich so viele Schichten wie möglich übernommen. Was gibt's?«

»Ich habe Neuigkeiten, die dich interessieren könnten«, sagt er, und sein Grinsen wächst.

»Schieß los.«

»Ich hab ein Mail von einer Band bekommen. Die haben dein Video gesehen, und wollen ›Sorry Ass‹ covern.«

»Im Ernst?«

»Jep.«

»Kennen wir die?«

»Eher nicht – sagt dir ›Broken Dreams‹ etwas?«

»Noch nie gehört.«

»Ich hab ein bisschen gegoogelt. Das sind Underdogs, die bisher durch kleine Klubs getingelt sind. Vor Kurzem wurden sie von einem Label entdeckt und wollen nun durchstarten. Das steht zumindest auf ihrer Webpage, aber die wird gerade überarbeitet. Ich hab dir ein paar SoundCloud-Links geschickt, da kannst du in ihre Songs reinhören.«

»Wie findest du sie?«

Darauf zuckt er mit den Schultern. »Wenn sie wirklich bei einem Label unter Vertrag stehen, würde dein Song groß rauskommen, mehr muss ich nicht wissen.«

Er beugt sich weiter vor, bis seine Nase beinahe die Kamera berührt.

»Schwere Entscheidung, oder?«

Wie immer schafft er es, mich zum Lachen zu bringen.

»Was soll ich denen sagen?«, fragt er und zieht eine Grimasse, die mein Lachen verstärkt.

Innerlich schüttele ich den Kopf. Jetzt ist Leon nicht nur mein bester Freund, Kameramann und Hüter meiner YouTube-Konten, sondern auch noch mein Manager.

»Ich sehe mir später ihre Sachen an, aber wenn sie für dich in Ordnung sind, sag ihnen zu.«

Leon wirft den Kopf zurück und bricht in Wolfsgeheul aus.

»Das wird extrem cool, du wirst sehen!«

»Kann es kaum erwarten«, gebe ich lächelnd zurück.

Danach erzählt er von seinen todlangweiligen Ferien, welche Facebook-Konten er gehackt hat und welche er noch hacken will – gähn. Mich interessiert vielmehr, ob er Tratsch über meine ehemaligen Freunde aufgeschnappt hat. Doch von Alex hat er seit der Party nichts mehr gehört, was keine große Überraschung ist. Die zwei verkehren nicht gerade in denselben Kreisen. Nächste Woche fliegt er mit seinen Eltern nach Neuseeland, was den Zeitunterschied einmal mehr vergrößert. Vermutlich werden wir uns nicht sprechen, bis er wieder zurück ist, geschweige denn zu Gesicht bekommen. Das bedeutet, dass sich unsere Kommunikation auf den Messenger beschränken wird.

Nachdem ich aufgelegt habe, versuche ich es bei Max, doch mein Anruf geht direkt zur Voicemail. Wahrscheinlich ist er schon am Set. Ich hinterlasse eine Nachricht, danach gehe ich in die Küche, um mir etwas zu essen zu besorgen. Antoine, der Küchenchef, hat mir ein Stück Lasagne zurückgelegt, Gott segne ihn! Während ich der Auflaufform dabei zusehe, wie sie sich in der Mikro im Kreis dreht, überlege ich, wann ich meine Mutter das letzte Mal gesehen habe. Das war im Mediaraum, als wir uns gestritten haben. Wie lange ist das her? Weiß sie überhaupt, dass ich meine Führerscheinprüfung bestanden habe?

Seit wir umgezogen sind, kommt es mir vor, als würde ich das Leben einer Fremden führen. Und doch war ich mir noch nie so nah wie in den letzten Wochen. Ob das etwas mit der emotionalen Distanz zu tun hat, die seit unserer Ankunft in L.A. zu meiner Mutter entstanden ist? War das notwendig, damit ich wieder zu mir komme? Selbst wenn das zutrifft, macht mich unsere neue Beziehung traurig. Hätte Lukas' Tod uns nicht einander näherbringen müssen? Rückt die Familie nicht zusammen, wenn ein solches Unglück über sie hereinbricht?

In meinem Fall eindeutig nicht.

***

Der nächste Tag ist ein Sonntag und ich habe die Spätschicht übernommen. Eigentlich wollte ich früh aufstehen und den Morgen sportlich beginnen. Doch ich hatte eine beschissene Nacht, in der ich mehrmals panisch erwacht bin, die Laken um meine Beine gewickelt, nur um festzustellen, dass ich nicht in einem qualmenden Autowrack stecke. Kurz vor Morgengrauen schrecke ich abermals mit einem Schrei aus dem Schlaf und rolle mich zu einem zitternden Ball zusammen.

Die Tränen lassen sich nicht aufhalten, obwohl ich mir nicht sicher bin, warum ich weine. Vermutlich ist es eine Mischung aus Erschöpfung, Frust, und, na ja, weil es mich entspannt. Doch meine Angst hängt wie Nebel im Raum, darum öffne ich das Fenster und atme die salzige Meeresluft ein.

Ich bin noch hier. Ausatmen. *Bin noch hier.* Einatmen. Alles ist gut. Die Hände links und rechts in den Fensterrahmen gekrallt, bete ich mein Mantra runter, bis ich mich beruhige. Die Klammer um mein Herz ist noch da, aber sie tut nicht mehr so weh. Nach einer Weile habe ich das Gefühl, beobachtet zu werden. Doch meine Augen machen nichts als Dünen, Sand und den Ozean aus. Vielleicht war jemand im Zimmer. Ich schließe das Fenster und sehe mich um. Ein letztes Mal atme ich tief durch, kann jedoch das leichte Parfum meiner Mutter nicht ausmachen. Und wer außer ihr sollte sich die Mühe machen, nach mir zu sehen?

Der Tag dehnt sich wie Kaugummi, außer Antoine bekomme ich niemanden zu Gesicht. Selbst Martinez ist außer Haus, was mich noch mehr runterzieht. Der Chefkoch scheint meine miese Stimmung zu spüren. Er packt mir ein Mini-Picknick zusammen und schickt mich mit seiner ruppigen Art runter an den Strand.

»Toi, du balai!«, schnauzt er und schubst mich zum Ausgang. Du mich auch, denke ich, doch ich grinse dabei.

Einmal an der Luft genieße ich die frische Brise und das aufgekratzte Schreien der Möwen. Hier draußen ist es so friedlich, darum lehne ich mich zurück, schließe die Augen und kreuze die Arme hinterm Kopf. Die Füße in den Sand gesteckt, erde ich mich und lasse den ganzen Kram, der mich belastet, in den Boden fließen. Im Grunde läuft es bisher nicht schlecht für mich, warum sollte ich mir von ein paar Albträumen den Tag versauen lassen?

In der Ferne höre ich Brady und seine Freunde, die wie üblich abfeiern und im Wasser herumtoben. Ich könnte mich zu ihnen gesellen, doch ich entscheide mich dagegen. Die Ruhe tut mir gut, darum versuche ich so viel wie möglich in mich aufzunehmen.

Am Nachmittag packe ich meine Siebensachen und mache mich auf den Weg zu meinem Job. Am Montag startet die Schule, da muss ich kürzer treten. Da ich meinen Stundenplan noch nicht kenne, konnte ich mit Marc noch nichts Konkretes ausmachen. Erfreulicherweise macht er mir deswegen keinen Stress.

Pam ist schon da, als ich eintrudele, doch der Laden ist fast leer. Die meisten Gäste werden gegen Abend kommen, um sich nach einem langen Tag am Strand einen Muntermacher zu gönnen. An den Wochenenden ist generell nicht viel los, deswegen verbringen Pam und ich unsere Schicht mit Quatschen, während wir Marcs Kaffee trinken.

»Baby, warum bist du gestern nicht zur Jones-Party gekommen, du hast einen Riesenspaß verpasst!«, sagt sie, nachdem sie einer Kundin einen Maracuja-Eistee in die Hand gedrückt hat.

Stimmt, sie hatte eine Feier erwähnt. Um ehrlich zu sein, habe ich die komplett vergessen. Vielleicht hätte ich hingehen und mich volllaufen lassen sollen. Viel schlimmer hätte die Nacht nicht werden können. Doch ich habe mir vorgenommen meinen Alk-Konsum zu drosseln, die letzten Male hat mir das Ergebnis nicht gefallen. Und wer will schon mit einem Kater zum ersten Schultag aufzukreuzen?

»Das nächste Mal«, sage ich.

»Du hättest dabei sein sollen. Ich hab mit diesem Typen getanzt«, sagt sie und schwingt die Hüften. »Obwohl es von Weitem vermutlich so ausgesehen hat, als würden wir es auf der Tanzfläche treiben. Aber oh Mann, der Typ war heiß, heiß, heiß!« Mit einem fetten Grinsen im Gesicht schüttelt sie die Hände aus, als hätte sie sich verbrannt.

»Seht ihr euch heute?«

Darauf bricht sie in Gelächter aus. »Wozu das denn? Ich wollte ihn flachlegen, nicht heiraten.«

Typisch Pam.

»Und, äh, hast du ihn flachgelegt?« Die Antwort steht ihr ins Gesicht geschrieben, doch ich frage trotzdem.

»Baby, meinen Kurven kann niemand wiederstehen«, sagt sie mit einem zufriedenen Lächeln. »Nachdem wir etwas geraucht haben, sind wir in die Dünen und haben es wie die Karnickel getrieben. Ich liebe Typen mit Ausdauer, aber der Kerl hat mich echt fertiggemacht.«

Nicht dass ich prüde bin oder so, aber so genau wollte ich es nicht wissen. Außerdem erinnert mich das an meine letzte Party: Conall, mit heruntergelassenen Hosen, und Alex, die zwischen seinen Beinen kniet. Dieses Bild hat sich für den Rest meiner Tage in meine Netzhaut gebrannt.

Pam plaudert mir die Stunden kurz, und als es Zeit wird, die Kurve zu kratzen, ist meine Schicht trotz der Besucherflaute erstaunlich schnell zu Ende.

Es ist bereits dunkel, als ich den Parkplatz betrete. Ausgerechnet das Straßenlicht über meinem Wagen ist ausgefallen, war ja klar. Ich brauche ewig, bis ich den Schlüssel finde, und als ich ihn endlich erwische, rutscht mir meine Tasche aus der Hand, und der Inhalt verteilt sich über den Boden. Während ich fluchend auf dem Asphalt knie und mit spitzen Fingern versuche, meinen Eyeliner unter dem Auto zu erwischen, lässt mich das Quietschen von Reifen aufsehen. Zwei Fahrzeuge stehen vor einer roten Ampel auf dem Crenshaw Boulevard. Bässe donnern durch die Nacht, als die Türen des ersten Wagens auffliegen, ein gelber Jeep. Vier grölende Teenager steigen aus, dem Anschein nach sturzbesoffen. Sie haben sich vor einen schwarzen Offroader gestellt, dem der Rückzug durch einen silbernen Porsche versperrt wird, der sich in diesem Moment hinter den Geländewagen positioniert. Auch die beiden Insassen des letzten Autos steigen aus. Der Beat ihres Acid Trance mischt sich mit dem Sound aus dem quietschgelben Jeep.

Zu sechst umstellen sie den Wagen, brüllen Beleidigungen und rassistische Sprüche. Der Fahrer muss Hispanier sein, denn *Tortillafresser* ist eine ihrer harmloseren Beschimpfungen. Wie paralysiert hocke ich vor meiner Autotür und überlege, was zu tun ist. Der Typ, den diese Feiglinge in die Zange genommen haben, hat keine Chance. Er kann weder vor noch zurück. Mit zitternden Fingern durchsuche ich meine Tasche nach dem Handy, als ich aus den Augenwinkeln etwas aufflammen sehe.

Eines dieser feigen Schweine hält eine Flasche in der Hand, die ein anderer mit einer Kippe angesteckt hat. Sein Hyänenlachen kommt mir unangenehm bekannt vor. Ein Dritter versucht die Tür des Offroaders zu öffnen, doch er wird vom Fahrer überrascht, der ihm die Arbeit abnimmt. Ein ganz in Schwarz gekleideter Typ steigt aus dem Geländewagen – mein Herz bleibt fast stehen, als ich ihn erkenne. Raoul ist allein gegen sechs angetrunkene Bastarde. Mit zitternden Fingern wähle ich 911, doch das Telefon rutscht mir aus der Hand.

Mit einer Bewegung, die ich nicht kommen sehe, packt Raoul den Kerl mit der Flasche im Nacken und schlägt dessen Kopf brutal gegen das Wagendach. Als die brennende Flasche aus seiner Hand purzelt, fängt er sie auf und wirft sie in den gelben Jeep, dessen Türen offen stehen. Das Fahrzeug fängt sofort Feuer.

Ehe einer der Jungs reagieren kann, liegen drei von ihnen bewusstlos auf dem Pflaster. Raouls Knie landet in den Eingeweiden von Loser Nummer vier, Nummer fünf versucht abzuhauen, doch Raoul erwischt ihn mit eisernem Griff im Nacken. Er dreht ihn um, dann kracht seine Faust in seinen Kiefer. Dass er gebrochen ist, höre ich bis zum Parkplatz. Einzig der letzte bleibt ungeschoren, denn das Jaulen von Sirenen lässt Raoul innehalten, gerade lang genug, damit sich Nummer sechs in seinen Porsche flüchten und abhauen kann. Was aus seinen Freunden wird, scheint ihn nicht zu interessieren. Was für ein Drecksack.

Wie aufs Stichwort flackert die Laterne über mir und plötzlich stehe ich im Flutlicht der Straßenbeleuchtung. Unsere Blicke treffen sich und Raoul stößt einen Fluch aus. Das Sirenengeheul kommt immer näher, und eine innere Stimme sagt mir, dass ich verschwinden soll. Hilfe für die verprügelten Jungs ist unterwegs, und ich habe keine Lust, von den Bullen über den Vorgang ausgequetscht zu werden. Obwohl mein letztes Verhör zwei Jahre her ist, jagt mir der Gedanke Angstschauer über den Rücken. Also tue ich, was jeder Angsthase tun würde: Ich setze mich in den Wagen und trete das Gaspedal durch. Raoul macht das Gleiche, und bevor das Blaulicht den Parkplatz erreicht, fahren wir in entgegengesetzte Richtungen davon. Ich biege in den Lomita Boulevard, der mich nach Hause bringt, doch meine Knie zittern so stark, dass ich rechts ranfahren muss.

Alles ist gut, sage ich wieder und wieder, atme ein und langsam aus. In Wahrheit bin ich mir diesmal nicht sicher.

Ist wirklich alles gut?

11

Normalerweise brauche ich zehn Minuten nach Hause, diesmal dauert es eine volle Stunde. Zuerst absolviere ich meine Atemübungen am Straßenrand. Danach fahre ich zu MacDo und besorge mir einen extra starken Kaffee. Ein Sakrileg, wenn man bedenkt, wo ich arbeite, und dass die Burgerbude genau genommen schwarzes Putzwasser serviert. Aber im Moment ist mir das egal, ich schmecke sowieso nichts. Mit geht es um die Wärme, und darum, meine Nerven zu beruhigen. Also sitze ich auf der Schaukel des Burger-Spielplatzes, nippe an der Brühe und lasse meine Beine baumeln, als eine Wagentür neben meinem Mini zuschlägt. Raoul.

Zum Aufstehen sind meine Knie zu zittrig, doch das muss ich auch nicht. Bevor ich etwas sagen kann, ist der Becher aus meiner Hand verschwunden und ich befinde mich in seinen Armen.

Unter uns, das fühlt sich verdammt gut an. Keine Ahnung, warum ich beim letzten Mal so ausgeflippt bin. Seine Wärme, plus die Hand, die meinen Rücken auf- und abfährt, hat etwas ganz und gar Magisches. Ich schließe die Augen und genieße den Moment. Atme Raouls Duft nach Seife, Leder und

Motorenöl ein, und endlich habe ich das Gefühl, dass alles gut wird.

»Bist du okay?«, murmelt er in mein Haar. Eine seltsame Frage, wenn man bedenkt, dass nicht ich von einem halben Dutzend Schläger bedroht worden bin, sondern er. Dennoch nicke ich.

»Ich hab mein Telefon verloren«, murmele ich gegen seine Brust.

»Weißt du, wo?«, fragt er und hält mich von sich, um mir ins Gesicht zu sehen.

»Auf dem Parkplatz. Ich hab's vor Schreck fallen lassen, aber erst nachdem ich die Polizei angerufen habe.«

»Was hast du denen gesagt?«, fragt er leise, seine Anspannung ist greifbar.

»Nichts. Ich habe gewählt, dann ist mir das Ding aus der Hand gerutscht. Danach ging alles so schnell, und ich bin …« Ausgeflippt? In Panik geraten? Ich muss den Satz nicht beenden. Raoul zieht mich wieder in die Arme und ich komme mir sicher und geborgen vor.

Wie kann das sein? Ich kenne ihn kaum, und soweit ich gehört habe, ist er Teil einer Gang, vertickt womöglich Drogen. Sollte ich mich nicht eher bedrängt und eingeschüchtert fühlen?

»Ich bring dich nach Hause«, sagt er, nachdem mein Zittern nachlässt, und führt mich zu seinem Offroader.

»Was ist mit meinem Wagen?«

»Den lasse ich von Alano abholen und vor deine Tür stellen. Hast du einen Ersatzschlüssel?«

Der hängt am Schlüsselbrett in James' monströser Garage, deswegen nicke ich.

»Alano schließt mit deinem Schlüssel ab und legt ihn ins Handschuhfach, *entiendes*?«

Klar hab ich verstanden. Als Antwort reiche ich ihm den Öffner und bin froh, nicht weiter darüber nachdenken zu müssen, wie ich nach Hause komme. Es ist mir sogar egal, dass er danach weiß, wo ich wohne, was sich im Nachhinein als überflüssig herausstellt. Ohne die kleinste Anweisung von mir kutschiert er mich den Pacific Coast Highway entlang Richtung Palos Verdes, zu James' Palazzo. Dass er meine Adresse kennt, müsste mich beunruhigen oder zumindest stutzig machen, doch dazu fehlt mir die Energie. Außerdem ist damit nicht automatisch bewiesen, dass er mich am Strand beobachtet hat. Das hätte jeder sein können. Ob der Typ mich mit seinem Fernglas bespitzelt hat, ist ebenfalls nicht sicher. Vermutlich hat der arme Kerl bloß die Möwen beobachtet. Brady hat irgendwen gesehen, und ich bloß einen Schatten. Große Sache.

Trotzdem will ich das nicht einfach auf mir sitzen lassen, deswegen frage ich:

»Verrätst du mir, woher du weißt, wo ich wohne?«

Er parkt vor dem gigantischen Tor vor James' Auffahrt und dreht sich zu mir.

»Wenn du von der Arbeit nach Hause fährst, folge ich dir«, sagt er, ohne mit der Wimper zu zucken.

»Wozu das denn?«

»Wie du heute gesehen hast, ist es auf den Straßen nachts nicht sicher, besonders nicht, wenn du dunkle Parkplätze überqueren musst.«

Theoretisch mag das zutreffen, aber in der Praxis gehört

diese Gegend zu den besseren von L.A. Er weiß das genauso gut wie ich. Also kreuze ich die Arme vor der Brust und sehe ihn an.

Er flucht leise auf Spanisch, dann beugt er sich zu mir und zieht mich zu sich.

»Hör zu, cariño, ich mag es nicht, wenn du nachts allein nach Hause fährst, bueno?«

»Warum hast du nichts gesagt?«

Jetzt ist er derjenige, der mich schweigend ansieht. Ich ziehe eine Schnute und schaue weg. Schon klar. Nach meiner Panikattacke im Café musste er annehmen, dass ich wegen jeder Kleinigkeit ausflippe.

Das ist einer der Gründe, warum ich nicht begreife, was er in mir sieht. Er kennt mich gerade mal fünf Minuten und die Hälfte der Zeit sage ich mein Beruhigungs-Mantra auf. Mal ehrlich, er muss mich für einen kompletten Freak halten.

»Du denkst zu viel«, sagt er in einem Ton, der meine Knie einmal mehr in Grütze verwandelt. Im nächsten Moment ist er über mir, die Arme um mich geschlungen, und presst seine Lippen auf meine.

Zuerst bin ich geschockt, dann wird mir ganz warm, und ich genieße die Sensation seiner Zunge, die fragend über meinen Mund fährt. Spielerisch beißt er mir in die Unterlippe, und ich kann nicht anders, als mich ihm zu öffnen. Sein Kuss ist hungrig, und obwohl ich es normalerweise eher ruhig angehen lasse, steht mein Körper in Flammen. Dieser Kuss fühlt sich so gut an, so richtig, und ich will mehr. Wie in Trance klettere ich über den Sitz auf seinen Schoß und schließe meine Beine um seine Taille. Er stöhnt gequält auf, doch statt sich von mir zu lösen, wird sein Kuss leidenschaftlicher. Plötzlich wandert seine Hand unter mein Shirt und fährt langsam meinen Rücken entlang.

Unter seiner Berührung glüht meine Haut, ich habe das Gefühl, zu brennen. Atemlos wölbe ich mich ihm entgegen, lege einen Arm um seinen Nacken. Meine freie Hand löst das Bandana und zerwühlt sein Haar. Er stöhnt meinen Namen, was mich mutiger werden lässt. Entschlossen greife ich nach dem Saum seines T-Shirts und ziehe es ihm über den Kopf. Ich brauche einen Moment, bis sich meine Augen im Dämmerlicht ein Bild von seinem muskulösen Oberkörper gemacht haben. Der ist … wow, einfach wow! Wenn ich schon vorher gedacht habe, dass er heiß aussieht, wird mir jetzt der Mund wässrig. Obwohl er noch keine zwanzig ist, hat er ein Sixpack, das Jason Statham vor Neid in Tränen ausbrechen lassen würde. Das sind Muskeln, die man nicht in der Mucki-Bude bekommt, sondern von körperlicher Arbeit. Fasziniert fahren meine Hände über seine breiten Schultern die gewölbte Brustmuskulatur entlang. Raoul schließt die Augen und lehnt den Kopf zurück, während meine Finger über die zahllosen Tattoos wandern, die seinen Körper schmücken. Während Conalls Tätowierungen eher Muster waren, scheinen Raouls eine tiefere Bedeutung zu haben. Buchstaben, Worte und Symbole reihen sich aneinander, verschmelzen und ergeben ein großes Ganzes. Ich beuge mich vor und fahre mit den Lippen über die dunkle Haut, inhaliere seine Wärme, als ich seine Hände an meiner Taille spüre. Leise fluchend setzt er sich auf und hält mich auf Abstand.

»Das ist nicht, was ich will«, grollt er, doch sein Blick sagt etwas anderes. Dennoch sind seine Worte wie ein Schwall kaltes Wasser und ich lehne meinen Rücken gegen das Lenkrad.

»Echt jetzt?«

Er schüttelt den Kopf. »Ich meine, nicht so«, erklärt er und macht eine Geste, die den Wagen einschließt. Also ich habe kein Problem damit, anscheinend sieht er das anders.

»Auf dem Autositz, das hat …«

Keine Klasse, schon klar. Ich würde liebend gerne auf ein bisschen Stil verzichten, wenn ich dafür endlich wieder etwas fühlen könnte. Also etwas anderes als Angst, Wut und Panik. Was ich eben gespürt habe, war wunderschön, das möchte ich mir nicht schlechtreden lassen.

»Alles klar«, sage ich kurz angebunden und rutsche zurück auf meinen Sitz. Der Schmerz über die Zurückweisung ist wie ein alter Bekannter, der mich zurück in die Isolation katapultiert.

»So habe ich das nicht gemeint«, sagt er und stößt frustriert den Atem aus. Mir ist klar, dass er mich nicht vor den Kopf stoßen wollte. Doch ich war gerade dabei, mich zu öffnen, da kommt ein Nein nicht gut. Von daher geht es mir weniger darum, ihn abzustrafen, als mich vor der Verletzung zu schützen. Mein Psychoheini hält das für falsch, er meint, um zu heilen, muss ich durch den Schmerz gehen, statt ihn abzublocken.

Der hat gut reden.

Jedes Mal wenn ich denke, dass ich eigentlich ganz gut zurechtkomme, passiert so etwas, und meine mühsam erarbeitete Sicherheit bricht wie ein Kartenhaus zusammen. Wieso fällt es mir so schwer, mit jemandem zusammen zu sein? Offen zu sein und mich auf Menschen einzulassen. Auf das Leben.

»Ist schon okay«, sage ich hastig, öffne die Tür und springe aus dem Wagen, als die Tränen kommen.

»Fuck!«, höre ich, dann donnert seine Faust gegen das Armaturenbrett.

»*Jasmin!*«, ruft er und steigt aus.

Doch es ist zu spät, die Nacht hat mich bereits verschluckt, während sich das Tor lautlos hinter mir schließt.

Ich wünschte, ich könnte sagen, dass ich einen coolen Song darüber geschrieben und mich schnell eingekriegt habe. Aber das wäre gelogen. Statt mir die Gitarre zu schnappen, bin ich runter zum Strand gelaufen, wo mich niemand hört. Dort habe ich mich in die Dünen gelegt und wie ein Schlosshund geheult. Als ich fertig war, hab ich noch ein bisschen mehr geheult. Dabei ging es nicht mal um Raoul, sondern um all das, was ich in den letzten Wochen verdrängt habe. In Momenten wie diesen kommt der ganze Schmerz hoch, nutzt meine Schwäche, um sich einen Weg an die Oberfläche zu bahnen.

Seufzend wische ich mir mit dem Ärmel durchs Gesicht und lasse meinen Blick über den Strand schweifen.

Ein paar von Bradys Party-Lagerfeuern glimmen noch, darum gehe ich runter und hocke mich vor die schwelenden Reste, um mich zu wärmen. Ich bin froh, dass niemand in der Nähe ist und die verheulte Version von mir zu Gesicht bekommt. Dennoch habe ich erneut den Eindruck, beobachtet zu werden. Doch obwohl ich Ufer und Dünen abscanne, kann ich niemanden ausmachen. Irgendwann habe ich kein gutes Gefühl mehr und mache mich auf den Weg ins Haus.

In meinem Zimmer angekommen lasse ich das Licht aus, schleiche zur Balkontür, dann sehe ich es. Das Licht einer Taschenlampe, das sich den verschlungenen Dünenpfad Richtung Straße entlangtastet. Mein Bauch sagt mir, dass das nicht Raoul ist, er hätte keine Lampe benutzt.

Aber wenn es nicht Raoul ist, wer ist es dann?

* * *

Das Plärren des Weckers reißt mich viel zu früh aus einem unruhigen Schlaf. Ein Blick in den Spiegel bestätigt meine Vermutung, dass ich wie ein Zombie auf Entzug aussehe. Es geht doch nichts über eine guten Eindruck am ersten Schultag, denke ich und steige in die Dusche. Wie lange ich mich von dem warmen Strahl wachküssen lasse, kann ich nicht sagen, aber irgendwann geht das heiße Wasser aus.

Immerhin bin ich nicht mehr ganz so blass, selbst meine Augen sehen besser aus. Normalerweise sind sie grün mit goldenen Sprenkeln, im Moment sehe ich nur das Gold der Iris. Das passt zu meinem Haar, das die kalifornische Sonne von Kastanienbraun in Goldbraun gebleicht hat.

Da ich viel Zeit unter der Dusche vertrödelt habe, muss ich mich beeilen. Ich ziehe einen rot-schwarzen Schottenrock an, der deutlich kürzer ist, als an meiner alten Schule erlaubt war. Unter der engen weißen Bluse trage ich bewusst einen schwarzen BH, der muss von meinem aufgequollenen Gesicht ablenken. Zum Schluss steige ich in schwarze Heels von Rachel Zoe, die meine Beine endlos aussehen lassen. Bevor ich gehe, binde ich mein Haar in einen hohen Pferdeschwanz zusammen, danach mache ich mich auf den Weg zur Küche.

Ich bezweifele, dass meine Mutter daran gedacht hat, dass heute mein erster Schultag ist, und behalte recht. Martinez dagegen hat es nicht vergessen. Er und Antoine frühstücken mit mir, wobei sie versuchen, nicht auf meine Bluse zu sehen. Test bestanden, denke ich und unterdrücke ein Lächeln. So hätte Max mich nie auf die Straße gelassen, aber er ist nicht hier. Bei diesem Gedanken gerät mein Lächeln ins Wanken und ich schlucke einen Kloß hinunter. Nach der Schule werde ich noch einmal versuchen ihn zu erreichen, dann müsste er zurück vom Set sein.

Antoine hat mir ein Lunchpaket bereitet, das er mir zum Abschied in einer braunen Papiertüte überreicht. Als ich den Innenhof betrete, bin ich überrascht, den Mini vor der Tür zu sehen. Wie bitteschön ist Alano aufs Grundstück gelangt? Es ist ja nicht so, als hätte er über den Strand fahren können. Die Auffahrt wird durch ein beeindruckendes Tor versperrt, ein drei Meter fünfzig hoher Zaum säumt das komplette Gelände, an manchen Stellen ist sogar Stacheldraht angebracht. Kameras finden sich alle paar Meter, ich meine – hallo?

»Stimmt etwas nicht?«, fragt Martinez, der mich zum Wagen bringt.

Ich zucke mit den Schultern und steige ein. Statt im Handschuhfach steckt der Schlüssel in der Zündung, was ich nicht wirklich verstehe. Ich bin davon ausgegangen, den Wagen abgeschlossen vor dem Tor zu finden. Doch ich habe keine Zeit, darüber nachzugrübeln, die Pflicht ruft. Ich verabschiede mich mit einer innigen Umarmung von Martinez, der sich zu mir hinabbeugt und mir viel Glück wünscht. Ich komme mir vor wie bei der Einschulung. Fehlt nur noch die Schultüte und meine Mutter, die meine Hand hält. Heute gibt es jedoch weder Geschenke noch meine Mom. Der Koch bereitet das Frühstück und der Fahrer wünscht mir alles Gute.

Die Zeiten haben sich geändert.

Der Schulparkplatz sieht wie der feuchte Traum eines Autofreaks aus: Ferrari, Corvette, Hummer, Porsche & Co. stehen Tür an Tür. Mein Mini sticht heraus, als würde ich einen Tretroller fahren, ich hätte kaum mehr auffallen können. Schnell steige ich aus, und ohne nach rechts oder links zu sehen, steuere ich das Sekretariat an, um meinen Stundenplan abzuholen. Betty, eine stark übergewichtige Frau in den Vierzigern, begrüßt mich so herzlich, als wäre ich ihre verschollene Tochter. Sie reicht mir eine Tonne Unterlagen, unter anderem die Kombination meines Spinds, einen Lageplan sowie einen Gangpass. Ohne den darf man sich nach Unterrichtsbeginn nicht erwischen lassen, er ist eine Art Passierschein. Wird man während des Unterrichts ohne das Teil im Flur erwischt, gibt's Ärger, denn das bedeutet, dass man schwänzt. Normalerweise bekommen Neue einen Schüler zur Seite gestellt, der sie überall herumführt. Meiner scheint jedoch etwas Besseres zu tun zu haben, darum muss ich die erste Stunde allein finden.

Mein Tag beginnt mit etwas, das sich Homerroom nennt. Homerroom wurde an der Brentwood High nach dem 11. September eingeführt, als der Bedarf, sich über die aktuelle politische Lage auszutauschen, riesig war. Mittlerweile werden hier eher administrative Dinge besprochen, oder Organisatorisches. Zum Beispiel, wer sich in welches Komitee wählen lassen will, die Wahl des Schulsprechers und so weiter und so fort.

Als ich dort eintrudele, ist die Hälfte der Stunde bereits vorüber, und die meisten Schüler widmen sich ihren Hausaufgaben. Mr Wittman, mein Klassenlehrer, begrüßt mich mit deutlich weniger Enthusiasmus als Betty, da er zu beschäftigt ist, meine Körbchengröße einzuschätzen. Männer!

Nachdem sich die Tür hinter mir geschlossen hat, fordert er mich auf, mich der Klasse vorzustellen.

Na toll.

»Hi«, sage ich und versuche erst gar nicht zu lächeln. Sollen sie gleich wissen, woran sie sind.

»Ich bin Jasmin, siebzehn Jahre, und bin vor vier Wochen von Berlin hierhergezogen.« Als ich mir einen Platz suchen will, hält mich der Lehrer mit einer weiteren Frage auf.

»Was machen deine Eltern, Jasmin?«

Echt jetzt?

»Meine Mutter ist Schauspielerin«, sage ich ohne jede Begeisterung. Wir sind in L.A., hier ist vermutlich jeder Schauspieler. »Und mein Vater ist Drehbuchautor.«

Bevor er weiter in meinem Familiendrama rumstochern kann, setze ich mich in die hinterste Reihe und ignoriere ihn die restliche Stunde. Ich studiere meinen Stundenplan und versuche das Getuschel meiner Mitschüler auszublenden – vergebens. Da ich weder taub noch blind bin, entgeht mir nicht, wie die Weiber vor mir die Köpfe zusammenstecken und offen darüber spekulieren, dass meine Mutter vermutlich eine gescheiterte B-Besetzung aus Europa ist, die es in Hollywood versuchen will. Bis zur kleinen Pause hat sich das Gerücht aufgebaut, dass meine Mom ein französischer Pornostar war, der hier sein Image aufpolieren will. Anscheinend wissen diese Hirnis nicht, dass Berlin nicht in Frankreich liegt, doch ich mache mir nicht die Mühe, sie zu korrigieren.

Als es gegen halb eins zur großen Pause läutet, stecken zahlreiche Dollarscheine in der Tür meines Spinds. Schräg gegenüber steht eine Gruppe von Mädchen, die mich mit unverhohlener Ablehnung mustert.

Langsam ziehe ich einen Schein nach dem anderen heraus, bis ich meinen Schrank öffnen und die Bücher abstellen kann. Dann drehe ich mich zu den wartenden Piranhas und lächele.

»Sagt euren Daddys Danke, aber der Lapdance gehört zum Service.«

Einige der Mädels zischen, anderen entgleiten die Gesichtszüge. Hinter mir bricht ein halbes Dutzend Jungs in Footballmontur in Gelächter aus, wobei eines besonders heraussticht, Bradys Hyänenlachen.

»Hey, hey, hey«, sagt er und legt mir einen Arm um die Schulter. »Wen haben wir denn hier?«

Er dreht mich zu seinen Sportsfreunden und fährt fort:

»Das ist die heiße Nachbarin, von der ich euch erzählt habe.«

Hat er das? Ich dachte, er war die meiste Zeit bekifft.

»Sorry für heue Morgen, wir hatten Training, und der Coach hat uns eben erst von der Leine gelassen.«

»Und das interessiert mich, weil …«

Wieder lacht er und zieht mich kurz an sich.

»Du bist lustig, das gefällt mir.«

Genau, Jasmin, die Spaßkanone, so kannte man mich an meiner alten Schule.

»Eigentlich sollte ich dich herumführen, aber das können wir nachholen. Setz dich in der Cafeteria an meinen Tisch. Ich dusche kurz, dann hole ich dich ab und zeige dir alles.«

Woher soll ich wissen, wo er in der Pausenhalle sitzt? Doch wie es aussieht, hat er etwas Unvorstellbares, geradezu Sakrilegisches gesagt, denn eine der Zicken verlässt ihren Kuschelzirkel und stellt sich ihm in den Weg.

»Das ist nicht dein Tisch!«, sagt sie mit vor Empörung geschwollener Brust. »Du kannst nicht einfach irgendwelche Leute einladen, die es nicht verdient haben, bei uns zu sitzen!«

Meine Herren, hat die ein Rad ab? Das ist bloß ein Tisch, ich glaub's nicht. Ich habe allerdings nicht vor, mir den Schwachsinn von Malibu-Barbie länger anzuhören, ich hab Hunger. Also schließe ich meinen Schrank und lasse die Knallköpfe hinter mir. In der Cafeteria muss ich erst mal innehalten. Im ersten Moment fühle ich mich von den ganzen Blondinen und ihren gebleichten Zähnen geblendet. Während ich mich umsehe, kommt mir diese High School wie eine schlechte Seifenoper vor. Oder ein abgenutztes Klischee. Mir ist schon in den Gängen aufgefallen, dass sich die Leute wie auf einem Laufsteg bewegen. Auch die Gespräche in den Klassen haben deutlich gemacht, dass sich die meisten Unterhaltungen um Make-up, Mode und Sport drehen. Aber das hier ist der Oberhammer. Kennt ihr »Clueless«, den Film aus den Neunzigern, mit Alicia Silverstone? Ich befinde mich mitten am Set.

Vor meinen Augen wird einer der Nerds von zwei Typen

aus dem Basketballteam in den Müll gesteckt. Die einzige Lehrerin in Rufweite ist damit beschäftigt, den Footballern in ihren engen Uniformen auf den Knackarsch zu starren. Und die Halle selbst – sie ist pink. Total, absolut, vollkommen pink.

Wo zum Henker bin ich hier gelandet?

12

Mein erster Tag an der Schule ist also ein ziemlicher Reinfall. Der einzige Lichtblick ist die letzte Stunde, Musik, in der ich Gitarre lernen werde. Also, mit Noten lesen und so. Alles in allem ist der Unterricht nicht schlecht. Was ich nicht abkann, ist die siebte Stunde, Drama, was übersetzt so viel wie »Schauspielkunst« heißt. Ihr habt richtig gehört. Was bei uns im Rahmen Theater-AG angeboten wird, steht hier auf dem regulären Stundenplan. Total Hollywood. Aber das ist die einzige Stunde, die mich nervt, der Rest ist in Ordnung.

Auf dem Parkplatz fängt mich Brady ab. Als er meinen Wagen erreicht, ist er außer Atem und sieht … verletzt aus?

»Hey!«, sagt er und holt erst mal Luft. »Wohin bist du verschwunden?«

»Ich stehe nicht auf eingeschnappte Zicken«, sage ich gerade heraus.

Er winkt ab.

»Normalerweise ist Shelly nicht so.«

Ist sie doch. Er weiß das, ich weiß das. Als ich ihn schweigend ansehe, grinst er von Ohr zu Ohr und hebt abwehrend beide Hände.

»Okay, erwischt. Aber meistens ist sie nicht so direkt.«

Sie kam mir auch eher wie der Messer-im-Rücken-Typ vor. Der Alex-Typ. Mit dem kenne ich mich aus.

»Tja, also wenn das alles war«, sage ich und öffne die Wagentür.

»Mann, das ist ein … cooles Auto«, sagt er lahm. Ich unterdrücke den Impuls, die Augen zu verdrehen. Dann fällt mir etwas ein.

»Fährst du einen silbernen Porsche?«

Das wollte ich ihn schon den ganzen Tag fragen. Sein auffälliges Lachen kombiniert mit dem 911er … Ich bin mir fast sicher, dass er gestern Abend unter den Mistsäcken war, die Raoul fertigmachen wollten. Doch er überrascht mich.

»Ich fahre den da«, sagt er und deutet zu einem dunkelgrauen Mercedes Cabrio. Schick.

»Okay«, sage ich und steige in meinen Wagen.

»Hey, ich wollte dich fragen, ob du morgen Abend schon was vorhast.«

»Da muss ich arbeiten«, sage ich und schlage ihm die Tür vor der Nase zu. Sein Gesichtsausdruck ist unbezahlbar. Das Wort Arbeit muss er wahrscheinlich bei Wiki nachschlagen, anders kann ich mir den leicht geöffneten Mund nicht erklären.

Fragt mich nicht, warum ich so unfreundlich zu ihm bin. Auf den ersten Blick scheint er gar nicht so übel zu sein. Aber ich mag seine Art nicht, von wegen »Hey, Baby, lass uns zusammen abhängen« und so. Das wirkt so … keine Ahnung, irgendwie aufgesetzt.

Der nächste Tag ist nicht besser als der erste, außer dass meine Laune noch mieser ist. Max habe ich noch immer nicht erreicht und Leon ist seit gestern in Neuseeland. Als wäre das nicht schon der Volltreffer, bin ich gestern Abend auch noch in meine Mutter gerannt. Sie war stinksauer, weil ich sie nicht an die Schule erinnert habe – als wäre das mein Job. Ihr das zu sagen, spare ich mir, deswegen habe ich sie einfach stehen lassen, nur um zwanzig Minuten später James auf den Hals gehetzt zu bekommen. Obwohl … eigentlich war er ganz nett. Er hat versucht zu vermitteln, doch was kann er schon tun? Meiner Mutter eine neue Persönlichkeit verpassen? Oder besser, ihre alte zurückholen. Das kann nur sie selbst, doch offensichtlich ist sie zu beschäftigt damit, sich für eine Filmrolle zum Affen zu machen. Denn – Überraschung! – sie hat die Rolle bekommen, nächste Woche startet der Dreh. Dann werde ich sie wahrscheinlich noch weniger zu Gesicht bekommen. Wenn das überhaupt möglich ist. Eigentlich sollte mich das freuen, doch in Wahrheit ist mir zum Heulen zumute.

Am Mittwoch fahre ich nach der Schule direkt zu Starbucks, denn meine Schicht beginnt um vier, und die Schule ist um Viertel vor zu Ende. Da ich nichts zum Wechseln mitgenommen habe, drapiere ich die Schürze über meine Schuluniform.

Der Laden ist rappelvoll, die Leute stehen bis zum Eingang. Pam ist schon da und unterhält die Kunden mit ihren Geschichten. Meistens geht es um die angesagten Klubs in Downtown, um Filme und natürlich um Männer. Pam kommt mit jedem ins Gespräch, und das auf eine ungezwungene, natürliche Art.

»Hi Baby«, sagt sie zu einem Typen im Nadelstreifenanzug. »Gehst du ins Fitnessstudio im South Valley?« Anerkennend wandern ihre Augen über seinen Oberkörper.

Unter uns, ich würde nicht mal auf die Idee kommen, einem Kerl, der wie ein Investmentbanker aussieht, so eine Frage zu stellen.

Tatsächlich zaubert sie ein Lächeln auf sein Gesicht, seine ganze Körperhaltung ändert sich. Eben war er noch genervt von der Warterei, jetzt wirkt er entspannt.

»Bel Air«, sagt er, und sein Lächeln wächst.

»Huh, nah dran«, gibt sie zurück und geht in Flirtposition. Dabei stützt sie einen Unterarm auf die Theke und beugt sich leicht nach vorn, als wolle sie ihm etwas Vertrauliches mitteilen. Tatsächlich gewährt sie ihm so einen besseren Blick in ihr ausgeschnittenes T-Shirt. Das ist nur möglich, weil sie den Latz der Schürze nicht umbindet, sondern sich das Teil locker um die Taille wickelt.

Pam ist verrückt nach ausgeschnittenen T-Shirts. Je mehr von ihrem BH zu sehen ist, desto besser. Meistens sind die farbenfroh mit viel Spitze. Heute trägt sie ein knallrotes Shirt mit weitem V-Ausschnitt, darunter einen schwarzen Push-up. Unnötig zu erwähnen, dass der männliche Teil unserer Kundschaft Pam liebt. Und Pam liebt sie. Ich habe schon erlebt, dass sie Kunden ihre Telefonnummer auf den Becher kritzelt, und die rufen tatsächlich an.

»Hey, Baby, da bist du ja«, ruft sie mir zu und beugt sich sehr zur Freude des Nadelstreifens weiter vor.

»Tut mir leid, der Lomita Boulevard war dicht.«

»Kein Problem, ich habe hier alles im Griff, oder Jake?«,

fragt sie und zwinkert dem Nadelstreifen zu. Ich frage besser nicht, woher sie seinen Namen kennt, denn im Gegensatz zu uns tragen die Kunden kein Namensschild. Auf meinem steht übrigens Jazz, kein Scherz.

Während wir uns durch den Nachmittag arbeiten, versucht Pam mich zu überreden, sie zu einem 30-Seconds-To-Mars-Konzert zu begleiten, die Ende des Monats in der Staples-Arena auftreten. Ursprünglich hatte sie vor, mit ihrem Freund zu gehen, der ihr die Tickets vor Monaten geschenkt hat. Er wurde jedoch schnell ihr Exfreund und kommt als Begleitung nicht mehr infrage.

Ich weiß, was ihr jetzt denkt. Kein normaler Mensch sollte dazu überredet werden müssen, zu einem 30STM-Konzert zu gehen, aber ich hasse, und damit meine ich *hasse* Menschenmassen. Ich bekomme keine Luft, wenn ich bedrängt werde, und das ist bei diesen Veranstaltungen nicht zu vermeiden.

Als sie Sandys Bestellung zubereitet, fällt mir auf, dass Pam ein Pulver in den Karamell-Frappuccino streut.

»Hast du sie noch alle?«, frage ich durch zusammengepresste Zähne. Ich kann diese Kuh auch nicht ausstehen, aber wenn Pam eine Kundin vergiftet oder unter Drogen setzt, hat Marc den Ärger, womöglich wird er verklagt.

»Bleib locker«, sagt sie so leise, dass nur ich sie hören kann, und reicht Sandy mit einem breiten Lächeln das Getränk.

»Was ist da drin?«, zische ich.

»Das Übliche, das Übliche.«

Ich kassiere meinen Kunden ab, dann wende ich mich ihr zu.

»Raus damit!«

Pam seufzt.

»Ein bisschen Kaffee, Milch, Karamellsirup, etwas Abführmittel … oh, sieh mal, ich glaube der will zu dir.«

Erst denke ich, dass sie ablenken will, dann sehe ich Raoul mit dem Fahrer, der ihn letztes Mal vom Parkplatz aufgegabelt hat, das Café betreten. Sie setzen sich an einen Ecktisch, von dem aus sie die Theke und den Eingang im Auge haben.

»Ich bringe denen schnell ihren Espresso, mach du so lange weiter.«

Ohne meine Antwort abzuwarten, flitzt sie mit zwei Tassen, die eigentlich für wartende Kunden bestimmt waren, zu Raouls Tisch. Er muss einen besonderen Platz in Pams Herz eingenommen haben. Anders kann ich mir nicht erklären, dass sie ihn ständig auf Kosten des Hauses bewirtet. Und nun auch noch seinen Freund.

Das ist das erste Mal, dass ich Raoul nach dem Desaster am Sonntagabend zu Gesicht bekomme. Obwohl er grimmig dreinschaut, sieht er verdammt gut aus. Um nicht zu starren, brühe ich zwei weitere Espresso auf und beschwichtige die maulenden Gäste mit einer Gratisrunde. Marc wird sich freuen.

Gegen sechs wird es ruhiger und ich entspanne mich ein bisschen. Als ich mich in meiner Pause zu Raoul und seinem Freund gesellen will, betreten zwei Cops das Café. Normalerweise ist das nichts Besonderes, die schauen regelmäßig vorbei, machen auf eilig und kommen vor den anderen Kunden dran. Doch diese beiden haben es nicht auf Kaffee abgesehen, sondern auf mich.

»Jasmin Winter?«, fragt der Ältere. Das war keine Frage, er weiß wer ich bin.

»Äh, ja?«, sage ich und wische meine Hände an der Schürze ab.

»Ich bin Officer Johnson, könnte ich Sie kurz sprechen?«, stellt er sich vor. Seinen jüngeren Kollegen lässt er außen vor.

»Ich wollte gerade Pause machen.«

»Sehr schön.«

Wir setzen uns an einen ruhigen Fensterplatz, Johnson nimmt mir gegenüber Platz, seinen Partner habe ich aus den Augen verloren.

Plötzlich fällt mir auf, dass Raoul samt Freund ebenfalls verschwunden sind. Wie es aussieht, hat er einen eingebauten Cop-Radar.

Erfreulicherweise redet Officer Johnson nicht lange um den heißen Brei, sondern legt mein iPhone auf den Tisch.

»Gehört das Ihnen?«, fragt er, ohne mich aus den Augen zu lassen.

Nicht gut. Als mein Herzschlag an Fahrt aufnimmt, wünschte ich, Raoul wäre nicht abgehauen. Er schafft es wie kein anderer, mich mit einem einzigen Blick zu beruhigen.

»Wo haben Sie das gefunden?«

»Also ist es Ihres?«

»Wären Sie sonst hier?«, frage ich und hebe die Brauen.

»Bitte beantworten Sie meine Frage.«

Seufzend gebe ich das Passwort ein, öffne das Menu und scrolle durch die versäumten Anrufe. Circa tausend von Leon und ein paar von Max, keiner von Raoul. Hm. Er wollte das Handy später holen, anscheinend ist er zu spät gekommen.

Plötzlich verstehe ich, warum er mich nie anruft. Er möchte nicht in Leuchtbuchstaben auf meinem Display erscheinen, was in diesem Fall auch besser ist. Bestimmt haben die Bullen mein Smartphone durchforstet. So ein Passwort zu knacken, ist vermutlich nicht besonders schwer, das machen die wahrscheinlich hundertmal am Tag.

»Und?«, hakt er nach.

»Jep, das ist meins. Danke, dass Sie es mir gebracht haben.«

Wir wissen beide, dass er nicht deswegen hier ist, aber wenn er auf stur schaltet, kennt er mich schlecht. Stur ist mein zweiter Vorname. Und auf blöd machen kann ich ebenfalls.

Ohne zu blinzeln, sehe ich ihm in die Augen. Als Polizist in den Vierzigern hat er genug Erfahrung, um einen bockigen Teenager zu erkennen, wenn er einen vor sich hat. Davon abgesehen scheint er den Trotz in meiner Miene zu lesen, denn er nimmt die Schirmmütze ab, kratzt sich die Glatze und lehnt sich zurück.

»Also schön«, beginnt er. »Ihr Handy lag in der Nähe eines Tatorts, können Sie mir etwas dazu sagen?«

Tatort? Die Frage scheint mir ins Gesicht geschrieben zu stehen, denn Johnson fährt fort:

»Wo waren Sie Sonntagnacht zwischen zehn Uhr und zwanzig nach?«

Plötzlich wird mir schlecht. Kann es sein, dass den Jungs mehr passiert ist als blaue Flecken und ein Veilchen?

»Ich habe bis zehn gearbeitet, aber das wissen Sie vermutlich.«

Er nickt und schweigt. Er will Antworten, so viel ist klar,

aber ich bin auf so eine Situation nicht vorbereitet. Und was ist mit Raoul? Hat er gewusst, dass die Typen vorbeischauen würden? Ist er deswegen gekommen?

»Also, ich …«, beginne ich, doch mir fällt nichts ein.

»Wir wissen, dass von Ihrem Telefon ein Notruf ausgegangen ist«, hilft er mir auf die Sprünge.

Also schön, das kann nicht schwerer sein, als einen Song zu schreiben, oder?

»Ja, das stimmt«, höre ich mich sagen. »Ich kam von der Arbeit und habe den brennenden Wagen gesehen.«

»Haben Sie sonst noch etwas beobachtet?«

»Nein«, gebe ich zurück und versuche nicht zu blinzeln.

»Sind Sie sicher?«

»Es war dunkel und der Wagen stand praktisch vor mir in Flammen.«

»Haben Sie vielleicht Personen gesehen?«

»Nein.«

»Wirklich niemanden?«

Das nervt jetzt langsam.

»Nein, niemanden.«

Das gefällt ihm nicht.

»Warum haben Sie die Polizei gerufen und sind dann verschwunden?«

»Na ja, der Wagen hat gebrannt, und ich habe mich gefragt, ob der in die Luft fliegt. Das sieht man in Filmen immer wieder, oder?«

Mit dieser Antwort hat er nicht gerechnet, seine Mundwinkel wandern nach unten. Was hat er erwartet, ein unterschriebenes Geständnis?

»Und Sie haben es nicht für nötig gehalten, sich später bei der Polizei zu melden?«

»Wegen eines brennenden Autos?«

»Beantworten Sie meine Frage.«

»Nein, wozu denn? Ich habe die Sirenen gehört und wusste, dass Hilfe kommt.«

»Interessant, wenn man bedenkt, dass Sie den Brand nicht einmal gemeldet haben.«

Wo er recht hat. Ich habe zwar angerufen, aber dann ist mir das Telefon aus der Hand gerutscht.

»Wie gesagt, ich hatte Angst, dass mir das Auto um die Ohren fliegt. Hätte ich sonst mein Handy verloren?«

Das schmeckt ihm nicht.

»Wissen Sie, wem der Wagen gehört?«

Endlich mal eine Frage, die ich ohne zu zögern beantworten kann.

»Keinen Schimmer.«

Pam nutzt die Gelegenheit und stellt zwei dampfende Tassen Caffè Americano vor Johnson und seinem Kollegen ab, der sich wie durch Zauberhand an unserem Tisch materialisiert hat. Entweder war er pinkeln oder er hat jemanden gesucht. Ich hoffe, nicht jemanden, der eben noch mit seinem Freund hiersaß und mich mit seinem Blick durchbohrt hat.

»Milch und Zucker?«, fragt sie und lächelt wie ein Sonnenschein. Wenn sie denen ebenfalls Abführmittel in den Kaffee gemischt hat, setzt es was. Ich versuche Blickkontakt mit ihr aufzunehmen, doch Pam hat nur Augen für den jüngeren Cop, der mich an Tom Selleck aus »Magnum« erinnert. Braunes Haar, Schnauzer, lächelnde Augen. Ich habe mich oft gefragt, wie es ist, jemanden mit Schnauzer zu küssen. Pam scheint die Antwort ebenfalls brennend zu interessieren, denn sie gewährt ihm einen großzügigen Blick in ihre Auslage.

»Schwarz«, beantwortet er ihre Frage, wobei ich mir nicht sicher bin, ob er damit den Kaffee oder die Farbe ihres BHs meint.

Ich nutze die allgemeine Ablenkung und frage:

»Was ist denn eigentlich passiert?«

Da Marc soeben mit der zusätzlichen Abendschicht eintrifft, setzt Pam sich zu uns, wofür ich ihr ausgesprochen dankbar bin. Sie blendet den Tom-Selleck-Typen mit ihrem Lächeln, das ihn in Plauderlaune bringt.

»Nach Aussage eines Zeugen hat gegen Viertel nach zehn eine mexikanische Gang auf dem Crenshaw Boulevard einen Wagen angehalten, die Insassen schwer verletzt und das Fahrzeug anschließend in Brand gesetzt.«

Pam bedeckt ihren Mund mit beiden Händen.

»Wie schrecklich«, sagt sie und reißt die Augen auf. »Wie geht es den Verletzten?«

»Den Umständen entsprechend.«

»Werden sie wieder gesund?«

»Davon gehen wir aus.«

»Haben sie sich das Kennzeichen gemerkt?«, hakt sie nach.

»Bedauerlicherweise nicht.«

Was für ein Schwachsinn. Wie von selbst ballt sich meine Hand zur Faust.

»Haben Sie vielleicht doch etwas zu sagen, Miss?«, fragt Johnson, dem meine aufsteigende Wut nicht entgangen ist.

Ich hätte allerhand zu sagen, aber ich fürchte, dass Raoul

meine Offenheit nicht zu schätzen wüsste. Sonst wäre er jetzt hier und würde Anzeige erstatten. Andererseits, was sollte das bringen? Sechs Musterknaben mit Papis Anwälten im Schlepptau gegen ihn. Selbst wenn ich für ihn aussagen würde, wären die anderen immer noch in der Mehrheit. Wie es aussieht, hat Raoul einen Grund, Polizeikontakt zu meiden.

»Nein«, sage ich säuerlich. Ob Raoul zu einer Gang gehört oder nicht, was Sonntagnacht passiert ist, war nicht seine Schuld. Er wurde angegriffen, und diese Memmen wagen es, den Spieß umzudrehen, als wären sie die Opfer.

Mit der Vermischung von Opfer und Täter kenne ich mich aus. Eigentlich sollte mich das nicht so aufregen. Oder vielleicht tut es das gerade deswegen?

»Meine Pause ist vorbei.« Ich nehme das Handy an mich und stehe auf. Die Polizisten tun es mir nach. Officer Johnson drückt mir seine Visitenkarte in die Hand, mit dem bekanntesten aller Bullensprüche, dass ich mich bei ihm melden soll, falls mir doch noch etwas einfällt. Wir beide wissen, dass das nicht geschehen wird. Dass er mir nicht glaubt, ist offensichtlich.

Während ich mich frage, seit wann Streifenpolizisten Visitenkarten mit sich herumtragen, legt Pam mir einen Arm um die Schulter und führt mich in die Küche. Dass meine Pause vorbei ist, war gelogen, aber der gute Officer Johnson kann mich mal.

»Baby, was zur Hölle war das?«

»Lass uns Tische abräumen, ich muss mich bewegen«, sage ich und mache mich an die Arbeit.

Und dann erzähle ich, was wirklich passiert ist. Dass draußen ein Auto abgefackelt wurde, hat sie natürlich mitbekommen, schließlich war sie im Café. Also weihe ich sie in den Rest ein, und sie informiert mich im Gegenzug, dass ein Gast die Bullen gerufen hat, nachdem der Jeep in Flammen aufgegangen ist.

Im Gegensatz zu mir empört sie sich nicht über die Feiglinge, sondern ist von Raouls Fähigkeiten beeindruckt, sechs Typen gleichzeitig aufs Maul zu hauen, ohne selbst eine Schramme abzubekommen. So gesehen hat sie einen Punkt.

Der Rest unserer Schicht vergeht wie im Flug. Am Ende bringt Pam mich dazu, ihr für das 30STM-Konzert zuzusagen, obwohl ich nicht weiß, wie sie das geschafft hat. Hatte ich erwähnt, dass Menschenmassen eher nicht so mein Ding sind?

Auf dem Parkplatz wartet Raoul auf mich. Damit habe ich nicht gerechnet. Um ehrlich zu sein, weiß ich nicht, wie ich mich verhalten soll. Es ist ja nicht so, als hätte er etwas falsch gemacht.

»Hör mal«, beginnt er, nachdem ich ihn erreicht habe, dann sagen wir gleichzeitig:

»Es tut mir leid.«

»Dir tut es leid?«, frage ich überrascht.

»Ich wollte dir nicht das Gefühl geben, dass du …«

»Lass gut sein«, gehe ich schnell dazwischen. »Ich war ziemlich von der Rolle, du hast nichts gemacht.«

»Ich bin nicht gut mit der Situation umgegangen.«

»Wer ist das schon«, murmele ich und reibe mir die Stirn.

»Morgen Abend koche ich für die Jungs aus der Werkstatt. Hast du Lust, vorbeizukommen?«

»Gazpacho Monchegro?«

Darauf grinst er.

»Manchego«, korrigiert er mich.

»Und was macht ihr danach?«

»Wir spielen Karten, Freitag ist Pokerabend.«

»Störe ich euch nicht?«

Sein Grinsen wird breiter.

»Ich könnte es dir beibringen.«

In seiner Stimme schwingt so viel mehr mit, und ich bin mir sicher, dass er weder Asse noch Trümpfe im Sinn hat.

»W-wie viel Uhr?«

»Acht.«

Das sollte kein Problem sein. Er tritt einen Schritt zurück und nimmt mich in Augenschein.

»Ist *das* deine Schuluniform?«

Fast hätte ich gelacht. Ich weiß genau, was er meint: Roter Minirock, transparente Bluse, rote High Heels. Nur in L.A. kann man so etwas zum Unterricht tragen. In Berlin hätten sie mich am Tor wieder nach Hause geschickt. Versteht mich nicht falsch, wir waren keine Klosterschüler, aber diesen Fummel hätte ich zu Hause nie und nimmer getragen. Vermutlich hätte ich das auch nicht gedurft. Hier ist es zwar heißer als in Berlin, aber die Röcke sind für eine Schule wirklich knapp. Wobei meine Saumlänge noch im Rahmen ist. Shelly hat ihre Röcke so gekürzt, dass sie aufpassen muss, dass ihre Pobacken nicht rausrutschen.

Etwas verlegen streiche ich über das Schottenmuster und nicke. Raouls Augen verengen sich zu Schlitzen.

»Ab sofort wirst du auch nicht mehr ohne Begleitung zur Schule fahren«, grollt er.

Mir ist klar, dass er das nicht ernst meint, dennoch macht mein Herz einen aufgeregten Hüpfer. Unter uns, ich könnte die ganze Nacht dastehen und ihn anstarren. Heute trägt er eine tief sitzende Jeans, in einem Blau, das so dunkel ist, dass es schwarz wirkt. Das eng anliegende T-Shirt überlässt nichts der Fantasie, der Kerl ist gebaut wie ein Krieger. Muskeln drücken sich an genau der richtigen Stelle durch den Stoff, doch sie wirken nicht hart. Seine Kraft ist allerdings nicht, was mein Herz in Aufruhr versetzt, sondern der Blick, den er mir zuwirft. Als wäre ich der Löffel einer Süßspeise, den er abschlecken will.

»Also, dann sehen wir uns morgen?«, frage ich heiser und nestele am Türgriff. Ehe ich sie öffnen kann, steht er hinter mir und umfängt mich mit beiden Armen.

»Ist zwischen uns wieder alles in Ordnung?«

Mir war nicht klar, dass es ein »uns« gibt, doch das behalte ich für mich.

Etwas anderes fällt mir ein.

»Warum bist du gegangen, als die Polizei gekommen ist?«, frage ich und drehe den Kopf, um seine Augen zu sehen.

»Es ist besser, wenn man mich nicht in deiner Nähe sieht.«

Mit »man« meint er vermutlich Männer in Uniform. Ich bohre nicht weiter nach, weil ich nicht sicher bin, ob mir die Antwort gefallen würde. Davon abgesehen bin ich müde und mir tun die Füße weh. Das nächste Mal nehme ich Klamotten zum Wechseln mit.

»Ich fahre hinter dir her, bis du zu Hause bist, de acuerdo?«

»Okay«, flüstere ich. Langsam gleiten seine Hände über meine Schultern, dann dreht er mich um und gibt mir einen Kuss.

Ich liebe die Art, wie seine Lippen über meinen Mund fahren. Fragend und doch fordernd. Wie jemand, der lange auf mich gewartet hat und es nicht erwarten kann, mich mit Haut und Haaren zu verschlingen. Gleichzeitig ist er sich nicht sicher, ob ich genauso empfinde. Als hätten sie einen eigenen Willen, legen sich meine Hände um seinen Nacken und ziehen ihn zu mir hinunter, während wir uns gierig küssen. Seine Hand gleitet meine nackten Beine entlang, stoppt am Saum meines Rocks und wandert höher, als ich nicht protestiere. Weil das Teil so kurz ist, habe ich mich gegen einen Stringtanga entschieden und stattdessen ein Panty angezogen. Es ist aus hauchdünner Seide und scheint Raoul zu gefallen. Er knurrt etwas Spanisches, das mir niemand übersetzen muss. Wie sehr ihm meine Wäsche gefällt, spüre ich an der Härte, die sich gegen meinen Bauch drückt. Das scheint ihm auch gerade klarzuwerden, deswegen bringt er etwas Abstand zwischen uns. Ohne mich, denke ich, wölbe mich ihm entgegen und mache ihm einen Strich durch die Rechnung. Als seine Fingerspitzen zwischen meine Beine streichen, explodiert etwas Heißes in meiner Mitte, und ich stöhne in seinen Mund.

Mittlerweile kralle ich mich wie eine Ertrinkende an seinen Bizeps, nicht sicher, ob mich meine Beine überhaupt noch tragen.

Ohne Vorwarnung beendet er den Kuss und lehnt schwer atmend seine Stirn gegen meine.

»Was machst du mit mir, dass ich in deiner Gegenwart die Kontrolle über mich verliere?«

Was ich mit *ihm* mache? Soll das ein Witz sein? Wenn er

mich noch eine Minute länger geküsst hätte, wäre ich mein Panty losgeworden, und wir hätten es hier und jetzt getrieben.

Obwohl … da war mir die Rücksitz-Variante lieber.

Mit mechanischen Bewegungen öffnet er die Fahrertür und drängt mich ins Wageninnere. Dann beugt er sich zu mir hinunter und küsst mich hart auf die Lippen.

»Morgen. Bei mir. Essen. Acht Uhr, de acuerdo?«

»Warum nicht heute schon am Nachtisch knabbern?«, frage ich und wundere mich über meinen gewagten Vorstoß.

»Cariño, ich will das richtig machen. Kein Autositz, und definitiv kein Parkplatz.«

Dass er mich will, hebt meine Stimmung, obwohl ich nicht sicher bin, was er mir damit sagen will. Was genau meint er mit richtig, und ist das Auto nicht der optimale Ort zum Küssen, oder hat er mehr im Sinn?

Ein Blick in seine glühenden Augen sagt mir, dass es Letzteres ist.

13

Die nächsten beiden Wochen ziehen rekordverdächtig schnell an mir vorüber. Leon und ich texten uns täglich. Er hält mich über meine »Sorry Ass«-Klicks auf dem Laufenden – 430.000! Wenn die halbe Millionen voll ist, lassen wir die Korken knallen. Leider können wir uns wegen der monströsen Zeitverschiebung nicht direkt sprechen, dafür schicke ich ihm via Skype ein paar Videonachrichten.

Mit Max rede ich zweimal, er sieht abgearbeitet aus. Wahrscheinlich stürzt er sich in seine neuen Projekte, um nicht an meine Mutter zu denken. Könnte er sehen, wie daneben sie sich aufführt, würde das seinen Trennungsschmerz vermutlich lindern.

Die Dreharbeiten zu ihrem neuen Film sind angelaufen, und wie erwartet, habe ich sie in den letzten vierzehn Tagen sage und schreibe dreimal gesehen. Von Weitem.

In der Schule hat sich eine gewisse Routine eingeschlichen. Die Mädels der selbst ernannten Elite hassen mich, und für die Jungs ist es zum Sport geworden, mir nachzustellen. Allen voran Brady und Jeff. Glauben die wirklich, dass ich nicht mitbekommen habe, dass sie in der Umkleide Wetten darauf abgeschlossen haben, wer mich zuerst flachlegt? Zumindest bei Jeff weiß ich es definitiv. Shelly war so freundlich mir eine Voicemail zuzusenden. Mit dem Handy hat sie ein Gespräch in der Umkleide zwischen Jeff und zwei seiner Vollpfosten-Freunde aus dem Footballteam aufgenommen. Darin ging es um mich, obwohl jedes zweite Wort Titten, Arsch und Beine war.

Mir ist egal, was diese Blender über mich reden, schließlich sind das nicht meine Freunde. Bei Alex war das etwas anderes, doch verglichen mit ihr ist das hier die Amateurliga. Wenn Shelly und ihre Crew glauben, mir damit das Leben zur Hölle zu machen, sind sie auf dem Holzweg. An irgendeinem Punkt kriegt sie das auch mit, was sie umso wütender macht. Letzte Woche hat jemand »JAZZ SUCKS« quer über den Parkplatz gesprüht, zufällig dort, wo ich normalerweise meinen Mini abstelle. Die Schulleitung ist davon ausgegangen, dass jemand eine bestimmte Musikrichtung nicht abkann, und hat sich Zeit gelassen, das Gekritzel zu entfernen.

Weniger subtil waren die »Schlampen«-Bemerkungen, die regelmäßig jemand mit Lippenstift auf meinen Spind schmiert. Jeder scheint zu erwarten, dass ich heulend zum Rektor renne, deswegen habe ich mit Eyeliner »haben mehr Spaß« danebengeschrieben. Ehrlich, wie alt sind diese Mädels, dreizehn?

Raouls Essen war übrigens erste Sahne, der Mann kann kochen, sag ich euch. Seine Werkstatt ist riesig, ich hatte keine Ahnung, dass er so gut im Geschäft ist. Er hat sie von seinem Großvater übernommen. Stellt sich die Frage, warum sein Vater nicht in den Laden eingestiegen ist.

Seine *Jungs* sehen kein bisschen wie Jungs aus, obwohl sie kaum älter als ich sind. Auf den ersten Blick kann ich das Gang-Gerede besser verstehen. Mechaniker? Wer's glaubt! Diese Typen wirken auf mich wie Mitglieder einer Heavy-Metal-Band – oder die Piraten der Karibik. Das liegt nicht nur an den zahllosen Tätowierungen, die Arme und Oberkörper bedecken. Und bevor ihr fragt, nein, sie haben sich nicht die Mühe gemacht, meinetwegen etwas überzuziehen. Hier trägt man das Hemd offen oder lässt es ganz weg. Und obschon die Piercings in Ohren, Lippen und Brauen nicht wirklich als vertrauensbildende Maßnahme taugen, waren die eigentlichen Gangstermerkmale die Narben. Hände, Unter- und Oberarme sind übersät von Messer- und Schusswaffenverletzungen. Paco, der jüngste der Gruppe, hatte einen glatten Schulterdurchschuss. Wie das passiert ist, wollte er nicht verraten, aber das habe ich auch nicht erwartet.

Warum ich mich in dieser Räuberhöhle so wohlfühle, kann ich nicht genau sagen. Ich vermute, es liegt daran, dass sich hier niemand verstellt. Zu Hause habe ich eine Fake-Mom sitzen und in der Schule gehen mir die Beverly-Hills-Tussen auf den Zeiger. Leon ist derzeit nicht zu erreichen und Pam sehe ich nur während der Arbeit.

Jedenfalls sind vier von den, ähm, Jungs zum Pokern geblieben, was für sie mehr eine Lebensauffassung als Kartenspiel ist. Raoul hat die ersten Runden ausgesetzt, um mir die Spielzüge zu erklären, und während ich noch dabei war, mir Sachen wie *Flush* und *Full House* zu merken, hat Alano seinen Kameraden das Fell über die Ohren gezogen. Alano ist übrigens der Typ, mit dem Raoul im Café aufgekreuzt ist. Ich mag ihn, der Rest scheint auch ganz okay zu sein, wenn man es schafft, sich von ihrem auffälligen Äußeren nicht abschrecken zu lassen. Alano ist ähnlich gebaut wie Raoul, ein bisschen schlanker vielleicht, mit dem harten Kern eines Kämpfers. Seine Augen sind so dunkel, dass sie schwarz wirken, und ihm fehlt ein Ohrläppchen. Aber das ist nicht das Auffälligste an ihm. Seine Nase ist mindestens zweimal gebrochen worden, was ein bisschen merkwürdig aussieht, weil er sie nie hat richten lassen. Außerdem hat er sich die Schneidezähne vergolden lassen, was unter uns gesagt echt gruselig ist. Vor allem wenn er lacht. Und Alano lacht oft.

Nachdem ich gegen Mitternacht nicht mehr aufhören konnte, zu gähnen, ist Raoul aus dem Spiel ausgestiegen und hat mich nach Hause gefahren.

Zu meiner Überraschung hat Alano gefragt, ob ich nächste Woche wiederkomme, aber das halte ich für keine gute Idee. Ihre Einsätze sind mir zu hoch, und als Anfängerin habe ich keine Lust, mich von diesen Halsabschneidern über den Tisch ziehen zu lassen.

In jedem Fall verstehe ich nun besser, was Raoul mit »richtig machen« gemeint hat, also die Sache zwischen uns. Ihm geht es ums Kennenlernen. Dagegen habe ich nichts einzuwenden. Das Problem ist, dass wir die Finger nicht voneinander lassen können, sobald wir uns im selben Raum befinden. Nichtsdestotrotz schlagen wir uns tapfer. In den letzten beiden Wochen hat er mir täglich Nachrichten über WhatsApp geschickt und taucht regelmäßig bei meiner Arbeit auf. Danach bringt er mich nach Hause, und wir telefonieren, bevor ich ins Bett gehe. Zwar küssen wir uns bei jeder Gelegenheit, aber nur wenn wir allein sind. Das ist nicht meine Entscheidung, sondern seine. Er glaubt immer noch, dass es mir schaden würde, wenn wir zusammen gesehen werden.

Auf die Brentwood High kann das kaum zutreffen, denn obwohl ich geglaubt habe, immun gegen die Shellys dieser Welt zu sein, geht mir ihre Bösartigkeit allmählich auf den Zeiger. Ich kann keinen Flur entlanggehen, ohne dass sie mir eine Sauerei hinterherruft. In der Klasse versucht sie mich mit Zwischenfragen zu blamieren, und in der Pause lästert sie regelmäßig über … alles an mir. Meine Klamotten, meine Frisur, wie ich gehe oder rede.

Vor dem Hintergrund, dass ich es gewohnt bin, ignoriert zu werden, nervt mich diese Art der Aufmerksamkeit jeden Tag ein bisschen mehr. Was ich nicht verstehe, ist, wie jemand, der so tumb ist, die gesamte Stufe im Griff haben kann. Ich meine, in der Schule habe ich im wahrsten Sinne des Wortes keinen einzigen Freund.

Brady ist zwar nett, aber ihm traue ich nicht.

Mitte Oktober platzt mir der Kragen. Am Donnerstag nach dem Unterricht finde ich meinen Mini komplett verschmiert vor. Es sieht aus, als hätte jemand einen Eimer roter Farbe über die Windschutzscheibe geschüttet.

Es sieht wie Blut aus.

Vor meinem inneren Auge taucht der Unfall wie ein Flash auf. Blut, überall Blut. Und der Gestank. Ich glaube, ohnmächtig zu werden, bis ich Shellys falsches Lachen höre. Sie und ihre Freundinnen, Charlize und Scarlett, kichern unverhohlen über diese Sauerei.

Die aufsteigende Wut kommt wie gerufen, sie drängt den

Schock in den Hintergrund – und die Tränen. Als ich mich umdrehe und sie meinen Gesichtsausdruck sehen, bleibt ihnen das Lachen im Hals stecken. Dennoch haben sie keinen Schimmer, wozu ich fähig bin. Ehrlich gesagt wusste ich das bis zu diesem Moment selbst nicht. Die Auswirkungen wochenlangen Mobbings können seltsame Dinge mit einem anstellen. Bis zu diesem Augenblick war mir nicht klar, wie sehr mir das Ganze zugesetzt hat. Ich dachte, ich sei cool und so, aber das war falsch. In Wahrheit war ich verletzt, bin es immer noch. Die täglichen Beleidigungen kamen zu den alten Wunden dazu und haben in mir gearbeitet. Jetzt ist der Augenblick, wo alles hochkommt: Die Demütigungen, die Lästereien und die Lügen, die über mich und meine Familie verbreitet wurden. Und nun auch noch der Wagen. Ohne Vorwarnung fliegt meine Faust vor und landet in Shellys Gesicht, der ich mit einem Schlag die Nase breche.

»Hast du den Verstand verloren?«, kreischt Charlize und fuchtelt wild mit den Armen, während Shelly sich geschockt beide Hände vors Gesicht hält.

Falsche Antwort, Schätzchen. Der nächste Treffer landet auf Charlize' Jochbein, das gibt ein dickes fettes Veilchen.

Als ich Scarlett verarzten will und zum dritten Schlag aushole, packt mich jemand von hinten und zieht mich zurück.

Brady, war ja klar.

»Hey, shhhhhh«, macht er und drückt mich mit beiden Armen gegen sich.

»Es ist gut, beruhige dich«, flüstert er in mein Haar, und wundersamerweise hilft das sogar. Ich höre auf mich zu wehren, was getan werden musste, habe ich getan.

Und dann ist der Teufel los.

Während ich ins Büro von Rektor Clark gebracht werde, marschieren die Kreischweiber zur Krankenschwester. Ich bin dankbar für Bradys Gegenwart, der bei mir bleibt, selbst als meine Mutter zur Schule zitiert wird, die eine Stunde später aufkreuzt. Man hat sie vom Set geholt und ich rechne mit einem hysterischen Anfall. Doch der bleibt aus, was mich zunächst wundert, bis mir ihr blasses Gesicht auffällt. Und dann kapiere ich es. Sie muss den Wagen gesehen haben, die rote Farbe, und ahnt, wie das bei mir angekommen ist.

Außerdem kommt jetzt alles raus, die ganze Palette an Bösartigkeiten, die ich in den letzten Wochen hinnehmen musste. Anscheinend war ich doch nicht ganz allein an dieser Schule. Im Vorzimmer des Schulleiters sitzen jede Menge Schüler, unter anderem Sally Sullivan. Sie ist in meiner Kunstklasse. Sie hat rappelkurzes helles Haar, ist spindeldürr und hat wunderschöne grüne Augen. Ein bisschen erinnert sie mich an eine Elfe, fehlen bloß noch die Flügel. Anscheinend hat sie etwas ausgefressen, sonst würde sie nicht mit den anderen auf die Standpauke des Schulleiters warten.

Jedenfalls meldet sie sich zu Wort, als die Kübelei losgeht, von wegen ich sei gemeingefährlich und müsse der Schule verwiesen werden. Sie erzählt das mit dem Spind und dass täglich neue Schweinereien daraufstehen. Andere Schüler melden sich, Zack Montgomery, er ist Drummer und sitzt in Musik eine Reihe hinter mir. Er erzählt dem Rektor und meiner staunenden Mutter den Vorfall in der Cafeteria, den ich fast vergessen hatte. Das war vor drei Wochen, als sich Charlize' Kirschsaft *aus Versehen* über meine Bluse verteilt hat, quasi von selbst, denn die Gute war sich keiner Schuld bewusst. Plötzlich hat jeder etwas beizutragen, und am Ende ergibt sich ein Gesamtbild, das Mr Clark dazu veranlasst, Shellys und Charlize' Eltern ebenfalls einzubestellen, denn die Sache mit dem Auto ist eine teure Sachbeschädigung. Hatte ich erwähnt, dass die Heckscheibe zerschlagen war und sich das Sicherheitsglas über die Sitze verteilt hat? Natürlich bestreitet Shelly alles und wird total hysterisch, weil sie plötzlich der Täter sein soll. Wenn sie wirklich unschuldig ist, hat sie definitiv ein Schauspiel-Gen geerbt. Fast schafft sie es, mich mit ihren Manga-Augen und der zitternden Unterlippe zu überzeugen.

Zugegeben, diese Aktion ist eigentlich nicht ihr Stil, immerhin musste sie sich die Hände schmutzig machen. Dennoch fällt mir niemand außer ihr ein, der so etwas tun würde.

Das wird ein langer Tag, und als sich Shellys Mutter mit Charlize' Eltern gegen mich verbünden will und mit einer Klage droht, schaltet sich James ein, der wie aus dem Nichts an der Seite meiner Mutter auftaucht. Er muss später nachgekommen sein, anders kann ich mir seine plötzliche Gegenwart nicht erklären.

Er zeigt sich von einer Seite, die ich bisher nicht an ihm gesehen habe. Ich weiß nicht, ob mir dieser James gefällt, in jedem Fall bin ich schwer beeindruckt.

Seine dunklen Augen, die normalerweise Freundlichkeit und Wärme ausstrahlen, sind nun kalt wie Granit, als er sein Telefon zückt, eine Taste drückt und mit ruhiger Stimme fragt:

»Edward, hast du Zeit? Ich habe einen neuen Stalking-Fall für dich. Wie viel hast du beim letzten Mal rausgeholt, zwei

Millionen? Das hier wird besser, es gibt ein halbes Dutzend Zeugen für Nötigung, üble Nachrede und Sachbeschädigung.«

So und so ähnlich geht es ein paar Minuten hin und her, bis die Eltern von Dumm und Dümmer spontan entscheiden, mich doch nicht zu verklagen, was Shelly noch mehr auf die Palme bringt. Der Höhepunkt ist allerdings, als ihr Vater eintrifft, der auf einer Konferenz aufgehalten wurde, und seiner Tochter vor versammelter Mannschaft die Kreditkarte abnimmt. Vergessen ist die gebrochene Nase, die Demütigung und die Tatsache, dass sie mindestens zwei Wochen mit geschwollenem Riechkolben rumlaufen muss. Als ihr Vater die VISA Infinite einkassiert, hat Shelly einen Rolls-Royce unter den Nervenzusammenbrüchen.

Ich erspare euch die Details, doch diesen Auftritt werde ich mein Lebtag nicht vergessen. Als sie dann auch noch anfängt mich zu bedrohen ist Schluss mit lustig. Daddy lässt sie vom Chauffeur zum Wagen bringen und entschuldigt sich bei mir.

Das Erstaunlichste für mich war allerdings Brady, der nicht von meiner Seite weicht. Selbst das Footballtraining hat er meinetwegen sausen lassen, wofür er bei mir jede Menge Browniepunkte erntet. Hier in den Staaten ist Football so etwas wie eine Religion, und Brady ist der Quarterback unseres Schulteams, was ihn zu so etwas wie den Papst der Brentwood macht.

Am Ende verbringe ich den kompletten Nachmittag im Büro des Rektors. Als ich endlich gehen darf, sind sage und schreibe vier Stunden vergangen, und ich habe meine Schicht im Starbucks verpasst.

Draußen versuche ich Marc zu erreichen, um ihm die Situation zu erklären, was sich als überflüssig herausstellt. James hat Martinez angewiesen, sich darum zu kümmern, sodass Marc rechtzeitig informiert war. Woher James von meinen Arbeitszeiten weiß, ist mir schleierhaft. Allmählich geht mir auf, dass ich den Mann nicht unterschätzen sollte.

In der Limousine sitze ich zwischen ihm und meiner Mutter und sehe gerade noch, wie mein schöner Mini von einem Abschleppwagen abgeholt wird. Ich kann nicht verhindern, dass mir eine Träne die Wange runterkullert. Ich habe diesen Wagen echt gern gehabt. Völlig unerwartet greift ausgerechnet James nach meiner Hand, dem nichts zu entgehen scheint.

Meine Mutter steht noch immer unter Schock, sie hatte keine Ahnung von meinen *Freunden* auf der Hell High, wie ich meine Schule im Geiste getauft habe.

»Du wirst nicht um Detention herumkommen«, sagt James neben mir ruhig und drückt meine Hand. Erst jetzt bemerke ich, dass ich mich an ihn geklammert habe, und lasse los.

Detention ist so etwas wie Nachsitzen für rebellische Schüler, also solche, die während des Unterrichts SMS verschicken, hinter der Schule rauchen oder sonst wie unangenehm auffallen. Nach dem regulären Unterricht müssen diese Unruhestifter ihre Zeit absitzen. Wie viele Stunden sie aufgebrummt bekommen, hängt davon ab, was sie ausgefressen haben. Detention findet normalerweise in einem Klassenraum statt. Sind es zu viele Schüler dafür, wie an einer öffentlichen Schule, muss schon mal die Aula herhalten.

Die Aussicht, mich mit Regelbrechern zu treffen, hebt meine Laune augenblicklich. Bisher bin ich hier mit niemandem warmgeworden, doch die unerwartete Solidarität, die mir in den letzten Stunden entgegengeflogen ist, macht mir Mut.

Ich habe kein Problem damit, stark zu sein, das musste ich seit Jahren. Aber es ist schön, zu wissen, Fehler machen zu können und Rückhalt zu haben. Aufgefangen zu werden, wenn es hart auf hart kommt.

»Warum hast du nichts gesagt?«, flüstert meine Mutter, als wir den Innenhof von James' Haus erreichen.

»Du bist nie da, und wenn, geht es immer nur um dich«, antworte ich, öffne die Tür und rutsche an ihr vorbei ins Freie.

Ich hätte ihr das schonender sagen können, aber unter uns, die Schonzeit ist vorbei. Vor zwei Jahren habe ich meinen Bruder verloren, das war schlimm genug. Meine Mutter hatte Zeit zum Trauern. Eine Armada von Therapeuten stand bereit, um sich um sie zu kümmern. Aber sie wusste alles besser und hat jeden, der ihr helfen wollte, zum Teufel gejagt. Das Gewicht ihrer Entscheidung haben Max und ich zu spüren bekommen. Max hat sie fallen gelassen, er war ihr nicht mehr gut genug. Und mir allein ist sie zu schwer. Jetzt erntet sie die Früchte ihrer Ignoranz, denn wisst ihr was – Newsflash! – ich bin auch noch da und habe genug davon, ständig übersehen zu werden. Zurückzutreten und der Trauer meiner Mutter Platz zu machen. Mein Nonstop-Verständnis-Vorrat ist aufgebraucht. Ich habe schließlich noch ein eigenes Leben.

Auf meinem Zimmer schäle ich mich aus den Schulklamotten und stelle mich eine halbe Stunde unter den heißen Strahl der Dusche. Die Regulierung stelle ich auf *Regenwald*, meine Lieblingseinstellung, denn das Wasser fühlt sich tatsächlich wie ein Regenschauer an.

Als ich fertig bin, sehe ich, dass ich zahlreiche verpasste Nachrichten habe, die meisten von Raoul. Ich fühle mich zu erledigt, um mit ihm zu sprechen, darum schicke ich ihm über den Messenger eine Kurznachricht:

Jazz: Sorry, dass ich nicht zurückgerufen hab. Hatte einen Mördertag und will nur noch schlafen.

SexGott: Alles klar bei dir?

Jazz: Jep, bin nur müde. Sehen wir uns morgen Abend?

SexGott: Ich hole dich um zehn vom SB ab.

Jazz: ☺

SexGott: Schlaf gut, cariño .–)

Jazz: Du auch! xxx

14

Am nächsten Tag muss ich nicht zur Schule, was mir recht ist. Der Rektor hat mich gebeten, erst am Montag zu kommen, damit sich die Aufregung bis dahin legen kann. Weil ich zwei Schülerinnen geschlagen habe, muss er mich bestrafen, auch wenn ich provoziert wurde. Also werde ich zu einer Woche Detention verdonnert, was bedeutet, dass ich jeden Tag nach dem Unterricht eine Stunde länger bleiben muss. Da ich in der Zeit Hausaufgaben erledigen kann, habe ich kein Problem damit. Außerdem lerne ich auf diese Weise neue Leute kennen, die Zicken wie Shelly eher nicht in den Hintern kriechen. Davon abgesehen ist mir klar, dass das eine milde Strafe ist. Normalerweise werden Schüler für so etwas wochenlang suspendiert. Unter Umständen kann sogar ein Ausschlussverfahren eingeleitet werden. Doch Shellys Vater war mit dem Strafmaß einverstanden, selbst Charlize' Eltern haben mitgespielt, wenn auch zähneknirschend.

So habe ich den ganzen Freitag Zeit, mich von den Ereignissen zu erholen. Am Vormittag gehe ich zum Strand, genieße die milde Oktobersonne und atme die salzige Luft ein, die mir um die Nase bläst. Die Gibson liegt in meinem Schoß, und ich probiere neue Riffs, die mir seit gestern nicht aus dem Kopf gehen.

Während ich die Zehen in den Sand bohre, fällt mir auf, dass ich gestern keine Panikattacke bekommen habe. Normalerweise lösen Stresssituationen so etwas bei mir aus. Ausgerechnet als der ganze Mist hochkommt, bin ich so ruhig wie schon lange nicht mehr. Das macht mich stutzig. Was war gestern anders als sonst? Und noch viel wichtiger: Was genau löst Stress bei mir aus? Menschen, Situationen oder die Tatsache, dass ich nicht ich selbst sein kann?

Darüber lohnt es sich nachzudenken.

Am Nachmittag zähle ich die Stunden. Ich kann es kaum erwarten, Leon zu sehen, der wird sich über das Drama köstlich amüsieren, da bin ich mir sicher. Als ich ihn in der Leitung habe, werde ich eines Besseren belehrt. Leon findet das kein bisschen lustig. Wie meine Mutter hatte er keine Ahnung, wie schlimm die Situation an meiner Schule tatsächlich ist. Zugegeben, die glorreichen Details habe ich ausgelassen, ihm bloß gesagt, wie daneben die Leute sind. Mir war nicht bewusst, dass ich den Schongang eingelegt habe. Bei meiner Mutter geschieht das automatisch. Bis letzten Donnerstag jedenfalls. Sie weiß bis heute nicht, dass Conall mich mit Alex betrogen hat und dass wir uns deswegen getrennt haben.

Um Leon von meinem Fauxpas abzulenken, frage ich ihn nach meinen neuen Songs. Anfang der Woche habe ich ihm ein paar Sound Files per WeTransfer geschickt. Wie immer hat er super Anregungen und Verbesserungsvorschläge, die ich am Wochenende in die Lieder einarbeiten werde.

Apropos Wochenende. Da Marc wegen meiner Nachsitzerei den Personalplan umstellen musste, habe ich ihm versprochen, Samstag und Sonntag zu arbeiten. Mitarbeiter an den Wochenenden zu finden, ist immer schwierig. Für die meisten Schüler und Studenten ist das Partyzeit, da hat niemand Lust, Barista zu spielen.

Auf meinen ausdrücklichen Wunsch wurde der Mini zu Raoul gebracht. Logistisch war das zwar ein bisschen aufwendig, da James' Abschleppdienst den Wagen bereits zu einer Vertragswerkstatt geschleppt hat. Trotzdem hat er kein Trara gemacht, als ich ihm meine Bitte vorgetragen habe.

Raoul war ziemlich angepisst, als er den Schaden gesehen hat. Seine Reaktion hatte ich nicht bedacht, ich wollte ihm bloß einen Auftrag verschaffen. Ich meine, wenn James sieht, wie gut Raoul arbeitet, empfiehlt er ihn bestimmt weiter, oder? In jedem Fall hat er den Wagen in Rekordzeit wieder hinbekommen, sodass ich zu Wochenbeginn einen fahrbaren Untersatz habe.

Montagmorgen bin ich ein bisschen nervös, weil ich nicht weiß, was mich in der Schule erwartet. Glücklicherweise ist weder Shelly gekommen noch Charlize. Die beiden sind für die ganze Woche entschuldigt. Hätte ich mir auch denken können. Bevor Shelly mit einer dicken Nase zum Unterricht erscheint, dreht sich die Sonne um die Erde.

Etwas hat sich verändert, das merke ich, kaum dass ich einen Fuß auf den Parkplatz setze. Die Leute sehen mich zum ersten Mal an, statt mich wie üblich wie Luft zu behandeln. In der Pause enden Gespräche abrupt, ich werde angestarrt, aber ich sehe keine Ablehnung. Eher Neugier.

Die ersten Stunden vergehen ohne Zwischenfall, niemand macht mich an oder zischt mir Beleidigungen hinterher. Mal was ganz Neues. In der Pause bemüht sich Brady um meine Aufmerksamkeit und ist wirklich nett. Er programmiert seine Nummer in mein iPhone und speichert sie unter »Mr Bombastic«. Aber klar doch.

Als ich im Musikunterricht meine neuen Lieder spiele, in die ich Leons Änderungen eingebaut habe, errege ich ebenfalls Aufmerksamkeit. Viele hören zu, einige wippen mit. Ich werde sogar nach dem Text gefragt.

Es ist schwierig für mich, vor Publikum zu spielen. Das ist ein bisschen so, als würde ich strippen. Bisher habe ich nur Leon meine Sachen präsentiert, und der hatte meistens eine Kamera im Gesicht. Ich weiß, was ihr jetzt denkt, von wegen YouTube und 480 000 Klicks und so. Aber es ist etwas anderes, sich einem gesichtslosen Publikum zu zeigen, als eine direkte Reaktion zu bekommen.

Die allgemeine Gleichgültigkeit an dieser Schule hat es mir zudem nicht leicht gemacht, mich den Leuten zu öffnen. Doch ich schließe einfach die Augen und singe meine Songs, einen nach dem anderen.

Irgendwo im zweiten Lied setzt sich Zack Montgomery ans Drum und Jasper Tyler übernimmt den Bass. Ihr habt richtig gelesen: Jasper Tyler, jüngster Spross von Steven Tyler, Bruder von Liv Tyler. Promis gehören hier zum Alltag. Dane, der Stotterer, der nie ein Wort rausbekommt, haut am Piano in die Tasten. Alle drei begleiten mich, obwohl sie die Songs noch nie gehört haben. Sie gehen mit der Musik, tasten sich vor, bis sie ein Gefühl für den Rhythmus bekommen.

»Sorry Ass« spare ich mir für zuletzt auf, um die Reaktion zu testen. Als ich fertig bin und die Hand auf die Saiten lege, habe ich mit vielem gerechnet, aber nicht mit Pfiffen und tosendem Applaus. Selbst Mrs Brown, unsere Lehrerin, wirkt perplex. Noch überraschter ist sie, als sie erfährt, dass ich die Songs geschrieben habe. Sie will mich gleich in die Schulband stecken, doch das kann sie vergessen. Ich bin kein Teamspieler, zumindest nicht mehr. Lukas und ich waren ein Team, aber das scheint Lichtjahre her zu sein.

Viel zu schnell ist die Stunde vorbei und ich finde mich im Detention-Raum in der ersten Etage wieder. Ein paar Leute kenne ich sogar. Sally die Elfe und Zack Montgomery sind da. Dann sind da noch Dexter, die Dramaqueen aus meiner Schauspielklasse, und ein Typ, der sich als Tyson vorstellt.

»Aber alle nennen mich Crush.«

Tyson aka Crush hat Gras auf dem Campus geraucht, was ihm drei Wochen Nachsitzen eingebrockt hat. Ohne die Beziehungen seines Vaters wäre er vermutlich rausgeflogen. Crush ist ein typischer Surferboy: blond, blauäugig und unbeschwert.

Zack dagegen fällt eher in die Emo-Kategorie. So nennen sie hier Leute, die bei uns in Berlin als Gothic bezeichnet werden. Also schwarz gekleidete Einzelgänger, die den ganzen Tag Punk-Rock hören, sich das Gesicht piercen und die Welt an sich und die Gesellschaft im Besonderen ablehnen. Zack hatte viele Piercings, musste sich die meisten aber aufgrund der Schulvorschriften wieder zuwachsen lassen. Auch in Sachen Mode hat er auf der Brentwood Academy nicht viele Möglichkeiten. Ein Brauen-Piercing durfte er nach harten Verhandlungen behalten. Die schwarzen Springerstiefel haben sie ihm ebenfalls gelassen. Quasi als Ausdruck seiner Persönlichkeit, die man ihm nicht komplett nehmen wollte. Das Haar darf er maximal schwarz färben, die Brauen nicht. Da seine Mähne wie eine Rettungsboje in einem satten Orangeton leuchtet, erklärt sich seine Anwesenheit von selbst.

Habe ich schon erwähnt, dass ich eine Schwäche für Regelbrecher habe? In jedem Fall schließe ich diese Bande sofort ins Herz, sie gehören wie ich zu den Außenseitern, die ab und zu ausbrechen müssen, um der Enge ihrer Umgebung zu entkommen. Mir kommt es vor, als hätte jemand ein Fenster geöffnet. Zum ersten Mal kann ich in dieser Streberanstalt atmen.

Natürlich wissen alle, warum ich hier bin. Die Neue, die die Scheiße aus Shelly und ihrer Doppelgängerin geprügelt hat. So heißt es zumindest. Genau. Jasmin, die prügelnde Bulldogge, das bin ich. Dass ich nur einen Treffer gelandet habe, interessiert hier niemanden.

»Wurde höchste Zeit, dass jemand dieser Braut aufs Maul haut«, sagt Zack und ritzt mit einem Taschenmesser eine Drei in die Tischplatte.

Sally nickt, offensichtlich ist sie auch kein Freund von Shelly-Belly, wie sie hier genannt wird. Ich nehme an, weil sie einen Bauch hat, den sie mit tief sitzenden Röcken zu kaschieren versucht. Nicht dass sie etwas gegen Kurven haben. Aber der Spitzname bringt Shelly jedes Mal auf die Palme, deswegen hat er überhaupt so lange überlebt.

Während wir uns unterhalten, fällt mir auf, dass jeder in diesem Raum stinkreich und trotzdem auf sich allein gestellt ist. Das sind die Kinder von Hollywoodstars, Industriemogulen und Rocklegenden. Und doch unterscheidet sie nichts von anderen Kids, die im Grunde nur zur Schule gehen, neue Leute kennenlernen und Freundschaften schließen wollen, ohne dabei umzukommen.

»Kennt ihr eigentlich Brady?«, frage ich in die Runde und ernte umgehend Würge- und Kotzgeräusche.

»So gut?«, frage ich und hebe die Brauen.

»Mann, Brady ist ein Arschloch«, sagt Crush und dreht sich einen Joint. Der muss echt Eier haben. Wenn er erwischt wird, braucht er nicht wiederzukommen. Doch unser Lehrer hat sich hinter einer Zeitung verschanzt und die Füße auf den Schreibtisch gelegt. Ein rosa Kaugummi klebt an seiner Sohle. Da er sich uns nicht vorgestellt hat, nenne ich ihn Hubba Bubba. Normalerweise darf man in Detention nicht reden, sondern soll seine Hausaufgaben oder Referate erledigen. Glücklicherweise sieht das unser heutiger Aufpasser eher locker.

»Geht das ein bisschen genauer?«

Zack schnaubt und kerbt eine Null hinter die Drei.

Drama-Dexter schaltet sich ein. Sein braunes Strubbelhaar ist zerwuselt, der klassische After-Sex-Look. Nur dass es bei ihm nicht von Sex kommt, sondern stundenlanges Styling erfordert. Dexter ist schwul wie George Michael, sein heimliches Idol. Er trägt einen Dreitagebart, und wenn man ihn ließe, würde er im Unterricht sogar Georges Ray Ban tragen.

»Er ist heiß, keine Frage, aber er ist Quarterback, die müssen heiß aussehen. Ich meine, habt ihr seinen Knackarsch gesehen?«

Zack verdreht die Augen.

»Brady ist ein Parasit, der Leute ausnutzt und sich von jedem nimmt, was er braucht«, sagt er säuerlich und ritzt drei Buchstaben hinter die Nummern. 30STM, die Band auf deren Konzert Pam und ich nächste Woche Freitag gehen. Offensichtlich ist er ein Fan.

»Und das weißt du, weil …«

»Warum interessierst du dich für ihn?« fragt Crush, reicht mir den fertigen Joint und rollt sich einen neuen. Ich weiß nicht, was ich damit machen soll, deswegen lasse ich ihn in den Tiefen meiner Büchertasche verschwinden.

»Gehst du mit ihm aus?«, erkundigt sich Sally, die Zack beobachtet, der ein Dreieck hinter den Bandnamen kerbt.

»Wäre das ein Problem?« Ich versuche Brady einzuschätzen und diese Leute kennen ihn länger als ich. Jemand wie er muss eine Reputation haben, oder?

Sie zuckt mit den Schultern. »Er war mit Shelly zusammen.«

Darauf lacht Zack und steckt das Messer weg. »Die hat das halbe Footballteam gevögelt, deswegen hat er sie auch abserviert.«

Mitgefühl breitet sich in mir aus. Betrogen zu werden, ist eine Erfahrung die mir nicht unbekannt ist. Ob er sich deswegen regelmäßig zudröhnt?

»Wann war das?«

Dexter und Crush tauschen einen bedeutungsvollen Blick.

»Letztes Jahr Homecoming«, sagt Zack schließlich und verschränkt die Hände hinter dem Kopf. »Dieser Wichser hat bis zum Ball gewartet, um sie vor allen Leuten fertigzumachen, von wegen was für eine Schlampe sie ist und so.«

Das könnte ihre Aversion gegen mich erklären. Ihr Ex hat ein Auge auf mich geworfen und sie kann ihn nicht mehr haben.

»Nicht dass sie es nicht verdient hat. Sie *ist* eine Schlampe und hat ihn nach Strich und Faden verarscht«, ergänzt Zack und hebt einen Mundwinkel. »Aber es ist ja nicht so, als hätte er seinen Schwanz in der Hose gelassen.«

»Er hat sie auch betrogen?«

Darauf ernte ich Gelächter von den Jungs.

»Nach jedem Spiel ziehen diese Arschlöcher los, besaufen sich bei irgendwem und legen alles flach, was sich ihnen auf Grabschweite nähert.«

Mit gerunzelter Stirn sehe ich in die Runde, alle nicken.

»Taugt er wenigstens als Freund?« Letzten Donnerstag ist er für mich da gewesen und hat meine Hand gehalten. War das alles bloß Show oder bemüht er sich ernsthaft um mich?

»Er und Jeff kennen sich seit dem Kindergarten. Die sind wie Brüder und lassen keine der Schulbitches zwischen sich kommen«, sagt Zack und legt den Kopf schräg. »Ich glaube, das war sogar der Grund für Brady, unsere Shelly-Belly in den Boden zu stampfen.«

»Okay?« Was will er mir damit sagen?

Dexter erbarmt sich meiner. »Die gute Shelly hat sich auf einer Party an Jeff rangeschmissen. Der hat Brady angerufen, der ihre Anmache mitangehört hat. Wie du dir denken kannst, hat unser Quarterback das nicht gut aufgenommen.«

»Hat er etwa …«

»M-hm«, macht Dexter. »Auf dem Schulball wurde die Aufnahme durch alle Lautsprecher gejagt, um die Alte bloßzustellen.« Langsam schüttelt er den Kopf. »Du hättest seinen Gesichtsausdruck sehen sollen«, sagt er düster. »Er hat das genossen.«

Ich weiß nicht, was ich davon halten soll. Brady hurt durch die Gegend, aber er ist ein treuer Freund. Und wenn man ihn betrügt, kennt er keine Gnade. Innerlich seufze ich. Keine Ahnung, wie das damals abgelaufen ist, aber es klingt furchtbar. Die Vorstellung, dass er von Shellys Betrug wusste und sie dennoch zum Schulball abgeholt hat, ist ziemlich schräg. Er fährt zu ihrem Haus, bringt ihr Blumen und lässt sich von ihren Eltern abknipsen, bevor sie gehen. Und auf der Feier sorgt er dafür, dass jeder weiß, dass sie seinen besten Freund angemacht hat. Das muss wie bei »Carrie« gewesen sein, als das Mädchen auf der Bühne mit Schweineblut übergossen wurde.

Ich gebe es nicht gerne zu, doch ein Teil von mir kann ihn verstehen. Ich hätte Alex auch gern für ihren Verrat bezahlen lassen. Immerhin habe ich nicht nur Conall verloren, sondern auch meine Freunde. Auf der anderen Seite habe ich dadurch erkannt, dass Alex und Nicci nie meine Freunde waren. Keine Ahnung, was ich in ihnen gesehen habe. Eine Zeitlang hatten wir einfach Spaß. Partys, tanzen, trinken, rauchen – abfeiern, bis der Absatz bricht. Damals war alles neu und aufregend für mich und ich habe es genossen. Doch die Fete, einen Tag vor meinem fünfzehnten Geburtstag, hat alles verändert. Alex und Nicci haben sich zurückgezogen und plötzlich war ich mutterseelenallein. Im wahrsten Sinne des Wortes, denn neben meinem Bruder habe ich auch meine Mutter verloren.

Am Ende der Stunde lade ich alle auf einen Cappuccino zu Starbucks ein. Das ist das Mindeste, was ich für sie tun kann. Sally und Zack haben sich beim Rektor für mich eingesetzt, ohne sie würde ich jetzt in Schwierigkeiten stecken. Bevor wir gehen, tauschen wir unsere Rufnummern aus. Dexter speichert sich in mein Handy unter »SexyThing«. Crush tippt »Dude« ein und Sally »Sal«. Zack kritzelt mir seine Nummer mit Kuli auf den Unterarm. Ich bin froh, dass er nicht das Messer nimmt.

Zu Hause werde ich von meiner Mutter in Empfang genommen. Sie hat drei Tage drehfrei und will mit mir reden. Ich dagegen – nicht.

»Wie war die Schule?«, fragt sie und folgt mir in die Küche. Im Kühlschrank steht ein Teller mit Hühnchen, Gemüse und gebackenen Rosmarinkartoffeln. Yummy.

»Wie immer«, sage ich und stelle den Teller in die Mikrowelle.

Natürlich ist das Quatsch, heute war nichts wie immer. Zum ersten Mal seit sechs Wochen hatte ich einen guten Tag an der Brentwood. Ich wurde wahrgenommen, sogar gegrüßt, was mir immer noch wie ein kleines Wunder vorkommt. In der Pause hat sich Brady zu mir gesetzt. Er hat herausgefunden, dass ich mich in den Pausen im Garten unter einem Baum verstecke, um Shellys Attacken zu entgehen. Zwar war sie heute nicht da, aber der Platz ist schön, und dank dieser Zicke durfte ich ihn entdecken. Etwas später ist Jeff dazugekommen, mit zwei Typen im Schlepptau, die ich vom Sehen kenne. Alle sind Teil des Footballteams und zum ersten Mal lassen sie mich in ihre Gruppe. Nach Wochen der Isolation fühlt sich das gut an.

Später im Musikunterricht habe ich meine Lieder vorgestellt und erstmals in einer Band gespielt, wenn auch nur für eine halbe Stunde. Statt Spott habe ich Anerkennung geerntet, was ich noch immer nicht fassen kann.

Und in Detention habe ich neue Leute kennengelernt, die vielleicht meine Freunde werden können. Wenn das nicht gut ist, weiß ich's nicht.

»Und was heißt das?«, fragt meine Mutter und setzt sich zu mir an den Tisch.

Ich nehme das Besteck und sehe ihr in die Augen.

»Wenn du mich in den letzten Wochen nicht komplett ausgeschlossen hättest, wüsstest du das.«

Sie seufzt und lehnt sich zurück.

»Mir ist klar, dass ich viel um die Ohren habe, daran musst du mich nicht erinnern. Aber jetzt bin ich hier, rede mit mir.«

»Soll ich mich vielleicht freuen, dass du einen Platz für mich in deinem Kalender gefunden hast?«

»Warum bist du so?«, fährt sie mich an. Ihre aufgesetzte Ruhe ist wie weggeblasen. Ich kenne das. Normalerweise läuft es so ab, dass sie auf sanft macht, dann sauer wird, und zum Schluss kommen die Tränen. Heute ist keine Ausnahme.

»Seit wir hier sind, benimmst du dich unmöglich, ich erkenne dich nicht wieder«, fährt sie fort. Ich beschließe sie zu ignorieren, obwohl sich meine Eingeweide verkrampfen. Endlich hatte ich einen guten Tag, warum muss sie den verderben?

»Durchläufst du gerade deine rebellische Phase? Fühlst du dich besser, wenn jedes zweites Wort von dir ein Vorwurf ist?«

Auch dazu schweige ich und esse das Huhn, auch wenn sich mein Magen immer mehr verknotet. Warum geht sie nicht einfach und lässt mich in Ruhe?

»Ich bin zwar deine Mutter, aber deswegen bin ich nicht perfekt. Ich mache Fehler, wie jeder Mensch, warum musst du sie mir bei jeder Gelegenheit unter die Nase reiben?«

Das reicht. Ich werfe das Besteck auf den Tisch und stehe auf.

»Jetzt hast du mir auch noch das Essen versaut«, fahre ich sie an. Mein Blick bohrt sich in ihre babyblauen Augen, die sich bei meinen Worten verhärten.

»Wie redest du eigentlich mit mir?« Meine Mutter wirft die Serviette aufs Tischtuch und steht ebenfalls auf.

Netter Versuch, aber heute falle ich nicht auf ihre Show herein. In einem hat sie recht: Seit wir hier sind, habe ich mich verändert. Zu Hause habe ich bis zum Schluss versucht, dass es funktioniert. Unsere Familie, um genau zu sein. Bis zum Tag unserer Abreise hatte ich gehofft, dass meine Mutter ihre Meinung ändert und Max doch noch mit uns kommt. Meinetwegen hätten wir in Berlin bleiben können. Ich hätte allem zugestimmt, solange wir eine Familie geblieben wären. Während ihrer Krise habe ich alles Menschenmögliche getan, um meine Mutter zu entlasten, obwohl es mir selbst dreckig ging. Ich habe mich um die täglichen Besorgungen gekümmert, den Haushalt organisiert, ihre Agentin beruhigt und Anrufe weitergeleitet – und das neben dem Schulkram und meiner eigenen Trauer.

Nach Lukas' Tod stand meine Mutter an erster Stelle, aber was hat das gebracht? Wo stand ich in den letzten beiden Jahren?

»Hörst du dir eigentlich zu?«, frage ich und umrunde den Tisch, bis wir uns gegenüberstehen. Das Herz schlägt mir bis zum Hals, doch mein Zorn hat das Ruder übernommen. »Ich, ich und nochmals ich – du redest nur von dir.«

»Wenn du so weitermachst, bekommst du Hausarrest!«, ruft sie und schlägt mit der Hand auf den Tisch. Die Zeile kommt mir vage bekannt vor. Stammt die nicht aus einem ihrer Filme?

»Du kannst nicht auf einmal ankommen und Mutter spielen, so geht das nicht. Nie bist du da, wenn ich dich brauche, sondern kommst dann, wenn du gerade Lust hast, Mutter zu spielen. Aber das ist kein Spiel, Mutter muss man sein. Aber das willst du nicht, alles was du willst, ist Applaus. Bei der kleinsten Kritik brichst du zusammen, und ich habe nicht mehr die Kraft, dich durchzuschleppen. Halte dich ab sofort an James, das ist jetzt sein Job!«

Ich sehe die Tränen in ihren Augen. Statt Mitgefühl erzeugen sie das Gegenteil, Wut, denn sie bedeuten, dass wir Phase drei unserer Auseinandersetzung erreicht haben. Als ich mich an ihr vorbeidrängen will, hält sie mich am Arm fest.

Die Tränen sind echt, daran zweifle ich nicht, doch das Biest in mir ist noch nicht satt, und ich bin gerade richtig in Fahrt.

»Spar dir die Tränen, hier ist keine Kamera.«

Den Blick meiner Mutter werde ich wohl nie vergessen. Sie sieht aus, als hätte ich sie geschlagen.

Nach diesem Ausbruch sollte ich mich eigentlich besser fühlen, leichter. Wie lange wollte ich ihr das schon sagen? Doch von Leichtigkeit kann keine Rede sein. Auf dem Bett rolle ich mich zu einem Ball zusammen, presse die Hände vors Gesicht und weine in mein Kissen. Unten ist meine Mutter ganz allein und weint vermutlich auch. Ich sehne mich so sehr nach ihr, dass mir alles wehtut. Ich will zu ihr gehen, sie in den Arm nehmen, wie ich es immer getan habe, wenn sie traurig war. Aber das ist nicht möglich. Heute habe ich eine Grenze überschritten. Doch wenn sich etwas ändern soll, muss sie langsam aufwachen. Ihr wisst schon, von wegen radikale Veränderungen benötigen radikale Maßnahmen. Heißt es nicht so?

Ich hoffe, dass ich heute nicht zu weit gegangen bin. Auf der anderen Seite – was habe ich zu verlieren? Irgendwo, tief in ihr, steckt immer noch meine Mutter. Vor Lukas' Tod war sie da, höchste Zeit, dass sie zurückkommt.

15

In der Schule läuft es am Dienstag sogar noch besser als am Vortag. Auf dem Parkplatz sehe ich Crush und Dexter, die vor Dexters Wagen rauchen. Das Zeug sieht nicht wie Filterzigaretten aus. Wenn sie erwischt werden, brennt die Hütte, so viel ist klar. Grinsend gehe ich auf sie zu und berühre mit meinen Fingerknöcheln ihre ausgestreckte Faust. Fragt lieber nicht, das ist einer dieser Insider-Grüße.

»Warum lächelst du«, fragt Dexter und legt mir einen Arm um.

»Ich dachte gerade, dass so ein Witz anfangen könnte: Stehen ein Surfer und ein Schwuler auf dem Parkplatz und rauchen Gras. Sagt der Surfer …«

In diesem Moment verschluckt sich Crush am Rauch, offensichtlich hat er gerade inhaliert. Er hustet und hustet, bis Dexter ihm auf den Rücken klopft.

»Was ist los, Mann?«

»Du bist schwul?«, röchelt Crush, und ich schlage beide Hände vor den Mund.

»Oh Gott, ich dachte das wäre offensichtlich!« Panisch blicke ich von Crush zu Dexter und ergänze: »Ich meine, du redest dauernd von den Knackärschen der Footballspieler, in Drama weißt du alles über Mode und kannst dich besser schminken als Shelly. Deswegen habe ich angenommen …«

Crushs brüllendes Gelächter lässt mich innehalten. Er krümmt sich vor Lachen und kriegt sich nicht mehr ein.

So ein Mist, was hab ich da angerichtet?

Als er wieder Luft bekommt, wischt er sich die Tränen fort, und ich verschwinde in seiner Umarmung.

»Oh Mann, du bist witzig«, sagt er. Ich verstehe bloß Bahnhof. »Keine Ahnung, wie wir ohne dich leben konnten, aber jetzt bist du ja hier.«

Mein fragender Blick sagt mehr als Worte, deswegen zwinkert er mir kurz zu und fährt grinsend fort.

»Klar weiß ich, dass Dexter schwul ist, ich wollte dich nur verarschen. Mann, du hättest dein Gesicht sehen sollen.«

Mein Mund klappt auf, doch er ist noch nicht fertig.

»Ich würde Dexters Vorliebe allerdings nicht herumposaunen. Die meisten Snobs hier sehen das nicht so locker, okay?«

»Könnt ihr mal aufhören so zu tun, als wäre ich nicht hier?«, meldet sich Dexter zu Wort und faltet die Arme vor der Brust.

Crush beugt sich zu meinem Ohr und wispert:

»Außerdem wäre das wirklich ein guter Witz: Stehen ein Surfer und ein Schwuler auf dem Parkplatz und rauchen Gras. Sagt der Surfer: Du bist schwul?«

Diesmal brechen wir zusammen in Gelächter aus. Der Witz ergibt nicht wirklich einen Sinn, aber das stört uns nicht. Die beiden haben zu viel Gras geraucht, und ich hab einfach Lust, zu lachen. Als wir die Aufmerksamkeit der Umstehenden erregen, trollen wir uns grinsend ins Gebäude.

Den Rest des Tages verbringen wir damit, uns Anti-Witze zuzurufen. Jedes Mal, wenn wir uns auf dem Gang begegnen, fängt einer an mit:

»Ein Kaninchen und ein Zauberer stehen an der Garderobe und warten auf ihre Klamotten. Sagt das Kaninchen …«

Der andere muss den Satz dann beenden. Diesmal renne ich in Crush, der mir obigen Satz vor die Füße wirft. Also rufe ich ihm hinterher:

»Das ist ein Zylinder?«

Crush bricht in wieherndes Gelächter aus und klopft sich auf den Schenkel. Der Junge ist leicht zu unterhalten, denke ich und trabe gut gelaunt zur nächsten Stunde.

In der großen Pause sitze ich nicht wie üblich unter meinem Baum, sondern lasse mich von Dexter überreden, mich an ihren Tisch in der Cafeteria zu setzen. Tatsächlich gibt es so etwas wie eine unausgesprochene Sitzordnung, wer hätte das gedacht. Die Nerds hocken in einer Ecke, die Jocks, das sind die Sportskanonen, in der anderen. In der Mitte thront die selbst ernannte Elite, was in der Regel die Super-Zicken sind, die Mode zu ihrer Religion erklärt haben. Sie halten sich einen Hof, der sich um ihre Tafel drapiert. Die Brentwood-Basketball- und Football-Stars dürfen ebenfalls an ihrem Tisch Platz nehmen sowie einige wenige Auserwählte, die nach einem komplizierten System bestimmt werden. Hierbei spielt Status eine wichtige Rolle, Aussehen sowieso, und der Einfluss, den sie außerhalb dieser Mauern ausüben. Da hier jeder Geld hat, spielt das Bankkonto eine untergeordnete Rolle.

Crush, Dexter, Sally und ich besetzen einen leeren Tisch, als Dexter da anknüpft, wo wir vor der Pause aufgehört haben.

»Treffen sich Sonne und Mond am Horizont. Sagt der Mond …«

Zack wirft seinen Rucksack auf den Boden und setzt sich mir gegenüber.

»Wie war dein Tag?«, gibt er zurück, und der Tisch bricht in schallendes Gelächter aus. So albern wir uns durch die Pause, bis Brady sich überraschend zu uns gesellt. Sofort verstummen die Gespräche. Alle Augen liegen auf dem blonden Sonnyboy, der mir ein strahlendes Lächeln schenkt.

»Ist hier noch frei?«, fragt er und setzt sich ohne eine Antwort abzuwarten auf den leeren Stuhl neben Dexter. Das ist auch so eine unausgesprochene Regel der Schulelite, die, im Gegensatz zu den anderen, überall sitzen darf.

»Ihr habt ja richtig gute Laune, darf ich mitlachen?«

Zack beugt sich vor und stützt die Unterarme auf die Tischplatte. Er verzieht spöttisch den Mund und sagt:

»Ein Quarterback und ein Football treffen sich auf der Linie. Sagt der Quarterback …«

Brady schüttelt fragend den Kopf. »Was sagt er denn?«

»Da weißt du mehr als ich«, beendet Crush den Witz. Das eruptive Gelächter lässt die Gespräche an den umliegenden Tischen verstummen. Selbst Brady lacht, auch wenn er seinem Gesichtsausdruck nach nicht weiß, worüber. Wie es aussieht, wirkt unsere gute Stimmung ansteckend.

Nachdem unser Lachen abebbt, räuspert Brady sich und fragt mich: »Hey, Jazz, ein paar Jungs aus dem Team gehen morgen Abend ins Kino. Hast du Lust, mitzukommen?«

Zack macht ein Geräusch, als müsse er sich übergeben. Bradys Blick fliegt zu ihm, doch Dexter schlägt Zack mit der flachen Hand auf den Rücken. Der tut so, als hätte er sich verschluckt. Zacks Blick brennt ein Loch in meine Stirn, doch ich weigere mich ihn, anzusehen. Ich weiß, dass er Brady verabscheut, doch das kann ich von mir nicht behaupten, wenigstens nicht mehr. So wie ich das sehe, hat er es verdient, dass ich ihm eine Chance gebe, wenn auch nur als Freund. Mehr möchte ich ohnehin nicht. Leider ist sein Timing schlecht.

»Morgen Abend muss ich arbeiten«, sage ich bedauernd.

»Was machst du denn?« Es ist klar, dass er annimmt, dass ich mit James' Werbeetat spiele oder sonst was Abgehobenes mache. Deswegen werden seine Augen rund, als ich sage:

»Ich bin Barista bei Starbucks.«

»Mach den Mund zu, Mann«, sagt Crush und grinst breit. »Das ist kein Job, sondern eine Lebenseinstellung.«

»Eigentlich ist es ein Job. Ich brauche das Geld«, gebe ich zurück.

Crush legt den Kopf schräg und seine Augen verengen sich zu Schlitzen. Dann schießt seine Hand vor, und ehe ich ahne, was er vorhat, verschwindet sein Arm bis zum Ellbogen in meiner Tasche. Mit zwei Fingern zieht er James' Kreditkarte hervor und hält sie mir unter die Nase.

»Was haben wir denn hier, 'ne schwarze Amex? Und dein Name steht auch drauf!«

Dexter neben mir schnappt nach Luft. Zack pfeift anerkennend.

»Diese seltenen Schätzchen sind für Leute reserviert, die sich kleine Länder kaufen können«, fährt Crush grinsend fort. »Selbst ich hab bloß 'ne olle Platincard, und mein Vater ist

Kongressabgeordneter. Und ich bezweifle, dass sonst jemand an diesem Tisch 'ne Black Amex besitzt. Shelly-Belly würde einen Mord begehen, um an so was ranzukommen. Also wie war das mit dem Job?«

Keine Ahnung, woher er von dem Stück Plastik weiß, aber diesen Mist brauche ich nicht. Glaubt er im Ernst, ich würde mich vor ihm rechtfertigen? Mit mahlenden Zähnen reiße ich ihm das Teil aus der Hand und stopfe es zurück in meine Tasche.

»Das geht dich nichts an«, fauche ich und versuche aufzustehen, doch Crush legt mir eine Hand auf den Arm.

»He, Jazz, ich hab nur Spaß gemacht. Nicht sauer sein, okay?«

»Ich brauche das Geld wirklich!«, fahre ich ihn an.

»Weil du, äh …«, beginnt er, lässt den Satz jedoch wie eine Frage im Raum stehen.

»Meine Unabhängigkeit bewahren will, ganz genau!«

»Richtig«, gibt er zurück, nicht überzeugt.

»Und warum machst du nichts, was besser bezahlt ist?«, fragt Sally.

Ich zucke mit den Schultern. »Es war das erste Jobangebot, das mir untergekommen ist. Und, na ja, ich liebe Kaffee, von daher.«

»Hey, ich hab einen neuen Witz!«, sagt Crush, vermutlich um mich aufzuheitern.

»'ne Kaffeebohne und ein Barista stehen bei Starbucks hinterm Tresen. Sagt die Bohne …«

Brady überrascht uns alle, als er erwidert:

»Was meinst du mit fein gemahlen?«

Unser frenetisches Gelächter dreht zahlreiche Köpfe der Nebentische. Danach gesellen sich weitere Spieler aus Bradys Team zu uns. Jeff ist unter ihnen, der sich heute besonders viel Mühe mit seinem Bad Boy Look gegeben hat. In der Schuluniform ist das ein kleines Kunststück. Die Jungs tragen Khaki-Hosen und je nach Wetter weiße Hemden mit roter Krawatte oder bordeauxfarbene Poloshirts. Ein paar Jungs, wie Zack, haben ihrem Shirt einen Worn-out-Look verpasst, damit er Vintage wirkt. Jeff hat heute ein weißes Hemd an, die Ärmel bis zur Schulter hochgekrempelt, was seinen Bizeps betont. Die Krawatte ist er nach der ersten Stunde losgeworden, denn in Homeroom wird die Kleiderordnung überprüft. Die obersten Knöpfe seines Hemds stehen offen und gewähren den Mädchen einen Blick auf seine gebräunte Brust. Die Hose liegt tief in der Hüfte, was unter uns gesagt ziemlich sexy aussieht. Wie Zack trägt er das dunkle Haar zerwuselt, um den ach so beliebten Just-Fucked-Style zu erzeugen.

Er dreht einen Stuhl verkehrt herum und setzt sich zu uns. Als Brady ihm steckt, dass ich bei Starbucks arbeite, zuckt er nicht mit der Wimper, sondern lädt sich zu einem Espresso ein. Brady zieht den Espresso-Brownie vor, und dann gibt jeder von ihnen seine Bestellung auf, wofür sie von mir den Stinkefinger ernten.

»Hey, wenn du am Mittwoch nicht ins Kino kannst, musst du Freitag zu unserem Spiel kommen«, sagt Brady plötzlich.

»Football?«, frage ich wie ein Trottel. »Ich meine, ich kenne nicht mal die Regeln.«

»Das lernst du schnell«, wirft Jeff ein und grinst. »Dann kannst du mal einem richtig guten Wide Receiver bei der

Arbeit zusehen.« Dafür erntet er Schulterklopfen von seinen Teamkollegen, während er von Zack, Crush und Dexter ausgebuht wird.

»Wide Receiver sind im Vergleich zu Quarterbacks langweilig«, sagt Brady und kassiert von Jeff eine Kopfnuss.

»Dir bleibt keine Wahl«, ergänzt er und zwinkert mir zu.

»Yeah!«, stimmt Jeff mit ein. »Wenn du nicht kommst, verpasst du etwas, unsere Football-Spiele sind legendär.«

»Außerdem«, fährt Brady fort, »kann ich mit niemandem befreundet sein, der meine Spiele boykottiert. Das wirst du doch nicht wollen, oder?«

Natürlich macht er bloß Witze, dennoch fühle ich mich seltsam gerührt. Also dass er uns als Freunde betrachtet. So weit sind wir zwar noch nicht, aber die Geste zählt, oder?

Ich ignoriere Zacks abfälliges Schnauben und sage Brady für Freitag zu, was er mit einem blendenden Lächeln quittiert. Ich bilde mir ein, Dexter neben mir seufzen zu hören, bin mir aber nicht sicher.

Den Rest der Pause verbringen die Jungs damit, mir die Spielzüge von Football zu erklären, selbst Zack hat etwas beizutragen. Zwischendurch lässt Crush ein Paar Anti-Witze vom Stapel, und wir lachen uns halb krumm, bis es zur nächsten Stunde läutet.

Im Musikunterricht arbeiten Zack, Tyler, Dane und ich an meinen Songs. Tyler nimmt die Sachen mit seinem Rechner auf und drückt mir nach der Stunde den USB Stick des Mitschnitts in die Hand. Er sagt, sein Vater macht das genauso. Lässt jede Probe aufnehmen, um sich anschließend das Material anzusehen. Dabei geht es nicht nur um das Audio-Ergebnis, sondern auch den visuellen Teil. Wie natürlich die Songs rüberkommen und so.

In Detention werden wir heute von meinem Klassenlehrer, Mr Wittman, beaufsichtigt, der ein anderes Kaliber als Hubba Bubba ist. Reden ist streng untersagt. Handys werden einkassiert und erst nach der Stunde wieder ausgehändigt. Uns bleibt nichts anderes übrig, als Hausaufgaben zu erledigen, aber wenn ihr mich fragt, gibt es Schlimmeres.

An sich wäre das ein super Tag gewesen – aber so viel Glück habe ich nicht. Auf dem Parkplatz sehe ich bereits von Weitem, dass sich schon wieder jemand an meinem Wagen vergriffen hat. Diesmal sind alle vier Reifen zerstochen, und jemand hat mit roter Farbe »Das ist erst der Anfang« auf die Seite gesprüht. Auf Deutsch.

Shelly und Charlize hätten den ganzen Tag Zeit gehabt, aber mein Bauchgefühl sagt mir, dass sie es nicht waren. Das ist nicht ihre Handschrift, also im übertragenen Sinn. Ich kann mir nicht vorstellen, dass Shelly sich zu so einer Aktion herablassen würde. Es ist eine Sache, Beleidigungen mit Lippenstift auf den Spind zu kritzeln, aber das hier ist eine andere Nummer.

Jetzt bin ich mir fast sicher, dass sie mit der Aktion vom Donnerstag nichts zu tun hatte. Wenn sie rote Farbe über ein Auto kippt, könnte sie Farbspritzer abbekommen, und ihr Tag wäre gelaufen. Davon abgesehen wäre die Gefahr, gesehen zu werden, zu groß. Den Parkplatz kann man sowohl von der Straße aus sehen als auch vom Gebäude. Dieses Risiko würden weder Shelly noch ihre Helfer eingehen. Wozu auch? Wenn sie etwas bewiesen haben, dann, dass es genug Möglichkeiten gibt, mir das Leben schwer zu machen. Intrigen & Co.

sind ihr Ding. Keine offene Gewalt oder plumpe Drohungen.

Stellt sich die Frage, wer mich fertigmachen will.

Ich komme nicht dazu, dem nachzugehen, denn das Knallen einer Autotür lässt mich zusammenzucken.

»Verdammte Scheiße, das nervt jetzt aber langsam!«, flucht Brady. Er kommt mit langen Schritten auf mich zu und legt mir tröstend einen Arm um die Schulter.

Da kann ich ihm nur lebhaft beipflichten. Es nervt, tut höllisch weh und ist unter uns gesagt ziemlich grausam.

»Warum bist du noch hier?«, frage ich leise.

»Footballtraining«, sagt er. »Sieht so aus, als bräuchtest du 'ne Mitfahrgelegenheit.«

Ich nicke und friemele das Telefon aus meiner Tasche. Martinez ist die Nummer drei meiner Kurzwahltasten, er hebt nach dem zweiten Klingeln ab. Ich berichte kurz, was los ist, und er verspricht, sich darum zu kümmern.

»Warte im Gebäude auf mich, ich hole dich in fünfzehn Minuten ab.«

»Das brauchst du nicht«, erwidere ich und schenke Brady ein mattes Lächeln. Warum sollte er mich nicht mitnehmen? Wir sind Nachbarn, für ihn ist es nicht mal ein Umweg.

So kommt es, dass er mich am nächsten Morgen abholt und am Nachmittag wieder zu Hause absetzt. Da ich arbeiten muss, bleibt mir gerade genug Zeit, mich umzuziehen und eine Kleinigkeit zu essen. Ursprünglich wollte ich Martinez bitten, mich zum Starbucks zu fahren. Doch das stellt sich als überflüssig heraus, denn als ich die Küche betrete, erwartet mich eine Überraschung.

Mein Essen steht bereits auf dem Tisch, Lammkeule mit Kartoffelgratin, lecker! Hatte ich erwähnt, dass ich Antoine liebe? Als ich mich setzen will, entdecke ich James, der hinter der Kücheninsel steht und sich einen Kaffee bereitet. Ich habe ihn noch nie hier gesehen. In seinem Maßanzug kommt er mir fehl am Platz vor. Und auch wieder nicht. Wenn er es darauf anlegt, passt James überall rein. Das hat weniger mit seinen Klamotten zu tun als seinem Willen. Und im Moment möchte er hier sein – fragt sich, warum.

»Hallo, Jazz«, begrüßt er mich. Er setzt seinen Becher auf dem Esstisch ab und nimmt mir gegenüber Platz.

»Hi«, gebe ich kleinlaut zurück. Seit er letzten Donnerstag mit meiner Mutter an der Schule aufgetaucht ist, habe ich ihn nicht mehr gesehen. Er muss sauer auf mich sein, immerhin habe ich ihn einen Drehtag gekostet. Außerdem hat sich meine Mutter danach ein paar Tage freigenommen, was ihm ebenfalls nicht geschmeckt haben kann. Beim Film kostet jeder Drehtag eine Mörderkohle. Ich gehe mal davon aus, dass der Regisseur Szenen vorgezogen hat, in denen meine Mutter nicht vorkommt. Aber das verursacht eine Menge Logistik und Neuplanung. Das ist wie beim Mikado. Zieht man ein Stäbchen heraus, wirkt sich das auf den ganzen Stapel aus.

»Hast du dich ein bisschen eingelebt?«, erkundigt er sich und nippt an seinem Kaffee. Er wirkt entspannt, und einmal mehr stelle ich fest, dass ich seine dunklen Augen mag. Sie sind warm und von kleinen Lachfältchen umgeben. Auch das gefällt mir. Seine James-Bond-Frisur wirkt zerzaust, als ob er sich heute ein paarmal mit der Hand durchs Haar gefahren ist. Der Strubbellook steht ihm, finde ich, lockert ihn ein bisschen auf.

»M-hm«, antworte ich nickend. Kurz überlege ich, ob wir dieses Gespräch führen, weil er keine Lust hat, die neue Mini-Rechnung zu übernehmen. Vier Reifen sind nicht gerade billig, aber ich hoffe, dass Raoul mir ein gutes Angebot macht. Da ich Ende der Woche meinen Gehaltsscheck bekomme, müsste ich in der Lage sein, das selbst zu regeln. Oder will James mir den Wagen wegnehmen, weil ich nicht gut darauf aufgepasst habe?

Als würde er meine Sorge spüren, beugt er sich vor und legt eine Hand auf meinen Arm.

»Jazz, wir finden heraus, wer hinter dem Vandalismus steckt«, sagt er teilnahmsvoll. Die Wärme in seiner Stimme bohrt meinen Tränenkanal an, denn plötzlich verschwimmt er vor meinen Augen. Ich räuspere mich und stopfe mir eine Gabel Gratin in den Mund, um ihn nicht ansehen zu müssen. Immer wenn ich mit ihm oder meiner Mutter konfrontiert bin, stelle ich mich auf einen Kampf ein. Wenn er wie jetzt mitfühlend ist, unterwandert er meine Schutzschilde, und ich komme mir ausgeliefert vor. Aber es ist ein angenehmes Ausgeliefertsein, fast fühle ich mich … geborgen.

»Jasmin«, sagt er leise und drückt kurz meinen Arm.

»Ich habe mich bisher aus deinem Leben rausgehalten, nicht weil du mich nicht interessierst, sondern weil ich dir Raum geben wollte. Mir ist klar, dass die aktuellen Umstände ein Schock sein müssen, zumal du all deine Freunde zurückgelassen hast.«

Na ja, so viele waren das auch wieder nicht, aber das sage ich ihm nicht.

»Und Max«, ergänzt er, was mich wundert. Ich hätte angenommen, dass er das M-Thema vermeidet. Als er meine Überraschung sieht, nickt er.

»Liz hat mir gesagt, wie sehr du an deinem Vater hängst.«

Dass er nicht Stiefvater sagt, rechne ich ihm hoch an. Damit zeigt er, dass er Max' Rolle nicht schmälern will.

»Ich werde mich auch nicht noch einmal in deine Beziehung mit deiner Mutter einmischen. Mir ist durchaus bewusst, dass ich nur ihre Version kenne. Außerdem bist du alt genug, um zu wissen, was du tust.«

Wenn er mich vorher überrascht hat, bin ich nun einen Augenblick perplex. Habe ich das richtig verstanden, er lässt mir freie Bahn mit meiner Mutter? Zugegeben, er ist nicht mein Vater und im Grunde sollte mir seine Meinung egal sein. Aber das ist sie nicht. Etwas an ihm ist Respekt einflößend. Anders als meine Mutter wirkt er wie jemand, der sagt, was er meint, und meint, was er sagt. James kommt mir geradlinig vor, und sosehr ich ihn hassen will – es geht nicht. Glaubt mir, ich habe es versucht, immerhin hat er meine Mutter gestohlen. Und irgendwie auch Max. Andererseits ... wer weiß, was meine Mutter ihm erzählt hat. Sie war nicht verheiratet, trug keinen Ring. Keine Ahnung, wie sie ihm Max verkauft hat – als guten Freund? James dafür verantwortlich zu machen, ist mir zu billig. Insgeheim frage ich mich, ob er unseren letzten Streit mitbekommen hat.

»Okay?«, sage ich, und hätte mir am liebsten vor die Stirn geschlagen, weil es wie eine Frage rauskommt.

»Das Einzige, worum ich dich bitte, ist, mir ein bisschen Vertrauen entgegenzubringen. Denkst du, dass du das hinbekommst?«

Irgendwo habe ich mal gelesen, dass Vertrauen nichts ist, was man auf Bestellung bekommt.

»Das weiß ich nicht«, antworte ich wahrheitsgemäß. Ich sehe keinen Sinn darin, ihn zu belügen.

Er nickt, als hätte er nichts anderes erwartet.

»Wirst du es versuchen?«

Langsam stoße ich den Atem aus und lehne mich zurück, ohne ihn aus den Augen zu lassen.

»Ich sage dir gleich, dass mich das viel Überwindung kosten wird.« Wenn ich mich James gegenüber öffne, hätte ich das Gefühl, Max zu verraten.

Abermals nickt er.

»Es sind nicht die leichten Aufgaben, an denen wir wachsen.«

So kann man das natürlich auch sehen.

»Jasmin, dass du Max die Treue hältst, hat mich überrascht. Und es ist schwer, mich zu überraschen. Du hast dich unerschütterlich auf Max' Seite gestellt und weder meine Hilfe noch mein Geld angenommen. Loyalität ist eine aussterbende Eigenschaft.«

Er hält einen Moment inne und fährt dann leiser fort:

»Ich möchte nicht, dass du dies als Bestechungsversuch ansiehst, sondern als Anerkennung.«

Plötzlich schlittert ein ovaler Schlüssel zu mir und bleibt neben meinem Teller liegen.

»Du hast in den letzten Wochen starke Nerven, Charakter und Initiative gezeigt.«

»Initiative?«, frage ich verwirrt, während ich das Logo auf dem Schlüssel anstarre.

»Nach gerade mal zwei Wochen in den Staaten hast du deine Fahrprüfung gemacht und nahezu fehlerfrei bestanden.«

Er weiß, dass ich nur einen Fehler hatte? Ich sollte mal ein ernstes Wort mit Martinez wechseln.

»Statt zu feiern und auf Partys zu gehen, wie das jeder andere Teenager in deinem Alter getan hätte, hast du dir einen Job gesucht. Und das in deinen Ferien. Ich weiß auch, dass du bis heute nicht eine Schicht versäumt hast.«

Hm. Vielleicht sollte ich auch mal mit Marc reden … woher weiß er das alles? Außerdem habe ich meine Schicht am Donnerstag verpasst, aber ich weiß, worauf er hinauswill. Das scheint seine Art zu sein, mir zu sagen, dass er stolz auf mich ist.

»Ähm … du gibst mir ein Auto?«, frage ich und halte den Schlüssel in die Höhe.

»Den Mini kannst du selbstverständlich behalten, aber im Moment bietet er dir nicht genug Sicherheit. Deswegen möchte ich, dass du den da fährst.« Er deutet zum Schlüssel.

»Der Mini war auch für mich?«

Meine Frage scheint ihn zu verwirren.

»Selbstverständlich«, sagt er mit gerunzelter Stirn. »Deine Mutter hat mir versichert, das sei dein Traumwagen. Er wurde extra für dich aus England importiert, da es bei uns keinen Markt dafür gibt.«

Jetzt bin ich platt. Obwohl … Hätte ich mir auch denken können. Der Wagen passt so gar nicht in James' Fuhrpark. Auch wenn es für mich kein schöneres Auto gibt, wirkt er neben den schnittigen Luxusschlitten ziemlich deplatziert.

»Noch etwas«, sagt er, schiebt seinen Stuhl zurück und steht auf.

»Ich habe dir ein Konto bei meiner Hausbank eingerichtet.«

Ich öffne den Mund, um zu protestieren, doch er hebt eine Hand und fährt entschlossen fort:

»Ich besitze mehr Geld, als ich ausgeben kann. Genieße dein Leben, Jasmin, manchmal ist es schneller vorbei, als man denkt.«

Wie von selbst erscheint Lukas vor meinem inneren Auge und mein Brustkorb quetscht sich zusammen.

James tritt neben mich und legt eine Hand auf meine Schulter.

»Du hast bewiesen, dass du verantwortungsvoll bist, also benutze die Karte.« Ein trauriges Lächeln huscht über sein Gesicht, als er in verändertem Tonfall hinzufügt:

»Keiner meiner Söhne hat die Black Card, du hast sie dir verdient.«

Damit verlässt er die Küche und lässt mich mit laut pochendem Herzen zurück.

Soll das heißen, dass er seinen eigenen Söhnen nicht genug traut, um ihnen eine unlimitierte Kreditkarte zu geben, aber mir schon? Und das, obwohl ich ihn bestenfalls wie Luft behandelt habe? Ich verstehe die Welt nicht mehr.

Schnell entsorge ich das kalte Essen, haste zur Garage und mache mich auf den Weg zur Arbeit. In meinem nigelnagelneuen X5 von BMW.

16

Ich schaffe es gerade noch pünktlich, doch glücklicherweise ist nicht viel los. Pam flirtet mit einem Kunden, das erkenne ich an der Art, wie sie lächelt und das Haar über die Schulter wirft. Als sie mich sieht, hellen sich ihre Züge auf, und sie winkt aufgeregt.

»Hey Baby, weißt du schon das Neuste?«

»Außer dass ich zu spät bin?«, frage ich und trabe in die Küche.

Pam macht eine wegwischende Handbewegung und lässt ihren Flirt vor der Theke stehen.

»*Our Mountain* ist nicht mehr Vorgruppe von 30STM!«

Wer zum Henker soll das denn sein? Mein leerer Blick ist ihr Antwort genug. Sie seufzt und bindet mir die Schürze zu.

»Man, du interessierst dich ja wohl null für Musik, oder?«

Ähm …

»Das ist bloß die heißeste US Band der Geschichte, aber egal.«

»Und was nun?«, hake ich nach einer peinlichen Pause nach, mehr aus Höflichkeit als aus Interesse. Ehrlich, ich freue mich auf das Konzert, aber die Vorgruppen sind doch meistens für die Tonne. Es heißt zwar, dass sich der Hauptakt die Vorgruppe selbst aussuchen darf, aber das halte ich für ein Gerücht. Vermutlich ist das eine Frage des Vertrags.

»Ihnen bleiben keine zehn Tage, um Ersatz zu finden. Angeblich ist eine englische Band im Gespräch, Newcomer, die seit einigen Wochen die angesagten Londoner Klubs unsicher machen.«

Ich höre nur mit halbem Ohr zu, da ich Brady, Jeff und das halbe Footballteam durch die Tür kommen sehe. Sie nehmen einen Ecktisch mit Blick auf den Crenshaw Boulevard ein. Mit Ausnahme von Brady, der mit seinem Trademark-Grinsen auf mich zu schlendert.

»Hey, hey, hey, seht euch unsere Jazz an! Ist das deine Arbeitskluft?«

»Ich dachte, ihr wolltet ins Kino.«

»Wurde auf morgen verschoben. Die Jungs haben beschlossen, dir beim Milchaufschäumen zuzusehen«, gibt er mit einem Zwinkern zurück.

»Wenn das nicht der Quarterback der Brentwood ist«, sagt Pam und wirft ihre rote Mähne zurück. Wenn es überhaupt möglich ist, wird Bradys Grinsen breiter.

»Möchtest du ein Autogramm?«, scherzt er. Obwohl ich mir bei ihm nicht sicher bin, ob das wirklich als Witz gedacht war. Pams Augen wandern anerkennend über seinen durchtrainierten Körper. Er hat die Schuluniform gegen tief sitzende Jeans und ein hautenges T-Shirt eingetauscht, das nach oben rutscht, als er sich zu seinen Freunden umwendet und ruft:

»Hey, ihr Pappnasen, was wollt ihr trinken?«

Pam neben mir seufzt und betrachtet den Streifen goldenes Haar, das in seinem Hosenbund verschwindet. Konspirativ beugt sie sich zu mir.

»Ist der schon vergeben?«, fragt sie leise.

»Ich glaube nicht«, gebe ich ebenso leise zurück, während Brady die Bestellungen einsammelt.

»Von Nahem sieht er sogar noch besser aus als auf dem Feld«, schwärmt sie.

»Du gehst zu den Spielen?« Das überrascht mich.

»Nur zu den interessanten.«

»Sind die wirklich so gut?«

»Baby, die Teams der Privatschulen können mit denen der öffentlichen Schulen nicht mithalten. Vor allem in den Ghettos, in denen sich die Jungs durchbeißen müssen und Probleme mit den Fäusten lösen. Die lassen ihren ganzen Frust auf dem Feld aus. Was können die reichen Söhnchen denen schon entgegensetzen?«

Sie füllt Kaffeepulver in den Filter und ergänzt. »Aber die Jungs der Brentwood Academy sehen zum Anbeißen aus, vor allem in ihren engen Uniformen.«

Ich sollte Pam mit Dexter bekannt machen, die beiden haben einiges gemeinsam.

Die Gruppe bleibt eine Weile und kurbelt den Umsatz ordentlich an. Später kommen noch ein paar Mädchen unserer Schule dazu. Alisha sitzt in Englisch zwei Reihen vor mir und Lynn ist in meiner Drama-Klasse. Die anderen habe ich ein paarmal in der Pause gesehen, kenne aber ihre Namen nicht.

Da uns die Becher ausgegangen sind, leere ich die Spülmaschine, als mich zwei Arme von hinten umfassen und ich gegen eine harte Brust gedrückt werde.

»Gut, dass du diesen süßen Hintern hinter der Theke versteckst, querida, sonst muss ich in Zukunft Alano als Aufpasser hierlassen.«

Raoul dreht mich in seinen Armen und ich atme seinen Duft nach Leder und Motoröl ein.

»Kunden haben hier hinten nichts verloren«, ziehe ich ihn auf, doch meine Hände strafen meine Worte Lügen. Als hätten sie einen eigenen Willen, fahren sie seine skulptierte Brust entlang und legen sich um seinen Nacken.

»Glaub mir, cariño, ich habe nur eine Sache hier hinten verloren – und gefunden.« Um zu unterstreichen, was er mit hinten meint, fährt seine Hand unter meinen Po und zieht mich näher zu sich.

Bevor ich protestieren kann, drängt er mich gegen die Metallregale, dann liegt sein Mund auf meinem. Und oh Mann, der Junge kann küssen. Raouls Lippen sind sanft, und doch fordernd. Er verlangt Eintritt, und den bekommt er, denn der Druck seines Beckens gegen meines lenkt mich einen Augenblick ab. Er ist erregt, worauf mein Körper mit einem Pochen an genau der richtigen Stelle reagiert. Als er mich anhebt, wickele ich automatisch die Beine um seine Taille und beantworte seinen hungrigen Kuss. Ich weiß nicht, wie viel Zeit wir so verbringen, doch Pams Hüsteln holt mich zurück ins Hier und Jetzt.

Verdammt. Eine Minute länger und ich hätte ihm die Klamotten vom Leib gerissen. Raoul ist mit Abstand der heißeste Typ, der mir bisher über den Weg gelaufen ist. Die vollen

Lippen sind eine Einladung, wie kann man sie nicht küssen wollen? Und sei es nur, um herauszufinden, ob sie so weich sind, wie sie aussehen.

»Marc ist im Anflug«, raunt Pam, was wie eine kalte Dusche wirkt. Raoul und ich springen auseinander. Kurz darauf segelt Marc mit gerunzelter Stirn in die Küche. Raoul erholt sich schneller als ich und bemerkt geistesgegenwärtig:

»Sie sollten ihre Mitarbeiter nicht so schwere Sachen tragen lassen.« Er nickt zu den Milchpaletten.

»Äh … Danke für Ihre Hilfe?«, entgegnet Marc und wirft seinen Autoschlüssel auf die Ablage.

»Die Paletten habe ich übrigens gestern selbst gestapelt«, murmelt er, nachdem Raoul verschwunden ist.

Verlegen knabbere ich an meiner Unterlippe.

»Das würde ich lassen. Die ist auch so genug geschwollen.«

Bevor ich etwas erwidern kann, zwinkert er mir zu und lässt mich mit hochrotem Kopf in der Küche stehen.

Mit Marc im Nacken müssen Raoul und ich uns zusammenreißen. Nur noch eine Stunde, dann habe ich frei. Doch ausgerechnet die dehnt sich wie Kaugummi. Darüber hinaus habe ich das Gefühl, dass die Stimmung mit Raouls und Alanos Eintreffen gekippt ist. Meine eben noch feixenden Mitschüler werfen den beiden düstere Blicke zu. Brady und Jeff stecken die Köpfe zusammen. Einmal mehr muss ich an den Abend denken, als Raoul von zwei Wagen in die Zange genommen wurde. Doch Brady fährt keinen silbernen Porsche, er kann es nicht gewesen sein. Zumindest hoffe ich das.

Schließlich halte ich es nicht mehr aus. Ich schnappe mir ein Tablett und fange an ihren Tisch abzuräumen.

»Kommt ein Hai in eine Bar. Sagt die Kellnerin …«, beginne ich, um die Jungs aus ihrer trüben Stimmung zu holen.

»Woher kennst du den Chicano?«, fragt Brady und sieht zu Raoul, der im Gegensatz zu meinen Mitschülern vollkommen entspannt wirkt.

»Er ist hier Stammkunde, und …«

»Und was?«

»Äh, wir sind befreundet.«

Brady nimmt mit überraschend festem Griff mein Handgelenk. »Mit dem kannst du nicht befreundet sein.«

»Wieso das denn?«

»Er dealt«, sagt er knapp, obwohl ich den Eindruck habe, dass das nicht alles ist, was er loswerden wollte. Ich denke an Crush, der Gras raucht und vermutlich auch verkauft. Sein Joint liegt noch immer irgendwo in den Tiefen meiner Büchertasche. Etwas sagt mir, dass Brady nicht Hasch meint, sondern härtere Drogen im Sinn hat.

»Woher willst du das wissen?«

»Flossen weg«, sagt eine tiefe Stimme hinter mir, und ich schließe kurz die Augen. Obwohl er ruhig klingt, wage ich nicht mich umzudrehen. Stattdessen sehe ich auf Bradys Finger, die noch immer mein Handgelenk umklammern.

»Wie war das?«, fragt Brady, der instinktiv loslässt.

»Kommt ein Hai in eine Bar. Sagt die Kellnerin: Flossen weg!« Alano, der neben Raoul steht, bricht in dröhnendes Gelächter aus, in das niemand mit einstimmt. Ich kann es ihnen nicht verdenken. Mit dem fehlenden Ohrläppchen und der zweifach gebrochenen Nase sieht Alano schon im Ruhezustand zum Fürchten aus. Wenn er lacht, entblößt er die vergoldeten Schneidezähne und wirkt mehr denn je wie ein Meuchelmörder aus einem Guy-Ritchie-Film.

Die Mädchen sinken tiefer in die Polster und verstecken sich hinter den breiten Rücken der Jungs. Die wiederum versuchen cool zu bleiben, was ihnen nicht wirklich gelingt.

An mich gewandt sagt Raoul:

»Bist du fertig?« Ich nicke und husche zurück in die Küche, wo ich mit zittrigen Fingern meine Schürze öffne.

»Baby, ist das aufregend«, sagt Pam atemlos, die ebenfalls Feierabend hat.

»Du kannst deine Freunde ruhig öfter mitbringen, endlich ist hier mal was los. Vielleicht sollten wir damit werben und Eintritt verlangen, was meinst du?«

»Werben?« frage ich zerstreut und suche meine Handtasche.

»Na, mit dem Zusammentreffen der verfeindeten Teams«, sagt sie und sieht mich verständnislos an. »Das weißt du nicht?«

»Was weiß ich nicht?« Langsam nervt mich das Frage-Antwort-Spiel.

»Die Fernández High tritt dem Team der Brentwood zweimal im Jahr mit Anlauf in den Südpol. Dann spielen sie gegeneinander und die Brentwood bekommt ihr Fett weg. Das weiß doch jeder.«

Jeder außer mir.

»Hat Raoul auch gespielt?«

Sie wirft den Kopf zurück und lacht aus vollem Hals.

»Gespielt? Baby, so kann man das nicht nennen. Der Mann war ein Gott.«

Echt jetzt?

»Er war der beste Linebacker, den die Fernández je hatte. Ich schwöre, als er mit der Schule fertig war, hat der Coach geweint.«

Was zur Hölle war noch mal ein Linebacker? Pam deutet meinen fragenden Gesichtsausdruck richtig und verdreht die Augen.

»Der Linebacker ist der wichtigste Mann der Defense. Quasi der Quarterback der Verteidigung. Er sagt den Leuten, wo es langgeht, und nietet, wenn möglich, den gegnerischen Quarterback um. Und Raoul war der Beste. In der letzten Saison hat er Brady ziemlich übel aussehen lassen. Ich weiß nicht, wie oft Raoul ihn flachgelegt hat, irgendwann nach dem zwanzigsten Mal habe ich aufgehört zu zählen.«

Darauf seufzt sie und ergänzt wehmütig: »Ich kann noch immer nicht glauben, dass er nicht ans College gegangen ist. Stipendien-Angebote hatte er genug, wie man hört.«

Das sind ja mal Neuigkeiten.

»Die Rivalität zwischen der Brentwood und der Fernández High ist in dieser Gegend legendär«, fährt sie fort und bürstet ihr Haar aus. »Nach den Spielen ist jedes Mal die Hölle los. Nicht selten landen Fans im Krankenhaus.«

Sie stopft die Schürze in den Wäschesack und ergänzt vielsagend: »Aber nicht von der Fernández High.«

Schon klar. Langsam erschließt sich mir das Bild: Die Amigos gegen die Snobs. Letztere kriegen die Hucke voll, deswegen hassen sie die Hispanier. Waren sie deswegen hinter Raoul her? Um sich für eine vermasselte Saison zu rächen?

Der Gedanke ist absurd. Raoul hat seit Monaten nicht gespielt, da ist es ein bisschen spät für Vergeltung.

Als wir die Küche verlassen, wirkt Marc nervös.

»Kannst du deinen Freund hier rausschaffen?«, fragt er und sieht in Alanos Richtung, der die Kundschaft nachhaltig verschreckt. Jedes Mal wenn er Zähne zeigt, zucken die Gäste zusammen.

»Kein Problem.«

Pam winkt zum Abschied und wirft Alano eine Kusshand zu, was er mit einem breiten Grinsen quittiert. Nicht gut. Marc hinter mir stöhnt, als ein kollektives Aufkeuchen von den Nebentischen zu hören ist. Ich haste zu Raouls Freund und stolpere beinahe über meine eigenen Füße. Während Pam und ich unseren Plausch hatten, hat sich die Situation an Bradys Tisch verschärft. Jeff sieht angepisst aus und Brady hat seine Hände zu Fäusten geballt. Als er Anstalten macht, sich zu erheben, ergreife ich Raouls Arm und ziehe ihn Richtung Ausgang.

»Ich bin fertig«, sage ich. »Lass uns gehen.«

Bradys Sonnyboy-Gehabe ist wie weggeblasen. Er wirft mir einen finsteren Blick zu, den ich ignoriere. Bevor wir durch die Tür sind, ruft er:

»Du kommst doch noch am Freitag zum Spiel, oder?«

Verwirrt bleibe ich stehen. Das Spiel ist erst in zwei Tagen. Wir werden uns vorher noch hundertmal in der Schule über den Weg laufen, also was soll diese Frage? Dann wird mir klar, dass das an Raoul gerichtet ist. Dessen Brauen ziehen sich zusammen, während er Brady taxiert.

»Das hab ich doch gesagt«, gebe ich irritiert zurück. Nun bin ich diejenige, die von Raoul fortgezogen wird.

»Wo ist dein Wagen?«, fragt er kurz angebunden. »Ich habe ihn nicht auf dem Parkplatz gesehen.«

»Ich fahre jetzt den da.« Via Knopfdruck öffne ich den weißen X5, dessen Lichter kurz aufblinken. »James meint, er wäre sicherer als der Mini.«

Alano pfeift anerkennend, dann grinst er. »Besser, ich gebe Hernandez das Kennzeichen durch, sonst ist er morgen weg.«

Möchte ich wirklich wissen, was er damit sagen will? Eher nicht. Dennoch kann ich die vielen Fragen in meinem Kopf nicht länger ignorieren. Raoul und ich müssen reden. Zum einen hängt dieses Drogen-Ding in der Luft. Dann das Gang-Ding, nicht zu vergessen das Überfall-Ding. Was wollten diese Jungen von ihm – kannte er sie?

»Raoul«, sage ich so leise, dass er sich zu mir herabbeugt.

»Si?«

»Ich möchte noch nicht nach Hause.«

Mehr muss ich nicht sagen. Er nickt und sagt an Alano gewandt:

»Ich fahre mit Jasmin.« Als wäre damit alles klar, drückt er ihm den Wagenschlüssel in die Hand. Alano zwinkert mir zum Abschied zu und hält ohne ein Wort zu verlieren auf den schwarzen Offroader zu.

»Wohin?«, fragt Raoul, der wie selbstverständlich auf dem Fahrersitz Platz nimmt. Normalerweise hätte mich dieses Chauvie-Verhalten aufgebracht, doch heute bin ich zu müde.

»Mir egal, Hauptsache wir haben ein paar Minuten für uns.«

Sein Blick durchbohrt mich und mit einem Mal wird mir furchtbar heiß.

»Zum Reden, meine ich. Wir müssen reden.«

»Selbstverständlich«, murmelt er, klingt jedoch nicht überzeugt.

Ich kann es ihm nicht verdenken.

Unterwegs schicke ich James eine SMS: *Bin nach meiner Schicht zu einer Freundin gefahren, um mir einen Film anzusehen.*

Schon merkwürdig, dass ich ihm das schreibe, nicht meiner Mutter. Andererseits hatten wir neulich das Gespräch über Vertrauen. Auch wenn ich ihn gerade beschwindelt habe, möchte ich nicht, dass er oder meine Mutter sich meinetwegen Sorgen machen. Dass ich bei Raoul bin, müssen sie nicht wissen.

Da ich morgen Schule habe, wird James von meiner Nachricht nicht begeistert sein, deswegen stelle ich das Handy aus.

17

Dass Raoul über der Werkstatt wohnt, hätte ich mir denken können. Sein Apartment ist weitläufig wie ein Loft, einzig das Badezimmer ist separat. Der unregelmäßige Zementboden ist blank, nur vor dem Bett ist er mit Sisalteppichen bedeckt. Von der Schlafstätte abgesehen gibt es so gut wie keine Möbel. Eine speckige Ledercouch, einen Billardtisch, das war's. Kein Esstisch, keine Stühle, auch kein Regal. Statt eines Fernsehers hat er einen Beamer an der Decke, der das TV-Bild auf die kahle Wand gegenüber der gusseisernen Industriefenster wirft.

Bevor ich einen Blick ins Bad werfen kann, sind Raouls Hände auf meinem Körper, während er mich rückwärts durch den Raum schiebt – Richtung Bett.

»W-was ist aus langsam angehen geworden?«, frage ich atemlos.

»Überschätzt«, keucht er, dann stoßen meine Kniekehlen gegen den Bettrahmen und ich lande rücklings auf der Matratze.

Unter uns, davon habe ich immer geträumt. Von einem Jungen, der mich auf sein Bett wirft und mich küsst, bis mir schwindelig wird. Der mir im Eifer des Gefechts die Bluse zerreißt, sodass die Knöpfe in alle Richtungen fliegen. Der meine Handgelenke über den Kopf hält und dem ich ihm ausgeliefert bin, während er sich einen Weg zu meiner Brust küsst. Der mich will, so wie ich bin, und keine Minute zu verlieren hat, bis ich nackt und schutzlos vor ihm liege. Ein Junge, der weiß, was er will, und keine Scheu hat, genau das zu tun.

Raoul ist dieser Junge. Seine Lippen sind überall auf mir. Und wenn ich überall sage, meine ich überall, während seine freie Hand meinen Körper erkundet. Ich spüre ihn an meinem Po, den Brüsten, den Schenkeln, alles zur gleichen Zeit. Fast kommt es mir vor, als hätte er zehn Arme. Ich komme mir schön und unglaublich begehrenswert vor, so war es noch nie. Wenn Raoul mich nicht küsst, raunt er mir spanische Koseworte zu, die ich daran erkenne, wie er sie ausspricht. Zart und voller Versprechungen. Sie schmelzen auf seinen Lippen, während er mich mit den Augen verschlingt. Wie im Rausch entkleiden wir uns, küssend, saugend, umarmend, stöhnend, und ehe ich michs versehe, liege ich nackt unter ihm.

Alles, was ich in diesem Moment will, ist, ihn in mir zu spüren. Doch kaum bitte ich ihn darum, ändert er das Tempo.

Seine Küsse verlangsamen sich, werden weicher. Intensiver. Er nimmt sich Zeit, mich zu schmecken, was mich beinahe um den Verstand bringt. Seine Lippen auf meiner Brust fühlen sich wie Feuer an. Als ich denke, dass ich es nicht mehr aushalte, werde ich eines Besseren belehrt. Quälend langsam wandern seine Fingerspitzen die Innenseite meiner Schenkel entlang und bleiben schließlich zwischen meinen Beinen liegen. Dort nimmt er sich besonders viel Zeit, bis ich anfange zu betteln, kein Scherz.

»Bitte«, flehe ich und kralle meine Hände in seinen Bizeps. Statt mich zu erlösen, reibt sein Daumen mit kreisenden Bewegungen über meine pulsierende Mitte. Schwer atmend wölbe ich mich ihm entgegen. Und dann küsst er mich, wie ich noch nie zuvor geküsst worden bin. Hungrig, gierig – wild.

Ich kann nicht beschreiben, wie heiß ich mich in diesem Moment fühle, doch Raoul hat gerade erst begonnen. Seine Finger verschwinden, und er legt mein Knie über seine Schulter, dann dringt er ohne Vorwarnung der Länge nach in mich ein. Geschockt keuche ich auf. Ich muss die Augen schließen, um die Sensation dieser Intimität auf mich wirken zu lassen. Vor allem als er sich im nächsten Moment unerträglich langsam zurückzieht, während er mich spielerisch in die Unterlippe beißt.

Das hat nichts mit den Jungs zu tun, die mich vor ihm geküsst haben. Raoul ist eine andere Liga. Er fühlt sich so gut an, so unfassbar richtig. Als sei sein Körper für meinen gemacht, denn wo er hart ist, bin ich weich. Seine Unnachgiebigkeit trifft auf mein Entgegenkommen. Und wo ich mich biege, stößt er zu.

Als Raoul mich einnimmt, schreie ich meine Lust hinaus, die ich so lange an die Kette gelegt habe. Mein Körper ist mehr als einverstanden mit seiner Invasion. Ich will ihn, brauche ihn, lasse ihn nie wieder los. Verzweifelt kralle ich meine Hände in seine Arme, beiße in seine Lippen und schlucke sein Stöhnen. Ich spüre ihn so tief in mir, dass ich das Gefühl habe, wir sind eins. Jedes Mal, wenn er sich aus mir zurückzieht, schreit mein Körper auf. Ich will ihn zurück und bettle darum, dass er die unerträgliche Leere füllt. Sobald er wieder in mir ist, bin ich so erleichtert, dass ich weinen möchte.

Tatsächlich hinterlassen ein paar Tränen Spuren auf meiner Schläfe, doch er küsst sie fort. Flüstert mir fremde Worte ins Ohr, bis ich mich ergebe und zusammen mit ihm zum Höhepunkt komme.

Nachdem sich unser Atem beruhigt hat, hält er mich in den Armen. Wenn es nach mir ginge, könnte ich den Rest der Nacht so verbringen. Raouls Kinn ruht über meinem Kopf, ein Arm ist besitzergreifend um meine Taille geschlungen. Während ich seinen Atem in meinem Nacken spüre, lausche ich dem kräftigen Herzschlag, der sich mehr und mehr normalisiert.

Das war kein Sex, sondern eine Epiphanie. Ich fühle mich so großartig wie schon lange nicht mehr. Nicht wie ein Mädchen, das Mantren und Morgenrituale zum Überleben braucht, sondern wie jemand, der sein Leben in die Hand nimmt. Dabei geht es nicht um den Akt an sich, sondern um die Nähe, die ich heute zugelassen habe. Ich habe mich ihm bedingungslos geöffnet, mich ausgeliefert. Ohne nachzudenken. Ohne Angst. Das war nur möglich, weil ich ihm vertraue, und das, obwohl ich ihn kaum kenne. Wie kann das sein? Wie kann jemand, dessen Nachnamen ich nicht mal kenne, solche Gefühle in mir auslösen?

Ich spüre eine neue Kraft, die sowohl meinen Körper als auch meinen Geist erfüllt. Raoul hat diese Tür geöffnet. Die Energie war immer da, tief in mir verborgen, wie Hintergrundrauschen. Schuldgefühle, Trauer und Angst haben sie isoliert. Doch hier und jetzt bin ich frei. Die Kraft ist so präsent, dass ich sie am liebsten in Flaschen abfüllen möchte.

Ich schließe die Augen, um mich auf das tiefe Gefühl der

Freude zu konzentrieren, darin zu baden, bis meine Finger runzlig sind. Während ich in Raouls Armen liege, gebe ich mir das Versprechen, es nie wieder zu vergessen. Dieses Gefühl, um genau zu sein. Ist das nicht genau das, was ich mit meinen Songs erreichen will? Emotionen einzufangen und für die Nachwelt zu konservieren?

Kein Wunder, dass ich nicht über die Liebe schreibe. Ich habe vergessen, wie sie sich anfühlt. Und obschon mir bewusst ist, dass das Nachglühen meines Höhepunkts für dieses Hochgefühl verantwortlich ist, ändert das nichts an dem Lächeln, das sich in meine Züge geschlichen hat.

Kein Mensch, der so geliebt wurde, kann schwach sein. Niemand, der zu solchen Gefühlen fähig ist, kann abgestumpft sein.

Ich bin noch hier, keine Frage, aber das bloße Dasein reicht mir nicht mehr. Ich will mehr. Möchte leben, statt zu überleben. Das Leben genießen und nicht irgendwie durch den Tag kommen.

Raoul hat mich wachgeküsst, das steht mal fest. Als ich mich an ihn kuschele, stelle ich fest, dass ich ebenfalls etwas bei ihm zum Leben erweckt habe, und das drückt sich in diesem Augenblick gegen mein Becken. Schmunzelnd sehe ich zu ihm auf, bereit für die zweite Runde.

Es ist kurz vor Mitternacht, als ich aus der Dusche steige und hektisch meine Sachen zusammensuche. Als ich mich nach meiner Bluse bücke, trete ich auf Plastikfolie, die unter meinen Sohlen knistert. Erleichtert stelle ich fest, dass wenigstens Raoul so viel Verstand aufgebracht und an Kondome gedacht hat. Mein Hirn war definitiv im Kurzschlussmodus.

Der Abschiedskuss will nicht enden, doch schließlich schaffen wir es, uns lang genug zu trennen, sodass ich es in meinen Wagen schaffe. Nur mit Mühe kann ich Raoul davon abhalten, mir zu folgen. Sein Bike hört man kilometerweit, und ich habe nicht vor, das ganze Haus zu wecken. Sollten James oder meine Mutter mich dabei erwischen, dass ich um diese Zeit nach Hause komme, kann ich mich auf etwas gefasst machen. Davon abgesehen hätte ich Schwierigkeiten, ihnen zu erklären, wie meine Bluse sämtliche Knöpfe verloren hat und ich sie deswegen an den Enden zusammenknoten muss.

Doch ich habe Glück. Das Eisengitter der Auffahrt schließt sich lautlos hinter mir und James' Palazzo liegt im Dunkeln.

In dieser Nacht liege ich noch lange wach. Genieße das Gefühl, am Leben zu sein. Verliebt zu sein. Ich zu sein. Wie von selbst wandern meine Gedanken zu Raoul. Seinen Lippen, die ich noch immer auf meinem Körper spüren kann. Ihre Sanftheit, die in krassem Gegensatz zu seinen rauen Fingern steht. Die dunklen Augen, die ganz weich werden, sobald ihr Blick auf mich fällt. Die geballte Kraft seines Körpers, der geschmeidig, fast anschmiegsam ist, wenn er sich gegen mich presst. Seine Raspelstimme, die meinen Namen flüstert, wenn er zum Höhepunkt kommt ... Stöhnend ziehe ich das Kissen über meinen Kopf und drücke es fest an mich.

Irgendwann schaffe ich es, einzuschlafen, wobei ich mir vorstelle, das Kissen wäre Raoul, das ich den Rest der Nacht nicht loslasse.

***

Man kann ohne Übertreibung sagen, dass Raoul und ich von da an jede freie Minute miteinander verbringen. Obwohl er arbeiten muss, holt er mich am nächsten Tag von der Schule ab, einen Tag übrigens, den ich am liebten aus meinem Leben streichen möchte.

Schon auf dem Parkplatz geht das Geglotze los. Köpfe drehen sich, Gespräche enden abrupt. Einige Leute zeigen sogar mit dem Finger auf mich, ist das zu fassen?

Erst in meiner Musikstunde erfahre ich von Zack den Grund dafür. Es hat nichts mit Shellys dicker Nase oder Charlize' blauem Auge zu tun. Auch nicht, weil sich mittlerweile herumgesprochen hat, dass ich bei Starbucks arbeite. Oder die Tatsache, dass ich gestern mit Raoul verschwunden bin. Oh nein, das hier ist besser.

So ein Knallkopf aus Bradys Team ist mit Scarlett zusammen und war so freundlich ihr zu stecken, dass ich eine Black Amex habe – ihr habt richtig gehört. Anscheinend verfügen diese Weiber über eine Idioten-Hotline, denn Scarlett fand, dass diese Info es wert war, auf schnellstem Wege verbreitet zu werden. Vielleicht wollte sie Shelly damit auch bloß zur Weißglut bringen. Diesen Tussen traue ich zu, dass sie deswegen eine »Jazz goes Black«-Gruppe auf Facebook gründen.

Wie dem auch sei. Meine neue Popularität habe ich einer Plastikkarte zu verdanken, die zufällig schwarz ist. Muss ich mehr über diese Leute sagen?

In der Pause war unser Tisch plötzlich rappelvoll. Also habe ich Zack und Dexter damit beauftragt, bis zu Detention herauszufinden, was in meine Mitschüler gefahren ist.

In der letzten Stunde erfahre ich dann die Neuigkeiten von Zack, der sich für mich umgehört hat. Den Rest der Stunde kotze ich mich bei ihm, Tyler und Dane darüber aus. Ich meine, dafür, dass Kohle hier angeblich keine Rolle spielt, machen die ein ziemliches Gewese darum. Zack zuckt bloß mit den Schultern und rät mir, die Energie in einen neuen Song zu stecken. Warum bin ich nicht selbst darauf gekommen? Tyler kann darüber nur lachen und Dane schweigt wie immer.

In Detention hat heute wieder Mr Wittman die Aufsicht, was für uns Schweigen und Arbeiten heißt.

Jedenfalls war das ein schräger Tag, deswegen renne ich praktisch in Raouls Arme, der auf dem Parkplatz auf mich wartet. Er lehnt mit dem Rücken gegen meine Fahrertür, sein Bike steht neben meinem Wagen. Als ich auf ihn zulaufe, stößt er sich ab und empfängt mich mit offenen Armen. Mir ist egal, wer uns sieht. Ich kann mich gar nicht eng genug an ihn drücken, was er mit dunklem Lachen quittiert.

»Ich hab dich auch vermisst, querida«, flüstert er gegen meine Lippen, dann küsst er mich. Und oh Gott, meine Knie werden weich. Seine Hand fährt meine nackten Beine entlang, unter meinen viel zu kurzen Rock. Hatte ich erwähnt, dass ich heute einen Stringtanga trage? Ich weiß, das klingt nuttig und so. Aber ehrlich gesagt hatte ich gehofft, Raoul nach der Schule zu sehen, um ihm meine neue Unterwäsche vorzuführen. Muss ich noch deutlicher werden?

Wie es aussieht, wird das doch noch ein guter Tag. Meine Wäsche hat den gewünschten Effekt, dabei ertastet er sie bloß. Seine Erektion drückt sich mehr als deutlich gegen meinen

Bauch. Nur mit Mühe unterdrücke ich ein triumphierendes Lachen.

»Sag mir nicht, dass das alles ist, was du heute in der Schule getragen hast«, knurrt er in mein Haar, während seine Hand langsam, beinah genussvoll über meinen Po fährt.

»Hast du etwas gegen mein Outfit?«, frage ich und drücke mich enger an ihn, was ihn aufstöhnen lässt.

»Nicht wenn wir allein sind«, raspelt er heiser und berührt mich so, dass ich in jedem Fall mit ihm allein sein will.

»Fuck!« Raoul dreht mich, sodass ich mit dem Rücken gegen die Fahrertür gepresst werde.

»Wir können nicht in die Werkstatt, da sind die Jungs.«

Ups. Zu mir können wir auch nicht. Ich weiß nie, wann jemand in mein Zimmer schneit. Manchmal ist es Antoine, der mich zwingen will, etwas zu essen. Außerdem fängt meine Schicht gleich an, aber danach …

»Heute Abend dann?«, frage ich und befeuchte meine Lippen. Raoul sieht mich an, als wäre ich ein lang ersehnter Preis, den er sich immer gewünscht, den zu bekommen er aber nicht zu hoffen gewagt hat.

Dann fällt ihm etwas ein und er flucht leise.

»Ich muss nach San Diego und bin erst morgen wieder zurück.«

Mein Herz sinkt bei der Aussicht, einen ganzen Tag zu verlieren. Ich drücke meine Stirn gegen seine Schulter und flüstere: »Kannst du das nicht verschieben?«

Ich weiß, das klingt jämmerlich, aber ich möchte so sehr mit ihm zusammen sein, dass meine Stimme einen flehenden Ton annimmt.

»Ich wünschte, das ginge«, sagt er und hört sich aufrichtig an. Er ist nicht wie Conall, denke ich und schlucke meine Enttäuschung hinunter.

»Du hast keine Freundin, oder?«

Als Diplomatin tauge ich nichts, das ist mal klar. Zuerst wirkt er geschockt, dann verwirrt, zum Schluss verärgert, und das alles innerhalb eines Herzschlags. Schließlich schüttelt er den Kopf.

»Was?«, fragt er und bringt etwas Abstand zwischen uns.

»Ich meine«, ja, was eigentlich? »Mein letzter Freund hat mich …« Beschissen? Betrogen? Verarscht?

Doch ich muss nicht weiterreden, er versteht mich auch so.

»Cariño«, beginnt er und hebt mit zwei Fingern mein Kinn an, weil ich nicht weiß, wohin ich sehen soll. »Wenn ich dir so etwas antun sollte, darfst du mir die Eier abschneiden. Ich gebe dir sogar mein Messer.«

Ähm …

»Du kannst auch Alano darum bitten, dem macht so was Spaß.«

Ich schätze mal, das war ein Scherz. Aber sicher bin ich mir nicht.

»Okay?«, sage ich, doch es klingt wie eine Frage.

»Jasmin, der Mann, der dich hintergeht, ist kein Mann und braucht seine Eier ohnehin nicht.« Er küsst meine Stirn und öffnet die Wagentür.

»In jedem Fall ist er es nicht wert, ihm eine Träne hinterherzuweinen.«

Mit gerunzelter Stirn sehe ich auf den Schlüssel in seiner Hand, dann krame ich einen identischen aus meiner Tasche.

»Woher hast du den?«

»Ich habe mir einen nachmachen lassen«, sagt er ohne eine Spur von Reue.

Seltsamerweise schockt mich weniger die Tatsache, dass er sich ohne zu fragen einen Zweitschlüssel hat anfertigen lassen, als der Fakt, wie schwer das gewesen sein muss.

»Ist das nicht unheimlich kompliziert mit der ganzen Elektronik und so?«

Darauf lacht er, drängt mich ins Wageninnere und lehnt sich in die offene Tür.

»Routine«, ist alles, was er dazu sagt. Die Antwort gefällt mir nicht. Ganz und gar nicht. Nichtsdestotrotz quetscht sich mein Herz auf Pistaziengröße zusammen, als er sich für einen Abschiedskuss zu mir beugt.

»Dann sehen wir uns morgen?«, frage ich, nachdem ich wieder Luft bekomme.

»Spätestens zum Spiel bin ich wieder zurück.«

Spiel? Welches Spiel?

Gejohle zu meiner Rechten lässt mich den Kopf wenden. Wie es aussieht, hat das Footballtraining heute länger gedauert, denn das Team strömt lärmend aus der Umkleide. Automatisch suche ich Brady. Ich finde ihn mit Jeff in ein Gespräch vertieft, während sie zu ihren Autos schlendern. Ihr Haar ist noch feucht von der Dusche. Beide scheinen einen Spielzug zu diskutieren, jedenfalls schließe ich das aus Jeffs ausholender Handbewegung.

Zumindest weiß ich jetzt, welches Spiel Raoul meint.

»Du kommst auch?«, frage ich überrascht.

»Würde ich mir das entgehen lassen?«, fragt er mit Blick auf meinen knappen Rock.

»Der Anpfiff ist um sieben, bis dahin habe ich meine Uniform gegen bequeme Sachen eingetauscht.«

»Verdammt«, sagt Raoul, was mich zum Lachen bringt.

»Aber vielleicht kann ich dich ja überraschen.«

»Ich liebe Überraschungen, vor allem wenn es sich dabei um Wäsche handelt.« Er beugt sich zu mir und flüstert gegen meine Lippen:

»Oder ihr Nichtvorhandensein.«

Mann, der Typ macht mich fertig. Mein Herzschlag verdreifacht sich, während er mich küsst, als wollte er sich meinen Geschmack für die Ewigkeit einprägen.

Ein Pfeifkonzert lässt Raoul widerstrebend den Kuss unterbrechen. Die Spieler sind vor meinem Wagen stehen geblieben und drücken sich die Nasen an der Windschutzscheibe platt. Na toll.

Raoul schließt die Tür und nickt mir zu. Zögernd starte ich den Wagen und lege ich den Rückwärtsgang ein. Dann entdecke ich Brady, der vor Jeffs Auto steht. Grüßend hebe ich die Hand, doch anstatt den Gruß zu erwidern, wirft er Raoul einen brennenden Blick zu. Jeff ist bereits eingestiegen, deswegen kann ich seinen Ausdruck nicht erkennen. Haben mich die beiden in der Pause gemieden oder bilde ich mir das bloß ein? Möglicherweise sind sie bei dem Andrang meiner ach so neuen Freunde nicht zu mir durchgedrungen. In jedem Fall sieht Brady nicht glücklich aus, als er Raoul Löcher in den Rücken brennt, der mit röhrendem Motor vom Parkplatz braust. Ich biege in die entgegengesetzte Richtung ab, doch nicht ohne einen zweiten Blick auf Jeffs Wagen zu werfen, einen silbernen Porsche.

18

Am Freitag kann ich es kaum erwarten, dass der Schultag vorbei ist. Die Leute fangen ernsthaft an mich zu nerven. Plötzlich hagelt es aus allen Ecken Einladungen. Zuerst denke ich, das hat etwas mit dieser dämlichen Kreditkarte zu tun, doch Dexter weiß es besser. In der großen Pause klärt er mich über die Feinheiten des Brentwood-Aufnahmeverfahrens in die Welt der Elite auf. Demnach war die Amex bloß so etwas wie der Schlüssel, mein Sesam-öffne-dich. Drin bin ich, weil es sich nach James' Auftritt im Büro des Schulleiters rumgesprochen hat, dass ich das neuste Mitglied des Marshall-Klans bin. Abgesehen von Brady wusste niemand davon, doch der kommt selbst aus einem Promi-Haushalt und hat den Mund gehalten. Da das Gespräch zwischen James und den Eltern hinter verschlossenen Türen stattfand, dauerte es länger, bis die Info die Runde gemacht hat.

Ich hätte mir niemals träumen lassen, dass James' Name so viel Gewicht hat. Auf den Gängen herrscht Rutschgefahr von dem Geschleime, mit dem sich der weibliche Teil der Schülerschaft bei mir anbiedert. An meiner Schule scheint James bekannter zu sein als der amerikanische Präsident. Im Gegensatz zu mir weiß hier jeder, dass alles, was er anfasst, zu Gold wird.

Obwohl James' Name Türen öffnet, ist die Mehrheit scharf auf Infos über seine Söhne, Drake und Nash. Die meisten Fragen gehen in Richtung, wann die beiden zurückkommen und warum sie die Ferien nicht in Kalifornien verbracht haben. Als ob ich das wüsste. Die Jungs wollen sie zurück im Footballteam, die Mädchen zum … ähm, ihr wisst schon.

Erlösung finde ich in der letzte Stunde, Musik. Danach gehen Zack und ich zusammen zu Detention. Für uns ist es das letzte Mal, Crush hat noch eine Woche vor sich.

Da dieser schräge Haufen meine Freunde sind, bemerken sie, dass sich etwas verändert hat. Ich, um genau zu sein. Denn obwohl mich der Rummel um meine Person komplett abnervt, strahle ich seit zwei Tagen wie ein Honigkuchenpferd.

»Es sind die Haare«, sagt Sally. »Das ist mir schon gestern aufgefallen. Sie glänzen mehr, hab ich recht? Benutzt du ein neues Shampoo?«

»Ihre Haare sind wie immer«, sagt Dexter und glotzt mir auf die Beine. »Aber dein Rock ist kürzer.«

»Quatsch!« Crush schüttelt den Kopf. »Du hast abgenommen, stimmt's? Obwohl … dünn warst du eigentlich schon immer.«

Zacks leises Lachen lässt ihre Köpfe in seine Richtung drehen. Er hat bisher als Einziger geschwiegen.

»Seid ihr blind, oder was?«

Dexter und Crush sehen erst sich, dann mich an, dann wieder Zack. Sally runzelt die Stirn.

»Was?«, fragt Crush.

Zack schüttelt den Kopf. »Die Kleine wurde flachgelegt, das sieht doch jeder.«

Mein dümmliches Grinsen gerät ins Wanken, dann werden meine Augen groß.

»Ist das so offensichtlich?«, frage ich entsetzt, bevor ich meinen Fehler bemerke und die Hand über den Mund schlage.

Zack wirft den Kopf zurück und lacht das dreckigste Lachen, das mir je untergekommen ist. Crush fällt der Joint aus dem Mundwinkel und Dexters Augen nehmen die Form von Tennisbällen an.

»Der ›frisch gepoppt‹-Look steht dir gut«, ergänzt Zack augenzwinkernd. »Er ist sexy und verleiht dir das gewisse …«

»Halt die Klappe«, schnappe ich, doch die Jungs werden gerade erst warm.

»Ist das wahr?«, fragt Dexter, der ehrlich geschockt aussieht.

»Klar ist es wahr«, meint Crush, der seine Kippe zwischen den Fingern rollt. »Sieh sie dir an, das hätte uns früher auffallen müssen.«

»Ich sehe danach nie so aus«, beschwert sich Dexter.

»Das liegt daran, dass du noch Jungfrau bist«, erwidert Crush so trocken, dass der ganze Tisch in Gelächter ausbricht.

Hubba Bubba grunzt hinter seiner Zeitung, ansonsten reagiert er nicht auf den Tumult.

»Bin ich nicht!«

»Bist du doch.«

»Gar nicht wahr!«

»Wohl wahr!«

Wie alt sind diese Jungs, zwölf?

»Wer ist es?«, unterbricht Sally die zwei.

Äh …

»Nicht Brady«, sagt Zack und hebt eine Braue.

»Woher willst du das wissen?«, erkundigt sich Dexter.

»Niemand, der so angepisst aussieht wie Mister Sunshine, hat unsere Jazz genagelt.«

Ähm …

»Ich wette, es war Jeff«, wirft Crush ein. »Das würde zumindest Bradys langes Gesicht erklären.«

»Wenn Jeff Bradys Mädchen vernascht hätte, würden die beiden in der Pause nicht zusammen abhängen«, sagt Dexter und verdreht die Augen nach dem Motto: Das weiß doch jeder, Mann!

Crush kratzt sich die Stirn, als würde er heute zum ersten Mal vom Konzept der Monogamie hören.

»Ich sitze übrigens auch am Tisch«, melde ich mich zu Wort, doch ich werde ignoriert.

»Wenn es weder Brady noch Jeff ist, wer kommt dann überhaupt infrage?« Crush wirkt verwirrt.

»Er muss ja nicht an unsere Schule gehen«, bemerkt Dexter und lässt seinen Blick über meinen Körper gleiten, als versuche er meinen Marktwert einzuschätzen. Blödmann.

»Ich wette drei zu eins, dass er nicht an die Brentwood geht.«

»Das halte ich«, sagt Crush und grinst.

Geht's noch?

Wieder lacht Zack, als wüsste er etwas, was die anderen übersehen haben.

»Was?« Genervt trommelt Crush mit den Fingern auf dem Tisch.

»Weißt du, wer es ist?«

Zack hebt einen Mundwinkel, schweigt jedoch.

»Spuck's aus!«, ruft Crush und schlägt die Hand auf den Tisch.

»Ihr nervt. Lasst uns lieber über Dexters Jungfräulichkeit reden …«, versuche ich vom Thema abzulenken, doch Crush macht eine Handbewegung, als wolle er eine Fliege verscheuchen.

»Shhh, unterbrich Zack nicht!«

Der schüttelt den Kopf.

»Keine Chance, Mann. Ich will's mir nicht mit unserer E-Gitarre verderben. Und so wie sie mich gerade ansieht, wird sie mich nie wieder einen ihrer Songs spielen lassen, wenn ich den Namen ihres Muchachos ausplaudere.«

Wie aufs Stichwort ertönt die Klingel und beendet den Unterricht für heute. Endlich frei!

»Er ist Spanier?«, ruft Crush und läuft Zack hinterher, der sich mit einem Zwinkern von mir verabschiedet. Ich werfe ihm mein diabolischstes Evil Eye zu, doch er lacht nur und schüttelt belustigt den Kopf. Ich schätze mal, dass er Raoul und mich auf dem Parkplatz gesehen hat. Also er und die komplette Footballmannschaft. Innerlich seufzend stehe ich auf. Crush bleibt wie angewurzelt an der Tür stehen. Langsam dreht er sich zu mir und fragt mit gerunzelter Stirn:

»Du spielst E-Gitarre?«

Oh Mann! Mit einem Schnauben quetsche ich mich an ihm vorbei, doch er läuft mir hinterher.

»Und schreibst Songs …?«

Bevor er weiter nachbohren kann, bin ich bereits auf dem

Weg nach Hause. In Gedanken an das Spiel heute Abend und bei der Frage, was ziehe ich an?

***

Ich war noch nie zuvor bei einem American-Football-Spiel. Normalerweise hätte ich mich wie zu einem Fußballspiel angezogen, also Jeans und T-Shirt. Als Lukas noch lebte, sind Max und er regelmäßig zu Spielen von Hertha BSC gegangen, und manchmal habe ich sie begleitet. Aber bei uns herrscht ein deutlich kühleres Klima. Zudem donnern sich die Leute hier bei jeder Gelegenheit auf. Das färbt allmählich auf mich ab. Ich meine, ich habe Raoul seit zwei Tagen nicht gesehen und möchte nicht bloß gut aussehen, sondern umwerfend.

Für Ende Oktober ist es ungewöhnlich heiß, also ungewöhnlich für mich, einer Berliner Stadtratte. Zudem sind wir hier am Meer, da herrscht ein anderes Klima. Dass ich mich mehr und mehr den regionalen Gepflogenheiten anpasse, merke ich daran, dass meine Hosen irgendwann zwischen August und Oktober enger wurden. Und die Röcke kürzer. Ich schminke mich immer noch kaum, das wäre in der Wärme ziemlich unpassend. Ich meine, geschmolzenes Make-up und zerlaufene Mascara – nein, danke!

Am liebsten würde ich einen Rock anziehen, aber Raouls wäschelose Bemerkung lässt mich zögern. Sosehr ich mir das vorzustellen versuche, aber Rock und unten ohne ist eher nicht mein Ding. Außerdem sitzen wir auf der Tribüne, jeder unter mir, der sich zufällig umdreht, hätte einen guten Blick auf … ugh!

Einen Rock kann ich also vergessen, deswegen entscheide ich mich für hauchdünne schwarze Shorts, ein knallenges Tanktop in der gleichen Farbe und Flip Flops. Mein Haar binde ich zu einem hohen Zopf zusammen, dann schnappe ich mir die Schlüssel und mache mich auf den Weg zum Platz.

Zack und ein Großteil der Clique scheinen keine Fans des Spiels zu sein, denn ich entdecke nur Sally und Dexter, die in der vorletzten Reihe sitzen. Die beiden plaudern angeregt. Überrascht stelle ich fest, dass ich Sally noch nie so lebhaft gesehen habe. Glücklicherweise haben sie mir einen Platz freigehalten, denn die Tribüne füllt sich für ein High-School-Spiel erstaunlich schnell. Gerade als ich mich zu ihnen setze, bauen die Cheerleader am Spielfeldrand eine Pyramide und trällern ihren Motivations-Slogan: »What about, what about, what about the colour shout! It's scarlet, it's gold, so shout it out aloud!«

Plötzlich schreit die Menge: »Scarlet, gold, we win, we win, we win!«

Oh. Mein. Gott. Mit offenem Mund sehe ich mich um, und kann nicht glauben, dass selbst Dexter, mein süßer kleiner George Michael, die Faust in die Luft wirft und aus vollem Hals »We win, we win, we win!« schreit, und »Go Falcons, go!«

Als die Teams auf den Rasen traben, stehen die Zuschauer auf, brüllen die Namen der Spieler, vorzugsweise ihres Quarterbacks, und buhen die gegnerische Mannschaft aus.

Das Spiel verstehe ich nicht, aber ich komme nicht umhin, mich von der aufgeheizten Stimmung anstecken zu lassen. Obwohl ich nicht kapiere, worum es im Einzelnen geht, bin ich nach zwanzig Minuten von der Energie gefesselt, die auf den Rängen herrscht – und auf dem Rasen. So mutiere ich noch vor der ersten Halbzeit zu einem Kreischfan, der wie blöde »Go Falcons, go!« ruft.

Ich wünschte, ich könnte sagen, ich hätte mich verstellt, um weniger aufzufallen, aber das wäre gelogen.

Es gibt diesen Moment der Stille auf dem Platz. Kurz bevor die beiden Mannschaften mit voller Kraft aufeinanderprallen. In dieser Stille liegt ein Versprechen. Eine Drohung, die über dem gesamten Spielfeld schwebt. Wenn man glaubt, es nicht mehr aushalten zu können, brüllt der Quarterback seinen Leuten etwas zu, einen Code, damit sie wissen, was er vorhat. Was dann folgt, ist das Geräusch Helm gegen Helm. Schulterpad gegen Schulterpad. Mann gegen Mann. Dieses Krachen verursacht mir buchstäblich Gänsehaut. Ich meine, ich habe all die Bücher über die dänische Eroberung Englands gelesen. Die Beschreibung der Schlachten habe ich besonders verschlungen. Wie die Männer im Schildwall zusammenstehen, wie sie kämpfen. All das kann ich mir in diesem Moment viel besser vorstellen. Denn von allen mir bekannten Sportarten kommt Football einem geregelten Krieg am nächsten. Es ist atemberaubend.

In der Pause diskutieren wir die Spielzüge, und obwohl ich keine Ahnung habe, wovon ich rede, gebe ich meinen Senf dazu.

Nach der ersten Halbzeit wirft Brady einen klasse Pass zu Jeff, der jedoch von einem Gegenspieler zu Boden geworfen wird, oder getackelt, wie man hier sagt.

Ich bin mitten im Buhrufen, als sich zwei Arme von hinten

um meine Taille legen und ich gegen eine harte Brust gezogen werde. Raoul. Mein Herz macht komische Sachen, als ich den Kopf wende und den Duft von Leder und sein dezentes Cologne einatme. Raoul lacht leise und platziert mich so, dass ich zwischen seinen Beinen sitze. Erst jetzt bemerke ich, dass ich zu dünn angezogen bin. Sobald die Sonne verschwindet, wird es kühl. Die frische Meeresbrise hinterlässt eine Gänsehaut auf meinen Armen.

Wortlos legt Raoul mir seine Lederjacke um, die mir fast bis zu den Knien reicht. Er knöpft sie zu und drückt mich wieder an sich.

»Gutes Spiel?«, fragt er in mein Haar.

»M-hm«, mache ich und kuschele mich in seine Arme. Wie sehr ich ihn vermisst habe, merke ich jetzt, denn ich wende immer wieder den Kopf, um ihn anzusehen. Mit der Tribünenbeleuchtung im Hintergrund wirken seine Augen wie polierte Obsidiane, die mich hungrig durchbohren.

Mit einem Mal springt die Menge von den Bänken und schreit Bradys Namen, doch Raoul und ich rühren uns nicht. Ich höre wüste Beschimpfungen, Pfiffe werden laut, doch sie werden schwächer und schwächer, je mehr ich mich in Raouls Blick verliere.

Behutsam streicht er mir eine Strähne hinters Ohr, die sich aus meinem Zopf gelöst hat. Diese Geste ist so unerwartet sanft, dass ich kurz die Augen schließe. Langsam fährt seine Hand zum Band, das meine Mähne zusammenhält, zieht daran, bis sich das Haar über meine Schultern ergießt. Ein gefährliches Lächeln umspielt seinen Mund, das meinen Körper in Alarmbereitschaft versetzt.

Plötzlich stupst Dexter mich an und reißt mich aus meiner Paralysiertheit.

»Wer ist das?«, fragt er mit Blick auf Raoul.

»Das ist … äh …« Mein Freund? Mein Lover? Mein Schatz?

»Raoul«, sagt er und reicht ihm seine Pranke.

Dexters Blick wechselt von mir zu ihm. Er schmunzelt und wackelt vielsagend mit den Brauen. Ich verdrehe die Augen.

»Freut mich, dich kennenzulernen!« Sein unverschämtes Grinsen wächst. »Jetzt ist klar, wer das Leuchten in Jazz' Augen gezaubert hat.«

»Halt die Klappe«, motze ich halbherzig, doch er steckt bereits den Kopf mit Sally zusammen, war ja klar.

Ich drehe mich nach vorn und tue so, als würde ich dem Spiel folgen. Doch Raouls Hand streicht über meine nackten Beine und lenkt mich ab. Er beugt sich nach vorn und flüstert:

»Keinen Rock?«, während seine Fingerspitzen zum Saum meiner Shorts fahren.

»Kommt nicht gut ohne Wäsche«, murmele ich, doch nicht leise genug. Raouls Hand stockt einen Moment. Ha!

»Wie war das?«, knurrt er, seine Lippen dicht an meinem Ohr. Seine freie Hand schlingt sich fester um meine Taille und zieht mich dicht gegen seine Brust. Und dann spüre ich, was ich angerichtet habe. Raoul ist erregt wie ein brünstiger Stier. Keine Ahnung, warum mich das so anmacht, doch statt mich zurückzuziehen, presse ich meinen Po gegen die Beule und höre zufrieden, wie er die Luft einzieht.

Insgeheim frage ich mich, was aus der zurückhaltenden Jazz geworden ist. Im Moment habe ich das Gefühl, zu alter Form aufzulaufen. Sexy Jassi, wie mich die Jungs nannten, bevor ich zu einem Freak mutiert bin. Jassi bin ich nicht mehr, und um ehrlich zu sein, wünsche ich sie mir nicht zurück. Einen Teil von mir überrascht dieser Gedanke. Ich meine, war es nicht das, was ich die ganze Zeit wollte? Wieder die Alte zu sein und das Leben zu genießen?

Mittlerweile frage ich mich allerdings, wer Jassi wirklich war, außer Alex' Wasserträgerin. Wie oft habe ich mich verstellt, um mit ihr auszukommen? Um meinen Platz im Scheinwerferlicht nicht zu verlieren. Ich habe Ja gesagt, wenn ich Nein meinte, habe gute Laune vorgetäuscht, wenn ich in Wahrheit verletzt war und Trost brauchte. Wie tiefsinnig ist das?

Solange Lukas lebte, war das in Ordnung, wir hatten einander. Mehr brauchten wir nicht. Er war mein Fels in der Brandung, mein ein und alles. Seit er mich verlassen hat, bin ich wie ein Stück Treibholz aufs Meer hinausgetrieben. Zum ersten Mal in meinem Leben war ich den Strömungen ausgeliefert und stand kurz davor, zu ertrinken. Meine Mutter war mit sich selbst beschäftigt, und Max mit meiner Mutter.

Ohne Leon wäre ich zweifellos abgesoffen. Als das mit den Panikattacken losging, wurde ich für meine Mitschüler zur Witzfigur. Ein tiefer Fall von Miss Populär zum Loser.

Mit Raouls Hilfe hat mein Panzer Risse bekommen, er hilft mir mich zu öffnen. Seinetwegen kann ich wieder frei atmen.

Obwohl das im Moment nicht ganz zutrifft, denn als seine Hand seitlich unter die Lederjacke schlüpft und im Bund meiner Shorts verschwindet, bleibt mir einen Augenblick die Luft weg.

Vorsichtig schiele ich zu Dexter, doch er sitzt auf der anderen Seite und kann Raouls Hand nicht sehen. Und selbst wenn jemand bemerken würde, dass sie unter der Jacke steckt, so lässt das schwere Leder nicht erkennen, was darunter vor sich geht.

Wie ein Magnet finden seine Fingerspitzen die Stelle, an der sich meine Schenkel berühren, und streichen mit genau dem richtigen Druck darüber. Meine Hand klammert sich an sein Shirt. Ich wende den Kopf und stöhne gegen seine Brust, gleichzeitig mit der Menge auf den Rängen, die auf einen Fehlpass reagiert. Von Fehlpass kann bei Raoul nicht die Rede sein, er trifft punktgenau und genießt die Tatsache, dass ich mich in seinen Armen winde. Er beugt sich nach vorn, das Kinn auf meiner Schulter, und flüstert mir spanische Koseworte zu. Vielleicht sind es auch Sauereien, so genau kann ich das nicht beurteilen.

Das Publikum brüllt, und mir entweicht ebenfalls ein Schrei, als einer seiner Finger in mich eindringt. Es ist ein unfassbares Gefühl, ihn so intensiv zu spüren, während die Menge um uns tobt. Niemand beachtet uns, die Blicke sind auf das Feld geheftet, und doch kommt es mir vor, als würden sie meine Gefühle teilen.

Als dem ersten Finger ein zweiter folgt, kralle ich meine Hände in seine Arme, als wären sie eine Reißleine, die meinen freien Fall stoppen kann. Es ist zu viel, zu intensiv. Ich nehme kaum noch wahr, was ringsum vor sich geht. Mit aller Kraft presse ich meinen Po gegen seine Erektion, biege den Kopf zurück, während mein Blick um Erlösung fleht. Raouls Arm drückt mich schraubstockartig an sich, während er mir unbeschreibliche Lust beschert. Ich spreize meine Beine weit, mittlerweile ist mir egal, wer mich sieht. Doch die Zuschauer haben nur Augen für das Feld. Falls doch jemand in unsere Richtung schauen sollte, schirmt uns seine Jacke vor unliebsamen Blicken ab.

Jemand aus unserem Team muss einen guten Pass geworfen haben, denn die Leute springen von den Bänken, schreien »Go, go, go!«. Mehr brauche ich nicht. Als der Receiver mit dem Ball die Endzone erreicht, komme ich ebenfalls, während Raoul mich küsst, als wollte er mich mit Haut und Haaren verschlingen. Mein Höhepunkt will nicht enden, Welle für Welle überschwemmt mich wie gewaltige Brecher, die nach Tausenden von Kilometern den Strand erreichen. Raouls Hand verschwindet, er zieht mich auf seinen Schoß, damit ich mein Gesicht in seiner Armbeuge verbergen kann, bis ich wieder zu Atem komme. Seine sanften Worte streichen wie Flügelspitzen über meine Haut, elektrisieren mich, bis ein letzter Schauder meinen Körper schüttelt und ich matt gegen seine Brust sinke.

In meinem ganzen Leben habe ich noch nie so etwas Gewagtes getan. Und ich kann es kaum erwarten, es wieder zu tun.

Ich liebe Football, das steht mal fest.

19

Keine Ahnung, wie wir es zum Wagen schaffen, doch kaum schließen sich die Türen hinter uns, sind seine Hände überall auf mir. Als ich den Reißverschluss seiner Hose öffne, flucht er und legt seine Hand auf meine.

»Nicht hier.« Seine Stimme klingt rau, ich erkenne sie kaum wieder. Da die Zuschauer in diesem Augenblick zum Parkplatz strömen, muss ich ihm widerstrebend zustimmen. Klarer Fall von falscher Ort, falsche Zeit.

»Lass uns zu mir fahren.«

Ich nicke mein Einverständnis, dann klingelt mein Handy.

»Ja?«, antworte ich atemlos, ohne auf die Nummer zu achten.

»Wo bist du?«

James.

»Ähm, noch beim Spiel, warum?«

Sein erleichtertes Aufatmen irritiert mich, doch bevor ich ihn danach fragen kann, kommt er mir zuvor.

»Seit wann interessierst du dich für Football?«

Obwohl er mich nicht sehen kann, zucke ich mit den Schultern. »Ist eigentlich kein schlechter Sport«, sage ich und schenke Raoul ein Lächeln, von dem ich hoffe, dass es so unverfroren rüberkommt, wie ich mich fühle.

»Wann bist du zu Hause?«

»Eigentlich hatte ich vor, danach mit meinen Freunden zur After-Party zu gehen«, lüge ich mit einer Spontaneität, die mich selbst überrascht.

Raoul hebt eine Braue, schweigt jedoch.

»Welche Freunde?«

Oh-oh. Lukas hat mir einmal geraten, beim Lügen so nah wie möglich bei der Wahrheit zu bleiben. So verstrickt man sich bei einer Befragung nicht so leicht in Widersprüche.

»Sally, Dexter, ähm, und Pam.«

Je weniger ich aufzähle, desto weniger können mich später reinreiten.

»Spätestens um Mitternacht bist du zu Hause.«

»Es ist Freitag!«, protestiere ich.

»Und du bist noch keine achtzehn.«

»Aber ich bin alt genug, um Auto zu fahren«, gebe ich spitz zurück. Ich höre James seufzen, dann sagt er leiser:

»Also schön, halb eins, aber dann steht dein Wagen in der Garage, verstanden?«

Irgendwie hat er mir besser gefallen, als er sich noch nicht für mich interessiert hat. Gerade heute finde ich seine Anteilnahme mehr als lästig.

»Ist etwas passiert?«, frage ich, um Zeit zu gewinnen.

»Deine Mutter und ich wüssten es zu schätzen, wenn du dich das nächste Mal abmelden würdest, wenn du abends weggehst.«

Das sind ja ganz neue Töne. »Sonst noch was?«, frage ich eine Spur genervt.

»Nein, das war alles. Bis später, Jazz«, sagt er und legt auf.

Bis später? Soll das heißen, dass er auf mich wartet? Seufzend packe ich das Telefon weg und begegne Raouls fragendem Blick.

»James stellt seit Neustem Regeln auf.«

»Wann ist Sperrstunde?«

»Halb eins«, murmle ich und blicke aus dem Seitenfenster.

»Reichlich Zeit«, sagt er, und ich kann das Lächeln in seiner Stimme hören. Als wir vor der Werkstatt parken, ist keine Spur von Humor in seiner Miene. Stattdessen stößt er spanische Flüche aus. Das Rolltor zur Garage ist hochgelassen, aus dem Innern strömt Licht in den Hof. Drinnen sitzen Alano, Paco, Hernandez und Chimo bei einer Partie Poker. Mist. Jetzt können wir uns unmöglich nach oben verkrümeln, ohne dass es jemand bemerkt.

»Hey Gringa!«, ruft Alano und schenkt mir ein breites Lächeln. Obwohl es zum Fürchten aussieht, lächle ich zurück.

»Komm her«, fügt er hinzu und klopft auf seinen Schenkel. »Ich brauche Glück.«

»Du betrügst, da braucht man kein Glück«, gebe ich zurück, was er mit donnerndem Gelächter quittiert.

»Würde ich bescheißen, hängen mich diese *rufianes* an den Haken da oben und weiden mich aus!« Er nickt zu einem Karabiner, der so groß wie meine Hand ist. Das Teil ist an einer Winde unter der Decke befestigt und dient dazu, Motoren anzuheben.

Bevor ich ahne, was er vorhat, schlingt er eine schwielige Hand um meine Hüfte und zieht mich auf seinen Schenkel.

»Was sagst du zu diesem Blatt, muñequita?«

Er hat ein Full House, drei Damen und zwei Achten, nicht schlecht.

»Bei den Karten hilft dir auch kein Glück«, schwindele ich, was ihn wieder in Gelächter ausbrechen lässt. Dann küsst er meine Schläfe, und schiebt mich Richtung Raoul. Der hat sich ein Bier geöffnet und studiert Pacos Karten. Paco ist sechzehn. So weit ich das verstanden habe, hat Raoul ihn vor vier Jahren von der Straße aufgelesen und ihm angeboten, ihn zum Mechaniker auszubilden. Da er sich gut entwickelt hat, hat er ihn angestellt. Ich verstehe durchaus, warum. Paco ist zwar klein und eher schmächtig, dafür hat er einen Willen aus Stahl. Wenn er sich etwas vornimmt, zieht er es durch, selbst wenn es ihn umbringt. So zumindest hat Raoul ihn beschrieben. Außerdem hat Paco geschickte Finger. Falls jemand eine Chance hat, mit Schummeln durchzukommen, dann er.

Doch gegen Alanos Damenbesuch sind die anderen machtlos. Er erhöht und zwingt sie, Farbe zu bekennen. Wie zu erwarten übertrumpft er sie alle und streicht mit einem breiten Grinsen den Gewinn ein. Paco, Hernandez und Chimo werfen mir vorwurfsvolle Blicke zu. Ich zucke mit den Schultern. Was haben sie erwartet?

Danach lassen sie mich nicht mehr gehen, sodass Raoul und ich mit einsteigen. Obschon wir etwas anderes geplant haben, wird das ein schöner Abend. Alano schwingt sich zu meinem Mentor auf und versucht mir in möglichst kurzer Zeit möglichst viele Tricks beizubringen. Und, oh Mann, er ist gut.

Hernandez ist aber auch nicht schlecht. Er ist wie ein Schläger gebaut, hat Arme wie Popeye und läuft auch so. Die tiefliegenden Augen geben ihm etwas Verschlagenes, dabei ist er der Typ, der Omas und kleinen Kindern über die Straße hilft. Nicht das man ihm das ansehen würde, denn mit dem nahezu kahl rasierten Schädel und der Kerbe, die seine Oberlippe teilt, wirkt er wie ein Schwerverbrecher auf der Flucht. Auf dem linken Auge ist er blind, dafür entgeht ihm erstaunlich wenig. Hernandez ist nicht nur blitzgescheit, er hat auch ein unglaubliches Gedächtnis. Während andere auf ihr Gefühl hören, merkt er sich, was auf dem Tisch liegt. Hernandez und Paco sind die gefährlichsten Gegner, denn beide werden gerne unterschätzt. Paco, weil er so schmächtig wirkt, und Hernandez, weil er wie ein grober Klotz aussieht.

Im Verlauf der Runden formen sich Teams. Alano und ich spielen gegen Raoul, der sich mit Paco zusammengetan hat. Hernandez und Chimo bilden die dritte Gruppe. Letztere sind am Ende des Abends die großen Verlierer und sind gegen Mitternacht pleite. Als Raoul und ich um Viertel nach zwölf aufbrechen, bin ich um hundertsechzig Dollar reicher. Obwohl Raoul gut ist, war Alano besser. Er hat den Jungs den Wochenlohn abgeknöpft. Die Kohle hat er allerdings in die Kassette gesteckt, in die das Biergeld kommt.

Als ich um kurz vor eins unter die Decke krieche, die Lippen vom Küssen geschwollen, fühle ich mich glücklich und geliebt. Endlich habe ich Freunde. Und einen Jungen, der mich so nimmt, wie ich bin. Ich versuche mich daran zu erinnern, wann ich die letzte Panikattacke hatte. Dass es mir nicht einfällt, werte ich als gutes Zeichen.

***

Samstagmorgen klingelt mich Leon aus dem Bett, und wir verbringen den Vormittag damit, uns auf den neusten Stand zu bringen. Da wir uns die ganze Woche nicht gesprochen haben, erzähle ich ihm von meinen neuen Detention-Freunden, Sally, Dexter, Crush und Zack. Leon wirkt etwas überrollt von den vielen Namen. Doch er hat sein eigenes System, sich Leute zu merken. Aus Zack wird Drummer-Zack, Crush ist Surferboy und Dexter Georgie-Dex, wegen George Michael und so.

Raoul hatte ich zwar vorher schon erwähnt, doch in der letzten Woche hat sich unser Status von Freundschaft auf Beziehung verschoben, was Leon nicht so gut aufnimmt.

»Wie gut kennst du den Kerl?«, fragt er zum x-ten Mal. Ich verstehe seine Sorge. Wenn Raoul sich als ein zweiter Conall entpuppt und mir das Herz bricht, ist niemand da, um die Scherben aufzuheben – oder ihm eine reinzuhauen. Obwohl Alano für den Job bestens geeignet wäre. Oder Hernandez, wo wir schon dabei sind.

Nachdem ich ihm das sage, wirkt er nicht gerade beruhigter. Dann erzählt er mir seine Neuigkeiten.

»Alex steht total neben sich, selbst Nicci fängt an sich vor ihr zu gruseln. Erst verliert sie ihren vorläufigen Führerschein, weil sie ohne Begleitung gefahren ist, und gestern steigt sie in den Wagen, nachdem sie eine Flasche Prosecco intus hatte.«

»Ist nicht wahr, oder?«

»Genau das hab ich im ersten Moment auch gedacht. Die Bullen haben sie rausgewinkt und ins Röhrchen pusten lassen. Der Hammer daran ist, dass das eine angekündigte Kontrolle war. Das lief die ganze Woche im Radio! Nicht nur hat sie jetzt keinen Lappen mehr, sie hat auch erst mal keine Aussicht, einen zu bekommen.«

»Wow. Was sagt Alex dazu?«

»Sie hat ihren ganzen Frust an Nicci ausgelassen, sie war ihre Fahrerin. Aber Nicci hat mit Erik rumgemacht und wollte noch nicht gehen. Seitdem herrscht bei den beiden Funkstille.«

Da Nicci früher oder später wieder angekrochen kommt, muss Alex sich deswegen keine Sorgen machen. Das mit dem Führerschein ist eine andere Sache. Fahren ohne Fahrerlaubnis, und dann noch mit Promille? Wie von selbst schließen sich meine Hände zu Fäusten. Dieses selbstsüchtige Miststück hat sich betrunken und ins Auto gesetzt. Was hätte alles passieren können? Vor dem Hintergrund meiner eigenen Familientragödie fällt es mir schwer, Mitgefühl für sie aufzubringen. Kurz schließe ich die Augen und atme tief durch, um den aufkommenden Ärger zurückzudrängen. Leon scheint zu spüren, was in mir vorgeht. Geschickt wechselt er das Thema und schafft es sogar, mich zum Lachen zu bringen. Dennoch geht mir diese Sache nicht aus dem Kopf.

Nachdem wir das Gespräch beendet haben, versuche ich mir vorzustellen, wie es wäre, wieder Teil meiner alten Clique zu sein. Doch der Gedanke ist wie Sand, er zerfließt mir zwischen den Fingern und lässt sich nicht greifen. Uns trennen nicht nur Tausende von Kilometern, stelle ich fest, sondern etwas ganz anderes. Vertrauen.

Nicht zum ersten Mal zermartere ich mir den Kopf darüber, warum ich ihre Nähe gesucht habe, und komme zu keinem zufriedenstellenden Ergebnis, außer dass ich genauso oberflächlich bin wie sie. Oder es war, hoffe ich.

Vor seinem Tod war Lukas mein Vertrauter. Wir hatten keine Geheimnisse voreinander. Es war nicht mal eine bewusste Entscheidung, wir haben uns einfach immer alles gesagt. Es war so natürlich wie Atmen. Im Nachhinein frage ich mich, weshalb Lukas und Leon sich nie angefreundet haben. Vielleicht lag es daran, dass Lukas oft unterwegs war. Karate, Kart und Fußball, während Leon meistens vor dem PC hockt und über Formeln und Logarithmen brütet.

Ich schüttele den Kopf, wie um meine Gedankengänge abzuschütteln. Keine Ahnung, warum mir dieses Zeug durch den Kopf geht. Möglicherweise liegt es daran, dass ich mich verändere und nicht weiß, in welche Richtung. Aber an wem sollte ich mich orientieren? An meiner Mutter?

Ohne nachzudenken, wandern meine Hände zum Telefon, um Max anzurufen. Dann rechne ich kurz und überlege es mir anders. In Berlin ist es drei Uhr Morgens, kein guter Zeitpunkt, jemanden anzurufen und mit Fragen zu löchern wie: Wer bin ich, und was soll ich tun?

Was ich brauche, ist ein klarer Kopf. Darum gehe ich in die Küche, schnappe mir einen Apfel und laufe runter zum Strand. Es ist ein windiger Tag, doch die kühle Brise schärft meine Sinne. Ich möchte etwas von Bedeutung schreiben, etwas das ausdrückt, wer ich bin. Etwas Tiefsinniges. Doch alles, was mir während meines Laufs durch den Kopf geht, ist:

Deep down in the big blue sea
where fears are woven into night
Souls no longer earthbound here
They're free, an' strong an' shining bright

Swallowed by the big blue sea
I drown onto the grounds
The darkness feels so right to me
The silence heals my wounds

Okay, das ist nicht ganz, was ich im Sinn hatte, dennoch beschließe ich, es später aufzuschreiben. Ich muss noch an meinem »Still here«-Song arbeiten, der halb fertig in einer Schublade liegt. Ich hasse lose Enden. Obwohl ich es den ganzen Sonntag versuche, kommt bloß Blödsinn dabei raus. Vielleicht kann ich ja nur unter Druck arbeiten oder wenn es mir dreckig geht.

In jedem Fall erreiche ich Max, und es tut gut, seine Stimme zu hören. Meine nachdenkliche Stimmung vom Morgen habe ich in meine Texte gesteckt, der Rest wurde vom pazifischen Küstenwind weggeblasen. Das ist vermutlich der Grund dafür, dass ich Max ein Ohr abkaue und von Raoul vorschwärme. Von wegen wie cool er ist und so. Wie bei Leon lasse ich die Details aus, also dass wir bereits auf Stufe drei unserer Beziehung angekommen sind. Nicht dass ich mit Max darüber nicht reden könnte. Das Gespräch über Sex und Verhütung hatten wir, als ich zwölf war. Ursprünglich wollte meine Mutter mir diese Dinge erklären, doch nach drei vergeblichen Anläufen hat Max die Sache in die Hand genommen.

Er klingt besser, zumindest bilde ich mir das ein. Seine Stimme wirkt nicht mehr gezwungen heiter und manchmal höre ich wieder den echten Max heraus. Das erleichtert mich mehr, als ich in Worte fassen kann.

Mit Raoul spreche ich an diesem Wochenende nicht, er

muss arbeiten. Er schickt mir ein paar Nachrichten über WhatsApp, und ich bin versucht, ihn in der Werkstatt zu überraschen. Doch nach kurzer Überlegung entscheide ich mich dagegen. Was, wenn ihn das vor seinen Jungs blamiert? Darf ich vorstellen, meine klammernde neue Freundin, die es nicht zwei Tage ohne mich aushalten kann … ähm, nein, danke.

***

Am Montag sind die Gänge in der Schule mit orangefarbenen und schwarzen Girlanden geschmückt. An den Treppenaufgängen stehen Kürbisse, die die Kids aus der Unterstufe ausgehöhlt und mit gruseligen Gesichtern versehen haben. Selbst gemachte Plakate kündigen einen Ball an, von dem ich heute zum ersten Mal höre, was ich ein bisschen seltsam finde. In jedem Fall rückt Halloween näher und das Festkomitee versucht eine hexenmäßige Stimmung aufzubauen.

Sosehr ich das Engagement zu schätzen weiß, ich kann mit diesem Trara nichts anfangen. Das ist wie eine Kreuzung zwischen Allerheiligen und Karneval. In meinem Kopf passt das nicht zusammen. Warum sich jeder Zweite als Hexe oder Zombie verkleiden will, muss mir mal jemand erklären. Ich meine, ist das alles, was an dieser Schule mit dem Tod verbunden wird?

Wie ihr euch denken könnt, bin ich kein Fan von Gräbern, Friedhöfen und allem was damit zu tun hat, deswegen ist mir dieses Halloween ein Gräuel. Können die nicht einfach Blumen aufs Grab legen und gut ist?

Im Gegensatz zum Rest der Schülerschaft, die wegen des

anstehenden Halloweenballs ganz aus dem Häuschen ist, hat Brady schlechte Laune. Er fängt mich am Eingang ab und macht mich an, weil ich am Freitag nicht zu Jeffs After-Party gekommen bin. Das ist einer dieser Momente, wo ich mich ernsthaft frage, ob Abfeiern alles ist, woran Brady denken kann. Er hat den ganzen Sommer die Korken knallen lassen, was soll der Stress wegen einer dämlichen Fete. Noch dazu einer, die jede Woche stattfindet? Entsprechend ruppig fällt meine Antwort auf sein Herumgemaule aus.

»Wie spannend kann das sein, dich und deine Freunde dabei zu beobachten, wir ihr euch volllaufen lasst?«

»So ist es nicht, und das weißt du!«

»Woher sollte ich? Bis vor Kurzen hat mir hier niemand einen zweiten Blick gegönnt. Geschweige denn mich zu Partys eingeladen.«

Oder zu einem Ball, wo wir beim Thema sind.

»Ein Grund mehr, zu kommen, immerhin haben wir unseren Sieg gefeiert.«

Sie haben gewonnen? Irgendwie muss ich diesen Teil verpasst haben. Meine Miene muss meine Überraschung spiegeln, denn Bradys Gesichtszüge entgleiten.

»Du warst nicht beim Spiel?«, fragt er ungläubig. Wenn der so weitermacht, muss er unters Sauerstoffzelt.

»Natürlich waren wir da«, sagt Dexter, der hinter mir auftaucht und einen Arm um meine Schulter legt. »Worum geht's?«, hakt er nach.

»Sie wusste nicht, dass wir gewonnen haben!«, schnauzt Brady, der mit seinem Palaver einen Auflauf verursacht.

»Selbstverständlich weiß sie das, sie saß direkt neben mir«, bemerkt Dexter und verdreht die Augen. Er zieht mich von Brady fort und schlendert mit mir zu unserem Spind.

»Weiß sie nicht!«, quiekt Brady, der uns hinterhertrabt.

»Weiß sie doch!«, ruft Dexter über die Schulter. Während die beiden ihr Vorschulprogramm aufführen, fülle ich meine Büchertasche an meinem Spind und mache mich anschließend auf den Weg zur ersten Stunde, Homeroom.

Shelly ist wieder da, genau wie Charlize. Beide halten den Ball erstaunlich flach. Dass sie meine neue Beliebtheit hassen, ist mehr als offensichtlich. Aber mehr als böse Blicke ernte ich nicht.

Bis zur großen Pause ist Bradys Strahlemann-Image wiederhergestellt. Gut zu wissen, dass er nicht nachtragend ist.

Da Raoul mich heute von der Schule abholt, habe ich mich besonders schick gemacht, was den Sportskanonen nicht entgeht. Tuck Morris, Star unseres Basketball-Teams und oberster Jock an der Brentwood, stellt sich an der Essensschlange zu mir und macht mich so was von an. Er ist einer der wenigen Schwarzen unserer Schule und sieht verdammt gut aus. Hohe Wangenknochen, kluge Augen und ein warmes Lächeln. Dazu ist er groß, klar, deswegen spielt er ja auch Basketball, und hat einen Körper, den man stundenlang anstarren möchte. Wie alle Sportler legt er Wert auf Muckies, deswegen holen sich diese Spaßvögel ihre Shirts eine Nummer kleiner, damit auch niemand ihren Sixpack übersieht. Als ob das möglich wäre. Die Mädchen besorgen sich ihre Schuluniformen ebenfalls kleiner, aber aus einem anderen Grund. Ihr wisst schon. Nichts ist aufreizender als eine prall gefüllte Bluse, deren Knöpfe kaum den Inhalt zähmen können.

Jedenfalls habe ich mich ein bisschen an die örtlichen Gepflogenheiten angepasst und sehe heute wie die sonnengeküsste Version von Rocker-Barbie aus. Mein Haar ist offen, ich habe es sogar geschafft, es zu glätten. Unter der engen weißen Bluse trage ich einen BH in der Schulfarbe, bordeauxrot, was ein echter Blickfang ist und gleichzeitig Schul-Spirit zeigen soll. Meine Füße stecken in schwarzen Stiefeln aus butterweichem Nappaleder. Sie gehen mir bis zum Knie und verleihen mir einen Domina-Look, nach dem Motto: »Küss meine Stiefel und bitte um Verzeihung!« Fehlt nur noch die Gerte. Doch ich liebe Kontraste, darum umspielen lange Goldkettchen meinen Ausschnitt. Außerdem habe ich dezentes Makeup aufgelegt, nur meine Augen sind betont sowie mein Mund, den ich ebenfalls der Schulfarbe angepasst habe.

Wenn Leon mich so sehen könnte, würde er auf der Stelle tot umfallen. Tuck Morris fällt nicht tot um. Er fährt mit den Fingerspitzen meinen Arm entlang, beugt sich zu mir und flüstert:

»Lässt du mich vor?«

Wie immer ist die Essensschlange elendslang. Wenn er sich hinten anstellt, wartet er bestimmt zehn Minuten, bis er eine warme Mahlzeit bekommt.

»Warum sollte ich?«

»Weil ich Hunger habe und groß und stark werden möchte.«

Gegen meinen Willen muss ich lachen, schon allein weil Tuck fast eins neunzig ist.

»Wäre ich nie drauf gekommen«, sage ich lächelnd und bedeute ihm vorzugehen, doch er denkt nicht daran. Stattdessen bleibt er neben mir und gibt einen Witz nach dem nächsten zum Besten. Natürlich versaute. Ein paar sind gar nicht schlecht, deswegen versuche ich sie mir für Zack zu merken, der voll auf so was steht. Shelly, die mit Charlize und Scarlett zwei Reihen vor mir steht, schaut angeekelt zu mir. Als würde ich einen unverzeihlichen Fehler begehen, wenn ich über Tittenwitze lache. Um sie zu ärgern, erzähle ich den Fritzchen-Witz, mit dem Leon mich am Samstag zum Lachen gebracht hat.

»Fragt die Lehrerin Klein-Fritzchen …«, beginne ich.

»Wen?«

Okay, diese Leute kennen keine »Klein-Fritzchen«-Witze, Plan B muss her.

»Fragt die Lehrerin Freddy: ›Freddy, wenn du von drei Vögeln einen erschießt, wie viele bleiben dann übrig?‹ Darauf Freddy: ›Keiner.‹

›Keiner?‹, fragt die Lehrerin, ›wie kommst du darauf?‹

›Wenn ich einen erschieße, fliegen die anderen weg‹, gibt er zurück. Darauf nickt die Lehrerin und sagt: ›Das ist zwar nicht die Antwort, die ich erwartet habe, aber ich gebe dir trotzdem eine Eins … ähm, ein A, denn mir gefällt deine Einstellung.‹

Darauf Freddy: ›Darf ich Ihnen auch eine Frage stellen?‹ Als die Lehrerin nickt, fährt er fort: ›Sitzen drei Frauen im Café und essen ein Eis am Stiel. Die erste fährt mit der Zunge über das Eis. Die zweite knabbert den oberen Rand ab und die dritte steckt es ganz in den Mund und saugt. Welche der drei ist verheiratet?‹ Die Lehrerin überlegt einen Moment und sagt dann: ›Die Dritte natürlich, sie nimmt das Eis ganz in den Mund!‹ Freddy schüttelt den Kopf. ›Die mit dem Ehering, aber mir gefällt ihre Einstellung.‹«

Während ich den Witz erzähle, kommen immer mehr Teamspieler dazu, und als ich fertig bin, brechen sie in brüllendes Gelächter aus.

Shelly zieht eine Grimasse, als hätte ich den Trailer eines Pornofilms zum Besten gegeben.

»Mach nur so weiter«, sagt sie, als sie ihr Essen entgegennimmt. »Obszöne Witze und dieser Schlampen-Look …«

Sie beendet den Satz nicht, sondern zieht eine Braue in die Höhe und starrt auf meine Stiefel.

»Ich finde deinen Look heiß«, sagt Tuck und legt mir einen Arm um, was ich echt süß finde.

»Das liegt daran, dass du schwanzgesteuert bist!«, schnappt Charlize an Shellys Stelle.

Ups.

»Ich würde sagen hormongesteuert«, gebe ich zurück, bevor Tuck etwas erwidern kann. »Und das ist auch kein Schlampen-Look«, ergänze ich mit Blick auf meine Stiefel. »Die sind von Schlarmani.« Selbst die Jungs schnallen die Anspielung auf Armani und versauen Shelly mit ihrem Gelächter den Abgang. Eigentlich sind die Dinger aus einem Boss Outlet in Berlin Spandau, aber wen interessiert's.

20

Im Verlauf der Woche dünnt sich der Tisch der populären Leute zusehends aus. Immer mehr Mitglieder der sogenannten Elite ziehen es vor, in der Pause an meinem Tisch zu sitzen statt bei Shelly und ihrem Zicken-Zoo. Brady und Jeff wechseln sich ab. Mal sitzen sie bei uns, ein anderes Mal drüben. Selbst Tuck Morris gesellt sich am Mittwoch mit seinen Freunden zu uns.

Bei Starbucks beschließen Pam und ich, dass wir einen Mädelsabend brauchen. Eine Idee, für die ich mich sofort erwärme. Ich brauche schon allein deswegen einen, um den bitteren Nachgeschmack wegzuspülen, den Alex bei mir hinterlassen hat. Bisher hatte ich nur illoyale Freundinnen, es wird Zeit, das zu ändern.

Also rufe ich in meiner Pause Sally an, die ich nicht lange überreden muss. Es ist ihre Idee, daraus eine Pyjama-Party mit Übernachtung zu veranstalten.

»Meine Mom macht nachher Tacos, wenn ihr bis neun hier seid, könnt ihr welche abstauben.«

Nachdem sie mir die Adresse durchgegeben hat, lege ich auf und wundere mich, wie unkompliziert das über die Bühne ging. Mit Alex konnte ich nie etwas Spontanes unternehmen.

Bei ihr mussten solche Events immer bis ins kleinste Detail geplant werden, nach dem Motto: Was ziehe ich an, Pyjama oder Negligé? Was mache ich mit meinem Haar, offen oder ein braver Zopf? Und was zum Teufel essen wir, Fingerfood oder Take-Out-Sushi? Nicht zu vergessen: Sollte dieser Abend ein Thema haben? Von der Gästeliste fange ich gar nicht erst an, ich denke, ihr versteht, was ich meine. Hier reicht ein Anruf und die Sache geht klar.

Apropos Gästeliste. Auf dem Weg nach Hause rufe ich Dexter an und lade ihn zu unserem Weiberabend ein. Ich weiß, was ihr jetzt denkt, und ihr habt recht. Offiziell ist er zwar kein Mädchen, aber ich finde, er passt gut in unsere Runde. Davon abgesehen ist er mit Sally befreundet, deswegen bin ich mir sicher, dass sie nichts dagegen hat.

Zu Hause werfe ich das Nötigste für eine Nacht in eine kleine Reisetasche. Danach kritzle ich Sallys Telefonnummer und Adresse auf einen Zettel, den ich gut sichtbar auf dem Küchentresen hinterlasse. Keine Ahnung, ob es für James in Ordnung ist, wenn ich in der Woche bei einer Freundin übernachte. Bevor er es mir verbieten kann, mache ich mich vom Acker. Ich würde so oder so gehen, aber Stress mit ihm brauche ich im Moment so dringend wie einen Keuchhusten.

Auf dem Weg zu Sally wird mir einmal mehr klar, wie sehr sich die Staaten von Deutschland unterscheiden. An den Anblick der Palmen habe ich mich noch immer nicht gewöhnt, obwohl ich jeden Tag auf dem Schulweg an ihnen vorbeifahre. Sie säumen die Straßen wie bei uns die Ahornbäume. Manche sind bestimmt zwanzig Meter hoch, wenn das mal hinkommt.

Die Luft ist warm, und obwohl ich im Auto sitze, riecht es nach Sonne, Algen und Meer. In Berlin ist es um diese Jahreszeit mindestens zehn Grad kälter und die endlosen Regentage können einen den letzten Nerv kosten. Ein Lächeln umspielt meine Lippen, als ich mich auf die Bundesstraße Richtung Santa Monica einfädele.

Ich gebe es nicht gern zu, aber in Momenten wie diesen bin ich meiner Mutter dankbar, dass sie mich hierhergeschleppt hat. So entspannt habe ich mich seit einer Ewigkeit nicht gefühlt. Entspannt und … glücklich, wer hätte das gedacht? Als hätte er den Gedanken gehört, bekomme ich eine Nachricht von Raoul. Da ich in diesem Augenblick in Sallys Straße einbiege, schnappe ich mir das Handy und lese:

SexGott: Hab den ganzen Tag nichts von dir gehört

Jazz: Sorry :-/

SexGott: Alles klar bei dir?

Jazz: Bestens, und bei dir?

SexGott: Ich vermisse dich

Jazz: Ich dich auch <3

SexGott: Was machst du gerade?

Jazz: Pyjamaparty bei Sally

SexGott: Da wäre ich gerne dabei ;-)

Jazz: Perverser!

SexGott: Du kennst mich zu gut

Jazz: Schön wär's

SexGott: Schlaf gut, cariño

Jazz: Du auch ☺

Ich grinse wie ein Hohlkopf, als ich das Telefon abstelle und aussteige. Der Duft von Pinien und Harz schlägt mir entgegen, deswegen halte ich einen Moment inne, schließe die Augen und atme tief durch.

Sally wohnt in einem taubenblauen Haus in der Nähe des Canyon-Parks. Das zweigeschossige Gebäude ist komplett von Bäumen eingeschlossen, sodass man es erst sieht, wenn man unmittelbar davorsteht. Das Erdgeschoss ist von einer weißen Holzveranda umgeben, auf der eine Hollywoodschaukel thront. Eine richtige, echte Hollywoodschaukel, cool! Ratet mal, wo ich gleich bin.

Bevor ich die Klingel gefunden habe, wird die Tür aufgerissen, und Dexters breites Grinsen blendet mich.

»Wird auch Zeit, dass du kommst! Diese Pam hat bereits zwei Burritos intus. Wenn die so weiterfuttert, bleibt für uns nichts übrig!«, begrüßt er mich und nimmt mir die Reisetasche ab.

Wie es aussieht, bin ich die Letzte. Als wir den Garten auf der Rückseite des Hauses betreten, hocken Sally und Pam im Schneidersitz auf einer Decke und unterhalten sich angeregt. Bei ihnen ist ein Mädchen, das ein paarmal an unserem Tisch in der Pause gesessen hat. Sie hat einen dunklen Pagenschnitt, blaue Augen und ein herzförmiges Gesicht. Soweit ich mich erinnere, beginnt ihr Name mit einem M.

»Hi Baby!«, ruft Pam und winkt.

»Hast du etwa die ganzen Nachos gefuttert?«, fragt Dexter, Panik in der Stimme. Sally und ich brechen in Gelächter aus, Pam streckt ihm die Zunge raus.

»Was kann ich dazu, dass du an allem bloß knabberst.

Wenn du Hunger hast, hau rein! Ansonsten hör auf zu flennen.«

»Wenigstens lasse ich den anderen etwas übrig«, murmelt er und steuert den Tisch mit den Getränken an.

Schmunzelnd schüttele ich den Kopf, dann sehe ich mich um. Uralte Zedern, Fichten und gekrümmte Pinien säumen das Grundstück, sodass der Garten wie eine Lichtung im Wald aussieht. Auf der Holzveranda steht ein Tisch mit Eistee, Limonade und etwas, das Fruchtbowle sein könnte.

»Du hast ja ganz schön was aufgefahren«, sage ich und setze mich zu den Mädchen.

»Meine Mom«, sagt Sally beinah entschuldigend. »Seit ich gesagt habe, dass ihr vorbeikommt, steht sie in der Küche.« Sie deutet zu dem dunkelhaarigen Mädchen und sagt:

»Jazz, das ist Maia, Maia – Jazz.«

»Hi!« Maia winkt kurz und lächelt.

»Wir haben keinen Kurs zusammen, oder?«, frage ich stirnrunzelnd.

Darauf schüttelt sie den Kopf. »Mein Klassenlehrer ist Mr Branson und als Wahlfächer habe ich Ceramics und Creative Jewelry.« Letzteres erklärt die vielen bunten Perlenketten um ihren Hals.

»Hast du die selbst gemacht?«, frage ich überflüssigerweise. Maia lächelt und nickt.

»Ich möchte Schmuckdesignerin werden.«

»Talent hast du jedenfalls«, bemerkt Dexter und hockt sich neben mich auf die Decke. Er reicht mir ein Glas Punsch, das ich dankbar annehme. Ich bin am Verdursten.

»Ich wusste gar nicht, dass wir Wahlfächer haben«, sage ich

und nippe an der rosa Flüssigkeit. Sie schmeckt nach Erdbeeren, Minze und Prosecco. Yummy!

»Alle künstlerischen Fächer sind wählbar.« Dexters Stirn kräuselt sich, als würde er angestrengt nachdenken. »Hast du nicht Painting, Drama und Musik?«

»Drama würde ich sofort gegen einen Keramikkurs tauschen.« Ich hasse die Schauspielerei, habe ich das schon erwähnt?

»Du kannst noch bis Ende der Woche wechseln«, sagt Sally und sieht fragend zu Dexter, der ihr zustimmt.

»Nach Schulbeginn bleiben dir sechs Wochen. Bis dahin kannst du einmal wechseln.«

»Dann haben wir ja doch einen Kurs zusammen«, sagt Maia und tunkt ihren Nacho in die Käsesauce.

So plaudern wir die erste Stunde weg, bis es anfängt zu dämmern und Sallys Mutter die Gartenbeleuchtung anstellt. Mrs Sullivan sieht ihrer Tochter kein bisschen ähnlich. Sie ist eine rundliche kleine Person mit rosa Wangen und energischem Temperament. Nur die hellen Haare hat sie mit ihrer Tochter gemeinsam, sowie die grün-grauen Augen.

»Habt ihr es warm genug?«, erkundigt sie sich. Ohne eine Antwort abzuwarten, winkt sie Dexter zu sich.

»Komm, junger Mann, du kannst mir helfen Feuer zu machen.«

Dexter salutiert pflichtschuldig und schichtet auf ihre Anweisung hin Holz in eine Feuerstelle, die wie ein zu flach geratenes Taufbecken aus Metall aussieht.

»Kann Lissa sich gleich für ein paar Minuten zu euch setzen? Ich hole sie gleich ab, da will sie bestimmt Marshmallows grillen«, fragt sie in Sallys Richtung. Sally zieht eine Grimasse, nickt jedoch.

»Lissa?«, frage ich an Dexter gewandt, der flüssigen Grillanzünder über das ordentlich gestapelte Holz gießt.

»Clarissa, Sallys kleine Schwester.«

»Wie alt ist sie?«, erkundige ich mich an Sally gewandt. Sie sieht aus, als würde sie einen sauren Drops lutschen.

»Acht«, gibt sie gequält zurück. »Ich muss euch warnen, entweder sie ignoriert euch oder sie nervt gewaltig.«

Dexter zuckt mit den Schultern. »Dazu sind Geschwister doch da, oder?«

»Ich hätte nichts gegen eine Schwester«, sagt Pam, die Dexter gebannt dabei beobachtet, wie er das Feuer entzündet.

Eine Weile sitzen wir stumm da und beobachten, wie sich die Flammen knisternd durch die trockenen Scheite fressen.

Plötzlich muss ich an Conall denken. Im Frühjahr haben wir bei ihm Kastanien über dem Kaminfeuer gebraten und hätten *es* fast getan. Ihr wisst schon, was. Gott, das war so romantisch, es hätte eine Szene aus einem Film sein können. Wir sind patschnass aus einem Platzregen gekommen und haben uns im Bademantel vom Feuer wärmen lassen, während unsere Klamotten im Trockner steckten.

Damals war es, als hätte er mich aus einem Dornröschenschlaf geküsst. Und genau das haben wir den Rest des Abends getan. Also küssen, nicht schlafen. Als er mich nach Hause gefahren hat, waren meine Lippen geschwollen, und mein Herz war um die dreifache Größe gewachsen.

Obwohl das eine schöne Erinnerung ist, macht mich der Gedanke daran traurig. Warum sollte ich an Conall denken, wenn ich mit Raoul zusammen bin? Und wieso tut es immer noch so weh, nach allem, was er sich geleistet hat?

Im Geiste gebe ich mir eine Kopfnuss. Raoul ist ein Schatz, er hat Besseres verdient als eine Freundin, die ihrem Ex hinterherweint. Obwohl … Ich habe ihn die ganze Woche nicht gesehen, wie kann ich sicher sein, dass er anders als Conall ist? Conall war für mich die große Liebe. Ich habe ihm vertraut. Genau wie ich Raoul vertraue. Aber wie kann ich jemandem vertrauen, den ich erst seit Kurzem kenne? Was weiß ich überhaupt über ihn?

»Woran erkennt man, ob ein Junge als Freund taugt oder ein Blindgänger ist?«

Ich stelle die Frage niemand Bestimmtem. Als ich in die Gesichter sehe, stelle ich fest, dass sich jeder angesprochen fühlt. Die Mienen wechseln von verträumt zu nachdenklich, als hätte ich einen anderen Gang eingelegt.

»Jungs darf man nicht so ernst nehmen«, sagt Pam. »Spiel mit ihnen, solange es Spaß macht. Zu etwas anderem taugen sie nicht.«

»Bullshit!«, sagt Dexter.

»Und woher willst ausgerechnet du das wissen?«

»Weil ich ein Junge bin?«, gibt er zurück, ohne den Blick vom Feuer zu wenden.

»Eben, deswegen bist du befangen.«

»Ich sehe das nicht so«, sagt Maia und füllt ihr Glas mit Bowle auf. »Klar gibt es Jungs, die nur ihren Spaß wollen. Aber ich glaube an die wahre Liebe.«

Pam rollt mit den Augen. »Und was soll das sein? Blumen am Jahrestag und einen Ring zum Collegeabschluss?«

»Warst du noch nie verliebt?«, fragt Sally.

»Das ist doch bloß eine chemische Reaktion. Die Hormone knallen aus ihren Sicherungen. Plötzlich sehen die Leute überall Feenstaub und kleine Hundewelpen. Wenn ihr mich fragt, verkompliziert Liebe etwas, das eigentlich ganz simpel ist.«

»Ach ja, dann klär uns mal auf«, sagt Dexter und schenkt Pam einen pointierten Blick. Sie schüttelt den Kopf, als könnte sie nicht fassen, dass wir das nicht wissen.

»Jungs sind total einfach gestrickt. Habt ihr noch nie von den drei S gehört?«

»Drei S?«, hakt Maia nach.

»Saufen, Sex und Sport.«

Dexter prustet in seinen Eistee. »Das ist nicht dein Ernst, oder?«

»Das ist meine Erfahrung, und die von Millionen anderer Frauen.«

»Und wie lange genau warst du auf dem Straßenstrich?«, fragt er und hebt die Brauen, als erwarte er eine Antwort.

»Dex!«, schnappt Sally und gibt ihm einen Klaps auf den Oberarm.

»Ist doch wahr«, murrt er und zieht eine Grimasse. Pam sagt nichts, was eigentlich nicht ihre Art ist.

»Ich war mal verliebt«, sagt Sally leise.

»Brick, oder?«, fragt Maia. Sally nickt.

»Brick Benson?« Dexter wirkt überrascht.

»Wer ist Brick?«, erkundige ich mich.

»Einer unserer Super-Nerds aus der Oberstufe.«

»Kenne ich nicht.«

»Er war Senior und hat diesen Sommer seinen Abschluss gemacht«, klärt Dexter mich auf.

»Dann hat es nicht funktioniert?«

»Es hat nie angefangen«, sagt Maia an Sallys Stelle. Sie stupst ihre Freundin in die Seite. »Sie hat sich nie getraut ihn anzusprechen.«

»Sag mir, dass du Witze machst!« Das kommt von Pam, die ehrlich entsetzt wirkt.

Sally hebt hilflos die Schultern. »Ich wusste nicht, was ich sagen sollte.«

Darauf vergräbt Pam das Gesicht in den Händen und murmelt etwas Unverständliches.

»Ich war schon oft verliebt«, sagt Maia mit einem breiten Lächeln.

»Meistens in Jungs, die schon vergeben sind«, ergänzt Sally und stupst sie zurück.

»Stimmt, aber das ist nicht meine Schuld.«

»Wer ist es aktuell?«, frage ich.

»Jeff Madison«, seufzt sie und versteckt ihr Gesicht an Sallys Schulter.

»Und wo ist das Problem?«, fragt Pam.

»Ich habe keine Lust, eine weitere Kerbe an seinem Bettpfosten zu sein. Ich will einen richtigen Freund, und nicht bloß seine neuste Eroberung sein.«

»Da hast du es!«, ruft Pam und streckt ihr den Zeigefinger entgegen. »Du schaffst sofort Hürden, ohne es überhaupt zu versuchen.«

»Aber sie hat recht«, kommt Sally ihrer Freundin zu Hilfe. »Jeff ist jede Woche mit einer anderen zusammen.«

Nach jedem Spiel, um genau zu sein.

»Warum denkt ihr immer gleich an etwas Langfristiges, probiert es doch einfach aus und seht, wie es läuft.«

»Ich hab aber keine Lust, mich zum Trottel zu machen«, erwidert Maia. »Angenommen, wir machen rum, und am nächsten Tag ruft er mich nicht an. Was dann?«

»Dann weißt du, dass er ein Idiot ist, und ziehst weiter.«

»So einfach ist das nicht.«

»Was soll daran kompliziert sein?«

»Weil ich wie eine Schlampe dastehen würde, die mit dem Linebacker geschlafen hat. Als Nächstes steht der Rest der Mannschaft auf der Matte, weil sie glauben, ich wäre einfach zu haben.«

»Du musst ja nicht gleich mit ihm ins Bett gehen. Küssen reicht doch für den Anfang«, werfe ich ein.

»Normalerweise schon, aber nicht wenn es um Jeff geht.«

»Ich finde, dass es etwas bedeuten sollte, wenn man Sex mit jemandem hat.«

Sally, Maia und Dexter nicken unisono. Pam seufzt, als seien wir hoffnungslose Fälle.

»Was ist mit dir?«, frage ich an Dexter gewandt.

»Ich glaube an die Liebe, wenn du das meinst. Und ja, ich bin verliebt. Hoffnungslos, wie ich hinzufügen möchte.«

»Wer ist es?«, fragt Sally leise.

Dexter schüttelt den Kopf. »Keine Chance!«

»Um noch mal auf die Ausgangsfrage zurückzukommen …«, beginnt Maia, als Lissa mit einem Schrei in den Garten stürzt.

»Marshmallooooooows!«

Die Kleine ist ähnlich dürr wie Sally, mit langen Storchenbeinen, mit denen sie die Jungs in zehn Jahren in den Wahnsinn treiben wird. Sie hat das hellblonde Haar ihrer Schwester, doch ihre Augen sind grau. In der linken Hand hält sie einen langen Zweig, in der Rechten eine Tüte mit klebrigem Zuckerzeug. Dexter setzt sich zu ihr und hilft ihr, die Marshmallows aufzuspießen.

»Lissa, sei nicht so unhöflich. Sag Hallo zu meinen Freunden.«

»Hi!«, sagt die Kleine, ohne uns eines Blickes zu würdigen.

Sally seufzt. »Das ist, weil sie dich und Pam nicht kennt«, flüstert sie in meine Richtung.

»Soll das eigentlich heißen«, nimmt Pam den Faden wieder auf, »dass ihr alle noch Jungfrauen seid?«

Maia verschluckt sich an der Bowle. Dexter lässt Lisas Marshmallow ins Feuer fallen und Sally starrt Pam mit großen Augen an. Ich halte mir die Hand vor den Mund, um ein Lachen zu unterdrücken. Lissa dagegen macht sich nicht die Mühe, ihr Kichern aufzuhalten.

»Hast du sie noch alle?«, fragt Dexter und deutet mit dem Kopf in Lissas Richtung. Die Kleine grinst von einem Ohr zum anderen und beehrt uns nun doch mit ihrer Aufmerksamkeit.

»Entschuldigung«, sagt Pam spitz und klingt kein bisschen entschuldigend. »Jungfrauen und prüde«, murmelt sie und leert ihr Bowleglas.

Irgendwie läuft der Abend nicht so, wie ich mir das vorgestellt habe. Eigentlich sollten wir giggelnd auf den Betten liegen, von Jungs schwärmen, während wir Junk-Food in uns reinstopfen. Als ich den Mund öffne, um etwas Witziges zu sagen, kommt Maia mir zuvor.

»Ich hab's schon getan«, überrascht sie uns alle.

»Echt?«, frage ich.

»M-hm.« Sie nickt und spielt mit einem Tortillachip. »Es war auf einer Party und ich war sturzbetrunken.«

»Mit wem?«, fragt Dexter. Schon komisch, wie schnell er Lissas Gegenwart vergessen hat.

Ein Lächeln schleicht sich in Maias Züge und sie beißt sich auf die Unterlippe. »Mit Tuck.«

»Und wie war's?«, will Pam wissen.

»Eigentlich war es schön.«

»Eigentlich? Also entweder es ist fan-fuckin-tastisch oder es war ein Flop.«

»Es war toll, aber ich war nicht in ihn verliebt.«

»Tuck Morris?«, frage ich und stelle mir unseren gut aussehenden Basketball-Champ vor.

Dexter nickt und fragt: »Und warum habe ich davon nichts mitbekommen?«

»Weil wir offiziell nie zusammen waren. Ich war schon damals in Jeff verknallt und wollte ihn eifersüchtig machen. Aber das war eine blöde Idee. Tuck war es viel ernster als mir. Ich wollte ihm nicht wehtun, deswegen habe ich es beendet, bevor er ernsthaft verletzt werden konnte.«

Anscheinend ist Sally die Einzige, die von Maias heimlicher Beziehung mit Tuck wusste, denn sie legt ihrer Freundin tröstend den Arm um und zieht sie wieder an sich.

»Was ist mit dir?«, fragt Dexter an mich gewandt. »Warst du schon mal verliebt?«

Oh-oh. Dünnes Eis.

»Könnte man sagen.« Ich lege mich auf den Rücken und betrachte die Sterne. Viele sind heute nicht zu sehen. Vermutlich weil wir zu nahe am South Valley sind. Hier türmen sich die Wolken an den North Hills, die der Pazifische Westwind in die Bucht von Los Angeles weht.

»Ich dachte, er wäre es, im Sinne von die eine große, wahre Liebe und das ganze Bla.«

»Lass mich raten: Er hat dir den Laufpass gegeben, weil die Möpse einer anderen größer waren«, brummt Pam und legt sich neben mich. Ich wende den Kopf und sehe sie an. Unsere Blicke treffen sich, und mir wird klar, dass sie mir gerade verraten hat, warum sie sich emotional nicht mehr auf Jungs einlässt. Ich greife nach ihrer Hand und drücke sie. Das wäre jetzt der ideale Moment, mit meinem Geständnis rauszurücken und die betrogene Freundin zu geben. Aber ich möchte nicht bemitleidet werden. Wenn ich ihnen die Sache mit Conall und Alex erzähle, lässt sich das jedoch kaum vermeiden.

»Du kannst Gedanken lesen, was?«, sage ich leichthin. »Ich hab ihn tatsächlich mit einer anderen erwischt. Aber das war auch besser so.«

»Wieso das denn?«, fragt Dexter.

»Weil ich hierhergezogen bin. Das Ganze hatte keine Zukunft.« Darauf herrscht einen Moment lang Schweigen.

»Glaubst du, du wärst noch mit ihm zusammen, wenn er dir treu geblieben wäre?«, erkundigt sich Sally leise.

»Zumindest hätten wir es versucht.«

Innerlich seufze ich. Wem will ich etwas vormachen? Er war mir untreu, während ich dabeistand. Wie hätte das mit uns funktionieren können, wenn wir wochenlang voneinander getrennt gewesen wären?

Obwohl ich wütend auf ihn sein will, bin ich ihm auch dankbar. Was immer er hinter meinem Rücken getrieben hat, er war es, der mich aus meinem mentalen Koma geweckt hat. Ohne Conall würde ich vermutlich immer noch in meinem Schneckenhaus stecken. Würde mittelmäßige Songs schreiben und mich um meine Mutter kümmern, die eigentlich für mich sorgen müsste. Irgendwie hat Conall alles wieder ins Lot gebracht, und das, weil er etwas in mir gesehen hat, was keinem anderen zuvor aufgefallen ist.

Wenn ich nur wüsste, was, würde ich mich vielleicht besser fühlen.

»Lissa, Zeit, ins Bett zu gehen!«, ruft Shellys Mutter durch die offene Küchentür.

»Noch fünf Minuten.«

»Es ist fast elf, du hast morgen Schule!«

»Hmpf!«, macht die Kleine, wirft den Zweig ins Feuer und steht widerwillig auf. Danach geht sie zu ihrer Schwester, gibt ihr einen Gute-Nacht-Kuss und rennt ins Haus.

Nachdem sie fort ist, reden wir noch ein bisschen über die Jungs an unserer Schule, bis es draußen zu feucht wird und wir in Sallys Zimmer verschwinden. Dort essen wir Popcorn und quatschen bis halb Zwei.

Bevor wir schlafen, checke ich mein Handy, das ich wohlweislich ausgestellt habe, um James keine Gelegenheit zu geben, Einwände gegen meine Übernachtungspläne zu erheben.

Erfreulicherweise finde ich keine Nachricht von ihm. Auch keine von Raoul. Kurz überlege ich, ihn anzurufen, verwerfe den Gedanken jedoch. Wäre ein bisschen peinlich, wenn er schläft und ich ihn wecke.

Und wie peinlich wäre es erst, wenn er nicht allein im Bett ist.

***

Am Donnerstag ist mein erster Stopp das Sekretariat. Ich erkläre Betty, dass ich eine miserable Schauspielerin bin und dass mir der Drama-Kurs meinen Notendurchschnitt versauen wird, wenn ich nicht sofort wechsele. Ich bin so gut, dass ich einen Oscar verdient hätte. Es dauert keine fünfzehn Minuten und ich bin die Schauspiel-Klasse los und glücklicher Neuzugang des Tonkurses, auch bekannt als »Ceramics«.

Der Rest des Schultags geht ruckzuck über die Bühne. Ehe ich michs versehe, ist Freitag, der Tag des 30STM-Konzerts. Es hat sich herausgestellt, dass ein paar meiner Freunde ebenfalls zum Konzert gehen. Unter anderem Zack und Crush. Letzterer hat einen Vater, der eine der exklusiven Logen in der Arena besitzt. Hätte ich mir auch denken können.

Als in der Pause das Gespräch darauf fällt, lädt er uns in seine Loge ein, also Pam, mich und die Hälfte der Leute an unserem Tisch. Nichts gegen Pams Stehtickets. Aber eine klimatisierte Loge mit bequemen Sitzplätzen, inklusive freies Essen und Trinken ziehe ich jederzeit dem Gedränge und Geschubse im Innenraum vor. Ich bin mir nicht sicher, was Pam will, also schicke ich ihr eine Nachricht. Zwei Sekunden später klingelt mein Handy. Bevor ich etwas sagen kann, kreischt sie mich beinahe in einen Tinnitus.

»Ob ich will? OB ICH WILL??? Was glaubst du denn, das sind Logenplätze! LOGENPLÄTZE!!!«

Wäre das geklärt.

Obwohl ich mich riesig auf das Konzert freue, habe ich in den letzten Wochen kaum daran gedacht, was mir ein bisschen seltsam vorkommt. Immerhin stehe ich total auf die Leto-Brüder. Zu meiner Verteidigung kann ich nur sagen, dass mein Leben im Moment ein wenig neben der Spur ist. Erfreulicherweise läuft es zur Abwechslung einmal gut. Allmählich habe ich das Gefühl, in L.A. angekommen zu sein. Ich genieße das milde Klima und bin so oft es geht am Strand. James' Hütte verfügt über ein großzügig geschnittenes Hartholzdeck mit einem fantastischen Blick auf den Ozean. Wenn ich nicht unten am Meer bin, sitze ich dort, schreibe, komponiere, den Wind im Haar, die Gibson im Schoß.

Mit meiner Mutter hatte ich in dieser Woche zwei Zusammentreffen, die wie durch ein Wunder ganz gut verlaufen sind. Vielleicht hat James tatsächlich einen guten Einfluss auf sie. Ich weiß, was ihr jetzt denkt, ich sollte mich mehr um sie kümmern. Oder zumindest ihre Nähe suchen. Aber da gibt es zwei Probleme. Erstens hat sie derzeit Nachtdreh, was bedeutet, dass sie tagsüber fast nie zuh Hause ist, und wenn, schläft sie. Und zweitens … Nun, meiner Ansicht nach muss sie zur Abwechslung mal auf mich zukommen. Ich bin ihr anderthalb Jahre hinterhergerannt. Immer in der Hoffnung, dass es ihr irgendwann besser geht. Und, na ja, dass sie mich sieht. Also mich, ihre Tochter, die gern mal in den Arm genommen wird und gefragt werden möchte, wie ihr Tag war. Doch wisst ihr was: Das ist nie passiert.

Nach unserem letzten Streit standen die Dinge nicht gut zwischen uns. Wie durch Zauberhand ist es James gelungen, die Wogen zu glätten, sodass wir zumindest höflich miteinander umgehen können.

Auch wenn ich Martinez nicht oft erwähne, so ist er nie weit. Wenn ich nach der Schule nach Hause komme, essen wir zusammen mit Antoine in der Küche. Ich weiß auch, dass er den BMW in Schuss hält. Der Wagen ist immer blitzsauber, selbst wenn der starke Westwind den Wagen mit Sand paniert. Obwohl ich finde, dass er es übertreibt. Letzten Mittwoch habe ich ihn dabei beobachtet, wie er mit einem Spiegel den Unterboden überprüfte. Man kann es auch übertreiben, oder? Ich meine, wen stört es, wenn das Auto da unten dreckig ist?

Wie dem auch sei. Heute Abend findet das Konzert statt, und ich habe Lust, mich aufzubrezeln. Zumindest ein bisschen. Am Ende entscheide ich mich für knallenge schwarze Jeans, ein schwarzes Tanktop, schwarze Heels. Dazu Smokey Eyes und einen roten Kussmund – immerhin fahre ich danach zu Raoul. Ich hatte gehofft, dass er mitkommt, doch ausgerechnet heute muss er einen Wagen zusammenschrauben und bei einem Kunden abliefern. Der Typ lässt eine Menge bei ihm machen und Raoul will ihn nicht hängen lassen. Dennoch wünschte ich, dass er meine Leute kennenlernen könnte. Mit Zack und Crush würde er sich bestens verstehen. Ich vermute allerdings, dass wir mit unserer Beziehung gerade in einer Phase stecken, in der wir meine Freunde mit unserer Knutscherei in den Wahnsinn treiben. Sobald wir uns sehen, verwandeln sich meine Pupillen in kleine Herzchen und wir kleben wie Magnete aneinander. Wäre ich ein Maiskorn, würde ich unter Raouls heißem Blick jedes Mal explodieren. Selbst bei Starbucks küssen wir uns bei jeder Gelegenheit. Auf dem Parkplatz hätten wir beim letzten Mal beinahe … ugh, ihr wisst schon.

Da kommt es wie gerufen, dass James und meine Mutter übers Wochenende nach New York geflogen sind, zu einer ihrer ach so wichtigen Galas. Das bedeutet, dass ich so was von sturmfreie Bude habe – yeah!

Doch zurück zum Konzert. Die Loge liegt zentral und bietet einen ausgezeichneten Blick auf die Bühne. Crush kennt ein paar witzige Leute, darunter viele Surfer, die keine Ahnung haben, dass er der verwöhnte Sohn eines Abgeordneten ist. Wäre interessant zu erfahren, welche Story er ihnen wegen der Loge aufgetischt hat.

Während ich an meinem Big-Gulp-Becher nippe, halte ich Ausschau nach Pams feuerroter Mähne. Pam wäre nicht Pam, wenn sie nicht innerhalb kürzester Zeit neue Freunde gewonnen hätte. Sie heißen Ernie und Bert – 'tschuldigung, Ed und Becky, und sehen so enthusiastisch aus, wie ich mich fühle. Becky könnte als Zacks Schwester durchgehen. Eine durchtrainierte Surferin mit dunklem Kurzhaarschnitt. Doch die beiden sind weder verwandt noch verschwägert. Ed ist etwas größer als Becky und deutlich fülliger. Eindeutig kein Surfer. Er scheint mir der gutmütige Typ zu sein. Das muss er vermutlich auch, da seine Freundin auf dem besten Weg ist, sich mit jedem in der Loge zu verbrüdern. Sie und Pam stecken die Köpfe zusammen, und als ich mich zu ihnen geselle, werde ich in alle intimen Details der Bandmitglieder eingeweiht.

Es ist schon komisch, aber sosehr mich Musik ausfüllt, die Leute dahinter sind mir mehr oder weniger egal. Wen interessiert's, ob der Leadsänger in der Reha steckt oder sich mit seinem Bassisten gefetzt hat? Ich kaufe die Alben wegen der Musik, nicht wegen des Tratschs. Weil mir die Stimme gefällt und die Energie, die den Song trägt. Ich würde nicht behaupten, dass mir die Musiker komplett schnuppe sind, aber ich finde, dass sie sich selbst wichtig genug nehmen. Das muss ich nicht noch unterstützen.

Becky sieht das anders. Sie kennt jedes schmutzige Detail der Leto-Brüder: Wann Jareds neuer Film rauskommt, wie viel er dafür abgenommen hat, und warum er und Cameron Diaz sich nie hätten trennen dürfen. Als Pam sie über die Vorgruppe ausfragt, bekomme ich zum ersten Mal ein komisches Gefühl. Zumindest nachdem Becky immer mehr Einzelheiten auspackt.

»Ohhhh, *Broken Dreams*, die sind der Hammer«, zwitschert sie vergnügt. »Jared hätte sich keine bessere Gruppe aussuchen können, zumal so ein Miststück dem armen Leadsänger das Herz gebrochen hat.«

»Ist nicht wahr!«, keucht Pam aufgeregt. »Wer könnte diesem Sahneschnittchen so etwas antun?«

Den Rest blende ich aus, weil der Bandname eine Saite in mir anschlägt. Doch ich kann sie nicht zuordnen. Wo habe ich den Namen schon mal gehört?

Weiter komme ich nicht, denn die Bühne wird dunkel und das Gekreische geht los.

Und dann sehe ich ihn.

Stille breitet sich aus und ich erstarre. Alles um mich herum scheint sich zu verlangsamen. Ich bin mir nicht mal sicher, ob ich atme. Tausend Dinge gehen mir durch den Kopf, gleichzeitig habe ich das Gefühl, in einem Vakuum zu stecken.

Nicht zu fassen, dass ich all die Hinweise übersehen habe und völlig unvorbereitet hierhergekommen bin. Wie konnte das passieren? Während unserer Schichten hat Pam nonstop von ihnen geredet. Den Newcomern aus England, die in London die Klubszene aufmischen. Von Broken Dreams, die Leon erwähnt hat, der Band, die meinen Song covern will. Ich hatte vor, mir ihre Webpage anzusehen, aber die wird gerade umgebaut. Deswegen hat Leon mir Links zu ihren Songs auf YouTube geschickt. Ihm hatte der Cartoon-Stil gefallen, den er mir in allen Einzelheiten beschrieben hat. Das war vermutlich der Grund dafür, warum er Conall nicht erkannt hat. Mir dagegen hätte seine unverkennbare Stimme gereicht. Aber mein nerdiger Freund hat eher auf den Gesamteindruck geachtet, auf die Technik und die Machart der Videos. Klar, er ist ja auch ein Junge und bekommt keine feuchten Hände, sobald er Conalls Huskystimme hört. Ihm wird nicht gleichzeitig heiß und kalt, wenn er ihn auf der Bühne beobachtet, während er singt, als wäre jedes Wort für mich bestimmt. Als wäre es persönlich.

Hundertmal wollte ich mir die Sachen von Broken Dreams ansehen, aber ich hatte immer so viel um die Ohren. Trotzdem ist das keine Entschuldigung. Broken Dreams – Nightmares, sie müssen ihren Namen geändert haben.

War ich mir im ersten Moment nicht sicher, gehen innerhalb von Sekunden meine Zweifel den Bach runter, als sich der Leadsänger mit dem ach so gebrochenen Herzen das Mikro schnappt und mit seiner dunklen Raspelstimme das brüllende Publikum begrüßt.

Plötzlich wird mir schwindelig. Vor meinen Augen verschwimmt alles, und ich habe Schwierigkeiten, zu atmen.

Ich bin noch hier, ich bin noch hier, ich bin hier.

»Jazz?« Das kommt von Dexter.

Oh Gott. Zacks Arm stützt mich, er hilft mir auf meinen Platz, fragt etwas. Doch ich kann ihn nicht hören. Das Blut rauscht in meinen Ohren, kalter Schweiß bricht mir aus.

»… freuen uns, heute Abend hier sein zu dürfen, das kam ziemlich überraschend …«

»Jazz?« Wieder Dexter. Er reicht mir ein Glas Wasser, das ich automatisch nehme. Doch mir ist schlecht. Ich kann praktisch fühlen, wie das Blut aus meinen Wangen weicht, und habe Schwierigkeiten, zu atmen.

»… hoffe, dass wir eine Menge Spaß haben werden, deswegen will ich nicht lange …«

»Trink das.« Dexter hockt jetzt vor mir, genau wie Zack. Beide wirken besorgt.

»Alles klar?«, fragt Zack und nimmt meine Hand, die ich zu einer Faust geballt habe. Verzweifelt kämpfe ich gegen Tränen. Bloß nicht heulen, denke ich, doch das ist leichter gesagt als getan.

»… unseren Nummer-eins-Hit haben wir einer Person zu verdanken, Jasmin Winter, besser bekannt als JAZZmin aus Berlin …«

Alle Köpfe drehen sich in meine Richtung, also die der Leute in der Loge. Ich bin kurz davor zu hyperventilieren.

»Kopf zwischen die Knie«, sagt Zack. Er legt seine Hand in meinen Nacken und drückt mich nach unten. Jetzt merkt auch Pam, dass etwas nicht in Ordnung ist, sie wirkt total verwirrt.

»Jazz?« Sie steht auf, doch ich schüttle den Kopf. Zu viele Menschen, ich fühle mich bedrängt.

»… starten wir mit ›Sorry Ass‹ …«

Die Bühne wird dunkel, in der Arena ist es mucksmäuschenstill. Dann durchschneidet der Sound einer E-Gitarre die Ruhe und die ersten Töne meines Songs füllen die Halle.

Once I used to trust in you
Never really got the hints and clues
Everybody seems to know you so much better
What you've done and that it didn't matter

»Scheiße«, flüstert Zack neben mir. »Das ist dein Song.«

Was du nicht sagst. Ich weiß nicht, wie ich es durch das Lied schaffe, irgendwo im Refrain fange ich am ganzen Körper an zu zittern. Ich bin froh, dass alle Blicke auf die Bühne gerichtet sind. So kann ich mich auf mein Mantra konzentrieren, von dem ich dachte, dass ich es nicht mehr brauchen würde. Schön wär's.

Conall hat eine unfassbar schöne Stimme. Tief, voll, an den Ecken etwas rau und doch warm. Das ist nicht fair. Ich meine, gerade als ich dachte, dass es mir besser geht, passiert so etwas. Warum kann er mich nach allem noch so berühren? Sollte ich nicht immun gegen seinen Charme sein? Hat er mich nicht genug verletzt? Und das nach den Horror-Monaten, die hinter mir liegen? Wieso kann ich mein Herz nicht verrammeln, wie ich es vorher ständig getan habe?

Warum kann ich nicht zurück? Die Frage bringt mich zur Besinnung. Das Letzte, was ich möchte, ist, mich wieder in die Isolation zu flüchten. Alles auszusperren, um nicht mehr fühlen zu müssen. Selbst der Schmerz ist besser als ein Leben als Zombie.

Nachdem die letzten Töne ausklingen, will ich erleichtert aufatmen. Aber natürlich ist es noch lange nicht vorbei, Conall ist gerade erst warmgeworden. Mit meinem Song und seiner Stimme rockt er die Halle innerhalb von Minuten. Er ist der geborene Star, das steht mal fest.

Als ich denke, dass mich meine Beine wieder tragen, macht er eine weitere Ankündigung.

»Der nächste Song ist für Jasmin. ›Sorry Ass‹ war ihre Antwort auf meine, ähm … nennen wir es Indiskretion …« Verlegen senkt er den Kopf, kratzt sich das Ohr. Tolle Show, die Weiber fahren voll darauf ab. Ich nicht.

Pfiffe aus dem Publikum zerschneiden die Stille, Buhrufe von den weiblichen Fans, Gejohle vom anderen Teil.

Conall hebt beschwichtigend die Hände.

»Ich weiß, ich weiß, das hab ich verdient«, sagt er, setzt sein Killerlächeln auf, während der Blick seiner kristallblauen Augen über die Menge gleitet.

»Aber ich will sie zurück.«

Die Mädels flippen aus, selbst in der Loge kreischen sie, und zu meinem Unmut stehe ich wieder im Mittelpunkt. Pam drängt sich an meine Seite und nimmt meine Hände.

»Ist das wahr?«

»Was?«, krächze ich.

»Du hattest was mit Conall Davis?«

Zumindest dachte ich, dass wir etwas *hätten*. Zum Beispiel gegenseitiges Vertrauen. Oder Liebe. Aber da habe ich mir etwas vorgemacht, oder?

Ich zucke mit den Schultern. Das Bedürfnis, allein zu sein, wächst mit jeder Sekunde.

»Den nächsten Song habe ich für sie geschrieben«, fährt er fort. »Er heißt *JazzMine* und ist meiner Jazz gewidmet.«

Oh, Shit.

»Ich weiß nicht, ob sie heute Abend hier ist, aber ich hoffe, dass sie ihn hört. Honey, es tut mir leid, das ist dein Song!«

Auf sein Zeichen streichen Mitchs Finger über die Saiten der Bass-Gitarre, als würde er sie liebkosen, während Conall die Augen schließt und mit tiefem Bariton die ersten Töne zu JazzMine anstimmt.

The words you said to me are beating
In my dreams these words are bleeding
All I want is you to stay
But I threw it all away
I threw it all away

You trusted me with all your heart
You've been so sweet, so shy and smart
You cared for me, have been my light
Then I threw it all aside
I threw it all aside

Ich habe nicht gemerkt, dass ich weine, bis Dexter mir ein Kleenex reicht.

»Ohhh, ist das süß«, quietscht Becky und klatscht in die Hände.

Ja, total süß. Aber es kommt von einem verlogenen Hurensohn, der mir das Herz gebrochen hat.

I fell in love from the very first day
God knows what I did and how I betrayed
I wish I could just take it back
But I threw it all away
I threw it all away

Obwohl ich ein zitterndes Häufchen Elend bin, schaffe ich es wankend aus der Loge. Zum Glück bin ich nicht im Innenraum, da hätte ich es nie lebend rausgeschafft.

If I had the chance
I would erase that night
I wish we wouldn't have that fight
But I threw it all away
I threw it all away

»Jazz!«, rufen gleich mehrere meiner Freunde, doch ich schüttele den Kopf.

»Gebt mir 'ne Minute«, sage ich und gehe weiter, ohne mich umzudrehen.

I am such a fool to let you go
I am such a fool for being cruel
I just threw it all away
I threw it all away

»Bist du sicher?« Dexter und Crush traben auf mich zu, doch ich halte eine Hand hoch, und sie stoppen, wie erhofft. Ich brauche Raum, muss atmen.

Ich bin noch hier, ich bin noch hier, ich bin hier.

»Hundertprozent«, bringe ich mühsam hervor.

»O-kay«, sagt Dexter nicht überzeugt. Zu Recht, denn ich habe nicht vor, zurückzugehen. Ich bin doch nicht blöd. Oder masochistisch veranlagt. Dabei hilft es nicht, dass mich Conalls Stimme bis zum Parkhaus verfolgt.

I didn't mean to cloud your sky
Didn't want to make you cry
I beg you for a second try
You didn't even say goodbye

I want you by my side
Want to be your guide

So please don't go away
Because I want you to stay

But I threw it all away
I threw it all away

Ja, mein Freund, das hast du. Alles weggeworfen, um genau zu sein. Und für wen? Für Alex, die nur deswegen mit ihm zusammen sein wollte, weil er mir gehörte. Das ist mir jetzt klar.

Ich will mich in eine Ecke verkriechen, zusammenrollen und weinen, bis der Knubbel in meinem Bauch verschwindet.

Fragt mich nicht, wie ich es zum Auto geschafft habe. Oder aus dem Parkhaus gekommen bin. Dank Crushs VIP-Pass ist es nicht weit, dennoch kommt mir die Ausparkprozedur wie der Auszug der Israeliten aus Ägypten vor.

Doch das hat auch etwas Gutes. Bis ich auf der Straße bin, habe ich etwas, das mich beschäftigt. Ich muss mich zusammenreißen. Zu Hause kann ich auseinanderbrechen, nicht hier, nicht jetzt.

An der ersten Ampel muss ich rechts ranfahren, denn es fängt tierisch an zu regnen. Da meine Augen immer wieder überlaufen, kommt das nicht gut, zumal aus dem Regen ein Wolkenbruch wird. Ich schalte das Warnlicht ein, lege meine Stirn gegen das Lenkrad und lasse los.

Ein fürchterlicher Weinkrampf schüttelt mich. Der angestaute Schmerz lässt mich schluchzend zusammensinken und ich weine bittere Tränen. In diesem Moment kommt alles hoch. Der Betrug, die Wut, der Verlust ... Es ist wie eine Zeitreise, und endlich gebe ich mir die Erlaubnis, zu betrauern, was ich in den letzten Monaten zurückgehalten habe.

Ich vermisse meinen Bruder mehr als jeden anderen Menschen, selbst mehr als meine Mutter. Ich will ihn zurück, Lukas, der immer an meiner Seite war – *auf* meiner Seite. Meinen Zwilling, der nicht nur so aussah wie ich, sondern auch so dachte. Es ging sogar noch weiter. Wenn er sich beim Rennen verletzte, habe ich es gespürt. Genauso wie ich sein Sterben fühlen konnte. Zwei Jahre haben den Schmerz über den Verlust nicht gemildert, es tut so weh wie am ersten Tag. Doch damals sind uns die Schluchzer im Hals stecken geblieben.

In einer einzigen Nacht hat Lukas nicht nur sein eigenes

Leben beendet. Er hat auch eine Frau und ihre vierzehnjährige Tochter in den Tod gerissen. Um diese beiden weine ich ebenfalls. Doch zum ersten Mal seit er gestorben ist, betrauere ich Lukas' Tod, der sich auf grausame Weise überschätzt hat. Diesmal kann ich mich auf den Schmerz konzentrieren, der normalerweise immer ein Mix aus Schuld und Wut ist.

Ich weine auch um mich, die ihn nicht daran gehindert hat, sich hinters Steuer zu setzen. Um das verunglückte Mädchen. Ihre Mutter und die Hinterbliebenen. Und ich weine über meine Familie, die sich nie von diesem Schlag erholt hat. Um Max, der mich in jener Nacht hätte abholen sollen, sich jedoch mit meiner Mutter gestritten hat. Lukas wollte helfen und hat sich ins Auto gesetzt. Die vielen Kartrennen haben ihn glauben lassen, dass er dem Straßenverkehr gewachsen ist. Er hat allerdings nicht mit dem Unwetter gerechnet.

Wie jetzt, hat es an jenem verhängnisvollen Freitagabend aus Kübeln gegossen. Lukas hat die Kontrolle über den Wagen verloren, ist auf die Gegenspur gerutscht und hat ein entgegenkommendes Fahrzeug von der Fahrbahn gerammt. So zumindest stand es im Polizeibericht. Nicht dass ich mich daran erinnern konnte. Für die beiden Insassen kam jede Hilfe zu spät, auch das stand da. Für Lukas war es ebenfalls zu spät. Ich war die einzige Überlebende.

Ich bin noch hier.

Einatmen. Ausatmen. Ich weiß, wie das geht, ich schaffe das.

Ich kann mich nicht daran erinnern, wie lange ich so dagesessen habe. Nachdem sich die Sicht bessert, fädele ich mich wieder in den Verkehr und fahre zu dem einzigen Menschen, den ich jetzt sehen will.

21

Die Werkstatt ist hell erleuchtet, was bedeutet, dass Raoul noch bei der Arbeit ist. Ich habe ein schlechtes Gewissen, ihn zu stören. Doch wenn ich ihn je gebraucht habe, dann in diesem Augenblick. Mich wundert die Anzahl der Autos, wie es aussieht, musste heute die ganze Mannschaft zum Arbeiten antreten. Und das an einem Freitagabend, wo sie normalerweise pokern. Mann, das muss wirklich ein wichtiger Kunde sein.

Zögernd steige ich aus. Vielleicht sollte ich lieber nach Hause fahren und mich ordentlich ausweinen. Doch zu wissen, dass Raoul nur wenige Meter von mir entfernt ist, lässt mich wie in Trance vorwärtsgehen.

Vor der Tür fallen mir die Geräusche auf. Salsa läuft im Hintergrund und ich höre das helle Lachen eines Mädchens.

Meine Hand am Türknauf hält inne. Etwas fühlt sich verkehrt an, doch ich bin zu sehr durch den Wind, um einen klaren Gedanken zu fassen.

Nachdem ich die Tür öffne, finde ich keine ölverschmierten Jungs vor, die an Autos schrauben. Stattdessen nimmt der Pokertisch die Mitte der Werkstatt ein. Sechs Männer sitzen dort und spielen Karten. Mein Blick fällt auf die Mitte des

Tischs, wo sich Geldbündel stapeln, als hätte jemand versucht, die Skyline von New York nachzubauen. Ich kann mir nicht mal vorstellen, wie viel Kohle das sein soll. Das hat nichts mit den Freitagabendspielen zu tun, in der die Jungs ihren Wochenlohn verzocken. Hier geht es um richtigen Schotter in Höhe eines Einfamilienhauses.

Doch es ist nicht das Geld, das mir Übelkeit verursacht. Es ist das Weibsbild, das sich auf Raouls Schoß rekelt in einem kaum vorhandenen Oberteil und einem Rock, der mal ein Stirnband war. Sie drückt sich an ihn, presst ihre Lippen auf seinen Mund, und er … küsst sie zurück. Der Mistsack küsst diese Kuh vor meinen Augen, während seine Hand auf ihrem Hintern liegt. Ich glaub's nicht!

»Hast du sie noch alle?«

Sechs Augenpaare richten sich auf mich, plus das der Schlampe. In diesem Moment fällt mir auf, dass ich nur Raoul und Alano kenne, die anderen sind Fremde. Wo sind Hernandez, Chimo und Paco? Plötzlich komme ich mir vor wie Ali Baba, der sich in der Tür geirrt hat und in einer fremden Räuberhöhle gelandet ist. Nur dass das hier kein Märchen ist. Diese Typen sehen wie waschechte Ganoven eines Quentin-Tarantino-Films aus. Fehlt nur noch, dass sie ihre Waffen ziehen und auf mich richten. Ich bilde mir ein, dass die Hand eines der Typen in den Rücken, zum Saum seiner Hose zuckt. Aber ich bin so vielen Eindrücken ausgesetzt, dass ich mir das auch eingebildet haben kann.

Einer der Jungs pfeift bei meinem Anblick, ein anderer fragt etwas auf Spanisch.

»Fuck!« Das kommt von Alano, der einen Blick mit Raoul

tauscht, der mir nicht gefällt. Worte in schnellem Spanisch werden gewechselt. Raouls Freunden scheint nicht zu gefallen, dass ich in ihre Partie geplatzt bin. Alano steht auf, zeigt auf mich. Ich höre »mi chica« heraus. Dafür reichen meine Fremdsprachenkenntnisse, aber ich bin nicht sein Mädchen. Offensichtlich bin ich niemandes Mädchen.

Raoul flüstert der Gans etwas ins Ohr und schiebt sie von seinem Schoß. Sie zieht einen Schmollmund und lässt sich auf das abgewetzte Ledersofa im hinteren Teil der Werkstatt fallen. Normalerweise warten dort Kunden auf die Rückgabe ihres Wagens. Heute dient die Couch als Straßenstrich, denn jetzt fällt mir auf, dass noch andere Weiber im Raum sind. Alle ähnlich leicht bekleidet wie Raouls Schoßhund. Was um alles in der Welt veranstalten die hier? Strippoker mit Zugabe oder was? Kopfschüttelnd wanke ich zurück.

»Wie konntest du das tun?«, frage ich mit brennenden Augen.

»Bring sie nach oben!«, schnauzt Raoul Alano an, doch daraus wird nichts. Eher wälze ich mich in Motoröl, als mich von ihm anfassen zu lassen. Wie ein Zombie taumele ich vor Alano zurück, der aussieht, als hätte ich ihn geschlagen.

Plötzlich ist mir das alles zu viel. Mit tränenverschleierten Augen laufe ich durch den Regen zum Auto.

»Chica!«, ruft Alano, doch es ist zu spät. Mein Wagen steht vor der Tür, und bevor er mich erreichen kann, bin ich auf und davon.

Warum passieren solche Dinge immer mir? Hab ich nicht schon genug zu verdauen? Wieso muss ich mich in Jungs verlieben, die mich hintergehen, sobald ich ihnen den Rücken zukehre? Warum hat er das getan?

Und wer zum Geier waren diese Kerle? Die sahen zum Fürchten aus. Also noch mehr als seine übliche Crew. Und dann das Geld. Das müssen Tausende, Quatsch, Hunderttausende gewesen sein.

Oh Gott, Raoul ist wirklich in einer Gang! Wie konnte ich so blöd sein? Jeder hat mich vor ihm gewarnt, selbst Martinez. Aber ich wusste es besser. Statt meinem Verstand zu vertrauen, habe ich auf mein Herz gehört, und das kommt dabei raus. Vor allem hätte ich mir mehr Zeit nehmen müssen. Bei Conall hat es Wochen und Monate gedauert, bis ich bereit war, mich ihm zu öffnen. Bei Raoul reichte ein Blick. Aber wer er ist und was er macht, davon habe ich noch immer keinen Schimmer. Wie konnte ich mich so blind in eine neue Beziehung stürzen?

Plötzlich trete ich auf die Bremse, die nicht sofort anschlägt, sondern wie in Slomo reagiert, bis ich auf dem Seitenrand zum Stehen komme. Muss am Aquaplaning liegen. Oder an meinen Nerven. Mein Hintermann mag das Bremsmanöver nicht, er hupt mich ins Nirwana, überholt und zeigt mir den Mittelfinger. Du mich auch, denke ich, doch ich bin nicht bei der Sache. Die verzögerte Bremswirkung irritiert mich. Dann fällt mir ein, warum ich rechts rangefahren bin. Ich friemele mein Smartphone aus der Tasche und schalte es ein. Kaum ist es hochgefahren, blinken mein Messenger und die Voicebox um die Wette.

Mit zitternden Fingern drücke ich die Kurzwahltaste für Raoul, der nach dem ersten Klingeln rangeht.

»Querida, wo bist du?«

»Warum hast du das getan?«, schluchze ich ins Handy.

»Wo bist du?«, wiederholt er.

»Sag mir verdammt noch mal, warum du das getan hast?«, kreische ich außer mir.

Da die überholenden Autos nicht aufhören zu hupen, fädele ich mich wieder in den Verkehr. Leider wird der Regen stärker, und die Sicht nimmt ab – hab ich ein Glück!

»Es ist nicht, was du denkst.«

»Du spinnst doch wohl!«

Also ehrlich, dieser Spruch ist so alt, dass er fast witzig ist … wenn es nicht so traurig wäre.

»Cariño, ich bin auf dem Weg zu dir, dann erkläre ich dir alles.«

»Untersteh dich!«, blaffe ich und passe einen Augenblick nicht auf. Die Bremslichter des Fahrzeugs vor mir leuchten auf, ich trete auf die Bremse, doch nichts passiert. Ungebremst fahre ich dem Wagen auf. Da mein Hintermann die Gefahr nicht erkennt, schiebt er mich mit voller Wucht auf meinen Vordermann.

Der Schrei bleibt mir im Hals stecken. Im nächsten Moment platzen die Airbags aus ihren Verstecken und mir gehen die Lichter aus.

***

Von allen Orten, die ich hasse, nehmen Krankenhäuser den ersten Platz ein. Selbst vor Friedhöfen. Das fängt schon beim Geruch an: Antiseptika und Putzmittel. Im Rettungswagen bin ich kurz zu mir gekommen und habe mich gegen die Gurte gewehrt. Nachdem der Sanitäter etwas in den Tropf gespritzt hat, war ich innerhalb von Sekunden zurück im La-La-Land.

Als ich diesmal aufwache, mache ich als Erstes eine Bestandsaufnahme. Ich versuche meine Finger zu bewegen – kein Problem. Die Zehen sind auch putzmunter und ganz allgemein tut mir nichts besonders weh. Dafür mache ich jede Menge Prellungen aus, Abschürfungen und blaue Flecken. Mein Nacken fühlt sich wund an, als hätte ich einen mordsmäßigen Muskelkater. Wie es aussieht, bin ich glimpflich davongekommen.

Als ich mein Zimmer in Augenschein nehme, fällt mir sofort der Luxus auf. Also für ein Hospital. Statt Linoleumboden liegt Parkett, und anstelle der üblichen Landschaftsdrucke hängen geschmackvolle Bilder im informellen Stil an den Wänden. Die sind nicht in einem kränklichen Gelb gestrichen, sondern in warmen Cremetönen. Gegenüber vom Bett befindet sich eine Sitzgruppe. Ich mache sogar eine Minibar aus, kein Scherz.

Als ich versuche mich aufzusetzen, schwebt eine Krankenschwester herein und hilft mir dabei. Sie sieht wie ein asiatisches Model aus und erinnert mich an Lucy Liu.

»Wie fühlst du dich? Reicht die Schmerzdosierung?«, fragt sie und deutet zum Tropf. Im Schlauch integriert ist ein kleines Kästchen mit einem Knopf.

»Wenn du mehr brauchst, drückst du einfach auf den Schalter«, sagt sie fröhlich, als sei das die tollste Sache der Welt.

Gefühle ausschalten per Knopfdruck, wenn es so einfach wäre.

Die Lucy-Liu-Doppelgängerin deutet meinen Gesichtsausdruck falsch, denn sie fügt rasch hinzu:

»Deine Verletzungen sind nicht so schlimm, eigentlich solltest du schmerzfrei sein.«

Ich nicke, denn ich möchte, dass sie geht. Doch sie denkt nicht daran.

»Der Doktor kommt in einer Stunde, dann sollten deine Eltern eingetroffen sein.«

Meine Eltern? Oh, sie meint James und Mama.

»Die sind in New York«, krächze ich.

Lucy schüttelt den Kopf. »Wir haben sie informiert, als du eingeliefert wurdest. Sie befinden sich auf dem Rückweg.«

»W-wie spät ist es?«

»Vier Uhr.«

Ich sehe zum Fenster. Draußen ist es stockdunkel, also ist es vier Uhr morgens.

»Der Doktor sagt, dass du viel Glück hattest. Wahrscheinlich kannst du morgen wieder nach Hause.«

Ja, ich bin ein echtes Glückskind, denke ich bitter, doch innerlich schüttele ich den Kopf. Jetzt ist weder die Zeit für Sarkasmus noch für Selbstmitleid.

»Was ist mit den anderen?«

Lucy sieht mich fragend an, deswegen ergänze ich: »Den anderen Leuten, die in den Unfall verwickelt waren.«

»Oh, keine Sorge, denen geht es gut, sie konnten das Krankenhaus bereits verlassen. War reine Routine.«

Eine Sorge weniger. Wenigstens habe ich mit meinem Stunt niemanden das Leben gekostet.

»Draußen wartet jemand auf dich. Er ist die ganze Nacht nicht von deiner Seite gewichen.«

Bitte lass es nicht Raoul sein, denke ich und kralle die Finger ins Laken. Seinen Anblick könnte ich im Moment nicht ertragen und ich fühle mich zu schwach ihn anzuschreien.

»Er heißt Martinez.« Fragend hebt sie die Brauen und ich nicke mein Einverständnis. Dass ich gleichzeitig erleichtert und enttäuscht bin, verwirrt mich.

Kaum hat Lucy das Zimmer verlassen, marschiert Martinez durch die Tür. Der Kummer steht ihm ins Gesicht geschrieben.

»Jazz, wie geht es dir?«, fragt er und setzt sich auf den Rand des Bettes.

»Ganz okay.«

»Hast du Schmerzen?«

»Nein. Ich bin bloß müde und irgendwie …«, fertig. Laut sage ich »… groggy.«

Wie gerne würde ich jetzt weinen. Es muss schön sein, gegen seine Brust zu sinken und den Tränen freien Lauf zu lassen, während er mich tröstend in den Arm nimmt. Doch ich fühle mich benebelt, was vermutlich an dem Zeug im Tropf liegt.

»Kannst du denen sagen, dass ich keine Schmerzmittel möchte? Für die paar Schürfwunden brauchen die mich nicht zu betäuben, das fühlt sich scheußlich an.«

Er nickt. »Das erledige ich gleich.«

So wie er das sagt, weiß ich, dass ich mich darauf verlassen kann. Und dann kommen die Tränen. Allerdings aus Dankbarkeit. Hat der Mann keine Familie, oder warum taucht er immer dann auf, wenn ich ihn brauche?

»Ich, äh …« Ich möchte mich bei ihm bedanken, doch statt zu reden, greife ich nach seiner Hand und blinzele die Tränen fort. Eben wollte ich noch getröstet werden, jetzt möchte ich stark sein. Was ist los mit mir?

Martinez legt meine Hand zwischen seine. Als er den Mund öffnet, um etwas zu sagen, fliegt die Tür zu meinem Zimmer auf, und meine Mutter stürmt herein. Über ihren Schultern hängt ein schwarzes Sakko, wahrscheinlich von James. Darunter trägt sie ein langes Abendkleid aus silberner Seide von Alessandro di Benedetti. Ich kenne das Kleid, wir haben es zusammen ausgesucht. Sie hat sich nicht mal umgezogen, was nicht ihrer Art entspricht. So wie sie aussieht, hat sie die Party verlassen, sich in den ersten Flieger gesetzt und ist vom Flughafen direkt zum Krankenhaus gefahren. Hinter ihr füllt James den Türrahmen, doch er kommt nicht rein. Er gibt Martinez ein Zeichen, uns allein zu lassen. Er macht meiner Mutter Platz, die nun mein gesamtes Sichtfeld einnimmt.

Sie sieht furchtbar aus. Als hätte sie stundenlang geweint, danach einen Nervenzusammenbruch bekommen, um wieder zu weinen. Ihre Augen sind rot und geschwollen, genau wie ihre Nase. Das Augen-Make-up hat sich über ihr gesamtes Gesicht verteilt. Doch zum ersten Mal seit ich denken kann, kümmert sie sich nicht um ihr Aussehen.

»Was ist das nur mit Autos in unserer Familie?«, fragt sie und nimmt mich in den Arm.

Nicht die Worte, auf die ich gehofft hatte, aber besser als nichts. Ich möchte nicht an Lukas erinnert werden, zumindest nicht auf diese Weise. Lukas war mehr als das. Aber seit er tot ist, wird er nur noch auf den Unfall reduziert. Alles andere ist wie ausgelöscht. Selbst ich habe ihn darauf beschränkt, den letzten Moment in seinem Leben. Bevor er uns verlassen und zwei Menschen mitgenommen hat.

»Ich bin nicht wie er«, flüstere ich gegen die zitternde Schulter meiner Mutter und spüre, wie sie erstarrt. »Und ich werde ihn niemals ersetzen.«

»Niemand kann das«, wispert sie. »Und niemand will das.«

Da bin ich mir nicht so sicher.

»Du hast mich auch verlassen«, ist alles, was ich dazu sage. Meine Mutter drückt mich vorsichtig an sich und ich spüre ihre Tränen an meiner Schläfe.

»Ich weiß«, haucht sie, was mich überrascht. Im Leugnen ist meine Mutter ein Profi. Warum sie jetzt damit aufhört, kann ich mir nur damit erklären, dass in ihr etwas gebrochen ist. Zurückgebrochen, um genau zu sein. Wie ein Arm, der falsch zusammengewachsen ist. Um ihn zu richten, muss man ihn in einer extrem schmerzhaften Prozedur noch einmal durchbrechen, damit die Enden korrekt zusammenwachsen können. Vielleicht haben die letzten Stunden im Flieger den Verstand meiner Mutter wieder eingerenkt. Wenigstens hoffe ich das. Doch die letzten beiden Jahre haben mich misstrauisch werden lassen. Womöglich hat sie bloß einen ihrer hellen Momente, das hatten wir schon.

* * *

Den Samstagmorgen verbringe ich im MRT. Geröntgt haben sie mich bereits gestern Nacht. Gegen Mittag steht fest, dass mir im Grunde nichts fehlt, deswegen darf ich das Krankenhaus kurz nach drei verlassen.

Von Raoul habe ich nichts gehört und nichts gesehen, was

ich nicht wirklich gut aufnehme. Selbst Conall hatte nach seinem Konzert versucht, mit mir Kontakt aufzunehmen. Raoul tut nicht mal so, als würde es ihm leidtun. Also das mit dem Kuss, der Schlampe auf seinem Schoß und der Kohle, die er bestimmt nicht mit Ölwechseln verdient hat.

Dafür erwartet mich zu Hause ein Empfangskomitee. Keine Ahnung, wie sie davon erfahren haben, doch als der Wagen vor dem Eingang stehen bleibt, begrüßt mich der Fuhrpark meiner Freunde. Pams zerbeulten Honda erkenne ich sofort, Jeffs Porsche ebenfalls. Selbst Brady ist mit seinem Sportwagen gekommen, dabei wohnt er nebenan. Kaum öffne ich die Tür, fliegt mir eine kreischende Pam entgegen.

»Warum hast du nicht gesagt, dass du in einem verdammten Palast wohnst?«

So ist sie, unsere Pam. Kein »Wie geht es dir?« oder »Hast du den Unfall gut überstanden?«. Und eben darum habe ich sie so gern.

Grinsend zucke ich mit den Schultern. »Ich bin sowieso meistens am Strand …« Weiter komme ich nicht, denn einen Augenblick später drückt Pam mich an sich – und nicht nur sie. Dexter, Sally und Crush tun es ihr nach und schnüren mir beinahe die Luftzufuhr ab. Mein Blick fällt auf Zack, der mit vor der Brust verschränkten Armen im Eingang zum Salon steht. Brady und Jeff sind ebenfalls da, sie halten sich wie Zack im Hintergrund. Klarer Fall von Knuddel-Muffel.

»Ich hatte keine Ahnung, dass sie so viele Freunde hat«, höre ich meine Mutter hinter mir flüstern. Nur mit Mühe unterdrücke ich den Impuls, eine Grimasse zu ziehen. Meine Mutter hat null Ahnung von meinem Leben, woher sollte sie von meinen Freunden wissen? Der Gedanke gefällt mir nicht, deswegen schließe ich für einen Augenblick die Augen und halte die Zeit an.

Wenn sich in meinem Leben etwas ändern soll, muss ich bei mir anfangen. Als Erstes sollte ich meinen Sarkasmus zügeln, vor allem wenn es um meine Mutter geht. Nach den letzten Monaten ist es allerdings schwierig, den Spott-Filter abzustellen, der mir mehr als einmal durch den Alltag geholfen hat. Doch selbst ich muss zugeben, dass sich meine Mutter in den vergangenen vierundzwanzig Stunden mehr Mühe gegeben hat als in den letzten vierundzwanzig Monaten. James musste ihr frische Klamotten ins Krankenhaus bringen, weil sie mich nicht verlassen wollte. Nicht mal für eine Minute. Sie hat mir beim Umziehen geholfen, selbst beim Waschen, und war mir mehr Mutter als je zuvor.

Also gebe ich mir einen Ruck, löse mich von meinen Leuten und schenke meiner Mutter ein müdes Lächeln.

»Mom, James, das sind Sally Sullivan, Dexter Brown, Pam McKenzie und Tyson …«

»Aber alle nennen mich Crush«, unterbricht Letzterer mich. Jetzt verdrehe ich doch die Augen und deute zu der zweiten Gruppe.

»Zack Montgomery und Jeff Madison. Brady, unseren Nachbarn, hast du ja schon beim Schulleiter getroffen. Zack und Sally auch, falls du dich erinnerst.«

Während meine Mutter versucht den Schock zu verbergen, dass ich in der kurzen Zeit mehr Freunde gewonnen habe als in siebzehn Jahren Berlin, schüttelt James fleißig Hände.

»Bist du morgen in San Francisco?«, fragt er Brady. Der

scheint mindestens so überrascht zu sein wie ich, denn für einen Moment verschlägt es ihm die Sprache.

»Das hatte ich vor, Sir«, sagt er schließlich.

James nickt, als hätte er nichts anderes erwartet. »Richte Alister meinen Gruß aus. Das Spiel gegen die Broncos letzten Sonntag war fantastisch.«

»Woher kennst du Bradys Bruder?«, frage ich perplex.

Als Antwort ernte ich kollektives Stöhnen. Zack schüttelt den Kopf, Bradys Mund steht leicht offen, und Jeff sieht aus, als würde er keine Luft bekommen. Pam erholt sich als Erste.

»Er ist ja bloß der Quarterback der San Francisco 49ers. Und bevor du fragst: Bradys Vater ist Cheftrainer der Dallas Cowboys!«

Okidoki, bei Sport hört der Spaß anscheinend auf. Gut zu wissen.

»Wie wäre es mit einer Erfrischung?«, fragt meine Mutter und löst die peinliche Stille auf.

Den Rest des Tages verbringen wir auf der Terrasse. Und wenn ich *wir* sage, schließt das meine Mutter ein. Pam zwingt mich, meine Gitarre zu holen, sie will mich spielen hören. Also setze ich mich im Schneidersitz auf den Hartholzboden und lege los. Außer Brady und Jeff, die gestern ein Spiel gegen die Westport High School hatten, wissen meine Freunde von meinem Songwriter-Durchbruch. Pam und Dexter singen sogar mit, weil sie mich auf YouTube gefunden haben und meine Texte mittlerweile auswendig kennen. Pam hat eine überraschend schöne Stimme. Tief und voluminös, und doch ein bisschen rau, als würde sie Kette rauchen. Ein bisschen erinnert sie mich an Adele. Dexter macht auf George Michael, was niemanden überrascht.

Bei »Sorry Ass« verschluckt sich meine Mutter an ihrem Martini.

»Das Lied kenne ich, das habe ich im Radio gehört!«

»Jep, das ist von mir«, sage ich lahm. »Conall hat es gecovert.«

»Conall covert deine Lieder? Ich dachte, ihr habt Schluss gemacht.«

So kann man es auch nennen.

»Das haben wir. Aber vorher hat Leon ihm aufs Maul gehauen.«

»*Unser* Leon?

Eigentlich ist er mein Leon, aber ich spare mir den Atem. »Kennst du noch jemanden, der so heißt und unser Nachbar ist?«

»Warum hat er das getan?«

»Weil Alex' Mund an einem Körperteil von Conall hing, an dem er nichts zu suchen hatte.«

»Sie hat ihn geküsst?«

»Ich tippe eher auf Blowjob.« Das kommt von Pam.

Bei *Blowjob* spuckt meine Mutter ihren Martini über den Tisch und hustet. Glücklicherweise wird niemand getroffen, doch mit einem Mal wird es still auf der Terrasse.

Ich klopfe meiner Mutter auf den Rücken und fahre ruhiger als ich mich fühle fort:

»Jep. Ich saß praktisch in der ersten Reihe und habe es mitbekommen.« Live und in Farbe. »Dann ist Leon dazugekommen, und na ja, den Rest kennst du ja.«

»Warum hast du nie etwas gesagt?«

Ich werfe ihr einen pointierten Blick zu, der sie zum Schweigen bringt. Wir wissen beide, warum, aber das muss nicht jeder wissen. Diesmal rettet Martinez die Situation. Er verkündet, dass das Barbecue eröffnet ist, was den Jungs Gelegenheit gibt, zu türmen.

Es wird ein erfreulich schöner Abend. Ich bin dankbar für die Gegenwart meiner Freunde. Ursprünglich hätte heute die Halloweenparty stattfinden sollen. Leider hat das gestrige Unwetter einen Baum entwurzelt, der auf dem Dach der Aula gelandet ist. Da die Sporthalle renoviert wird und so kurzfristig kein Ersatzsaal gefunden werden konnte, wird die Veranstaltung im November als Herbstball nachgeholt. Das wiederum hat das Deko-Komitee in eine kollektive Nervenkrise gestürzt, wenn man Dexters Worten glauben kann. Ihr habt richtig gehört, Dexter ist Mitglied des Komitees. Und ja, so etwas gibt es in den Staaten. De facto ist so eine Gruppe an jeder Schule anzutreffen, selbst an den staatlichen. Um ehrlich zu sein, finde ich die Idee gar nicht schlecht. Wo steht geschrieben, dass Schulen langweilig aussehen müssen? Ein paar Girlanden hier und dort würden uns in Deutschland nicht umbringen, oder?

Niemand verliert ein Wort über den Unfall, was mich erleichtert. Meine Aussage habe ich gemacht, sogar mehr als einmal. Und jetzt ratet mal, wer zu mir ins Krankenhaus gekommen ist: Officer Johnson und sein Tom-Selleck-Doppelgänger. Ob das ein Zufall ist, weiß ich nicht, im Grunde ist mir das egal. Die haben meinen Bericht, der Rest ist ein Fall für die Versicherung.

Nachdem sich das Haus geleert hat, nehme ich eine superheiße Dusche und mache mich bettfertig. Ich bin unfassbar müde. Bevor ich das Licht lösche, besucht mich meine Mutter und setzt sich zu mir aufs Bett.

»Ich habe nachgedacht«, beginnt sie, und spielt mit den Fransen meiner Überdecke. »Was hältst du davon, wenn ich die Dreharbeiten unterbreche?«

»Wozu das denn?«

»Um mehr Zeit mit dir verbringen zu können.«

»Mama, es ist okay für mich, wenn du arbeitest.«

»Aber …«

»Es wäre nur schön, wenn wir ab und zu etwas unternehmen könnten.«

Ihre Stirn kräuselt sich, während sie nach Worten sucht, deswegen fahre ich leiser fort:

»Komm schon, ich weiß, du liebst deine Arbeit. Sie stärkt dich. Und nach allem was geschehen ist, brauchen wir unsere Kraft, das würde ich dir niemals nehmen wollen.«

»Ach, Jassi!« Ihre Umarmung erstickt mich beinahe, doch ich beschwere mich nicht.

»Das machen wir«, flüstert sie. »Ich verspreche es.«

Und ich möchte ihr so gerne glauben.

22

Am Sonntag schlafe ich länger als üblich und verpasse meine Verabredung mit Leon. Gegen Mittag schicke ich ihm eine Nachricht über den Messenger und verspreche, mich am Abend bei ihm zu melden. Ich bin allein im Haus. Meine Mutter und James sind zurück nach New York. Am Montag dreht Mom in Boston, da wäre es Quatsch, in L.A. zu bleiben. Kurz nach zwei schnappe ich mir einen Apfel und gehe runter zum Strand. Mit Brady muss ich diesmal nicht rechnen, den haben James und meine Mutter heute Mittag zum Flughafen mitgenommen. Er besucht das Spiel seines Bruders in San Francisco, deswegen habe ich den Strand für mich allein.

Dort sitze ich und grübele über die jüngsten Ereignisse nach. In welche Geschichten ist Raoul verwickelt? Warum hat er diese Schnepfe geküsst? Ist er wirklich in einer Gang oder interpretiere ich zu viel hinein? Die Situation in der Garage war total gruselig. Wie in dem Guy-Ritchie-Film *Snatch* – fehlte nur noch der Hund.

Warum hat er sie geküsst?

Wahrscheinlich sollte ich mit ihm darüber reden, aber um ehrlich zu sein, habe ich Angst. Vor den Antworten, was unter uns gesagt jämmerlich ist. Aber auch davor, dass er mich belügt. Am größten ist jedoch die Angst davor, ihn zu verlieren, was immer wahrscheinlicher wird, denn dieser Mistkerl hat noch immer nicht angerufen.

Warum zum Teufel hat er diese Schlampe geküsst? Reiche ich ihm nicht oder muss er seinen Macho-Freunden etwas beweisen?

Da ist auch noch eine andere Sache, die ich bei dem ganzen Durcheinander in die hinterste Ecke meines Bewusstseins gedrängt habe.

Warum haben die Bremsen meines nigelnagelneuen Wagens versagt?

Bevor ich dem weiter nachgehen kann, höre ich Schritte auf der Holztreppe hinter mir. Als ich mich umdrehe, brauche ich einen Augenblick, bis die Murmeln durch meine Gehirnwindungen kullern.

Conall. Er ist in seiner Rockeruniform: Schwarzes Shirt, schwarze Lederhose, schwarze Boots. Eigentlich müsste er in dieser weichen Landschaft fehl am Platz wirken. Wie ein Skorpion, der sich an den Strand verlaufen hat. Doch was soll ich sagen, er sieht fantastisch aus. Das aschblonde Haar wirkt verstrubbelt, als sei er eben aus dem Bett gefallen. Was vermutlich auch der Fall ist. Sein Dreitagebart schimmert im Licht der milden Nachmittagssonne golden – am liebsten würde ich mit den Fingern über die Stoppeln streichen. Als ich ihm in die Augen sehe, trifft mich sein Kristallblick wie eine Hundert-Volt-Ladung. Für einen Augenblick gerät mein Herzschlag ins Stocken.

Verloren hab ich jedoch erst, als er sich zu mir in den Sand setzt und mit mir redet.

Man kann über Conall einiges behaupten, doch seine Stimme ist ein Killerargument. Was er auch ausgefressen hat, egal wie dreckig es mir geht, der Klang seiner dunklen Huskystimme hat mich bisher aus jedem Tief geholt.

Vorsichtig zieht er mich zwischen seine Beine und drückt mich an sich, als wäre ich zerbrechlich. Was genau genommen auch zutrifft, denn der Unfall hat mich ein bisschen lädiert.

»Es tut mir so leid«, flüstert er in mein Haar.

Hm, was kann er damit wohl meinen? Seinen Betrug, unsere Trennung, den Unfall? Dennoch nicke ich, reden kommt im Augenblick nicht gut.

»Ich habe einen Riesenfehler begangen.«

Wieder nicken. Seine Antwort grenzt die Palette seines Mitgefühls ein. Wobei ich mich frage, ob es ihm leidtut, dass er mich betrogen hat oder dass er erwischt wurde.

»Kannst du mir verzeihen?«

Jetzt finde ich doch meine Stimme.

»Conall«, setze ich an, doch mein Ton verrät mich, denn er drückt mich fester an sich und wispert:

»C'mon, Honey. Du fehlst mir so.«

Oh-oh, böses Timing. Im Moment fühle ich mich schwach und zurückgewiesen. Mein Ego liegt in Trümmern, zusammen mit meinem Herzen. Es wird Wochen dauern, die Scherben zu kitten. Natürlich besteht immer noch die Möglichkeit, dass Raoul auf Knien angekrochen kommt und mich um Verzeihung bittet. Wahrscheinlicher ist jedoch ein Knieschuss, da mache ich mir nichts vor.

Und hier hockt Conall, nennt mich bei meinem Lieblingskosenamen und sagt, dass ich ihm fehle. Obwohl … darf er mich überhaupt noch Honey nennen? Alex ist jetzt sein Honey oder war es zumindest. Der Gedanke an meine Exfreundin lässt die romantische Stimmung wie eine Seifenblase zerplatzen. Ich war Conall nicht genug, das wollen wir nicht vergessen. Er hat mich wochenlang hintergangen, und das nicht mit irgendwem. Von allen Mädels unserer Schule musste er sich ausgerechnet Alex aussuchen. Was für ein Klischee.

Als ich den Mund öffne, um ihm sein verlogenes Gelaber um die Ohren zu hauen, fährt er leiser fort:

»Ich habe dich hundertmal angerufen, dir tausend Nachrichten geschickt. Im Netz gibt es nur deine YouTube- und SoundCloud-Konten, die du anscheinend nicht selbst verwaltest.«

Genau genommen ist das keine Frage. Conall hat über YouTube Kontakt zu mir aufgenommen beziehungsweise zu Leon, der sich zu meinem Wächter und Manager aufgeschwungen hat. Das muss Conall klargeworden sein, als er mich als Broken Dreams angeschrieben hat, um »Sorry Ass« zu covern.

»Hast du deswegen den Namen deiner Band geändert?« Die Frage ist draußen, bevor ich sie aufhalten kann. Das Vibrieren in meinem Rücken verrät mir, dass er lacht, doch ich wage nicht mich umzudrehen. Wir sind uns auch so schon nahe genug, meinen Mund möchte ich möglichst außer Reichweite seiner Lippen halten.

»Den Namen hat unser Management geändert.«

Management? Das ist neu.

»Wie ist es dazu gekommen?« Wie konnte er innerhalb weniger Wochen einen Vertrag an Land ziehen und von einem Niemand zur Vorgruppe von Weltstars avancieren?

»Das haben wir allein dir zu verdanken.«

Wie war das? Jetzt drehe ich mich doch um. Böser Fehler. Das klare Blau seiner Augen ist wie ein Traktorstrahl, der mich magnetisch anzieht. Ohne dass ich eine bewusste Entscheidung getroffen habe, beuge ich mich zu ihm, verliere mich in seinem Blick, dessen Blau mein Innerstes zum Schmelzen bringt.

»Honey«, flüstert er und streicht mir sanft wie eine Feder eine Strähne hinters Ohr.

Okay, das war's, ich bin offiziell eine Schlampe. Vor ein paar Tagen habe ich mich mit Raoul in den Laken gewälzt, und jetzt möchte ich Conalls Hände auf meiner Haut spüren – und zwar überall, wenn ihr versteht, was ich meine.

Doch der Gedanke an Raoul reicht, den Bann zu brechen. Im Geiste sehe ich ihn vor mir, der Ausdruck seiner dunklen Augen, als wir uns das letzte Mal geliebt haben. Ich bringe etwas Abstand zwischen Conalls und meine Lippen, die sich wie durch eine geheimnisvolle Gravitationskraft immer näher gekommen sind.

Conall atmet tief durch und drückt mich fester an sich, wahrscheinlich damit ich nicht das Weite suche. Sosehr ich mir wünschte, das tun zu können, sehe ich mich im Moment nicht dazu in der Lage. Es ist unheimlich, wie gut ich mich in seinen Armen fühle. Unheimlich und irgendwie nicht richtig. Eigentlich bin ich noch mit Raoul zusammen, da sollte ich nicht so dicht mit meinem Exfreund zusammenhocken, oder?

»Nachdem das mit uns passiert ist …«

Passiert ist? »Das klingt ein bisschen passiv, findest du nicht?«, unterbreche ich ihn und setze mich auf. Darauf seufzt er.

»Du hast recht«, sagt er und schüttelt den Kopf. »Nachdem ich mich wie ein Wichser verhalten habe und du nichts mehr mit mir zu tun haben wolltest, ist etwas in mir aufgebrochen. Vielleicht brauche ich das Drama in meinem Leben. Das Nichtstun in Berlin hat mich rastlos werden lassen. Eigentlich wollte ich mich vom Stress in London erholen, doch Ruhe passt nicht in meinen Lebensstil.«

Und der wäre? Durch die Gegend vögeln? Doch ich schweige, denn ich will das hören, *muss* es hören, damit dieser Teil in mir heilen kann. Wusstet ihr, dass Liebeskummer gar nicht so weit von Trauerbewältigung entfernt liegt? Akzeptanz ist die letzte Phase der Trauer, zumindest meinte das mein Psychoheini in Berlin.

»Das erste Mal seit Monaten konnte ich wieder Songs schreiben. Als wäre das ein Zeichen, war meine Band zur Stelle, um mit mir an den neuen Sachen zu feilen.«

Na toll. Erst lässt er die Jungs für mich einfliegen, dann machen wir Schluss, und seine Schreibblockade, von deren Existenz ich eben zum ersten Mal höre, löst sich in Wohlgefallen auf. Sollte ihn nicht unsere ach so große Liebe zu herzerwärmenden Balladen inspirieren, statt unser öffentliches Schlussmachen?

Andererseits – ging es mir nicht ähnlich? Habe ich nach dem Drama nicht genauso reagiert? Vorher waren meine Songs durchwachsen, waren Teil der Therapie. Das hat sich nach Conalls Fehltritt geändert. Mein emotionaler Zusammenbruch hat ebenfalls etwas in mir gelöst. Ausgelöst um präzise zu sein. Wie ein gebrochener Damm sind meine stärksten Empfindungen in die Lieder geflossen und diesmal war es nicht bloß Frust und Wut. Ich konnte meine verletzliche Seite zeigen, etwas, womit ich in letzter Zeit ziemliche Probleme hatte.

»Innerhalb weniger Tage habe ich »JazzMine« geschrieben, plus drei weitere Songs unseres neuen Albums. In London haben wir uns im Studio eingeschlossen, ein Demoband erstellt und an die vier großen Labels geschickt, Universal, Warner, EMI und Sony.«

»Und wer ist es geworden?«

Seine Mundwinkel heben sich und seine Augen leuchten.

»Universal. Sie haben uns zwei Plattenverträge angeboten, da ich zu dem Zeitpunkt Material für zwei Alben zusammenhatte. Voraussetzung war allerdings, dass wir den Bandnamen ändern. Nightmares klang denen zu sehr nach Schulband.«

Womit sie vermutlich recht hatten. Wobei sich Broken Dreams stark nach Boyband anhört, aber das sage ich nicht laut.

»Nachdem wir von Leon grünes Licht für ›Sorry Ass‹ bekommen haben, sind wir mit dem Song auf Anhieb in den Britischen Top Ten gelandet und standen plötzlich im Fokus der Presse.«

Wie seltsam, dass ich in den Staaten nichts davon mitbekommen habe. Andererseits war ich zwischen meinem Schuldrama, dem Familiendrama und meinem Beziehungsdrama im Coffeeshop beschäftigt und bin zu so gut wie nichts gekommen. Nicht mal dazu, das Radio anzustellen, was wie ein schlechter Witz klingt. Wobei es früher Alex war, die mich über alles auf dem Laufenden gehalten hat. Sie liest Klatschblätter nicht, sondern inhaliert sie.

»Als Nächstes haben wir ›JazzMine‹ veröffentlicht, das ist derzeit unser Spitzenreiter. Die Mädels sind verrückt nach dem Song. Nach dem Konzert am Freitag sind unsere Verkaufszahlen durch die Decke gegangen.«

»Wenn ihr in den Britischen Charts in den Top Ten wart, müsst ihr doch vorher ganz gut verkauft haben.«

»Schon, aber der amerikanische Markt tickt anders. Es ist unglaublich schwer, als europäische Band akzeptiert zu werden. Was das angeht, sind die Amis den Musikern aus den eigenen Reihen erstaunlich treu.«

Und Treue ist nicht gerade sein Spezialgebiet, nicht wahr?

»Jasmin«, sagt er plötzlich mit veränderter Stimme, die mich schaudern lässt. Offensichtlich hat er es gespürt, denn er fährt mit den Fingerknöcheln über meine Wange.

»Mitte November geben wir ein privates Konzert in einem Klub in Hollywood. Würdest du kommen? Du wärst unser Ehrengast.«

»Hast du nicht genug Groupies, die dich anhimmeln?«

Er hebt einen Mundwinkel und beugt sich zu mir.

»Ich werde nicht so tun, als würde mir das Leben als Rockstar nicht gefallen. Aber ich verspreche dir, dass ich nur Augen für dich haben werde, solltest du kommen.«

Nicht gerade eine Liebeserklärung.

»Conall, mal ehrlich, was soll ich da?«

»Unseren Erfolg feiern. Du hast es dir verdient.«

»Von mir stammt doch bloß ein lausiger Song!«

»Der lausige Song wurde in den letzten beiden Tagen mehr als hunderttausendmal bei iTunes runtergeladen.«

Wie war das?

»Außerdem geht es nicht allein um Sorry Ass oder Jazz-Mine. Du bist wie ein roter Faden, der sich durch das gesamte Album zieht. Du steckst in jedem meiner Songs, Honey.«

Ich hinke etwas hinterher, deswegen ist das Kompliment an mich verschwendet. Ich meine, hunderttausend Downloads …

»K-kriege ich nicht Tantiemen oder so was?«

Ein freches Grinsen breitet sich auf seinem Gesicht aus.

»Oder so was. Dieser Leon ist eine harte Nuss und hat uns ziemlich erpresst. Aber es war die Sache wert. Der Song war zweifellos unser Durchbruch.«

Das muss ich erst mal verdauen, doch Conall ist noch nicht fertig.

»Wir würden gern mehr Songs von dir covern, die neuen Sachen von dir gehen ganz schön ab.«

»Woher kennst du meine neuen Lieder?«

Seine Augen tanzen, als würde er genießen, was er als Nächstes enthüllt.

»Deine Freundin Pam hat uns nach dem Konzert im Backstage-Bereich aufgesucht. Frag mich nicht, wie sie hinter die Bühne gekommen ist. Der kleine Rotschopf hat Feuer im Hintern, das muss man ihr lassen.«

Da kann ich ihm nur zustimmen.

»Sie hat gesagt, dass sie deine beste Freundin ist und dass du nicht begeistert warst, auf diese Weise von mir zu hören. Ich habe ihr erklärt, dass du den Kontakt zu mir abgebrochen und eine neue Handynummer hast. Dein Facebook-Profil ist gelöscht, es blieb nur YouTube, und da ist Leon vorgeschaltet. Das schien sie zu beschwichtigen, denn sie hat mir deine Adresse gegeben, damit ich mich bei dir entschuldigen kann.«

Sie war gestern den ganzen Tag hier und hat kein Wort darüber verloren. Das muss sie umgebracht haben.

»Moment mal. Wenn sie nach eurer Show hinter der Bühne war, hat sie ja den Hauptakt verpasst!«

»Sie muss dich sehr gern haben.«

Oh Mann, wie kann ich das je wiedergutmachen? Conall scheint meine Gedanken zu lesen.

»Bring sie mit zu unserem Konzert nächste Woche. Es findet in ›The Colony‹ statt, einem neuen In-Klub in Hollywood. Die Gästeliste ist handverlesen, Universal wird richtig was auffahren.«

Mein Blick bleibt skeptisch, doch mir ist klar, dass ich Pam etwas schulde.

»Versprich wenigstens, dass du darüber nachdenkst.«

»Du hast mir immer noch nicht erklärt, was all das mit meinen neuen Sachen zu tun hat. Die Songs sind noch nicht im Netz, woher weißt du davon?«, sage ich, um Zeit zu gewinnen. Fakt ist, dass ich in Ermangelung eines Kameramanns bisher kein brauchbares Material für Leon hatte.

»Pam hat dich gestern auf der Terrasse mit ihrem Smartphone aufgenommen und mir Ausschnitte geschickt.«

Sind Pam und er jetzt beste Freunde oder was? Woher hat sie überhaupt seine Handynummer?

Im Geiste ermahne ich mich zur Ruhe. Tief durchatmen, das hilft fast immer. Ich bin mir nicht sicher, ob ich mich über Pam ärgern soll oder ob mich ihre Initiative beeindruckt. In jedem Fall lässt sie nichts unversucht, Conall und mich zu versöhnen. Dummerweise bin ich mir nicht sicher, was ich will. Bevor ich das Durcheinander mit Raoul geklärt habe, werde ich nichts zusagen oder versprechen. In letzter Zeit überschlagen sich die Ereignisse, ich komme kaum noch hinterher.

Conall und ich reden viel an diesem Nachmittag. Obwohl es zu früh ist, unseren neuen Status zu definieren, finden wir zu einem freundschaftlichen Umgang. Er möchte wissen, wie es zu dem Unfall gekommen ist, doch als er merkt, wie schwer es mir fällt, darüber zu reden, lenkt er das Gespräch in seichtere Gewässer. Er erkundigt sich nach der Schule, meinen Freunden, selbst nach Leon. Nach allem was geschehen ist, überrascht mich der Umstand, wie leicht mir das Zusammensein mit meinem Ex fällt. Während des Konzerts tat es unglaublich weh, ihn auf der Bühne zu sehen. In seiner martialischen Rockerpracht vor Tausenden von Teenies, die seinen Namen kreischen. Und obwohl ich mit meinen Emotionen im Rückstand bin, wird mir in diesem Augenblick klar, dass es mit uns nie gut gegangen wäre. Ich bin nicht der Typ, der teilt, und Conall hat bewiesen, dass er nicht treu sein kann.

Diese Erkenntnis hat etwas Erleichterndes. Also nicht der Teil mit der Untreue, sondern dass ich einen Haken unter diese Beziehung machen kann. Die letzten Wochen haben mich verändert. Ich bin nicht mehr das Mäuschen, das ich in Berlin war. Ich will mehr, auch wenn ich noch nicht sagen kann, was. Conall kommt für mich als Beziehung nicht infrage, obwohl ich mich über eine Freundschaft mit ihm freuen würde.

Während wir die Zehen in den Sand stecken, begreife ich, dass meine Gefühle verletzt waren, und weniger mein Herz gebrochen. Es hatte keine Möglichkeit, zu brechen, denn nach

Lukas' Tod hat es sich angefühlt, als wäre es mit Blei gefüllt. Diese Schwere hat mich in eine Depression gezogen, bis Conall aufgekreuzt ist. Er hat mich aus meinem freien Fall geholt und zurück ins Leben gebracht. Sein Betrug, kombiniert mit Mamas Trennung von Max, hat mich zurück in die Dunkelheit katapultiert, und ich bin wieder in den Überlebensmodus gegangen.

Und dann kam Raoul. Ihm habe ich es zu verdanken, dass ich nicht dichtgemacht habe, sein Fuß steckt in der Tür zu meinem Herzen, einen Ort, zu dem ich lange Zeit niemandem Zutritt gewährt habe. Nicht mal Conall.

Doch das ist bloß die Spitze des Eisbergs. Abgesehen von dem ganzen Herzschmerz-Gedöns war ich wütend auf Alex, Nicci und die anderen. Leute, die sich Freunde nannten, und mich hängen gelassen haben, als ich sie am dringendsten brauchte.

Nachdem Conall gegangen ist, esse ich etwas, dann melde ich mich bei Leon, mit dem ich zwei Stunden skype – es gibt viel zu erzählen. Danach bin ich so platt, dass ich nicht mehr bei Max anrufe. Der Pingel in mir ist der Ansicht, dass er mich auch mal anrufen kann. Warum bin immer ich diejenige, die sich bei ihm meldet? Bin ich ihm nicht wichtig genug oder tut es immer noch zu weh? Will er nicht mit mir reden oder haben sich am Ende nicht nur meine Mutter und er getrennt?

23

Am Montag erwartet mich eine Überraschung in der Schule, aber keine angenehme, das ist mal klar. Conall wurde über Nacht zum Star. Sein Auftritt steht in sämtlichen Klatschblättern. Die Mädchen schmachten ihn wegen seiner Liebeserklärung an, während sie das Weibsbild hassen, das ihm den Laufpass gegeben hat.

Und da komme ich ins Spiel.

Man könnte annehmen, dass ich mittlerweile Profi bin, wenn es um Getuschel geht, aber was soll ich sagen: Daran gewöhnt man sich nie. Der Musikunterricht ist der einzige Ort, an dem ich Ruhe finde. Hier geht es um meine Songs. Nach Conalls Auftritt fange ich an, das Schreiben ernster zu nehmen. Selbst unter den unglücklichen Umständen war es extrem cool, dass zwanzigtausend Menschen meinen Song gesungen und anschließend gekauft haben.

Auch wenn es unmöglich erscheint, so ist der nächste Schultag sogar noch stressiger. Auf dem Parkplatz werde ich von einer Horde Reporter angefallen, die mich fragen, wie es ist, das Herz eines Rockstars zu brechen. Keine Ahnung, wie ich es aus dem Auto schaffe, aber irgendwie bekomme ich die

Tür auf und boxe mich durch den Wald aus Mikrofonen, Scheinwerfern und Kameras.

»Jazz, sieh mal hierher! Jazz!«

»Bist du stolz auf Conall?«

»Jazz, warum kannst du Conall nicht vergeben?«

»Hast du sein Album schon gekauft?«

»Jazz, wie sieht dein Liebesleben aus? Gibt es schon jemand Neuen?«

»Jazz, sind die blauen Flecken von Conall? Hat er dich geschlagen?«

So und so ähnlich geht es in einer Tour, wobei sie mit den blauen Flecken die Spuren meines Unfalls meinen. Doch außer »Kein Kommentar« bekommen sie von mir nichts zu hören. Nach wenigen Schritten kann ich weder vor noch zurück. Die Meute hat mich eingeschlossen, wie Löwen eine Gazelle. Gerade als ich in Panik geraten will, spüre ich eine Hand an meinem Oberarm. Jemand zieht mich an sich. Geschockt sehe ich auf, doch es ist kein durchgeknallter Journalist, sondern Tuck Morris, der das halbe Basketballteam mitgebracht hat, um mich aus den Fängen der Medien zu befreien.

»Das hier ist Privatgelände«, sagt er der Meute.

»Die Presse hat ein Recht, zu wissen, was …«

»Die Cops sind unterwegs, also zieht Leine!« Wie um seine Aussage zu bestätigen, hält er das Handy hoch, das noch immer 911 anzeigt, die Nummer der Polizei. Die Berichterstatter der Klatschblätter protestieren, doch Tuck ignoriert sie und zieht mich aus dem Pulk Richtung Schule.

Meine Knie zittern so stark, dass ich kaum gehen kann.

Deswegen bin ich dankbar, als er mir den Arm um die Taille legt und mich stützt.

»Ist das dein neuer Freund?«, ruft uns jemand hinterher, doch weder Tuck noch ich gehen darauf ein. Seine Mannschaft gibt uns Rückendeckung und schirmt uns vor den Leuten ab, bis wir das Gebäude erreichen. Er kann spüren, dass ich zittere, darum beugt er sich zu mir und flüstert: »Tief durchatmen, Jazz, wir sind gleich drin.«

Ich nicke, denn ich traue meiner Stimme nicht. Statt mich zu meinem Spind zu bringen, führt er mich zur Schulschwester. Danach verständigt er das Sekretariat über die Belagerung durch die Presse und meldet den Zwischenfall auf dem Parkplatz.

Die Tatsache, dass diese Leute mich in die Enge getrieben haben, ist beängstigend. Ohne Hilfe wäre ich da nicht rausgekommen. Mit bebenden Fingern drücke ich die Kurzwahltaste für Martinez und weine beinah, als er nach dem dritten Klingeln abhebt. Meine Zähne klappern, während ich ihm den Vorfall beschreibe und ihn bitte, mich nach dem Unterricht abzuholen. Zum ersten Mal ist der sonst so stoische Fahrer außer sich. So angepisst habe ich ihn noch nie erlebt. Nicht mal als mein Mini demoliert wurde.

»Ich schicke dir jemanden vorbei, sein Name ist Calvin. Er steht um halb vier in einem dunkelgrauen Chrysler vor dem Eingang, verstanden?«

»Okay«, flüstere ich.

»Jazz«, sagt er leise. »Du machst das gut. Lass dich von denen nicht aus der Ruhe bringen, die sind morgen verschwunden. Ich rufe gleich den Direktor an und veranlasse, dass das gesamte Gelände abgeriegelt wird.«

»Glaubst du, das macht er?«

Darauf lacht Martinez. »Jazz, auf deine Schule geht der Nachwuchs des amerikanischen Who's Who. Direktor Clark kann es sich nicht leisten, dass ihr in dieser Weise verfolgt werdet. Wenn die Eltern das Gefühl haben, dass ihre Kinder an der Brentwood nicht mehr sicher sind, nehmen sie sie von der Schule.«

»Okay«, wiederhole ich und atme tief durch.

»Du hältst dich tapfer, Jazz, ich bin stolz auf dich.«

Tränen schießen mir in die Augen, doch ich dränge sie zurück.

»Danke«, sage ich. Die Schwester bedeutet mir, aufzulegen, und drückt mir einen Becher mit einer heißen Flüssigkeit in die Hand.

»Trink das, Schätzchen, das beruhigt die Nerven.«

Also verabschiede ich mich von Martinez und rieche misstrauisch am Becher.

»Was ist das?«

»Heiße Milch mit Honig«, sagt sie und widmet sich wieder ihrem Papierkram.

Am Mittwoch sind die Reporter zwar verschwunden, dafür hagelt es Schlagzeilen in den Onlinemedien. Auf *TMZ*, *Perez Hilton* und *Celebuzz* sind Bilder von Conall und mir aufgetaucht. Fotos aus glücklicheren Tagen unserer Beziehung, als wir noch Lippe an Lippe hingen. Sie machen die Runde durchs Netz und Foren wie Facebook & Co., bis auch der letzte Fan weiß, wer Conalls Herz gebrochen hat und an wen man seine diesbezüglichen Hassmails senden kann.

Schlimmer noch, ich weiß, wer diese Aufnahmen gemacht

und der Presse zugespielt hat. Ich hoffe, dass es eine besondere Abteilung in der Hölle für Exfreundinnen gibt, die für ein bisschen Aufmerksamkeit Reißnägel schlucken und sie als Delikatesse bezeichnen würden. Alex hat nicht nur Bilder, sondern auch intime Details unserer Beziehung preisgegeben. Selbst Lukas' Tod hat sie nicht ausgelassen.

Während mir das ganze Ausmaß ihres Verrats klarwird, bin zur gleichen Zeit entsetzt und paralysiert. Doch der Tiefpunkt ist noch nicht erreicht.

Shelly und ihre Klone sind ebenfalls nicht untätig. Als hätten sie nur darauf gewartet, mir den Todesstoß zu geben, behaupten sie auf der Seite von *Radar Online*, dass ich Conall für ein Mitglied der Mara-Salvatrucha-Gang, kurz MS-13, verlassen hätte. Das Interessante an dem Bericht ist, dass sie, obwohl sie nicht mit Details geizen, Raouls Namen auffällig aussparen. Weiter heißt es, ich sei mit Drogenabhängigen befreundet, ein Seitenhieb auf Crush und seine Grasraucherei, und würde in der Schule durch meine obszönen Witze unangenehm auffallen.

In jedem Fall ist sie zu weit gegangen, denn an der Brentwood kennen die Leute die Wahrheit. Und sie kennen Shelly. Wie es aussieht, ist sie nicht halb so beliebt, wie sie glaubt. Am Freitag wendet sich das Blatt und Shelly, Charlize und Scarlett werden zu Außenseitern. Tuck Morris und seine Teamkollegen werden auf *X17* zitiert und zeichnen ein ganz anderes Bild von mir. Sie erzählen, wie locker ich bin, und wie cool meine Musik sei. Bei *Gossip Cop* steht doch tatsächlich die Wahrheit über Alex. Wie sie mich hintergangen hat und dass die Gerüchte über mich erstunken und erlogen sind.

Über Shelly heißt es dort, dass sie eine Woche suspendiert wurde, weil ihr Hass auf mich einen Grad angenommen hat, der anwaltlich geregelt werden musste. Ein Bild gibt es auch, und zwar von meinem verschmiertem Mini, und ein Foto, auf dem Shelly höhnisch lacht. Danach rudern die anderen Blätter zurück.

Woher *Gossip Cop* die Bilder hat, ist mir schleierhaft. Ich kann mir nur vorstellen, dass Leon dahintersteckt. Wie ich Alex kenne, hat sie vermutlich auf Facebook damit geprahlt, dass ich in den U.S.A. fertiggemacht werde. Und Leon ist niemand, der ihr so etwas durchgehen lassen würde.

Die großen Magazine beschreiben eine Hundertachtzig-Grad-Wende, als Conall dem *Hollywood Reporter* ein Interview gibt. Hier erzählt er, was er getan hat und wie leid ihm das Ganze tut.

Nachdem die Seite des Onlinemagazins aufgrund der vielen Klicks innerhalb weniger Stunden zusammenbricht, wird das Interview in voller Länge in den Abendnachrichten ausgestrahlt, kein Scherz. Okay, nicht bei CNN oder Fox, aber immerhin bei lokalen Sendern im Großraum L.A. Was ein ziemlicher Hammer ist, wenn man bedenkt, dass Conall bis vor Kurzem in den Staaten ein Niemand war.

Als ich am Samstag von meiner Schicht komme, läuft der Fernseher im Mediaraum. Meine Mutter sitzt mit offenem Mund davor, in der Hand die Fernbedienung. Ich bleibe in der Tür stehen und höre, wie sich Conall vor einem Millionenpublikum bei mir entschuldigt. In einem eindringlichen Appell bittet er seine Fans, von weiteren Hassattacken im Netz abzusehen.

Ob es etwas nützt, wird sich zeigen, aber ich bin froh, dass er es wenigstens versucht. Ich gebe es nicht gerne zu, aber mein Ex sieht zum Anbeißen aus. Der Erfolg steht ihm gut. Er fläzt sich in seiner schwarzen Kluft auf dem abgewetzten Ledersofa und beschreibt, durch was für eine schwierige Zeit ich gegangen bin. Wie ich diese Energie in meine Songs gesteckt habe und was für ein großartiges Talent ich besitze. Am Ende des Interviews sieht er in die Kamera. Blickt mich mit seinen blauen Killeraugen direkt an und teilt der Welt mit, dass er mich zurückgewinnen will.

»Honey, ich weiß, ich habe es nicht verdient, aber ohne dich bin ich ein Wrack. Du hast mich inspiriert wie kein anderer Mensch. Ich will dich und werde alles dafür tun, damit du zu mir zurückkommst. Egal was es kostet.«

Oh Mann, dabei fing es so gut an, und jetzt das! Zähneknirschend zücke ich mein Smartphone und drücke seine Kurzwahltaste.

»Hast du es dir überlegt, kommst du zum Konzert?«, begrüßt er mich, ein Lächeln in der Stimme.

»Ich habe gerade dein Interview gesehen«, schnappe ich. Überrascht dreht sich meine Mutter zu mir.

»Kannst du mir mal erklären, warum du so einen Mist verbreitest?«

»Welchen Teil meinst du?«, fragt er vorsichtig.

»Natürlich dass du mich zurückwillst, was denn sonst?«

»Das nennst du Mist? Ich fand es romantisch. Außerdem halte ich dir damit meine Fans vom Hals, ist das nicht das, was du willst?«

»Glaubst du ernsthaft, dadurch wird es besser? Jetzt hassen

sie mich noch mehr. Vor allem wenn sie erfahren, dass ich nicht vorhabe, noch mal denselben Fehler zu begehen und dir zu vertrauen.«

»Honey, so war das nicht ...«

»Und nenn mich nicht Honey!«, schnauze ich und drücke auf Beenden. Wütend werfe ich das Telefon auf die Couch und laufe auf und ab.

»Alles in Ordnung?«, fragt meine Mutter besorgt. Sie klopft auf den freien Platz neben sich.

»Keine Ahnung.« Plötzlich fühle ich mich erschöpft und lasse mich seufzend neben sie fallen. »Langsam wird mir das alles zu viel.«

»Komm her«, sagt sie sanft und nimmt mich in den Arm. Wenn sie wüsste, wie sehr sie mir damit bereits hilft. Es tut gut, sich zur Abwechslung mal bei ihr anlehnen zu können.

»Es ist anstrengend, immer stark sein zu müssen.«

»Ich weiß, Spätzchen«, sagt sie, ergreift meine Hand und fädelt ihre Finger durch meine. »Das kommt mit dem Rampenlicht.«

»Wie hältst du das bloß aus?«

»Wie du weißt, habe ich es nicht ausgehalten.« Ein trauriges Lächeln umspielt ihren Mund. »Das Schwierigste ist, sich von dem Rummel nicht auffressen zu lassen, darum achte darauf, dass du immer selbst bist, und nicht jemand, den die Medien erfinden.«

»Und wie lasse ich mich nicht auffressen?« Ich denke an die Schule und Shellys Clique, die mit ihren Hasstiraden wieder zu alter Form aufgelaufen ist. An Starbucks, wo ich mir von jedem Gast anhören darf, für wie blöd oder großartig er mich hält. An die Reporter, die mich verfolgen, sobald ich das Schulgelände verlasse. Die mich bei jeder Gelegenheit abknipsen, ob ich ihnen das erlaube oder nicht. Selbst im Coffeeshop tauchen die auf und belästigen mich und die Gäste. Sie zitieren meine Freunde, zerren sie vor die Kamera, damit sie ein Statement abgeben, egal wie dämlich es ist. Und ich kann nichts weiter tun, als ihnen dabei zuzusehen, wie sie mein Privatleben in Stücke reißen.

»Du hast fantastische Freunde, Jassi. Sie helfen dir, und ich …« Sie drückt meine Hand und schenkt mir ein schwaches Lächeln. »Ich würde dir auch gern helfen, wenn du mich lässt.«

Das wäre schön. Allerdings kenne ich meine Mutter. In der Vergangenheit hat sie ihre Versprechen oft gebrochen und mich hängen gelassen. Am schlimmsten ist die Einsamkeit und die Angst, dass es meine Schuld ist, wenn sie es wieder versemmelt. Das Gefühl, es nicht wert zu sein, dass sie sich meinetwegen anstrengt und Hilfe sucht.

Wenn ich mich ihr jetzt öffne und sie mich am Ende wieder fallen lässt, wird sich unsere Beziehung davon nicht so schnell erholen.

Mit einem Seufzer setze ich mich auf und rubbele mein Gesicht mit beiden Händen. Ich will ihr so gern glauben.

»Jassi?«, fragt sie leise.

»Das ist alles so unfair. Die Leute sagen dauernd Sachen über mich. Das meiste davon ist erstunken und erlogen, und ich kann mich nicht mal wehren. Zumindest nicht, ohne in den Zirkus einzusteigen. Und genau dazu wollen die mich zwingen. Dass ich über die Presse mit Conall rede und wir uns eine öffentliche Schlammschlacht liefern.«

»Du kannst nicht verhindern, dass die Medien Unwahrheiten über dich verbreiten. Dennoch hast du Mittel, ihnen Paroli zu bieten.«

»Und welche?«

Sie zuckt mit den Schultern.

»Deine Musik«, sagt sie, als wäre das die logischste Sache der Welt.

»Niemand kann dir sagen, wer du bist, das weißt du selbst. Doch solange du nicht reagierst, wird dein Schweigen sie noch mehr anstacheln.«

So etwas hatte ich schon befürchtet.

»Was sagt denn dein Freund dazu?«

Der Themenwechsel bringt mich aus dem Konzept und ich blinzele verwirrt.

»Raoul?«

Sie nickt. Ich weiß ihr Interesse an meinem Leben zu schätzen. Jetzt ist allerdings ein schlechter Zeitpunkt, da ich nicht *über* Raoul reden möchte, sondern *mit* ihm. Vor allem nach diesem elenden Interview von Conall. Was, wenn Raoul es gesehen hat und wer weiß was von mir denkt.

»Wir haben uns vor zwei Wochen, ähm, gestritten. Seitdem habe ich nichts mehr von ihm gehört.«

»Hast du bei ihm angerufen?«

»Nach allem was passiert ist, bin ich der Meinung, dass er zu mir kommen sollte, nicht umgekehrt«, gebe ich zurück und kreuze die Arme vor der Brust.

»Vielleicht wollte er dir Raum geben.«

Vielleicht war er auch froh, mich los zu sein.

»Zwei Wochen?«

»Ruf ihn an und finde es heraus. Es ist besser, sich auszusprechen, selbst wenn dir die Antworten nicht gefallen sollten.«

Langsam stoße ich die Luft aus und lehne mich zurück.

»Du hast recht«, sage ich leise. »Ich muss das klären.«

Ich beuge mich zu ihr und gebe ihr einen Kuss auf die Wange. Dann schnappe ich mir das Handy, drücke Raouls Kurzwahl und verlasse den Mediaraum.

Im Foyer laufe ich auf und ab und wundere mich, warum er nicht abhebt. Ignoriert er meinen Anruf oder hat er meine Nummer unterdrückt? Als ich schon auflegen will, schnappe ich die Sorry-Ass-Melodie auf, die aus James' Arbeitszimmer kommt. Das ist mein Klingelton für Raoul. Die Tür ist angelehnt, darum schleiche ich mit angehaltenem Atem näher, bis ich James' Stimme höre.

»Willst du nicht rangehen?«

»Es ist Jasmin.«

Beim Klang von Raouls Stimme bleibe ich wie angewurzelt stehen.

»Stell es ab«, sagt James kurz angebunden. »Wir klären das jetzt ein für alle Mal!«

»Mierda!«, flucht Raoul. »Ich lasse mir von Ihnen nicht vorschreiben, wen ich sehen darf und wen nicht. Jasmin ist alt genug, selbst zu …«

»Sie ist minderjährig, und du wirst dich von ihr fernhalten!«

»Sie sind nicht ihr Vater!«

»Aber dein Boss. Deswegen wirst du tun, was ich dir sage.«

»Sie sind der Boss meines Vaters. Ich habe ihm lediglich einen Gefallen getan.«

»Und hast es gründlich vermasselt. Deine einzige Aufgabe bestand darin, sie im Auge zu behalten, während dein Vater Hinweisen nachgeht. Niemand hat gesagt, dass sie sich in dich verlieben soll.« Eine kurze Pause entsteht, in der ich versucht bin, durch den Türspalt zu linsen. Doch die Gefahr, entdeckt zu werden, ist zu groß, also bleibe ich, wo ich bin.

»Hast du nicht genug Probleme? Musst du auch noch Liz' Tochter in deine kriminelle Vergangenheit reinziehen?«

»Soweit ich mich erinnere, war mein Vorstrafenregister der Grund, warum Sie mich in diese Sache hineingezogen haben. Außerdem war es nicht vorgesehen, dass sie in unser Treffen platzt. Sie hätte noch Stunden auf dem Konzert sein sollen.«

Ich presse die Stirn gegen den Türrahmen und versuche keinen Mucks von mir zu geben. Das Herz hämmert so laut in meiner Brust, dass ich befürchte, sie könnten es hören.

»Aber sie war dort, und deine ehemaligen *Kumpel ...«* Das letzte Wort spuckt er regelrecht aus, »... haben sie gesehen. Und jetzt habe ich ein neues Problem!«

»Sie glauben, dass Jasmin zu Alano gehört.«

»Was machst du da?«

Zunächst reagiere ich nicht auf die geflüsterte Frage, bis mich jemand am Arm berührt. Beinahe stoße ich einen Schrei aus.

»Jazz, komm mit.«

Martinez steht vor mir und reicht mir die Hand. Statt zu reagieren, starre ich ihn mit großen Augen an. Schließlich ergreift er meinen Ellbogen und führt mich in die leere Küche.

»Setz dich«, sagt er und deutet auf einen Hocker der Kücheninsel. Automatisch nehme ich Platz, doch ich bin nur körperlich anwesend. In Gedanken beschäftigt mich die Frage, was Raoul in James' Arbeitszimmer zu suchen hat.

Martinez wirft die Kaffeemaschine an und zaubert einen erstklassigen Karamell-Macchiato, den ich selbst nicht hätte besser machen können.

»Was hast du gehört?«, fragt er und bereitet sich einen Espresso. Für einen Moment schließe ich die Augen und atme das Kaffeearoma ein. Wie immer hat dieser Duft etwas, das meine Nerven beruhigt und mich innerlich wärmt. Nachdem ich einmal tief durchatme, öffne ich die Augen und frage:

»Wer ist Raouls Vater und warum sind seine ehemaligen Freunde ein Problem?«

Martinez sieht mich einen Augenblick lang an. Dann schüttelt er den Kopf, als könne er nicht glauben, was er gleich tun wird. Er setzt sich auf den Hocker neben mich und trinkt einen Schluck.

»Raoul Martinez«, sagt er leise und stellt die Tasse ab, »ist mein Sohn.«

Fast hätte ich mich an meinem Latte verschluckt.

»Als Junge hat er sich mit Leuten eingelassen, um die er besser einen Bogen gemacht hätte.«

»Eine Gang?«, frage ich, obwohl ich die Antwort kenne. Martinez nickt.

»Ich war damals Polizist und kaum zu Hause, dadurch hatte er mehr Freiheiten, als einem Jungen in seinem Alter guttut. Mit dreizehn wurde er Teil der Bande. Vier Jahre hat er für sie die Drecksarbeit gemacht. Hat sich immer wieder für sie einsperren lassen, weil wir …« Er räuspert sich.

»Weil die Polizei ihn regelmäßig mit Drogen und … anderen Sachen erwischt hat.«

»War er ein Kurier?«

»Unter anderem. Seine Treue zum Pack kannte keine Grenzen, bis er eines Tages rausbekommen hat, wer die Cops mit Infos füttert, die zu seinen Verhaftungen führten.«

Rausbekommen?

»Du hast es ihm gesagt, oder?« Wenn er wirklich Bulle war, wusste er vermutlich, wer seinen Sohn verpfiffen hat.

»Ja«, sagt er düster. »Seine eigenen Leute haben ihn regelmäßig auffliegen lassen.«

»Echt jetzt?«

Wieder nickt er.

»Wieso das denn?«

»Wenn er geschnappt wird, muss jemand für ihn die Kaution stellen. Mich konnte er kaum darum bitten, und seine Großeltern ebenso wenig.« Er hebt vielsagend die Brauen.

»Seine Gang wollte, dass er Sie um das Geld bittet?«

Martinez' säuerlicher Gesichtsausdruck reicht mir als Antwort.

Was für Schweine. Erst bringen sie ihn in den Knast, und dann zwingen sie ihn, sich die Kohle von ihnen zu leihen.

»Auf diese Weise schuldete er ihnen Loyalität. Zudem band es ihn stärker an das Pack«, erklärt er.

Es geht noch viel weiter. Wenn er immer wieder verhaftet

wurde, hat er eine dicke Akte bei der Polizei. So etwas fördert nicht gerade den Ausstieg aus der Kriminalität. Wer würde ihm mit so einer Vergangenheit einen Job geben?

»Und was ist passiert, nachdem der ganze Schwindel aufgeflogen ist?«

»Er konnte es lange nicht glauben. Dann hatten wir einen seiner Freunde auf Band. Ich habe ihm die Aufnahme per Mail geschickt, und er …«

»Was?«

»Er ist ausgerastet.«

Eine längere Pause entsteht, in der ich mir das vorzustellen versuche.

»Die Gang war seine Familie, musst du wissen. Ich bin nicht stolz darauf, aber ich war ihm kein guter Vater. Die Mara Salvatrucha hat ihn mit offenen Armen empfangen. Hat ihm das Gefühl gegeben, Teil von etwas Größerem zu sein. Ein geschätztes Mitglied einer Familie.«

Martinez leert seine Tasse und seufzt.

»Dieses Gefühl konnte ich ihm nie vermitteln«, sagt er schließlich.

»Was ist dann passiert?« Ich flüstere beinahe.

»Aus einer Gang trittst du nicht aus, wie aus einem Sportclub«, sagt er zögernd. »Du brauchst die Erlaubnis der Bosse. Meistens musst du dich rauskaufen.«

Und bei den lokalen Banden gibt es bestimmt keine Schnäppchen-Aktionen.

»Durch meine Beziehungen im Revier konnten wir Druck auf die Bosse ausüben. Wir hatten genug Material, den ein oder anderen einzubuchten.«

»Warum habt ihr das nicht getan?«

»Weil andere ihren Platz eingenommen hätten. Die aktuellen Bosse kannten wir. Wir wussten, wo sie dealten, ihre Wetten abschlossen und wen sie erpressten. Wir kannten ihre Waffenlager, Bordelle und die Klubs, in denen sie ihr Geld waschen. Auf diese Weise konnten wir regelmäßig Razzien durchführen und ihr Geschäft in einem überschaubaren Rahmen halten. Bei neuen Bossen hätten wir bei null anfangen müssen.«

Martinez steht auf und bereitet sich einen zweiten Espresso. Während ich ihn dabei beobachte, versuche ich die Infos in meinem Kopf zu sortieren. Bisher macht das alles keinen Sinn. Warum hat Raoul mir nicht gesagt, wer sein Vater ist und dass er ihm bei einem Job hilft? Dass er mich nicht in die glorreichen Details seiner Polizeiakte eingeweiht hat, kann ich ja noch verstehen. Immerhin ist das nichts, mit dem man seine Freundin beeindrucken kann. Aber hätte er mir nicht in dem Moment die Wahrheit sagen müssen, als ich ihn mit dieser Tussi gesehen habe?

Apropos.

»Wer waren die Leute in der Werkstatt?«

»Dazu komme ich später«, sagt er mit finsterem Blick.

»Ist das überhaupt seine Werkstatt?« Oder war das auch gelogen?

»Sie hat meinem Vater gehört«, erwidert Martinez leise. »Ursprünglich sollte ich sie übernehmen, aber mein Dad und ich konnten nicht im selben Raum sein, ohne uns zu streiten.«

Das muss in der Familie liegen.

»Mit Raoul kam er deutlich besser zurecht. Er hat den Jungen hart rangenommen, aber er war für ihn da. Vor allem als er die Gang verlassen hat. Das war eine schwierige Zeit für ihn, musst du wissen.«

»Und wo warst du?« Fast bereue ich die Frage. Es war nicht meine Absicht, Martinez in die Defensive zu bringen. Er scheint es mir jedoch nicht übel zu nehmen, denn er antwortet, ohne zu zögern.

»Als Cop war ich selten zu Hause.« Einen Moment schweigt er, als würde er die Erinnerungen heraufbeschwören.

»Das war ein Fehler, aber …« Er schüttelt den Kopf und schließt die Augen.

Schon klar, hinterher ist man immer schlauer. Außerdem hat man als Polizist in L.A. wahrscheinlich alle Händevoll zu tun. Im Unterricht haben wir von der monströsen Verbrechensrate gehört. Diese Stadt scheint so etwas wie ein Amboss verschiedener krimineller Organisationen zu sein, die um die Vorherrschaft kämpfen. Dass das eine blutige Angelegenheit ist, muss mir niemand erklären.

»Warum bist du kein Cop mehr?«, frage ich, um ihn aus seinen düsteren Gedanken zu holen.

»Ich wurde im Dienst verletzt und lag ein halbes Jahr im Krankenhaus.«

»Fast ein Dreivierteljahr«, korrigiert James, der den Türrahmen ausfüllt.

»Ist er gegangen?«, fragt Martinez.

Damit kann nur Raoul gemeint sein.

James nickt. Dann geht er zur Anrichte, füllt ein Glas mit Eiswürfeln und mixt sich einen Bourbon. Ich könnte jetzt auch einen gebrauchen.

»Jazz, wir müssen reden.« James schnappt sich einen Barhocker und platziert ihn so, dass er sowohl mir als auch Martinez gegenübersitzt.

»Raoul hat Gepäck, mit dem du nichts zu tun haben möchtest. Sein Vater und ich versuchen ihm so gut es geht zu helfen. Aber was dich betrifft, möchte ich, dass du dich von ihm fernhältst.« Als ich den Mund öffne, um zu protestieren, hebt er eine Hand und fährt lauter fort: »Zumindest bis sich die Situation abgekühlt hat.«

»Welche Situation?«

James' Kiefer mahlt, während er einen Blick mit Martinez tauscht. Nach einer gefühlten Ewigkeit nickt Letzterer. Dieser stumme Austausch kommt mir ein bisschen seltsam vor. Dass Martinez nicht bloß sein Fahrer ist, habe ich mittlerweile kapiert. Aber so wie die beiden miteinander umgehen, drängt sich mir der Eindruck auf, dass sie eine Freundschaft verbindet und kein Angestelltenverhältnis.

»Wie du dir denken kannst, habe ich mir in meinem Leben nicht nur Freunde gemacht«, beginnt James.

Das überrascht mich nicht. Sobald man reich und berühmt ist, zieht das Neider an. Das kenne ich von meiner Mutter. Man erntet eben nicht nur Anerkennung, wenn man seinen Kollegen Rollen vor der Nase wegschnappt, für die diese einen Mord begehen würden. Hier in Los Angeles, mit Hollywood als Talentschmiede, ist der Wettbewerb wahrscheinlich hundertmal brutaler als in Berlin. Und James ist in einer Position, in der er Karrieren starten oder beenden kann. Und damit meine ich nicht nur die Schauspieler, die Palette ist endlos. An einem Film hängen Geldgeber, Studios, Produzenten, Regisseure, Drehbuchautoren, die Produktion sowie eine hundertköpfige Crew. Angefangen vom Kameramann, über Kostüme bis zu Komparsen. Alle glücklich zu machen, ist unmöglich.

Die Frage lautet, was das mit mir zu tun hat.

»Deswegen unterhalte ich ein Sicherheitsteam«, unterbricht er meine Überlegungen, »das für meinen Schutz sorgt. Und den meiner Familie.«

»Wirst du bedroht?«

»Die Konkurrenz lässt nichts unversucht, mir Steine in den Weg zu legen. Einige davon ziehen es vor, mir Messer in den Rücken zu rammen. Davon abgesehen vergeht kaum ein Casting, an dem ich mir nicht den Ärger unbesetzter Schauspieler zuziehe.«

Das ist ja alles gut und schön, dennoch weiß ich noch immer nicht …

»Was hat das mit mir zu tun?«

»Als Mitglied dieser Familie stehst du ebenfalls im Fokus derer, die mir schaden wollen.«

Der Blick seiner dunklen Augen fällt auf Martinez, der den Faden aufnimmt und mit leiser Stimme fortfährt.

»Nachdem dein Mini beschädigt wurde, hatten wir einen Verdacht, der sich beim zweiten Anschlag erhärtet hat. Dein Unfall lässt jedoch keinen Zweifel zu.«

Wovon zum Teufel redet er?

»Die Bremsleitung war perforiert«, ergänzt Martinez.

»Perforiert?«

»Auf diese Weise verliert der Wagen nach und nach Bremsflüssigkeit, bis die Bremsen irgendwann versagen.«

Ich starre Martinez an, der meinen Blick ruhig erwidert. Habe ich das richtig verstanden, dass jemand versucht hat mich ins Krankenhaus zu befördern?

»Bisher haben wir die Sicherheitsmaßnahmen auf ein Minimum begrenzt, um dich nicht mehr als nötig zu belästigen. Aber es macht meinen Job schwierig, solange dir die Gefahr nicht bewusst ist.«

»Bin ich denn in Gefahr?« Blöde Frage, ich weiß. Jemand hat sich an meiner Bremsleitung zu schaffen gemacht. Ich glaub's nicht!

»Wir nehmen an, dass der Unfall eine Warnung an James war. Bis wir das nicht hundertprozentig wissen, müssen wir entsprechende Vorkehrungen treffen.«

»Und das heißt?«

»Das bedeutet«, übernimmt James, »dass du ab sofort einen Fahrer hast, der dich zur Schule bringt und wieder abholt. Das Gleiche gilt für deinen Job bei Starbucks. Ich gehe nicht davon aus, dass du ihn kündigst? Das würde eine erhebliche Sicherheitslücke schließen.«

»Auf keinen Fall!« Fragt mich nicht, warum ich so energisch reagiere. Ich schätze, das ist die Anspannung.

»Keine Überraschung«, murmelt Martinez und nippt an seiner Tasse.

»Was ist deine Aufgabe in dieser Sache, ich dachte du bist kein Polizist mehr?«

»Nachdem ich aus dem Dienst ausgeschieden bin, habe ich eine Sicherheitsfirma gegründet, mit Schwerpunkt auf Personenschutz.«

Das muss ganz schön hart gewesen sein. Erst liegt er monatelang im Krankenhaus, kurz darauf zieht er eine eigene Firma hoch. Und das mit dem mageren Gehalt eines Polizisten. Dahinter steckt vermutlich mehr, doch im Moment kreisen so viele Gedanken in meinem Kopf, dass ich nicht weiß, wo ich anfangen soll.

Da wäre zum einen Raoul, der mein Gelegenheits-Aufpasser war und den ich nicht sehen darf. Nicht mal um ihm zu sagen, wie stinkwütend ich auf ihn bin. Und dann Martinez, der bloß den Chauffeur spielt, in Wahrheit jedoch James' Sicherheitsteam anführt. Der seinen Sohn damit beauftragt, ein Auge auf mich zu werfen, es ihm später aber verbietet, weil er angeblich zu tief in Gang-Angelegenheiten steckt. Hätte er sich das nicht vorher überlegen können? Oder wollte Martinez, dass ich in Raouls Nähe gesehen werde, um James' Feinde abzuschrecken? Doch dann wurde aus dem Job eine Beziehung, etwas, womit weder James noch Martinez gerechnet haben. Aber es ist passiert, und ich bin verliebt und kann mich nicht auf Kommando wieder entlieben. So funktioniert das nicht.

»Wisst ihr, wer hinter dem Unfall steckt?«, frage ich, um meinen Gedanken eine andere Richtung zu geben. Wer würde so weit gehen, fremder Leute Bremsen anzuritzen?

»Wie gesagt, wir haben eine Vermutung«, ist alles, was er sagt.

»Geht's vielleicht ein bisschen genauer?«

»Bis wir nicht sicher sind …«

»Komm mir jetzt nicht so«, unterbreche ich ihn barsch. Die Zeit für den Schongang ist vorbei, hier und heute kommt alles auf den Tisch. »Jemand hat sich an meinem Wagen zu schaffen gemacht. Ich habe ein Recht darauf, zu wissen, wer mich im Krankenhaus sehen will.«

Abermals tauschen James und Martinez einen Blick.

»Wir haben Judy Laurence' Dealer im Verdacht«, sagt Martinez schließlich.

»*Die* Judy Laurence?« Sie war ein Teenie Star bei Disney, bis sie mit Anfang zwanzig abgestürzt ist: Partys, Alkohol, Drogen. Danach tauchten in den Onlinemagazinen immer öfter körnige Schnappschüsse auf, wie sie wankend einen Nachtklub verlässt, oder Bilder von ihr auf dem Weg zur Betty-Ford-Klinik.

»Ursprünglich war sie für die Rolle deiner Mutter vorgesehen«, fährt er fort. »Sie hatte sich wieder gefangen und einen Regisseur gefunden, der sie unter seine Fittiche genommen hat. Er hat bei den Studiobossen darauf bestanden, die Rolle mit ihr zu besetzen. Da sie bei den Probeaufnahmen einen guten Eindruck hinterlassen hat, wurde der Vertrag mit ihr abgeschlossen. Wenige Wochen vor Drehbeginn wurde sie wegen Trunkenheit am Steuer festgenommen, eine klare Vertragsverletzung. Demnach durfte sie keinen Tropfen Alkohol trinken und musste sich zudem wöchentlichen Drogentests unterziehen.«

Wow, ganz schön krass. Andererseits steht beim Film eine Wahnsinnskohle auf dem Spiel. Erscheint der Hauptdarsteller besoffen am Set, ist das für niemanden lustig, besonders nicht für die Geldgeber.

»Also wurde der Vertrag gelöst und deine Mutter an Bord geholt.«

»Und was hat das mit Judys Dealer zu tun?«

»Sie schuldet ihm Geld. Seit ihrem Absturz bekommt sie kaum noch Rollen, sie brauchte diesen Job. Nach fünf Jahren Leinwandabwesenheit war dies ihre Chance auf ein Comeback. Wie du dir denken kannst, möchte ihr Dealer seine Kuh nicht von uns schlachten lassen. Judy erlaubt ihm einen Lebensstil, den er nur ungern aufgeben würde. Und mit dieser Rolle hätte sie auf einen Schlag ein paar Millionen verdient.«

Heilige Scheiße. Dass Drogen ein dreckiges Geschäft sind, ist kein Geheimnis. Aber das hier ist einfach nur ekelhaft. Allmählich begreife ich, wie Raoul ins Bild passt. Und das gefällt mir nicht, deswegen frage ich lieber nach.

»Raoul sollte zu seiner Ex-Gang Kontakt aufnehmen, stimmt's?«

Martinez nickt.

Oh Gott! Sie haben ihn zurück in den Sumpf geschickt, damit er herausfindet, wer hinter den Anschlägen steckt. Wahrscheinlich hat er ihnen einen Deal angeboten. Ich meine, die ganze Kohle auf dem Tisch war vermutlich keine Dekoration. Ich tippe auf Geldwäsche. Und da sein Vater ihm damals geholfen hat, konnte er ihm das nicht abschlagen. Zumal ich vermute, dass Raoul mit James' Unterstützung rausgekauft wurde.

»Wie sicher seid ihr, dass Judys Dealer dahintersteckt?«, hake ich nach.

»Ziemlich sicher«, sagt Martinez. »Wir sind dabei, die Filme der Sicherheitskameras auszuwerten. Derzeit gehen wir davon aus, dass dein Wagen in der Tiefgarage des Staples Center sabotiert wurde. Vorher war er zu gut bewacht oder stand an exponierten Orten.«

In der Arena? Bei der Vorstellung krampft sich mein Magen zusammen. Wie nahe war ich daran, diesen Typen in die Arme zu laufen? Die haben mich kaum so früh zurückerwartet.

Ein anderer Gedanke kommt mir.

»Weiß Mama davon?«

Anscheinend habe ich einen wunden Punkt getroffen. Martinez und James sehen erst sich an, dann mich, dann wieder einander, als würden sie im Geiste miteinander kommunizieren.

»Im Moment nicht«, sagt James schließlich. »Ich wollte verhindern, dass sie sich aufregt. Sie hat …« Er hält kurz inne und wirft mir einen mitfühlenden Blick zu. »Ihr beide habt einiges durchgemacht«, ergänzt er entschuldigend, als wäre das sein Fehler. »Nach deinem Unfall war deine Mutter ein Nervenbündel. Ich wollte es solange wie möglich hinauszögern, aber jetzt …«

»Sag ihr nichts«, unterbreche ich ihn. »Wenigstens nicht im Augenblick.«

»Sie ist deine Mutter. Sie muss es erfahren«, erwidert er, doch er klingt nicht überzeugt.

Ich schüttele den Kopf. Ich weiß genau, was dann passiert, das möchte ich kein zweites Mal erleben. Das Ganze wird sie furchtbar aufregen, im günstigsten Fall greift sie zur Flasche. Wenn ich Pech habe, fängt sie wieder mit den Tabletten an.

James scheint zu ahnen, was mir durch den Kopf geht. Wir sehen uns lange an, dann nickt er.

»Sie braucht Hilfe, das ist dir klar, oder?« Und damit meine ich nicht einen Besuch in der Apotheke. Beruhigungstabletten sind keine Lösung, Therapie schon eher.

Wieder nickt er, schweigt jedoch. Dann kommt er zum eigentlichen Thema zurück und erklärt mir die neuen Sicherheitsvorkehrungen. Hinterher ermahnt er mich, vorsichtig zu sein und die Augen offenzuhalten.

Als er vorschlägt, mir einem GPS-Peilsender zu verpassen, stehe ich auf und entschuldige mich.

Ich brauche frische Luft.

24

Mit diesen Worten lasse ich die beiden zurück und laufe runter zum Strand.

Ächzend lasse ich mich in den Sand fallen und starre in den Sternenhimmel, während mir tausend Gedanken durch den Kopf gehen. Jedes Mal, wenn ich denke, ein Problem in den Griff zu bekommen, tauchen zwei neue auf. Versteht mich nicht falsch, ich will nicht jammern. Aber wie soll sich mein Leben normalisieren, wenn ich immer wieder von Katastrophen heimgesucht werde? Sind wir nicht hierhergekommen, um bei Null anzufangen? Stattdessen sitze ich in einem goldenen Käfig und kann nicht mal einen normalen Freund haben.

Okay, jetzt jammere ich doch. Aber wie würdet ihr euch fühlen, wenn eure Freundin euch an die Presse verkauft, euer Freund eine andere küsst und jemand eure Bremsleitung manipuliert.

»Du solltest hier draußen nicht allein sein«, sagt eine vertraute Stimme hinter mir. Ich erstarre und halte vor Schreck die Luft an. Als ich nicht reagiere, legt Raoul sich mit einem Seufzer neben mich in den Sand. Mir fallen eine Menge Erwiderungen ein und jede enthält eine Beleidigung. Ich will etwas wirklich Gemeines sagen, etwas, das ihn so verletzt, wie er mich verletzt hat. Allerdings geht mir im Moment so viel durch den Kopf, dass ich mich nicht auf den Schmerz konzentrieren kann. Davon abgesehen bin ich so müde, als hätte ich bei Starbucks den ganzen Abend Sandsäcke geschleppt, statt Kaffeefilter zu wechseln.

Aus den Augenwinkeln sehe ich, wie sich Raoul auf die Seite dreht und mich betrachtet.

»Lass mich in Ruhe«, sage ich leise und versuche mich auf die Sterne über mir zu konzentrieren. Tagsüber verschwindet die Stadt unter einer Dunstglocke, doch hier am Meer weht ein frischer Wind, der den Smog ins Valley bläst.

Als ich seine Hand auf der Wange spüre, schließe ich die Augen und schlucke einen Kloß hinunter. Raoul nutzt die Gelegenheit und rückt näher, sodass mich sein Körper vor der steifen Brise schützt.

»Geh weg«, flüstere ich, die Lider fest zusammengepresst. Schon merkwürdig, vor einer Stunde konnte ich es nicht erwarten, ihn anzurufen. Jetzt weiß ich nicht mehr, was ich will.

Seine Wärme umfängt mich wie eine warme Decke. Am liebsten würde ich mich an ihn kuscheln und von ihm küssen lassen, bis mir schwindelig wird und ich diesen ganzen Mist vergessen kann. Doch Raoul hat bewiesen, dass er ein Lügner ist. Wie könnte ich ihm nach allem noch vertrauen?

Auf der anderen Seite ist er momentan mein geringstes Problem. Da draußen läuft ein Irrer frei herum, der mich verletzen will, um James in die Knie zu zwingen. Sollte ich deswegen nicht aus dem Häuschen sein? Meine Tür verrammeln und mich schreiend unterm Bett verkriechen? Zumindest ein bisschen Zähneklappern wäre angebracht. Aber ich habe weder den Drang, mich zu verstecken, noch einen Nervenzusammenbruch vorzutäuschen. Was ich will, sind Raouls Arme, die mich an ihn drücken. Seine Lippen auf meiner Haut, und sein Versprechen, dass alles gut wird.

Und endlich, end-lich bekomme ich meinen Willen, ist das zu fassen? Ich kann mich nicht erinnern, wann mein Leben das letzte Mal nach Plan verlaufen ist, aber zu dieser Szene hätte ich das Drehbuch schreiben können.

Ehe ich Piep sagen kann, zieht Raoul mich an sich, und ich fühle mich sicher und geborgen. Solange ich in seinen Armen bin, kann mir nichts geschehen, das weiß ich genau. Seine heißen Lippen pressen sich auf meinen Mund, fordern Eintritt, und ich lasse mich nicht lange bitten. Plötzlich ist meine Müdigkeit wie weggeblasen. Ich bin hellwach und fühle mich elektrisiert, will ihn mit jeder Faser, hier und jetzt. Unsere Körper eng aneinandergepresst, kleben wir wie zwei Todgeweihte aneinander, deren einzige Heilung darin besteht, dem anderen die Seele aus dem Leib zu küssen.

Ich weiß, was ihr jetzt denkt. Von wegen, ich sollte andere Sorgen haben und so. Aber macht ihr euch mal um einen durchgeknallten Freak Gedanken, wenn der Gott aller Hotties über euch liegt und euch ansieht, als wärt ihr das Schönste, was ihm je unter die Augen gekommen ist. Wenn seine Hände genussvoll über jeden Zentimeter meiner Haut wandern. Als könnte er nicht genug davon bekommen, mich zu berühren, während seine Lippen erst meinen Mund, dann meinen Hals und schließlich meine Brust malträtieren.

Ich bin im siebten Himmel, und als seine Finger unter den Saum meines Pantys fahren, öffne ich mich ihm.

Was er in der Vergangenheit getan hat, spielt keine Rolle. Das hier ist echt. Welche Beweggründe er gehabt haben mochte, mich besser kennenzulernen, ist unwichtig, denn hier und jetzt gehört er mir mit Leib und Seele. Mit jedem Kuss, jeder Berührung, selbst mit seinem leisen Knurren sagt er mir, dass er mich will. Mich, und nicht James' Stieftochter, auf die er aufpassen soll.

Ich hätte mir niemals träumen lassen, dass ich mal mit jemandem Sex am Strand haben würde. Genau das geschieht in diesem Augenblick, dabei sind wir nicht mal ausgezogen. Raouls Shirt habe ich ihm vom Leib geschreddert, dafür hat er mein Panty zerfetzt. Meine Bluse ist vorne aufgerissen, der Rock nach oben geschoben, während ich mit zitternden Fingern seinen Reißverschluss öffne. Als er endlich in mir ist, möchte ich vor Glück weinen. Meine Finger krallen sich in seinen Rücken, meine Zähne bohren sich in seine Schulter, während ich den wildesten Sex aller Zeiten habe.

Zwei Wochen ohne ihn haben Spuren hinterlassen. Das Schweigen hat mich total fertiggemacht, dafür lasse ich ihn jetzt bezahlen. Ich schreie meine Lust in den Wind und nehme mir, was ich so lange vermisst habe, lasse mich küssen, beißen, lieben.

Als es vorbei ist, liegen wir wie Tote im Sand. Erschöpft, halb nackt und wunschlos glücklich.

Schließlich frischt der Wind auf und mir wird kalt. Wir schleichen uns in mein Zimmer, nehmen ein warmes Sprudelbad und reden den Rest der Nacht. Wenn ich dachte, mein

Leben sei verkorkst, ist das nichts gegen Raouls. Da beklage ich mich über Mädels wie Alex und Shelly, während Raoul an seiner Schule ums Überleben gekämpft hat – buchstäblich. Messerstechereien auf dem Schulhof waren an der Tagesordnung. Drogen gehörten zum Alltag. Als er neun war, ist seine Mutter abgehauen, weil sein Vater mit seinem Job verheiratet war. Danach hat Martinez ihn zu seinen Eltern gebracht. Da sein Großvater praktisch in der Werkstatt gewohnt hat, ist die Erziehung an seiner Großmutter hängen geblieben, die schon bald mit ihm überfordert war. An die Gang ist Raoul mit dreizehn geraten. Mitglied wird man jedoch erst, nachdem man bestimmte Prüfungen bestanden hat – und die waren nicht gerade zimperlich. Dennoch ist er bei ihnen geblieben, denn diese Leute waren die einzige Familie, die er kannte. Sie waren seine Brüder, die mit ihm durch dick und dünn gegangen sind.

Obwohl ihr Verrat niederschmetternd für ihn war, erzählt er mir all das ohne die Spur von Bitterkeit, was ich bewundernswert finde. Wenn mir das passiert wäre, würde ich vor Wut platzen, zumal er mit diesen Leuten wieder Kontakt aufnehmen musste.

Ich kann nicht glauben, dass wir so lange gebraucht haben, uns diese Dinge anzuvertrauen. Ich schätze, wir sind wohl beide nicht der offenherzige Typ.

Danach ist es beinah, als hätte es den Vorfall in seiner Werkstatt nicht gegeben. Dennoch liegt ein Beigeschmack in der Luft. Ich verstehe zwar, dass die Rumknutscherei zu seiner Tarnung gehörte, aber das macht es kein bisschen besser.

Dass ich von einem Psycho verfolgt werde, der sich an James rächen will, bekomme ich erst wieder Montagmorgen zu spüren, als Calvin mich zur Brentwood fährt. Bis dahin konnte ich diese Tatsache glücklich verdrängen – Ablenkung hatte ich genug. Da Raoul unter James' Dach derzeit nicht erwünscht ist, haben wir uns jeden Abend am Strand getroffen, um am Ende doch in meinem Zimmer zu landen. Heute muss ich wieder zur Schule und zum ersten Mal habe ich ein mulmiges Gefühl.

Keine Ahnung, wie oft ich mich während der Fahrt umdrehe. Nach zwei Tagen komme ich mir leicht paranoid vor. In der Schule beruhigen sich die Gemüter allmählich. Die Reporter wurden vom Parkplatz verbannt, die Sicherheitskontrollen verstärkt.

Das ändert sich am Mittwoch, als Conalls Album »Jazz-Mine« erscheint. Ihr habt richtig gehört, er hat das Teil nach mir benannt, nach seinem Nummer-eins-Hit. Am Abend tritt er bei einer MTV Live-Show auf und hat den Nerv, auf reumütig zu machen: »Oh, ich habe einen Fehler begangen, aber sind wir nicht alle Menschen, bla bla bla, verzeih mir, Honey, und nimm mich zurück, auch wenn ich der größte Arsch des Universums bin, bla bla bla, und hier ist der Song, den ich für dich geschrieben habe ...«

Irgendwo zwischen Honey und seinem Lied reißt mir der Geduldsfaden. Glaubt der, ich bin von gestern? Kein Mensch mit einem gebrochenen Herzen könnte derart durch die Gegend tingeln und Werbung für sein Album machen, nach dem Motto: Mann, geht es mir scheiße, wie sehr, erfahrt ihr auf meiner neuen CD.

Während er Kreischfans und Mitgefühl erntet und seine Verkaufszahlen neue Rekorde erreichen, stehe ich wie eine herzlose Zicke da. Eine, die den ach so depressiven Conall abblitzen lässt. Und das, obwohl er es so herzerweichend bereut, mit diesem Welpenblick inklusive Hängeschultern. Und so öffentlich. Sehr öffentlich, um genau zu sein. Laut und gut ausgeleuchtet, mit möglichst vielen Kameras, die seine Selbstgeißelung auf allen lokalen Sendern Tag und Nacht präsentieren. Und, Mann, er ist gut. Irgendwann hat er den Kniff raus und schafft es tatsächlich, trotz seines Erfolgs leicht depressiv auszusehen. Er strahlt Verletztheit aus, und doch Kraft, als hätte ihn jemand gebrochen, und er ist fest entschlossen, sich nicht unterkriegen zu lassen. Diesen neuen, gequälten Blick muss er stundenlang vor dem Spiegel geübt haben, denn ich weiß es besser. Conall sieht seine Chance, durchzustarten. Und mit dem neuen Management im Rücken gibt er alles, damit dieser Traum wahr wird. Selbst wenn das bedeutet, mich in seine Geschäftemacherei reinzuziehen und vor aller Welt zu exponieren. Ich bin bloß ein Werkzeug, eine Trittleiter, die ihm aufs Podest hilft.

Seine verlogenen Ansagen machen mich dermaßen wütend, dass ich ihm das Mikro in den Hals rammen möchte.

Doch mir kommt eine bessere Idee. Ich hab genug Zeit in meiner Schmollecke vertrödelt und mich in diesem Medienzirkus wie ein verkleideter Affe vorführen lassen. Damit ist jetzt Schluss.

Nachdem ich »Sorry Ass« geschrieben habe, war ich komplett passiv und habe die Dinge einfach laufen lassen. Ein Fehler, wie sich nun herausstellt. Mir reicht es, dass andere über mich reden, ich habe auch etwas zu sagen, und zwar in Stereo und Dolby Digital!

Nach unserem Gespräch am Strand dachte ich, dass Conall und ich Freunde sein könnten. Dass wir uns ausgesprochen und das letzte Kapitel abgeschlossen hätten. Aber er will einfach nicht aufhören, der Nation seine unsterbliche Liebe für mich vorzuspielen, und allmählich geht mir das auf den Zeiger. Aus diesem Grund beschließe ich, das einzig Richtige zu tun und mich nicht länger zu verstecken. Meine Mutter hatte recht. Ich habe meine Musik als Ausdruck und muss nicht hilflos mitansehen, was andere aus meinem Leben machen.

Am Abend quatsche ich zwei Stunden mit Leon, um ihn auf den neusten Stand zu bringen. Seit dem Unfall skypen wir fast täglich. Es hat mich einiges an Überredung gekostet, ihn davon abzuhalten, sich in den nächsten Flieger in die Staaten zu setzten. Deswegen bringe ich es nicht übers Herz, ihm von James' Stalker zu erzählen, das würde er nicht gut aufnehmen. Davon abgesehen kann er ohnehin nichts machen, warum ihn damit belasten?

Donnerstagabend sitze ich im Schneidersitz auf meinem Bett. Ich komme von meiner Schicht und einem Kussmarathon mit Raoul. Wäre ich ein Mann, hätte ich mit meiner Erektion jemanden umgehauen, kein Scherz. Calvin musste sich ein paarmal räuspern und selbst dann hätte ich es fast nicht in den Wagen geschafft.

Danach brauchte ich eine kalte Dusche, deswegen hocke ich mit einem Handtuch auf dem Kopf auf meiner Tagesdecke. Das iPad vor mir zeigt einen breit grinsenden Leon, der meiner Conall-Strategie voll und ganz zustimmt. Es tut gut, ihn auf meiner Seite zu wissen. Er hat Conall noch nie gemocht, deswegen habe ich seine volle Unterstützung.

Nachdem wir das Gespräch beenden, schicke ich Conall eine Nachricht über WhatsApp, in der ich ihm für das Konzert in »The Colony« zusage. Seine Antwort kommt prompt.

Mistkerl: Great, ich freu mich ☺ Das wird abgefahren!!!!!!!!

Darauf kannst du dich verlassen.

Jazz: Das wird es! Ist es ok, wenn ich ein paar Freunde mitbringe?
Mistkerl: Je mehr, desto besser
Jazz: Cool! Kannst du mir 8 Karten für den VIP-Bereich schicken?
Mistkerl: Warum gebe ich sie dir nicht persönlich? Sagen wir, bei einem Dinner?

Aber klar doch. Mit zwanzig Reportern im Gebüsch. Vielleicht sollte ich sein Kürzel auf VerlogenerBastard ändern. Obwohl es dann eigentlich kein Kürzel mehr ist.

Jazz: Sorry, meine Woche ist mörderisch. Aber das können wir nach dem Konzert nachholen ☺
Mistkerl: Kann es nicht erwarten. Sehen wir uns vorher?

Eher friert die Hölle zu.

Jazz: Das schaffe ich nicht. Freu mich aufs Konzert! Nächste Woche Samstag um acht, richtig?
Mistkerl: Yup! Love you, hon <3

Ja, klar. Nach dem Konzert eher nicht mehr. Der hat mich lange genug verascht. Bevor ich kotzen muss, stelle ich mein Handy ab, ich habe zu tun. Ein neuer Song muss her, und zwar ein Kracher. Er muss endgültig klarstellen, wer von uns das größere Talent ist. Conall mag die Stimme haben, doch ich bin der Motor hinter den Songs, die Seele und das Herz. Mein Schmerz steckt in jeder Zeile, meine Tränen und die verfluchten Scherben meines Lebens. Ich lasse mich nicht länger in die Defensive drängen.

Zieh dich warm an, Conall, Jazz ist von den Toten auferstanden! Diesmal werde ich nicht davonlaufen, ich werde mich stellen. Den Kameras, der Öffentlichkeit – meinen Ängsten.

25

Ab Freitag werde ich zum Sklaven meines eigenen Plans. Meine Freunde zu überzeugen, ist leichter als ich dachte. Sie sind sofort Feuer und Flamme, Pam kriegt sich gar nicht mehr ein. Dexters und Crushs Grinsen ist so breit, dass ihre Mundwinkel beinahe die Stirn berühren. Sally sagt ebenfalls zu, genau wie Tyler und Zack. Selbst der schweigsame Dane macht mit.

Raoul halte ich bewusst raus. Das zu erklären, ist schwierig. Leon hat mal gesagt, ich wäre wie ein U-Boot, das leckgeschlagen ist. Ständig auf Tauchstation, damit beschäftigt, Wasser aus den Gängen zu pumpen. Ich bin dabei, aufzutauchen, doch dazu muss ich die undichten Abteilungen abschotten, denn der Wassereinfall zieht mich immer wieder runter. Conall ist so ein Schott. Ich muss es erst hinter mir schließen, bevor ich mich ernsthaft auf eine neue Beziehung einlassen kann. Das habe ich mittlerweile verstanden. Raoul und ich sind zurück auf einer rein körperlichen Beziehung, und sosehr ich das genieße – ich will mehr. Nach Lukas' Tod fing das mit dem Dichtmachen an. Ich wollte niemanden mehr lieben, es tat zu weh. Mittlerweile fühle ich mich allerdings wie jemand mit einer Behinderung, und zwar einer, die ich selbst gewählt habe. So will ich nicht weiterleben.

Am Freitag nach der Schule treffen wir uns in Detention, weil Crush sich abermals eine Woche Nachsitzen eingefangen hat. Fragt nicht, warum, das wollt ihr nicht wissen. Dank Hubba Bubbas nachsichtiger Einstellung weihe ich meine Freunde im Flüstermodus in die Details ein. Sally räuspert sich leise und beugt sich zu mir.

»Ich muss dir etwas gestehen«, wispert sie.

Fragend hebe ich die Brauen.

»Ich hab mir gestern bei iTunes *JazzMine* runtergeladen.«

»Und?«

»Na ja, ich dachte, wo wir uns gerade gegen Conall verbünden, sage ich lieber vorher, dass ich seine Songs toll finde. Lissa übrigens auch. Sie summt den ganzen Tag *Sorry Ass.*«

Ich beiße mir auf die Unterlippe, um nicht in Gelächter auszubrechen.

»Hört zu«, sage ich und blicke in die Runde. »Mir geht es weder darum, Conall fertigzumachen, noch mich zu rächen. Alles was ich möchte, ist, mich zu Wort melden. Und zwar auf meine Art, also mit einem Song. Ich habe damit angefangen, deswegen will ich es auch beenden.«

Sally ergreift meine Hand und drückt sie.

»Hast du schon einen Titel für das Lied?«

»Try Harder«, sage ich lächelnd.

Dexter grinst und hält mir seine Flosse entgegen. »Der ist gut, Kleines!« Ich schlage ein, doch er hält meine Hand in Musketier-Pose umfangen, und die anderen legen ihre Hände auf unsere.

»Ich bin dabei«, sagt Crush.

»Ich auch!« Das kommt von Tyler.

Dane nickt mir kurz zu, dann liegen alle Augen auf Zack.

»Das lasse ich mir nicht entgehen, Jazz. Ich bin dein Mann.«

Damit landet seine Pranke auf Danes, und ich platziere meine freie Hand auf seine, um den Kreis zu schließen.

»Einer für alle, alle für einen!«, ruft Dexter und schenkt mir ein verschmitztes Lächeln. Die anderen wiederholen seinen Ruf, Hubba Bubba grunzt.

»Komme ich zu spät zur Party?«, fragt Pam, die diesen Augenblick wählt, um in den Detention-Raum zu platzen. Wie aufs Stichwort beendet die Klingel unsere Stunde und wir machen uns lachend zum Proberaum der Schule auf.

Ich kann nicht sagen, wie glücklich ich mich schätze, Freunde wie diese zu haben. Dass sie mitmachen, gibt mir Kraft und Zuversicht. Genau das brauche ich jetzt. Das, und Zeit.

Da das Konzert bereits nächste Woche Samstag stattfindet, müssen wir täglich proben, damit der Song bis dahin einigermaßen sitzt.

Das bedeutet leider auch, dass Raoul und ich uns kaum sehen werden. Unter der Woche üben Pam, Zack, Tyler, Dane, Crush und ich im schuleigenen Proberaum. Am Wochenende hängen wir bei Tyler ab, der dank seines Daddys über ein monströses Studio im Keller verfügt. Da sein Vater derzeit mit Aerosmith durch Japan tourt, haben wir das Studio für uns.

In der Schule herrscht eine aufgeregte Stimmung, denn der Termin für den Halloween- aka Herbstball steht fest. Es ist der 22. November. Eine Woche nach Conalls Privatkonzert im Klub. Im Oktober ist mir der Trubel um die Veranstaltung komplett entgangen, ich hab gerade mal die Girlanden wahrgenommen. Deswegen bin ich nicht darauf vorbereitet, als Brady mich am Dienstag auf dem Parkplatz abfängt und mich bittet, mit ihm zum Ball zu gehen.

Ich bin so perplex, dass er verlegen lacht und sich mit einer Hand den Nacken reibt.

»Hey, das kann doch nicht so überraschend für dich sein, oder?«

»Ähm, ja? Ich meine, ich bin mit Raoul zusammen, was erwartest du?«

»Glaubst du ernsthaft, der würde mit dir zu einem Schulball gehen?«

Nicht wirklich, aber das ist nicht der Punkt. Der einzige Sinn und Zweck dieser Veranstaltungen liegt für die meisten Jungs darin, sich auf der Tanzfläche an ihre Partnerin zu drücken, rumzuknutschen und den Mädels später auf einer der After-Partys an die Wäsche zu gehen.

»Ehrlich gesagt habe ich nicht vor, hinzugehen. Schulbälle sind nicht so mein Ding.«

»Das wäre jammerschade. Dein erster Ball in den Staaten und du willst dich drücken?«

»Wer drückt sich?«

Na toll, Raoul hat mir bei dieser Diskussion gerade noch gefehlt. Seine Hände legen sich um meine Taille und er zieht mich besitzergreifend an sich. Das fühlt sich toll an, doch im Moment ist mir das zu machomäßig. Vor allem mit Brady vor mir, dessen Kiefer sich bei Raouls Anblick verkrampft.

»Jazz will nicht zum Herbstball kommen. Frage mich, woran das liegen mag.« Der letzte Teil klingt hart und ist an Raoul gerichtet. Danach macht er auf dem Absatz kehrt und marschiert davon. An seinem Benz dreht er sich noch einmal um, öffnet die Tür und ruft:

»Denk drüber nach, Jazz. Du und ich, wir wären ein tolles Paar!«

Gut, dass er sich in sicherem Abstand befindet. Raouls Muskeln spannen sich an, als stünde er kurz davor, ihn aus dem Wagen zu pflücken. Glücklicherweise macht Brady die Biege und verschwindet aus unserem Sichtfeld.

Seufzend schüttele ich den Kopf.

»Was war das?«, fragt Raoul und dreht mich, sodass ich ihn ansehen muss.

»Er will mit mir zu diesem dämlichen Herbstball, aber ich werde nicht hingehen.«

»Warum nicht?« Seine Fingerknöchel fahren über meine Wange, und plötzlich habe ich ein schlechtes Gewissen, ihn aus der Conall-Sache rauszuhalten. Verlegen senke ich den Kopf.

»Ich bin nicht gerade der Ballkönigin-Typ und mit dem ganzen Drumherum hab ich's auch nicht so.«

Zum Beispiel mit Jungs, die ihren besten Freund nicht in der Hose behalten können. Oder besoffenen Mädels, die sich die Seele aus dem Leib kotzen, weil ihr Begleiter sie abgefüllt hat. Kommt mir irgendwie bekannt vor.

Raouls Griff um meine Taille verstärkt sich. Er senkt den Kopf und wispert leise:

»Lügnerin.« Seine Lippen an meinem Ohr formen ein

Lächeln. »Alle Mädchen lieben Partys. Vor allem den Teil mit den Kleidern, Schuhen und Make-up.«

Eine Gänsehaut überzieht meine Arme, als sein Mund über meinen Nacken fährt, während seine Hand unter meinem Rock verschwindet.

»Besorgt euch ein Zimmer!« Das kommt von Zack, der gegen die offene Tür seines Jeeps lehnt und mit Tyler quatscht. Also bevor er Raoul und mich unterbrochen hat.

»Spielverderber!«, ruft Crush quer über den Parkplatz, der mit seinen Surferfreunden auf der Motorhaube seines Cabrios sitzt und die Jazz-Raoul-Show genießt.

Ich verdrehe die Augen und versuche mich von Raoul zu lösen, doch der zieht mich enger an sich und gibt mir einen knieerweichenden Kuss. Von den Surfern kommen Pfiffe, Zack dagegen steigt kopfschüttelnd in den Wagen und macht sich vom Acker.

»Raoul!«, zische ich, nachdem ich wieder Luft bekomme.

»Wann können wir uns wieder sehen?«, fragt er sanft und umrahmt mein Gesicht mit beiden Händen. Mit sehen, meint er weniger *sehen*, als uns in den Laken zu wälzen.

»Ich habe ein, äh, Schulprojekt, an dem ich die ganze Woche arbeiten muss«, lüge ich, ohne rot zu werden.

»Was ist mit Donnerstag nach deiner Schicht?«

»Da bin ich bei Pam.«

»Und Freitag?«

»Da haben wir unser Footballspiel, und du deine Pokerrunde.« Darauf grinst er. Wir wissen beide, was beim letzten Mal passiert ist, als er nicht zum Poker gegangen ist und mich zum Spiel begleitet hat. Nichts gegen unser Intermezzo, doch dazu fehlt mir im Moment der Mut. Letztes Mal hatten wir Glück. Doch so wie ich von der Presse verfolgt werde, kann ich mir Stunts dieser Art nicht mehr erlauben. Falls uns jemand aufnimmt, würde ich auf der Stelle sterben. Das Ganze wäre innerhalb von Minuten im Netz. Die Schlagzeilen kann ich mir lebhaft vorstellen: »JazzMine having a good time!« Von so einem Schlag würde ich mich nie wieder erholen.

Derzeit lässt mich die Presse in Frieden. Doch nur weil ich sie nicht sehe, heißt das nicht, dass sie nicht da sind. Mit ihren Teleobjektiven können sie mich aus großen Distanzen ranzoomen. Vermutlich haben sie Raoul und mich in inniger Pose gerade tausendmal abgelichtet und sind bereits auf dem Weg zur Redaktion.

Bevor ich bei Calvin einsteige, vereinbaren wir, uns am Sonntag zu treffen, da werde ich mich voll und ganz Raoul widmen. Eine Aussicht, die ihm zu gefallen scheint. Mir auch, denn nach dem Konzert in »The Colony« kann mich der Rest der Welt mal.

Am Abend besucht mich meine Mutter, während ich mir die Zähne putze. Je näher der Samstag rückt, desto nervöser werde ich. Was, wenn ich mich zu weit aus dem Fenster lehne und auf der Nase lande? Wenn das Einzige, was ich mit dieser Aktion beweise, ist, dass ich mich auch ohne die Medien zum Affen machen kann?

»Alles in Ordnung bei dir?«

Ich krieche unter die Decke und rolle mich auf die Seite, um meine Mutter anzusehen, die sich zu mir legt. Mit ihren blauen Augen und dem hellen Haar sieht sie nicht nur wie ein Engel aus, sie riecht auch so. Nach »Angel« von Thierry Mugler, ihrem Lieblingsparfüm.

»M-hm«, beantworte ich ihre Frage. »Bin nur müde.«

Was die Untertreibung des Jahres ist. In den letzten Nächten habe ich mich die meiste Zeit hin und her gewälzt.

»Sobald der Film abgedreht ist, fahren wir eine Woche weg, nur du und ich, was hältst du davon?«

»Ehrlich?«

»Ich verspreche es dir.«

»Wann?«

»Mitte, Ende Dezember. Dann fliegen wir dahin, wo es heiß ist, und lassen uns Piña Colada am Strand servieren.« Sie zwinkert mir zu und etwas von der alten Elisabeth blitzt auf. Meine Mutter, die Zeit mit ihren Kindern verbringen möchte.

»Was ist mit James?«

»Der hat im Dezember in Singapur zu tun. Er möchte einen Sender kaufen.«

»Einen Fernsehsender?«

Darauf nickt sie. Wow, nicht schlecht. Anscheinend hat er mehr auf der Pfanne, als Ausstellungen einzuweihen und Filme zu finanzieren. Wie von selbst driften meine Gedanken zu Max, der mich seit Wochen nicht zurückgerufen hat.

»Was ist mit Max und dir passiert?« Ich weiß nicht mal, wo die Frage herkommt. Sie ist kaum mehr als ein Flüstern, doch meine Mutter hat mich gehört. Der Schmerz in ihren Zügen ist greifbar. Sie schließt die Augen und atmet tief durch, bevor sie sie wieder öffnet.

»Ich habe ihm ein paar Dinge gesagt, die ich nicht zurücknehmen kann«, beginnt sie leise, und diesmal weicht sie meinem Blick nicht aus.

»Aber warum habt ihr euch getrennt?«

Sie blinzelt die Tränen fort und nimmt einen zittrigen Atemzug.

»Es war Max, der Lukas mit zu den Kartrennen genommen hat. Er hat ihn dazu ermuntert, aktiv teilzunehmen. Und er war derjenige, der ihn ins Auto gesetzt hat, zwei Wochen vor diesem schrecklichen Unglück.«

Max hat ihn fahren lassen? »Wann?«

Immer mehr Tränen strömen über ihr Gesicht, dennoch driftet meine Mutter nicht ab. Sie bleibt bei mir. Damit das so bleibt, greife ich nach ihrer Hand und drücke sie leicht.

»Erinnerst du dich noch, dass die zwei in Nürburg waren, um sich ein Formel 1 Rennen anzusehen?«, fragt sie leise.

Vage, dennoch nicke ich.

»Es war auf dem Schotterparkplatz eines Restaurants. Max hat Lukas ein bisschen fahren lassen. Die Gegend ist sehr ländlich, es herrschte kaum Verkehr. Anscheinend hat er das ganz gut gemacht, deswegen durfte er den Wagen einparken. Max war so stolz auf ihn.«

Als sie das Gesicht mit den Händen bedeckt und leise schluchzt, nehme ich sie in den Arm und drücke sie an mich. James wählt diesen Moment, ins Zimmer zu schneien. Anscheinend hat meine Mutter die Tür offen gelassen. Nachdem er uns auf dem Bett sieht, zieht er sich ohne ein Wort zurück, was ich ihm hoch anrechne.

»Du weißt aber schon, dass Max nichts dafür kann, oder?«

»Spätzchen, ich weiß gar nichts mehr. War es gut, ihn fahren zu lassen? Kannst du ausschließen, dass es Lukas nicht dazu ermuntert hat, in ein Auto zu steigen, um dich von dieser Feier abzuholen?«

»Aber es war nicht Max' Schuld!«

»Dennoch wird da immer diese Frage sein. Hätte sich Lukas ohne diese Ermunterung hinters Lenkrad gesetzt?«

»Das ist nicht fair«, protestiere ich, und auch mir kommen Tränen.

»Nein, das ist es nicht, doch ich kann diese Fragen nicht abstellen. Max mag in bester Absicht gehandelt haben, aber die Konsequenzen waren fürchterlich.«

»Kannst du ihm nicht verzeihen?«, frage ich, und meine Augen laufen über.

»Ich habe ihm längst verziehen, Jassi. Nur vergessen kann ich nicht. Ich habe es versucht, aber ich brauche den Abstand.«

»Er … er meldet sich nicht mehr bei mir«, gebe ich mit belegter Stimme zurück und wische meine Tränen fort.

»Gib ihm Zeit. Er liebt dich wie seine eigene Tochter, daran darfst du nicht zweifeln.«

»Warum will er dann nicht mit mir reden?«

»Es tut zu weh«, ist alles was sie sagt. Und dann weinen wir gemeinsam, Arm in Arm, und betrauern zum ersten Mal unseren Verlust. Wie lange wir so liegen, weiß ich nicht, doch als ich in der Nacht aufwache, ist sie fort. Danach schlafe ich wie ein Baby, vermutlich weil ich mich in meinem Plan bestätigt fühle. Meine Mutter hat mich daran erinnert, wie passiv sie auf die Angriffe der Presse reagiert hat. Wenn man in der Öffentlichkeit steht, darf man sich keinen Fehler erlauben. Man lebt wie unter einem Lupenglas. Jede Äußerung wird gedruckt, kommentiert und archiviert. Wie meine Mutter war ich passiv und habe sowohl die Schlagzeilen als auch die Fotos über mich ergehen lassen. Conall hat daraus Profit geschlagen, aber das kann er nur, solange ich es zulasse.

Ich bin nicht mehr das verängstigte Mädchen von vor einem Jahr. Ich bin stärker, denn was geschehen ist, hat mich wachsen lassen. Ich habe gelernt mich zu wehren und nehme nicht mehr alles hin. Ich habe Freunde, die zu mir stehen, und wie es aussieht, ist meine Mutter zurück. Wenigstens hoffe ich das.

* * *

Donnerstagmorgen klingelt mich Leon aus dem Bett. Während es bei uns sechs Uhr in der Früh ist, ist es in Berlin neun Uhr abends.

»Ich hoffe, das ist wichtig«, murmele ich in den Hörer und taste nach meinem iPad, damit wir auf Videoübertragung wechseln können.

»Darauf kannst du deinen süßen Hintern verwetten«, sagt Leon. Er ist aufgeregt, so viel kann ich seiner Stimme entnehmen.

»Hmpf!«, mache ich, gebe mein Skype-Passwort ein und beende den Anruf. Normalerweise sieht mein Haar morgens aus, als hätten Krähen darin genistet. Doch bei Leons Anblick vergesse ich mein Aussehen. Er ist total aus dem Häuschen, die Wangen gerötet, die Augen groß.

»Du hast keine Ahnung, wie schwer es mir gefallen ist, dich

nicht schon früher anzurufen. Ich sitze seit Stunden auf den Fingern.«

»Was ist denn los?«, frage ich, setze mich auf und versuche mein Haar mit den Händen zu glätten – vergeblich.

»Der Hacker hat seinen Flash Player upgedatet!«, singt er aufgekratzt und strahlt wie der Weihnachtsmann.

»Das ist, äh, toll«, gebe ich zurück und schiele auf den Wecker. Sechs Uhr, drei Minuten. Mit ein bisschen Glück bekomme ich noch ein wenig Schlaf, bevor ich aufstehen muss. Doch Leon lässt sich von meinem fehlenden Enthusiasmus nicht entmutigen.

»Jasmin, ich war drin!«

»Ähm, worin?«

»Bei dem Hacker, der sich an deinem YouTube-Konto zu schaffen gemacht hat!«, sagt er und wirft die Hände in die Luft, von wegen: Hallo-ho!

»Ich hab dir doch beim letzten Mal gesagt, dass ich dem Typen einen Virus auf die Platte pflanze, sobald er das nächste Mal seinen Flash Player updatet.«

Da klingelt etwas bei mir. Vage.

»Und? Wer ist es?«

Pause.

»Keine Ahnung, ich muss mich erst mal durch die Daten arbeiten. Es hat fünfzehn Minuten gedauert, bis er mich bemerkt hat, und dann nochmals fünf, bis er mich rauswerfen konnte. In der Zwischenzeit habe ich fast 200 000 Dateien runtergeladen. Jetzt muss ich mir erst mal die Passwörter ansehen. Der Typ hat so ziemlich jede Datei verschlüsselt. Aber das sind meistens die interessantesten, oder?«

Was andere abgeschreckt hätte, ist für ihn wie der Jackpot. Eine würdige Herausforderung. Sein Gesicht glüht vor Freude, deswegen bringe ich es nicht über mich, ihn hier und jetzt bis in die dritte Generation zu verfluchen. Endlich mal eine Nacht, in der ich geschlafen habe, und er weckt mich anderthalb Stunden bevor ich aufstehen muss.

Kaum habe ich das gedacht, komme ich mir mies vor. Schlimm genug, dass sich unsere Gespräche viel zu oft um mich drehen. Jetzt kann ich mich nicht mal mit ihm freuen, wenn ihm so ein Durchbruch gelingt. Zugegeben, genau genommen ist es illegal und so. Aber der Typ hat versucht in mein Konto einzubrechen. Ist das nicht so etwas wie ausgleichende Gerechtigkeit? Und Leon ist wie berauscht, so habe ich ihn schon lange nicht mehr gesehen.

»Aber das ist egal«, fährt er aufgeregt fort, »das Zeug ist jetzt auf meinem Rechner. Ich habe alle Zeit der Welt, die Dateien zu knacken und auszuwerten.«

»Das klingt, äh, großartig, Leon, sag mir Bescheid, wenn du etwas findest.« Ich schenke ihm ein aufmunterndes Lächeln, das seine Wirkung nicht verfehlt.

»Darauf kannst du dich verlassen!« Er lässt die Fingerknöchel knacken und legt den Kopf schief.

»Bist du aufgeregt wegen morgen?«

»Du hast keine Ahnung!«, sage ich und vergrabe das Gesicht in den Händen.

»Du packst das, Süße! Deine Musik ist fantastisch – *du* bist fantastisch!«

Deswegen liebe ich Leon. Im Gegensatz zu mir weiß er immer das Richtige zu sagen. Wenn das hier vorbei ist, werde ich ihm eine bessere Freundin sein. Vielleicht sollte ich mich einer der Informatik-Gruppen unserer Schule anschließen, um ihn besser verstehen zu können.

Ich gebe meinen Fingerspitzen einen Kuss und drücke sie auf das Pad.

»Danke, Leon. Ich vermisse dich!«

»Ich dich auch«, sagt er leise, das Lächeln ist verschwunden.

Dann drückt er seine Fingerspitzen auf die gleiche Stelle, an der meine liegen, wünscht mir viel Glück, und wir beenden das Gespräch.

26

Damit ich Samstagabend losziehen kann, muss ich meine Schicht mit Brandon tauschen. Ihr habt richtig gehört: Brandon Parker, unser Johnny-Depp-Verschnitt ist zurück von seinem Ausflug in die Filmstudios. Natürlich nur vorübergehend, denn er fiebert bereits der nächsten Rolle entgegen. Ich schätze mal, einem Werbespot gegen Intimpilz. Ugh!

Da ich Freitagabend arbeiten muss, habe ich es nicht zum Footballspiel geschafft. Brady ist deswegen total eingeschnappt. Hat mir eine angepisste Nachricht auf den Messenger geschickt, dass er mit Charlize zum Ball geht. Schocker!

Nach meiner Schicht treffen wir uns in Tylers Proberaum. Weil James Tylers Vater kennt, hat er mir erlaubt, dort mit meinen Freundinnen zu übernachten. Von wegen Pyjama-Party und so. Schön wär's. Uns steht eine lange Nacht im Studio bevor, in deren Verlauf wir uns bis halb drei im Aufnahmeraum verbarrikadieren.

Samstagmittag fahre ich in Zacks Jeep nach Hause, ziehe mich um und packe Klamotten zum Wechseln ein. Zwei Stunden später bin ich wieder im Studio und gehe mit Tyler, Pam, Zack, Dane, Crush noch einmal den Ablauf durch.

Am Nachmittag gesellt sich Dexter zu uns, der Crush mit dem Komprimieren der Daten und dem Abmixen hilft. Zack und Crush sind die Einzigen, die sich mit Programmen wie iLife und GarageBand auskennen. Die zwei wissen einfach alles über Sachen wie Audio Units und Maskierungseffekte. Fragt mich nicht was das heißt, so etwas fällt eher in Leons Gebiet.

Als wir am Abend zu Conalls Konzert fahren, bin ich so hibbelig, dass ich das Ganze am liebsten abblasen möchte. Es kann so viel schieflaufen und die letzte Probe war grottig. Was, wenn der Schuss nach hinten losgeht und das Publikum nicht mitmacht? Die Show ergibt nur dann Sinn, wenn wir gut sind, und im Moment klingt der Song wie ein Keuchhusten.

»Kopf hoch!«, sagt Zack und klopft mir auf die Schulter. Wir stehen auf dem Parkplatz des Klubs, auf den wir dank Conalls VIP-Tickets gekommen sind. Ansonsten wären wir gezwungen gewesen, downtown zu parken, und hätten unser Zeug einen halben Kilometer bergauf schleppen müssen.

»Der Song klingt scheiße!«, zische ich. »Und es wird im Fernsehen übertragen!«

Statt zu widersprechen, grinst er. »Wenn wir auf der Bühne stehen, ist es anders, glaub mir.«

»Woher willst du das wissen?«

»Ich mache das nicht zum ersten Mal«, sagt er und legt die Fingerspitzen auf das Brauen-Piercing, als würde ihm das Glück bringen. »Wenn es so weit ist, weiß jeder, was er zu tun hat.« Mit der freien Hand klopft er mir abermals auf die Schulter und führt mich zum Personaleingang. Kurz vor der

Tür bleibt er stehen und sieht mich an. Das Lächeln ist aus seinen Augen verschwunden.

»Der Song ist erste Sahne, damit pustest du die Snobs aus den Schuhen.«

»B-bist du sicher?«

»Vertrau mir, Jazz, du rockst!«

Zack ist niemand, der mit Komplimenten um sich wirft. Wenn er es sagt, muss etwas daran sein.

»Bereit?«, fragt er, die Hand am Türknauf.

»Okay«, flüstere ich und atme tief aus.

Ich bin noch hier, ich bin noch hier, ich bin da.

Showtime.

Als wir den Klub betreten, geht mir der Beat einer Indie-Band durch Mark und Bein. Der Laden ist rappelvoll. Handverlesen stelle ich mir anders vor. Zack deutet zu einer Bar auf der Empore, wo meine Freunde auf mich warten. Ein Team von VH1, einem MTV-Ableger, lässt die Kamera über die Menge schweifen, wahrscheinlich um die Stimmung einzufangen.

Während meine Leute kaum erwarten können, bis es losgeht, kommen mir erneut Zweifel. Ich stand noch nie zuvor auf einer Bühne, habe das Scheinwerferlicht gemieden wie ein Vampir das Tageslicht. Jahrelang wollte ich übersehen werden, damit man mich in Ruhe lässt. Aber an Ruhe ist in meinem Leben nicht mehr zu denken, oder?

Es ist nur ein Lied, sage ich mir zum hundertsten Mal an diesem Tag. Nur ein einziges Lied. Ich schaffe das. Bisher war ich wie Mrs Columbo, die Frau des Zigarre qualmenden TV-

Inspektors. Jemand, über die viel geredet wird, die selbst jedoch nie auftritt. Doch heute trete ich auf, vor Hunderten von Leuten. In was habe ich mich da bloß reinmanövriert?

Während Zack, Tyler und Dane hinter der Bühne unseren Kram bewachen, haben Pam, Dexter, Crush und Sally eine gute Zeit an der Bar, die wie ein riesiger beleuchteter Eisklotz aussieht. Ich gebe vor, mich köstlich zu amüsieren, lache mit ihnen und schlürfe Prosecco. Tatsächlich hat das Gesöff eine beruhigende Wirkung auf meine Nerven, die zum Zerreißen gespannt sind.

Eine halbe Stunde später betreten Conall, sein Bassist Mitch und Paul, der Drummer, die Bühne, und mir rutscht das Herz in die Hose. Die drei hatten in den letzten Wochen ein Dutzend Konzerte auf den größten Bühnen Amerikas. Ich dagegen habe null Erfahrung und mache mir vor Angst jeden Moment in die Hose.

Meine Hände werden klamm, als eruptiver Applaus, gepaart mit Gejohle und Pfiffen, den Laden erbeben lassen. Conall sieht, das muss man ihm lassen, umwerfend aus. Schwarze Biker Boots, schwarze Lederhose und eine Lederweste, unter der er nichts als seine Tattoos trägt, die sich wie Ranken um seine kräftigen Arme winden. In einer Hand hält er seine Gitarre, die er zum Gruß in die Luft hält. Das aschblonde Haar wirkt strubbelig, und ein geheimnisvolles Lächeln umspielt seine Lippen, während die kristallblauen Augen den Saal scannen. Als er mich findet, weitet sich das Lächeln, und die ersten Töne zu JazzMine erklingen.

Keine Begrüßung, kein Hallo. Es geht gleich los.

The words you said to me are beating
In my dreams these words are bleeding
All I want is you to stay
But I threw it all away
I threw it all away

Während er den Song singt, hält mich das Gewicht seines Blicks auf den Barhocker gedrückt, obwohl ich mich lieber irgendwo versteckt hätte.

Die Sache mit Conall und seiner Stimme ist die, dass ihr niemand widerstehen kann. Wenn er einen dabei auch noch ansieht, hat man verloren. Sein Blick geht wie ein Infrarotstrahl durch einen hindurch und berührt im wahrsten Sinne des Wortes die Seele. Obwohl mir eben noch kalt war, ist mir plötzlich furchtbar heiß.

Aus den Augenwinkeln nehme ich eine Bewegung wahr und plötzlich scheint die Zeit stillzustehen. Als hätte jemand den Dimmer runtergedreht, verlangsamt sich mein Umfeld. Die Musik verblasst und die Menschen um mich herum verschwinden. Alles kommt zum Stillstand und innerhalb eines Herzschlags wird mir etwas klar.

Kennt ihr das Gefühl, dass ihr etwas so dringend wollt, dass ihr alles andere ausblendet? Dass ihr wie ein Esel hinter einer Möhre hertrottet, die ihr immer nur von Weitem seht. Aber ihr bleibt dran, denn die Vorstellung, diese Möhre irgendwann in Händen zu halten, nimmt euer gesamtes Blickfeld ein. Deswegen sehen wir auch nicht den Mann mit dem Stock hinter uns, an dessen Ende die Karotte baumelt, während wir immer weitergehen, obwohl wir nicht mal den

Weg kennen. Ich bin dieser Esel und die Möhre war eine Idee.

Nachdem Lukas uns verlassen hat, war da bloß noch Leere. Er hat die Wärme mitgenommen, die Farbe und die Kraft. Wir waren wie Geister, die es irgendwie durch den Tag geschafft haben. Aber was ist das für ein Leben? Wir haben das, was er mitgenommen hat, simuliert. Aber das ist nicht dasselbe.

Hier, mitten in diesem Schuppen, begreife ich meine Misere, als hätte jemand das Licht angeknipst. Und endlich weiß ich, was ich will.

Es ist der Moment, als ich erkenne, dass die Bewegung in meinem Rücken eine Kamera ist, die sich in diesem Augenblick auf mich richtet. Das rote Licht bedeutet, dass wir auf Sendung sind. Das hier ist eine Show, genau wie mein Leben. Es ist nicht echt.

Die Karotte, der ich jahrelang hinterhergejagt bin, war die Aussicht auf Liebe. Etwas, das bei uns zu Hause Mangelware wurde. Deswegen habe ich woanders danach gesucht. Aber Liebe, das ist mir jetzt klar, kann ich erst dann annehmen, wenn ich mich selbst annehme. Diesen Job Conall aufs Auge zu drücken, war nicht fair. Zu erwarten, dass er mir gibt, was ich nicht in mir habe – so funktioniert das nicht. Erst wenn ich mir vergebe, bin ich in der Lage, erneut zu lieben. *Mich* zu lieben.

Egal was Conall getan hat, er ist nicht das Problem, das bin ich. Ich werde da draußen nicht finden, was ich im Innern nicht habe. Denn niemand kann mich glücklich machen, wenn ich es nicht bin. Niemand kann mir vergeben, solange ich diese Wut mit mir herumschleppe. Und niemand kann mich lieben, wenn ich mich hasse.

Und ich habe mich gehasst, das könnt ihr mir glauben. Als Lukas mich von der Party abgeholt hat, habe ich gelacht. *Gelacht!* Ich fand es witzig – aber ich war auch sternhagelvoll. Ich habe ihn ans Steuer gelassen, trotz des schlechten Wetters. Und am Ende, als alles den Bach runterging, habe ich wie alle anderen insgeheim meiner Mutter die Schuld gegeben. Irgendwer musste schließlich verantwortlich sein, oder?

Mein Blick wandert zu Conall, dessen kristallblaue Augen mich durchbohren. Er war meine Hoffnung auf Liebe. Aber Conall kann mich nicht retten, das muss ich selbst tun.

Manchmal braucht es Jahre, bis Menschen sich ändern, oft ist es ein schleichender Prozess. Bei mir war es wie ein Blitz, der einschlägt und die Hütte brennt. Innerhalb eines Wimpernschlags hat sich etwas verändert. Meine Wahrnehmung, um präzise zu sein.

Conall sieht es auch, das erkenne ich daran, wie sich seine Brauen zusammenziehen. Ich irritiere ihn, also schließt er die Augen und beendet den Kontakt. Sperrt mich aus, wie ich ihn ausgeschlossen habe. Wie ich nebenbei bemerkt jeden ausgesperrt habe, selbst mich. Ich habe mich von meinen Gefühlen abgeschnitten, der Schuld und den Ängsten.

Das ist alles nichts Neues, ich weiß das schon lange. Es jedoch in der Tiefe zu erfassen, als Wahrheit zu erleben, ist etwas komplett anderes. Das ist so, als würdet ihr jahrelang Kunstbücher studieren, bis ihr ein Experte in Sachen Ölmalerei seid. Ihr kennt das Verhältnis der Pigmente zum Bindemittel, die Konsistenz der Farbe, wisst alles über den perfekten

Pinselstrich. Und dann steht ihr eines Tages an der Leinwand, den Spachtel in der Hand. Riecht die Farbe, schmeckt das Öl auf der Zunge … *Das* ist real, alles andere könnt ihr vergessen. Genauso geht es mir in diesem Augenblick.

Fragt mich nicht, wie lange das Konzert gedauert hat, ich habe keinen Schimmer. Alles was ich weiß, ist, dass mein Leben an mir vorübergezogen ist. Doch ich bin nicht tot, im Gegenteil, noch nie habe ich mich so lebendig gefühlt.

Nachdem die Töne von Conalls letztem Lied verklungen sind, öffnet er die Augen und sucht meinen Blick.

Ich habe damit gerechnet, dass er die Gelegenheit nutzen würde, ein paar Worte an mich zu richten. Mich auf die Bühne bittet. Ich habe es einkalkuliert, immerhin beruht darauf der Plan. Und so ist es. Zwanzig Spots richten sich gleichzeitig auf mich, deswegen greife ich nach Pams Hand. Zusammen bahnen wir uns einen Weg durch die Menge, bis wir den Bühnenrand erreichen. Pam genießt die Aufmerksamkeit, sie lächelt, winkt in die Kamera bevor sie mir auf die Bühne hilft.

Ich wundere mich über meine Ruhe. Als ich den Laden betreten habe, war ich das reinste Nervenbündel. Jetzt fühle ich mich … einfach großartig. Ich bin entspannt und freue mich auf meinen Auftritt. Vielleicht ist es ein Fehler, mich auf eine Bühne zu stellen und mich hier und heute der Menge zu präsentieren. Aber wisst ihr was? Wenigstens ist es dann *mein* Fehler. Später kann ich darauf zurückblicken und sagen: Mein Gott, was habe ich mir nur dabei gedacht? Ich kann ihn bereuen oder darüber lachen. Aber in jedem Fall habe ich etwas, worüber ich reden kann. Denn eines habe ich begriffen: Leben heißt nicht, sich zu verstecken, es bedeutet zu leben. Und solange ich noch einen Puls habe, werde ich genau das tun.

Ich bin so mit meinen Gedanken beschäftigt, dass ich Conalls Ansage verpasse. Macht nichts. Wichtig ist, dass ich damit aufhöre, andere für die Dinge in meinem Leben verantwortlich zu machen, die schieflaufen. Dass ich mir verzeihe und nach vorn sehe. Dies ist der Augenblick, das zu tun.

Langsam atme ich aus, das Licht fährt runter, bis nur noch Conall und ich zu sehen sind.

Ich bin hier. *Angekommen.*

»Danke, Conall«, sage ich heiser, doch mit jedem Wort gewinnt meine Stimme an Kraft.

»Ich habe auch etwas für dich. Diesen Song kannst du aber nicht covern.« Spielerisch zwinkere ich ihm zu. Das Publikum brüllt bei Conalls perplexem Gesichtsausdruck.

Genau, das bin ich, Jazz der Scherzkeks.

Wie auf Kommando strömt meine Band auf die Bühne und übernimmt die Instrumente. Pam stellt sich an meine Seite und drückt mir die Gibson in die Hand. Die Leute flippen total aus, denn wir verlieren ebenfalls keine Zeit mit Floskeln. Auf drei legen wir los, dann starten Pam und ich unser Duett »Try Harder!«. Conall grinst und zieht sich mit seinen Leuten in den Hintergrund zurück. Die Kamera mit dem roten Licht richtet sich auf Pam und mich.

Pam singt die erste Strophe. Sie hat eine melodische Stimme, tief und voll.

You tried hard to break me in pieces
A millionth part of my own
Shoved me around as you pleases
A fucking player having fun

Meine Stimme ist rauer, Jazz mit einem Schuss Rock.

Crushing my heart to sell your record
Smashing my soul down to the dust
Your love's not worth any effort
You whoring around caused me disgust

Während des Refrains, den wir gemeinsam singen, sehen wir uns an.

So you know I`m not yet beaten
And I swear I never will
Your chance is gone your charm has weakened
I'm still here, dressed for the kill
I'm still here, dressed for the kill

Meine Augen suchen Conall, dessen Miene undurchdringlich ist.

Thought your voice would be a freeway
Helping your cock with eager chicks
Thought you'd never had to pay
That's a lil' boy's dream of tricks

Hier stimmt Pam mit ein und wir singen wieder zusammen.

Fucking around with all those bitches
You'll never find a girl like me
Cause I'm one of those rare witches
Who won't kiss asses on TV

Obwohl ich mich nicht umdrehe, weiß ich, dass im Hintergrund ein Film auf der Großbildleinwand läuft, in dem Dexter und Sally die Hauptrolle spielen. Sally wurde mit schwarzer Perücke auf Alex geschminkt, Dexter gibt sein Conall-Debut. Als die beiden in eindeutiger Pose zueinanderfinden, toben die Leute in den ersten Reihen.

You tried hard to break me in pieces,
I'm just a shadow on the run
Shoved me around as you pleases
A fucking player having fun

Als ich abermals zu Conall sehe, heben sich seine Mundwinkel leicht. Sein spöttischer Blick verspricht eine Revanche und diese Vorstellung entlockt mir ein Lächeln. Das ist die Sprache, die ich verstehe, die Bühne ist mein Ring.

But you know I`m not yet beaten
And I swear I never will
Your chance is gone your charm has weakened
I'm still here, dressed for the kill
I'm still here, dressed for the kill

Der Applaus ist ohrenbetäubend. Es folgen Schreie, Pfiffe, und schließlich werden die ersten Zugabe-Rufe laut. Lächelnd drehe ich mich zu meiner Band und nicke den Jungs zu. Das nächste Lied ist eine Ballade, ein Solo, bei dem Pam mich als Backgroundsängerin begleitet. Ich habe es »Healing« genannt und noch nie hat ein Song besser zu meiner aktuellen Lage gepasst.

Deep down in the big blue sea
Where fears are woven into night
Souls no longer earthbound here
They're free, an' strong an' shining bright

Conall überrascht uns alle, als er sich seine Gitarre schnappt und in der nächsten Strophe miteinsteigt. Das muss eines der Lieder sein, das Pam ihm über ihr Handy geschickt hat.

Black and gray begin to grow
I'm freezing in my fight
Where did all my sorrow go
Why do I feel so light?
Where did all my sorrow go
Why do I feel so light?

An dieser Stelle gehen die ersten Feuerzeuge an und werden in die Höhe gehalten.

Swallowed by the big blue sea
I drown onto the seabed grounds

The darkness feels so right to me
The silence heals my wounds

Für einen Moment schließe ich die Augen und lasse mich von der Melodie tragen. Schmerz liegt in meiner Stimme und ich lege meine Seele in jedes Wort.

Don't tell me where I belong
Don't tell me who I am
Cause deep down in the big blue sea
I don't care 'bout playing along
I don't care 'bout playing along

Als ich die Augen wieder öffne, fällt mein Blick auf James und meine Mutter, die offensichtlich gerade vom Nachtdreh kommt. Sie trägt noch ihr Kostüm, das aus einer Jane-Austen-Verfilmung stammen könnte. In ihren Augen schimmern Tränen, doch dahinter sehe ich etwas, das ich schon lange nicht mehr gesehen habe.

Stolz.

All those years I fought for love
But where I looked was wrong
And deep down in the big blue sea
I knew it all along
I knew it all along

Ich drehe mich zu Conall, der den Platz zwischen Pam und mir eingenommen hat. In die letzte Strophe stimmt er mit seinem tiefen Bariton ein, den Blick auf mich geheftet, das Herz auf der Zunge.

Swallowed by the big blue sea
I drown onto the seabed grounds
The darkness feels so right to me
The silence heals my wounds
The silence heals my wounds

Nachdem wir die Ballade beenden, empfängt uns Stille, die einige Herzschläge anhält. Dann explodiert der Laden in frenetischem Beifall. Ehe ich weiß, was er vorhat, zieht Conall mich an sich und küsst mich. Mitten auf der Bühne. Mitten auf den Mund. Und ich küsse ihn zurück.

Ich weiß nicht, was in mich gefahren ist. Vielleicht ist es das Überraschungsmoment, vielleicht der Schock. In jedem Fall flippt die Menge unter uns aus. Hundert Blitze der Fotohandys leuchten auf, und ich kann förmlich spüren, wie uns die TV-Kameras heranzoomen.

Das bringt mich zur Besinnung. Ich beende den Kuss und starre Conall an, der zurückstarrt. Als mich die Erkenntnis trifft, falle ich fast von der Bühne: Das ist keine Show, ihm ist es ernst!

Dass ich in Schwierigkeiten stecke, weiß ich, als ich erneut ins Publikum blicke und Raoul an der Bar ausmache, an der ich eben noch mit meinen Freunden Sekt geschlürft habe. Er wirft mir einen finsteren Blick zu, bevor er sich abwendet und sich einen Weg durch die Menge Richtung Ausgang bahnt.

27

Er muss mit James und meiner Mutter gekommen sein, anders kann ich mir nicht erklären, dass er urplötzlich im Klub auftaucht. Im Moment kann ich nicht viel tun. Ich stehe im Rampenlicht, alles was ich sage und tue, wird aufgenommen. Also lächle ich, auch wenn es das Schwerste ist, was ich je getan habe. Spiele einen Tusch und stelle meine Band vor, während Raoul mit jedem Herzschlag aus meinem Blickfeld verschwindet.

Pam bekommt einen Riesenapplaus, genau wie Zack und Dane. Und natürlich Crush, der Zauberer von Oz, der für die visuellen Effekte gesorgt hat. Ich rufe auch Dexter und Sally auf die Bühne, die ihr Conall-/Alex-Kostüm tragen.

Conall legt mir seinen Arm um und drückt mich an sich, was die Meute unter uns zum Kreischen bringt. Er sagt etwas ins Mikro, es muss witzig sein, denn die Leute lachen. Doch ich bekomme es kaum mit. Ich will runter von der Bühne, Raoul folgen. Das hier dauert viel zu lange. Es wäre meinen Freunden gegenüber allerdings unverzeihlich, einfach abzuhauen, ohne ihre Leistung zu würdigen. Meinetwegen haben sie auf ihre Freizeit verzichtet. Ohne ihre Unterstützung hätte ich das nie hinbekommen. Ohne ihre Freundschaft.

Davon abgesehen bin ich ziemlich von der Rolle. Heute hat sich etwas in mir gelöst. Ich habe gegen all meine Ängste gehandelt, bin raus aus meinem Versteck, rein ins Rampenlicht. Vor ein paar Wochen wäre mir das unmöglich gewesen und jetzt stehe ich hier.

Als der DJ *Placebo* auflegt, werden wir von der Bühne komplimentiert. Während Conall Interviews gibt, versuche ich mich zum Ausgang zu kämpfen. Doch meine Band hat anderes im Sinn. Sie schleppen mich zurück zur Theke, wo der hünenhafte Barmann Schnapsgläser mit einer transparenten Flüssigkeit füllt. Wir trinken auf ex, und kaum sind unsere Gläser leer, werden sie wieder gefüllt. Ein zweites Mal prosten wir uns zu, dann gebe ich vor, das Bad aufsuchen zu müssen. Aber daraus wird nichts.

Ohne Vorwarnung werde ich in eine Thierry-Mugler-Wolke gehüllt, als meine Mutter und James es zur Bar geschafft haben.

»Warum hast du mir nicht gesagt, dass du heute einen Auftritt hast?«, fragt sie atemlos und greift nach meinen Händen.

»Das, ähm, hat sich zufällig ergeben«, lüge ich. »Das hier war Conalls Konzert. Danach hat er mich auf die Bühne gerufen, und na ja …« Ich hebe die Schultern und linse zum Ausgang. Wahrscheinlich ist Raoul bereits über alle Berge. Trotzdem muss ich hier raus, um ihn wenigstens anzurufen. Aber was soll ich ihm sagen? Im Gegensatz zu ihm habe ich keine Undercover-Story als Entschuldigung. Bloß eine gemeinsame Vergangenheit mit dem Jungen, den ich für die Liebe meines Lebens gehalten habe. Ich weiß, das klingt erbärmlich, aber ich muss zumindest versuchen es ihm zu erklären. Und mich bei ihm entschuldigen. Ich wollte Conall nicht küssen, ehrlich, damit habe ich nicht gerechnet. Eigentlich dachte ich, dass er sauer wird, ich meine, »Try Harder« ist nicht gerade ein Liebeslied. Ich habe ihn mehr oder weniger eine Medienhure genannt, wer bei Verstand würde mich danach küssen wollen?

Als ich schon glaube, nie wieder wegzukommen, nehmen Pam und Dexter meine Mom in Beschlag, während James mit Tyler und Zack redet. Ich finde es bemerkenswert, wie leicht es James fällt, sich ganz zwanglos mit meinen Freunden zu unterhalten. Und das, nachdem er kurz zuvor mit Fundraisern und Bankern zu tun hatte. Zumindest ist er angezogen, als kämen sie geradewegs von einer Spenden-Party.

In jedem Fall ist das meine Gelegenheit, zu türmen. Ich schnappe mir meine Tasche und boxe mich unter Einsatz meiner Ellbogen durch die dicht gedrängte Menge Richtung Hinterausgang. Atemlos stolpere ich in den Innenhof und bleibe wie angewurzelt stehen, als ich Raoul gegen einen Müllcontainer gelehnt entdecke. Die Arme vor der Brust verschränkt, den brennenden Blick auf mich gerichtet. Er sieht angepisst aus. Nicht gut.

»Hast du mir irgendwas zu sagen?«, schnauzt er, kaum dass sich die schwere Tür hinter mir geschlossen hat.

Die kalte Abendluft ist ein Schock, ein Schauer läuft meinen Rücken hinab. Raoul legt mir mit grimmiger Miene seine Lederjacke um die Schultern, dann tritt er mit unversöhnlicher Miene zurück. Mein Magen verknotet sich. Ich erinnere mich noch gut daran, was wir das letzte Mal unter dieser Jacke getrieben haben. Und jetzt kann er mir nicht mal in die Augen sehen.

»Raoul, es tut mir leid, das war nicht, wonach es ausgesehen hat.« Ähm, okay, nicht besonders originell, aber es ist die Wahrheit. »Das hat er für die Kameras gemacht, das zwischen Conall und mir ist seit Monaten vorbei.«

»Wenn etwas vorbei ist, sieht das anders aus«, sagt er und stößt sich vom Container ab. »Aber das ist nicht der Punkt«, ergänzt er und baut sich vor mir auf.

Ist es nicht? Ich dachte, genau darum geht es.

»Ich habe nichts gesagt, als Bilder von dir und ihm durch die Presse gingen. Ich dachte, dass du mir davon erzählen würdest, wenn du dazu bereit bist. Doch obwohl ich einen langen Atem hatte, ist von dir nichts gekommen. Keine Erklärung, nichts.«

»Was hätte ich denn sagen sollen, die Bilder waren alt!«

»Und woher sollte ich das wissen?«

Ähm …

»Hast du ernsthaft geglaubt, ich würde mit Conall rummachen, während wir zusammen sind?«

Plötzlich fällt mir unsere zweiwöchige Pause ein, nachdem ich *ihn* beim Fremdknutschen erwischt habe. Oh Gott, hat er tatsächlich gedacht, die Fotos seien aktuell?

»Ich wusste nicht, was ich davon halten soll«, sagt er, die Stimme hart wie Stahl. »Du hast kein Wort darüber verloren. Du hast mir auch nicht gesagt, wie die Dinge zwischen euch stehen. Dass ihr noch Kontakt habt.«

»Doch nur wegen der Musik …«, setze ich an, verstumme jedoch, als er einen Schritt in meine Richtung macht. Einige Herzschläge sieht er mich ruhig an. Dann sagt er leise:

»Hast du eigentlich eine Vorstellung, was ich durchgemacht habe?«

Fragend schüttele ich den Kopf. Keine Ahnung, wovon er redet.

»Ich habe den Unfall mitanhören müssen, ohne zu wissen, wo du bist und wie es dir geht.«

Oh, Mist, daran habe ich nicht gedacht. Als es passiert ist, haben wir telefoniert.

»Ich bin wie ein Wahnsinniger durch die Gegend gefahren und habe dich gesucht. Aber bei dem Regen konnte ich keine zwei Meter weit sehen. Irgendwann habe ich meinen Vater erreicht, und habe zumindest in Erfahrung gebracht, dass du noch lebst! Natürlich hat er mich für den Unfall verantwortlich gemacht und mir untersagt ins Krankenhaus zu fahren. Hat mir gesagt, du würdest dich zu sehr aufregen, wenn du mich siehst. Im ersten Schock habe ich diesen Bullshit sogar geglaubt und mich vollaufen lassen. Am Sonntag war ich wieder nüchtern und bin zum Krankenhaus gefahren, doch sie hatten dich bereits entlassen. Danach war ich bei dir zu Hause, aber niemand hat geöffnet. Also bin ich runter zum Strand und habe den Weg durch die Dünen genommen.« Er legt eine Pause ein, sucht in meinen Augen, und allmählich dämmert mir, worauf er hinauswill.

»Ich habe euch gesehen, Jasmin. Du lagst in seinen Armen. Ich habe dich lachen hören.« Er sieht zu Boden und fährt sich mit einer Hand durchs Haar. Offensichtlich ist er frustriert. Als er mich ansieht, rutscht mir das Herz in die Hose. Der Kummer in seinen Augen ist greifbar. »Ihr seid vertrauter miteinander umgegangen, als wir es je waren.«

»Das stimmt nicht, Raoul!«, falle ich ihm ins Wort. »Wir haben uns ausgesprochen und beschlossen Freunde zu bleiben.«

Doch er hört mir nicht zu. Kopfschüttelnd macht er einen weiteren Schritt auf mich zu, bis er direkt vor mir steht.

»Ich habe gewartet, dass du zu mir kommst, Jasmin. Mir Fragen stellst. Antworten verlangst. Mich anschreist, irgendwas. Doch nichts davon ist geschehen. Vierzehn beschissene Tage habe ich durchgehalten, in dem Glauben, dass du mich abgeschrieben hast. Dich nicht für mich interessierst – für *uns* interessierst. Schließlich habe ich es nicht mehr ausgehalten und bin erneut zu dir gekommen. James hat mich abgefangen, und von ihm habe ich dann endlich erfahren, wie die Dinge zwischen dir und Conall stehen.«

So wie er es beschreibt, klingt es schrecklich. Mein Hochgefühl von eben macht eine Bauchlandung in Raouls Realität.

»Trotz allem haben wir das hinbekommen, und ich dachte, zwischen uns wären die Dinge wieder im Lot. Dann erfahre ich von Alano, dass du seit einer Woche jede freie Minute in der Villa eines Typen namens Tyler verbringst.«

Das hier wird besser und besser. Alano hat sich an mich rangeklemmt?

»Raoul, so wie du es erzählst, klingt es ganz falsch. Da war ich doch nur wegen der Probe!«, rufe ich und werfe die Hände in die Luft. »Da ist nichts gelaufen.«

»Warum hast du es mir dann verschwiegen?«, fragt er ruhig. »Weshalb die Geheimniskrämerei?«

»Das war eine Sache zwischen Conall und mir, ich musste das klären, okay?«

»Mit all deinen Freunden?«, fragt er, ergreift meine Oberarme und schüttelt mich leicht.

»S-sie wollten mir helfen.«

»Wenn du ihnen diese Dinge anvertrauen kannst, was ganz genau bin ich dann für dich?«

»Raoul, bitte tu das nicht. Ich wollte diese Episode in meinem Leben abschließen. Damit die Presse aufhört mich zu jagen.«

»Und glaubst du, dass dir das gelungen ist? Nach *dem* Auftritt?«

In Ordnung, er hat einen Punkt.

»Das war meine Absicht!« Tränen schießen mir in die Augen. Ich blinzele sie fort, ich darf jetzt nicht schwach werden.

»Ich habe dich deswegen aus allem rausgehalten, weil ich reinen Tisch machen wollte.«

»Warum redest du nicht mit mir?«

»Wir reden doch jetzt!«

»Und wann hattest du vor, mir von deinem Bruder zu erzählen?«

Seine Stimme ist sanft. Doch statt mich zu beruhigen, kann ich die Tränen nicht mehr aufhalten. Zu Hause haben wir nie über diese Dinge gesprochen, woher soll ich wissen, wie das geht?

Seltsamerweise gesellt sich zu meiner Verzweiflung nun auch Zorn und meine Stimmung kippt von Hilflosigkeit in Wut.

»Weißt du was, ich hab Neuigkeiten für dich, zum Reden gehören zwei! Du tust gerade so, als hättest du deine Lebensgeschichte vor mir ausgebreitet«, fauche ich und befreie mich aus seinem Griff.

»Du machst es schon wieder«, sagt er leise.

»Was?«

»Du stößt mich weg.«

Damit hat er vermutlich recht, aber ich fühle mich, als würde er mir das Herz rausreißen. Und das tut weh, lasst euch das gesagt sein. Außerdem macht mich die Einseitigkeit seines Standpunkts wütend.

»Ist die Aussicht gut auf den billigen Plätzen?«, fahre ich ihn an. »Du schiebst mir die ganze Schuld in die Schuhe, aber eine Beziehung ist keine Einbahnstraße. Wenn dir etwas nicht passt, kannst du mit mir darüber reden, statt mir eine Abrechnung vor die Füße zu werfen. Ich mache Fehler, okay? Aber ich bin siebzehn Jahre, das ist normal, weil ich verdammt noch mal nicht perfekt bin!« Den letzten Satz schreie ich ihm ins Gesicht.

Ich fühle mich wie ein Wrack und kann die Tränenflut nicht stoppen. Davon abgesehen drückt mir der Schmerz die Brust zusammen, sodass ich kaum atmen kann. Was nicht gut kommt, wenn man jemanden anbrüllt und gleichzeitig weint. Das ist vermutlich der Grund, dass ich anfange zu hyperventilieren.

Na toll. Jetzt habe ich den Bühnenauftritt gemeistert und breche im Hinterhof der Klubs zusammen.

Mit klappernden Zähnen schließe ich die Augen und nehme einen zittrigen Atemzug.

Ich bin noch hier. Ich bin hier …

Dann geschehen mehrere Dinge gleichzeitig. Raoul ergreift erneut meine Arme, während ich nach Luft ringe. Die Tür zum Hof fliegt auf und ich höre Conall fluchen.

»Was zum …«

Ein überwältigendes Déjà-vu-Gefühl überrollt mich, als ich mich mit einem Mal in den Hof des Mandala zurückversetzt fühle. Nur sind die Rollen diesmal anders verteilt. Für Conall muss es seltsam aussehen, wie ich mit verweintem Gesicht und zerlaufener Mascara von Raoul festgehalten werde. Ein zittriges Häufchen Elend in den Armen von jemandem, der nicht gerade wie ein Chorknabe aussieht. Zumal sich sein Gesichtsausdruck verfinstert, als er das Objekt unseres Streits auf sich zustapfen sieht.

Das muss ich Conall lassen, ich hätte nie gedacht, dass er handgreiflich werden könnte. Ich sehe die Faust nicht mal kommen, die auf Raouls Jochbein landet, der getroffen zurücktaumelt.

»Was hast du mit ihr gemacht!«, brüllt Conall, der sich über Raoul beugt. Böser Fehler. Der erste Schlag war ein Glückstreffer, aber im Kampf hat er Raoul nichts entgegenzusetzen. Ich habe gesehen, wie er mit sechs gewaltbereiten Jungs kurzen Prozess gemacht hat. Da kann Conall nicht mithalten. Bevor ich ihn wegziehen kann, kickt Raoul ihm die Beine weg. Kaum hat er den Boden berührt, ist Raoul über ihm und versenkt seine Faust in Conalls Gesicht, dessen Hinterkopf hart gegen den Zementboden prallt.

»Hör auf!«, rufe ich und klammere mich an Raouls Ellbogen, als er zum nächsten Schlag ausholt.

Als hätte ich sie gerufen, kommen Mitch und Paul durch die Tür, stoßen wilde Flüche aus und helfen mir, Raoul von Conall zu zerren. Conall bewegt sich nicht und mein Herz setzt einen Schlag aus.

»Ist er okay?«, frage ich niemand Bestimmten. Mitch beugt sich über ihn, dreht sich zu mir und sagt mit grimmiger Miene: »K.o.«

Mittlerweile zittere ich am ganzen Körper, ich muss mich an Paul festhalten. Mein Blick wandert zu Raoul, der ihn mit Stahl in den Augen erwidert.

»Ich bin hier fertig«, sagt er kopfschüttelnd und wendet sich zum Gehen.

»Raoul!«, rufe ich und mache einen unsicheren Schritt auf ihn zu. Das muss ein Albtraum sein. Wie kann er unsere Beziehung, die eben erst begonnen hat, einfach so auf den Müll werfen? »Gehe nicht.« Jetzt zittert nicht nur mein Körper, sondern auch meine Stimme.

»Ich habe einen Fehler gemacht, okay?«

»Ja«, sagt er bitter, den Blick auf Conall geheftet. »Das hast du.« Als er mich wieder ansieht, wirkt er so erschöpft, wie ich mich fühle.

»Melde dich erst wieder, wenn du bereit bist, Verantwortung zu übernehmen«, sagt er und marschiert Richtung Parkplatz, bis er von der Dunkelheit verschluckt wird.

Fassungslos starre ich ihm nach. Warum reagiert er so unversöhnlich? Wie kann er mir das antun? Und warum endet dieser Abend, der so vielversprechend begonnen hat, in einem totalen Fiasko?

* * *

Die nächsten Tage sind gelinde gesagt übel. Statt meinen Erfolg zu feiern, futtere ich mich durch Ben & Jerry's, wobei ich mich nicht entscheiden kann, ob ich wütend oder traurig bin. Mit Erfolg meine ich den Plattenvertrag, den James für mich ausgehandelt hat. Ihr habt richtig gehört. »Try Harder« und »Healing« haben innerhalb kürzester Zeit die Runde durchs

Netz gemacht. Niemand weiß, wo man die Songs kaufen kann, die Anfrage ist riesig.

Die Warner Music Group, an der James Anteile hält, ist an mir interessiert. Sony hat ebenfalls Interesse signalisiert. Von daher bleibt mir nicht viel Zeit, mich mit Eis vollzustopfen, obwohl mein gebrochenes Herz jede Menge Kühlung gebrauchen kann.

Worüber ich nicht hinwegkomme, ist die Tatsache, wie schnell Raoul mich abgeschrieben hat. Ein Fehler, und Puff, das war's. Keine Aussprache, keine Versöhnung, bloß ein *Ruf mich an, wenn du bereit bist Verantwortung zu übernehmen.* Was soll das überhaupt heißen? Muss leicht für ihn sein, so etwas zu sagen, immerhin musste er in den letzten beiden Jahren nicht den Tod seines Bruders verarbeiten. Er war nicht Tag und Nacht dem Druck ausgesetzt, wurde von Freunden gemieden und von der Presse wie ein Schwein durchs Dorf getrieben. Was weiß er schon?

Und dann dämmert es mir. Er weiß es nicht, weil ich es ihm nie gesagt habe. Wir haben nie über wichtige Dinge gesprochen, weil wir nicht im selben Raum sein konnten, ohne übereinander herzufallen. Wahrscheinlich hat Martinez ihn irgendwann eingeweiht, aber das waren die Fakten. Wie ich mich bei alledem gefühlt habe, durch welche Hölle meine Mutter, Max und ich gegangen sind, darüber habe ich kein Wort verloren. Vielleicht war das ein Fehler.

Im Gegensatz zu Raoul ruft Conall ein paarmal an. Er hört auch nicht damit auf, als ich ihm sage, dass ich außer Freundschaft nichts anzubieten habe. Mittlerweile telefonieren wir regelmäßig, reden über unsere Musik, seine Konzerte und die neuen Songs. Er möchte weitere Lieder von mir covern, darum kümmert sich sein Label und James' Rechtsverdreher.

* * *

Da uns Mrs Brown, unsere Musiklehrerin, darum bittet, spielen Zack, Tyler, Dane und ich beim Herbstball. Das ist ein guter Vorwand, jedes potenzielle Date von vornherein zu vermeiden. Ich gehe mit meiner Gibson zum Ball, mehr brauche ich nicht. Meine Gitarre sagt mir nicht, dass ich verantwortungslos handele. Sie widerspricht mir selten, und wenn ich mich an ihr vergreife, spuckt sie schräge Töne aus. Und zwar sofort, nicht Wochen später! Außerdem würde sie mir deswegen nie den Rücken zukehren. Bei ihr kann ich Fehler wiedergutmachen, sie gibt mir eine zweite Chance. Und eine dritte, wo wir schon dabei sind.

Ich habe mir viele Gedanken zu Raouls Vorwürfen gemacht und gebe zu, dass er mit ein paar Dingen recht hatte. Wir hätten reden sollen, und zwar von Anfang an. Aber irgendwie ist uns das Körperliche immer dazwischengekommen, bis es das Einzige war, das uns miteinander verbunden hat.

Mein Stolz verbietet mir, seine Nummer zu wählen. Seiner rät ihm vermutlich das Gleiche. Dennoch kann ich mich nicht dazu überwinden, mich bei ihm zu melden. Jemand mit seiner Vergangenheit sollte anderen keinen Vortrag über Verantwortung halten. Ihr wisst schon, von wegen Wasser predigen und Wein trinken und so.

Mein Herz sieht das komplett anders. Nachdem er mich abserviert hat, habe ich mich fast jede Nacht in den Schlaf geweint, Raouls Lederjacke fest an meine Brust gedrückt. Leider hilft der Duft nach Leder und Öl nicht wirklich, meine Wunden zu heilen. Mein Herz tut so weh, dass ich befürchte, dass es wie eine Rosine verschrumpelt ist, wenn ich am nächsten Morgen aufwache.

Nach dem Ball Mitte November geht es mir ein bisschen besser, zumal sich die Klatschblätter auf andere Promis eingeschossen haben. Wusstet ihr, dass Brad Pitt nebenher noch was mit einer anderen laufen hatte? Nein? Ich auch nicht. Jedenfalls füttert das die Blätter bis nach Weihnachten und gibt Semi-Promis wie mir eine Verschnaufpause.

Und die kann ich gut gebrauchen, ich sag's euch.

Epilog

Die Vorweihnachtszeit ist in den Staaten eine Riesensache. Die Leute schmücken ihre Hütten mit Kram, deren Namen ich nicht mal aussprechen kann. Zahllose regenbogenfarbene Lichter funkeln und blinken, bis man blind wird. Meine Mutter wählt eine dezentere Beleuchtung, kleine weiße Dioden, die weder blinken noch andere Kunststücke aufführen.

Unser Verhältnis ist nach wie vor angespannt, da sie immer noch oft unterwegs ist. Diesmal für Fotoshootings, um ihren Film zu promoten, der nächstes Frühjahr in die Kinos kommt. Ich habe James sagen hören, dass sie mit diesem Streifen das amerikanische Publikum im Sturm erobern wird, was übersetzt heißt, dass ich sie noch weniger sehen werde. Diesmal hat sie mich nicht mal zum Set eingeladen, das hat sie früher immer getan. Oder war es Max, der mich dazugeholt hat?

Apropos. Max ging es ziemlich dreckig, aber ich glaube, das Schlimmste hat er überstanden. Er ist vor einer Woche in L.A. gelandet, um das Fest zusammen mit uns zu feiern. Ihm habe ich es zu verdanken, dass ich aus meiner Bedrücktheit gekommen bin. Ich kann euch nicht sagen, wie gut es tut, ihn bei mir zu haben. Er hat abgenommen und trägt das Haar länger als üblich. Ansonsten sieht er fast wie sein altes Ich aus.

Zwei Tage vor Weihnachten passiert etwas, worauf ich nicht vorbereitet bin. Es klingelt an der Eingangstür, und da ich gerade die Treppe runterspringe, öffne ich, in der Erwartung einen UPS-Lieferanten um ein Paket zu erleichtern. Aber daraus wird nichts. Vor mir stehen zwei Sahneschnittchen, die aus einem Götter-Versandkatalog stammen müssen.

Natürlich wusste ich, dass James' Söhne über die Feiertage kommen. Auch war mir klar, dass sie in dieser Gegend so etwas wie eine Legende sind. Aber niemand hat mir gesagt, wie unfassbar sexy Nash und Drake aussehen. Nash ist in meinem Alter, einen halben Kopf größer mit hellblondem Haar und Augen so klar wie Quellwasser. Er sieht James kein bisschen ähnlich. Drake dafür umso mehr. Er ist ein Jahr älter als sein Bruder, größer, kräftiger, mit dunklen Augen und dunklem Haar. Er könnte vom Vampire-Diaries-Set stammen, fehlen nur noch die langen Eckzähne. Unter uns, wenn Raoul heiß ist, sind diese beiden flüssige Lava.

Drakes Mundwinkel wandert nach oben. Verdammt, er hat mich dabei erwischt, wie ich ihn anstarre. Um meinen Fauxpas wiedergutzumachen, sagte ich:

»Wir kaufen nichts«, und schlage den beiden die Tür vor der Nase zu.

Von draußen erklingt gellendes Gelächter, das muss von Nash kommen. Dann höre ich einen Schlüssel, anscheinend haben sie bloß höflichkeitshalber geklingelt. Die Tür fliegt auf, und Hot & Hotter betreten die Vorhalle. Oder sollte ich besser Vorhölle sagen? Drakes Blick spießt mich auf, Nash, der sich neben ihn stellt, grinst.

»Sieh mal an, Dad hat seine Schwäche für Jazz entdeckt.«

»Ein bisschen Taktgefühl schadet ihm nicht«, sagt Drake, ohne mich aus den Augen zu lassen.

»Wollt ihr etwas Bestimmtes?«, frage ich, die Ahnungslose spielend. Schlecht spielend, um genau zu sein.

»Wir wohnen hier«, sagt Nash und legt seinem Bruder eine Hand auf die Schulter.

»Seit wann?«

»Seit wir in Boston rausgeflogen sind«, erwidert Drake.

»Schon wieder?« Ups, mein Fehler.

»Hast du ein Problem damit?«, fragt Drake und hebt eine Braue.

Ich mache auf cool, obwohl ich mich alles andere als cool fühle. Der Typ ist einen Kopf größer als ich und gebaut wie ein Marine. Dennoch zucke ich mit den Schultern und mache eine ausholende Bewegung mit der Hand.

»Mi casa es su casa«, sage ich, was Nash abermals in Gelächter ausbrechen lässt.

»Die gefällt mir«, sagt er und geht an mir vorbei zur großen Treppe, links und rechts eine Reisetasche in der Hand.

Drake sagt nichts. Sein Blick hält mich gefangen, bis ich das Gefühl habe, keine Luft zu bekommen. Ich schaue als Erste weg und verdrehe die Augen, wie um zu sagen, dass ich das Wer-sieht-zuerst-weg-Spiel albern finde. Dabei hätte ich mich bei Drakes finsterem Blick beinahe nass gemacht.

»Wir werden sehen«, brummt er, schnappt sich seine Duffel

Bag und folgt seinem Bruder, ohne sich noch einmal umzudrehen.

Ja, denke ich, das werden wir. Ob er mir gefällt weiß ich ebenfalls noch nicht. Also nicht optisch, sondern seine Art. Das Ego-Barometer im Haus ist gerade um ein Vielfaches gestiegen. Ganz zu schweigen vom Testosteron-Spiegel.

Na dann, frohe Weihnachten, denke ich und mache mich auf den Weg zum Strand.

Fortsetzung folgt

Danksagung

Jasmins Geschichte zu schreiben hat mir eine Riesenfreude bereitet.

Die Idee zu einem Mädchen, das von ihrem Freund abserviert wird, einen Song darüber schreibt, der auf YouTube ein Hit wird, ist mir im Urlaub gekommen. Wieder zu Hause habe ich die Story mit einem Dauergrinsen in den Rechner gehackt, und in Rekordzeit beendet.

Wie immer ging das nicht ohne die Unterstützung meiner Familie. Allen voran meinem Schatz, der nicht selten aufs Essen verzichtet hat, weil ich *schnell-noch-eine-Szene-schreiben* musste. Haben wir ein Glück, dass wir einen grimmigen Sushi-Lieferanten, und IKEA in der Nähe haben. Auch meiner Mutter möchte ich danken, die mich seit Jahren unterstützt. Mom, Du bist der stärkste Mensch, den ich kenne. Danke für Deine Liebe.

Ein Riesendankeschön geht an meine Freunde und Testleser, insbesondere Julia, Bine, Jule und Ka vom Happy-End-Magazin (Happy-End-Buecher.de). Vielen Dank für Eure Unterstützung, Ihr seid die Besten! Danken möchte ich auch den Lesern und Rezensenten auf Lovelybooks, Goodreads, den 42er Autoren sowie der Büchereule. Hier möchte ich besonders Anke Hüls danken, deren Word-Kenntnisse legendär sind.

Mein besonderer Dank gilt außerdem meiner Agentin, Gerlinde Moorkamp sowie meiner Lektorin Martina Imkeller, zwei Powerfrauen, die mit ihrem Engagement dazu beigetragen haben, dieses Projekt in die Bücherregale zu bringen.

Wen ich auf keinen Fall vergessen darf ist Jan Schaefer. Egal in welchem Zustand der Hysterie ich mich befunden habe, Jan aka MacGyver war da, zusammen mit seinen Mac-Kenntnissen. Dabei ist es einerlei, ob ich meine Festplatte abgemurkst, den Rechner vom Tisch gefegt (das war ein Unfall, ehrlich!) oder Word gekillt hab (also, *das* war kein Unfall!). Während ich den Mond anheule, ist Jan die Ruhe selbst, und löst das Problem mit einer Büroklammer und 'nem Minzdrops.

Henrike Hankele und Andrea Arzabe Biggemann (www.libitum-production.com) danke ich ebenfalls für die unprätentiöse wie spontane Zusammenarbeit, die mich riesig gefreut hat. Henrike hat den Soundtrack zum Buch komponiert, während Andrea mit ihrer Megastimme die Songs gesungen hat. *SORRY ASS*, sowie weitere Songs des Albums *JazzMine*, könnt Ihr bei iTunes runterladen sowie auf YouTube. Den Link findet ihr auf meinem Blog: heartbeat-books.blogspot.de.

Danken möchte ich auch Johanna von Bücherwelt-World of books, meiner Online-Community auf Facebook & Twitter (@AutorJC_Thomas) sowie der Blogger-Gemeinschaft. Vielen Dank für Eure großartige Unterstützung! Euer Interesse freut mich sehr, und ich möchte auf die lebhaften Diskussionen nicht mehr verzichten.

Über einen Austausch auf meinem Blog oder Facebook freue ich mich: facebook.com/author.jc.thomas | heartbeatbooks.blogspot.de.

Auf Pinterest könnt Ihr übrigens kostenlos Banner für euren Blog runterladen sowie ein ROCK MY WORLD-Desktop-Wallpaper: pinterest.com/AutorJCThomas.

Ohne Musik macht das Schreiben nur halb so viel Spaß, darum hier meine Playlist für ROCK MY WORLD:

Jar of Hearts – Christina Perry
City of Delusion – Muse
Santa Maria (Del Buen Ayre) – Gotan Project
Call Me – Shinedown
Whataya Want from Me – Adam Lambert
English Town – Matchbox Twenty
The Guy that Says Goodbye to You is Out of His Mind – Griffin House
Animals – Maroon 5
Hate Me – Blue October
Laundry and Dishes – Adrienne Pierce
The Hanging Tree – James Newton Howard
Yellow Flicker Beat – Lorde
Too Many Friends – Placebo
Big Freeze – Muse
Sunday – Sia
One – Aimee Mann
Fix You – Coldplay
Lord Give Me a Sign – DMX

The Kill ~ 30 Seconds to Mars
Animals ~ Muse
Say it ~ Blue October

Abigail Haas

Dangerous Girls

400 Seiten, ISBN 978-3-570-30921-6

In Aruba, in der Karibik, will Anna eigentlich nur eins: mit ihrem Freund Tate, ihrer besten Freundin Elise und ein paar anderen Freunden den Spring Break feiern. Doch der Trip ins vermeintliche Paradies entpuppt sich als der reinste Albtraum. Elise wird brutal ermordet und Anna als Hauptverdächtige verhaftet. Eingesperrt in einem fremden Land, kämpft sie um ihre Freiheit. Doch niemand will ihr glauben. Als schließlich die Wahrheit ans Licht kommt, ist diese noch viel schockierender als erwartet.

30133

www.cbt-buecher.de